REVIEW

열일곱 살에, 학교 도서관에서 처음 캐드펠 수사 시리즈를 읽었는데 완전히 푹 빠지고 말았다. 어떻게 21세기 한국의 고등학생이 12세기 영국의 수도사에게 친밀감을 느낄 수 있었을까? 책을 펼치면 캐드펠 수사가 가꾸는 허브밭의 싱그러운 향이 미풍에 실려 오는 것만 같았고, 부지불식간에 이웃처럼 정이 든 마을 사람들이 삶의 우여곡절을 겪을 때는 함께 탄식했다. 그 생생한 경험을 통해 역사와 문학을 동시에 사랑하게 되었는지도 모르겠다.

서른다섯 살이 되어 캐드펠 시리즈를 다시 읽고 싶어졌는데, 혹시 두 번째로 읽었을 때의 감회가 예전만 못할까 걱정했었다. 기우 중의 기우였다. 열일곱 살에 발견하지 못했던 부분들을 잔뜩 발견하며 읽을 수 있었고, 역사추리소설을 추천하는 자리에서 매번 자신 있게 추천하곤 했다. 소박하고 담백하게 시작해 역사의 큰 톱니바퀴와 힘 있게 맞물려 들어가는 이 놀라운 이야기에 대해 말할 때 한없이 행복했다.

엘리스 피터스가 육십대 중반에 이처럼 대단한 시리즈를 시작했다는 것을 떠올리면 마음에 환한 빛이 든다. 먼 길을 다녀와 켜켜이 쌓인 지혜를 품고 유적지를 직접 걸으며 작품을 구상했을 작가를 상상하고 만다. 멋진 일은 언제든 시작될 수 있고, 심혈을 다해 빚은 이야기는 시간과 공간을 뛰어넘는다는 것을 보물 같은 작품들을 통해 믿게 되었다.

정세랑
소설가

REVIEW

엘리스 피터스는
가장 뛰어난 추리소설 작가다.
UMBERTO ECO
움베르토 에코

캐드펠 수사는 한 세기를
완벽하게 구가한 셜록 홈스에
비견되는 창조물이다.
LOS ANGELES TIMES
BOOK REVIEW
LA 타임스 북 리뷰

이보다 더 매력적이고 인상적인 탐정은
찾기 어려울 것이다.
SUNDAY TIMES
선데이 타임스

서스펜스와 역사소설이 혼합된
유쾌하고 독창적인 작품.
LONDON EVENING
STANDARD
런던 이브닝 스탠더드

시리즈가 추가될 때마다 기쁨을 느낀다.
연대기 시리즈가 계속 이어지기를 바란다.
USA TODAY
USA 투데이

캐드펠 수사는 분명 범죄소설의
컬트적 인물이 될 것이다.
FINANCIAL TIMES
파이낸셜 타임스

엘리스 피터스의 미스터리는 역사적 디테일,
마을과 수도원의 중세 생활상, 생생한
캐릭터 묘사, 우아하고 문학적인 문체 등
이야기 그 자체로 즐거움을 선사한다.
THE WASHINGTON POST
워싱턴 포스트

스타일과 격조를 갖춘 미스터리로
멋지게 포장된 뛰어난 역사소설.
THE CINCINNATI POST
신시내티 포스트

엘리스 피터스는 중세인들의 삶을 상세하고
설득력 있게 재현함으로써, 독자들을
강력하게 흡인하여 교묘하게 짜여진
중세의 어두운 미로 속으로 데려간다.
YORKSHIRE POST
요크셔 포스트

고전적인 의미의
선과 악이 격투를 벌이는 역작.
CHICAGO SUN-TIMES
시카고 선 타임스

성스러운 도둑

THE HOLY THIEF

THE HOLY THIEF
Copyright ⓒ 1992 by Ellis Peters
All rights reserved.

Korean translation copyright ⓒ 2025 by Bookhouse Publishers Co.
Korean edition is published by arrangement with
Intercontinental Literary Agency(ILA) through EYA(Eric Yang Agency).

이 책의 한국어판 저작권은 에릭양 에이전시를 통해 Intercontinental Literary Agency(ILA)와 독점 계약한 (주)북하우스 퍼블리셔스에 있습니다. 저작권법에 의해 한국 내에서 보호를 받는 저작물이므로 무단 전재와 무단 복제를 금합니다.

성스러운 도둑

엘리스 피터스 장편소설
김훈 옮김

북하우스

CADFAEL

중세 웨일스

1 아를레흐웨드
2 아르본
3 홀레인
4 흐로스
5 디프린 클루이드
6 마일로르
7 컨흘라이스
8 펜흘린
9 메카인
10 아르수이스틀리
11 마일리에니드
12 엘바일

CADFAEL

슈롭셔와 웨일스 국경지대

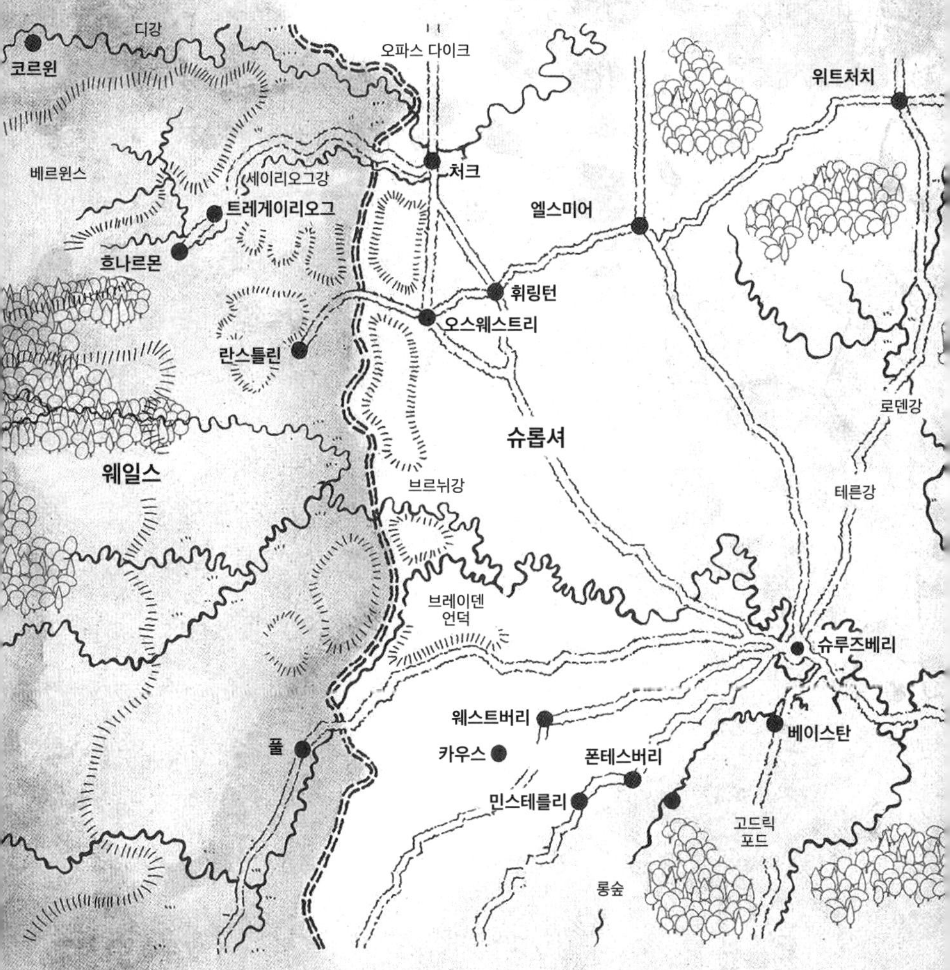

CADFAEL

슈롭셔주 슈루즈베리

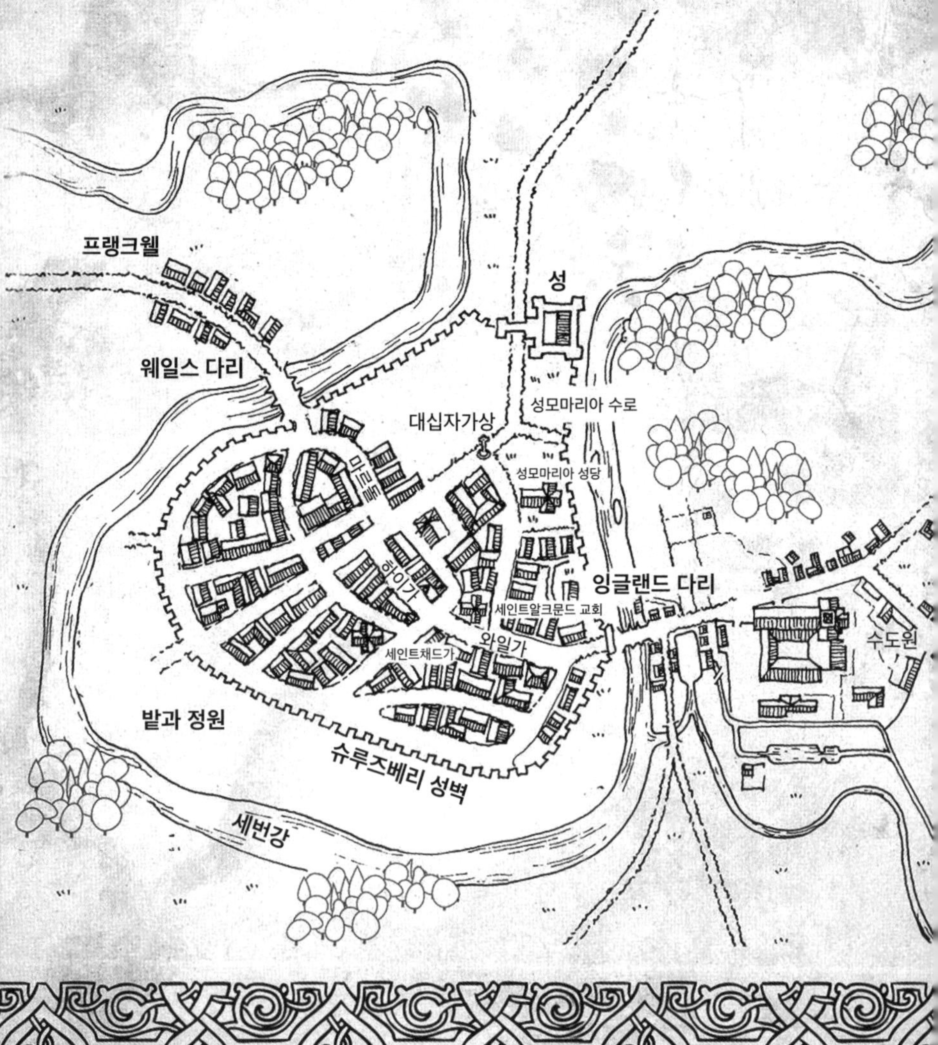
프랭크웰
성
웨일스 다리
대십자가상
성모마리아 수로
마르돌
성모마리아 성당
하이가
잉글랜드 다리
세인트알크문드 교회
와일가
세인트채드가
수도원
밭과 정원
슈루즈베리 성벽
세번강

CADFAEL

슈루즈베리
성 베드로 성 바오로 수도원

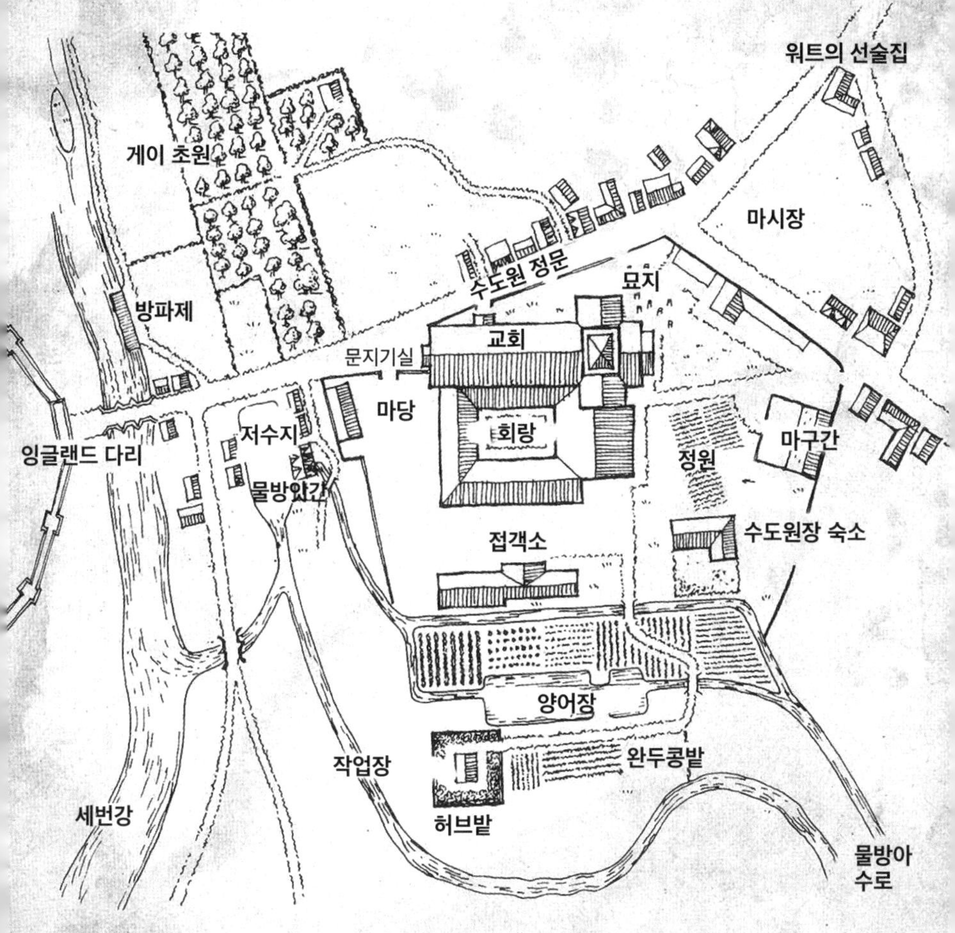

일러두기. 주석은 모두 한국어판 주다.

중세 지도
4

성스러운 도둑
11

주
393

프롤로그

1144년 한여름 무더위가 절정에 달한 8월 말, 에식스 백작인 제프리 드 맨더빌[1]은 태양의 열기에 굴복하여 그 기회주의적인 긴 이력의 마지막 실수이자 치명적인 실수를 저질렀다. 그는 스티븐 왕[2]이 펜 지방의 무법자들과 반란자들로 이루어진 제프리 군대의 약탈 행위를 막고 그들을 압박하기 위해 급하게 쌓아 올린 성들 중 하나를 포위하여 함락시키려는 계획을 품고 있던 참이었다. 펜 지방을 둥그렇게 둘러싼 형태로 늘어선 성들은 그럭저럭 제 역할을 충실히 해내고 있었으나, 결국 임시변통에 불과했다. 제프리는 1년 남짓 이곳저곳에 흩어진 비밀 근거지들에 수시로 출몰하면서 펜 지방을 완전히 초토화시켰다. 누구도 안심하고 씨를 뿌리거나 추수를 할 수 없는 상황이라 모든 영지들이 방치되었고, 값나가는 물건을 지닌 사람은 고스란히 그것을 빼앗겼으며, 제프리에게 항복하기를 거부한 사람치고 목숨을 부지한 이는 아무도 없었다. 자신의 성과 영지와 직위를 모조리 박탈당한 제프리는, 그간 가난한 사람이든 부유한 사람이든 앞길을 가로막는 모든 이들에게 늘 그래왔듯이 이제 스티븐 왕을 공격하기 시작했다. 헌팅던의 주 경계선에서 서쪽의 밀든홀에 이르는 지역, 그리고 케임브리지의 상당 부분에 걸쳐 있는 펜 지방은 1년 사이 스티븐 왕의 성들로 둘러싸인 약탈자의 천국이 되어버렸으니, 급히 쌓아 올린 성들은 싸움의 명수인 제프리에게 큰 걸림돌이 되지 못할 것이었다.

그러나 케임브리지 북동쪽 버웰에 자리 잡은 튼튼한 요새가 제프리 군대의 보급선을 차단하기 시작했다. 그곳이 유일한 취약점으로 작용했기에 제프리로서는 여간 신경이 쓰이지 않았다. 그리하여 8월 더위가 맹위를 떨치던 어느 날, 그는 말을 타고 나가 성 주위를 돌며 이 괘씸한 요새를 함락시킬 방법을 궁리하고 있었다. 그러다 어느 순간 찌는 듯한 무더위를 참을 수 없어 투구와 쇠사슬 갑옷을 벗어 던졌고, 마침 성을 수비하던 평범한 궁수 하나가 쏜 화살에 머리를 맞았다.

제프리는 상처를 대단치 않게 여겨, 며칠 쉬면 나으리라 생각하며 그곳에서 물러났다. 그러나 곧바로 열병이 그를 덮쳤다. 온몸이 불덩어리가 되었고, 그는 살이 떨어져 나가는 듯한 혹심한 통증으로 침대에 눕고 말았다. 부하들은 그를 그곳에서 멀리 떨어진 서쪽의 밀든홀로 옮겼다. 누구도 그가 죽어가고 있다는 사실을 모를 수 없었다. 스티븐 왕의 어떤 군대도 해내지 못했던 일을 8월의 태양이 해낸 것이다.

제프리는 편안한 마음으로 죽을 수 없는 처지였다. 그는 교회로부터 파문당한 뒤 사면을 받지 못했다. 1년 전 스티븐 왕의 동생이자 윈체스터 주교요 당시 교황대사를 지내던 블루아의 헨리 주교[3]가 사순절 기간에 회의를 소집하여 성직자에게 폭력을 행사한 사람은 교황을 제외한 그 누구에 의해서도 사면받을 수 없으며, 그 어떤 법령으로도 용서받을 수 없다고 선언한 터였다. 결국 그의 영혼을 구할 수 있는 사람은 오직 교황뿐이었으나, 밀든 홀에서 로마까지의 거리는 지옥 불의 공포에 떨며 죽어가고 있는 사람에게는 너무나 멀었다. 폭력적인 방법으로 램지 수도원을 탈취하고 수도원장과 수사들을 강제로 몰아낸 뒤 그 수도원을 강도와 고문자와 살인자 들로 이루어진 제 왕국의 수도로 삼았던 제프리는 이제 사면을 기대할 수 없는 처지였고, 따라서 땅에 제대로 묻힐 수도 없을 것이었다. 대지는 그를 품어주지 않으리라.

제프리의 부하들 중 몇몇은 그의 육신에 대해서는 어떻게 해볼수 없을지언정 최소한 영혼만은 지켜주고자 애를 썼다. 그가 극도로 약해져 헛소리나 신음마저 그치고 혼수상태에 빠져버리자, 그를 보좌하던 관리와 법률 담당자들은 램지 수도원을 포함하여 제프리가 앗아간 수많은 교회의 재산들을 되돌려주겠다는 포고령을 발표하기 시작했다. 그게 정말 제프리 자신의 의지인지 아닌지를 두고 많은 논란이 벌어졌지만 누구도 진위 여부는 알 수 없었다. 어쨌든 그 모든 노력도 제프리에게 아무 도움이 되지 못했다. 사면받지 못한 그의 시신은 기독교인답게 묻힐 수 없었고, 백작이라는 직위 역시 진작 박탈당한 터라 후손들은 땅과 직위를 상속받지 못할 것이었다. 그의 장남은 그와 함께 파문당해 반란의 대열에 합류했으며, 아버지의 이름을 물려받은 차남은 이미 모드 황후[4]의 휘하에 들어가 에식스 백작의 지위를 얻었으나 이 역시 땅도 지위도 따르지 않는 껍데기에 불과했다.

9월 16일, 제프리 드 맨더빌은 사면받지 못한 상태로 세상을 떠났다. 그에게 얼마간의 자비라도 베푼 이는 템플기사단들뿐이었다. 당시 밀든홀에 있던 기사들 중 일부가 그의 시신을 런던으로 옮겼지만 누구도 자비심을 베풀려 하지 않았기 때문에 그들은 할 수 없이 시신을 성전 묘지 밖에 있는 구덩이에, 부정하고 더러운 땅에 누일 수밖에 없었다. 교회법의 엄격한 규율에 따르면 파문당한 시신은 그 어떤 땅에도 묻힐 수 없으니, 이 또한 교회법을 위반한 행위였다.

온갖 부류의 인간들로 이루어진 제프리의 잡탕 부대에서 그의 역할을 대신할 만한 인물은 하나도 없었다. 지금껏 그들을 하나로 묶어준 건 상호 간의 이해와 탐욕이 전부였으니, 용기백배한 왕의 군대가 각오를 새롭게 다지고 쳐들어오자 그 허약한 결속은 쉽게 무너져 내렸다. 무법자들로 이루어진 무리는 연약한 초식동물들을 사냥해 목숨을 부지할 수 있는 인적 드문 초원지대나 적이 쉽게 쳐들어올 수 없는 황야를 찾아 사방으로 흩어졌다. 그들보다 신분이 높고 보다 많은 능력과 재주를 지닌 자들은 더 안전한 동맹자들의 품안에서 살길을 찾아 나섰다.

제프리의 죽음에 그 무리를 제외한 다른 사람들은 하나같이 기뼈했다. 스티븐 왕도 마찬가지였다. 그로서는 적들 가운데 가장 위험하고 처치 곤란한 이에게서 놓여난 셈이었다. 더하여 군대의 상당 부분을 한 지역에 상주시켜야 한다는 힘겨운 부담도 사라졌다. 온갖 고약한 자들로 이루어진 약탈자 무리가 물러났다는 소식은 마을과 마을을 통해 펜 지방 전역으로 퍼졌고, 그동안 두려움에 짓눌린 채 숨어 있던 사람들은 하나둘 다시 모여들어 버려진 농작물들을 최대한 거둬들이고 불타버린 집을 다시 일으켜 세우며 흩어졌던 가족과 친척들을 불러 모이기 시작했다. 수많은 주검들을 찾아 정중하게 매장하는 것도 중요한 일이었다. 주민들의 생활이 어느 정도 정상화되려면 오랜 시간이 걸리겠지만 이제 적어도 조심스러운 첫걸음은 뗀 셈이었다.

그리고 그해가 가기 전, 제프리가 임종의 자리에서 램지 수도원을 돌려준다는 포고령을 발표했다는 소식이 그곳 수도원 원장인 월터의 귀에도 들어갔다. 월터 원장은 주님께 감사 기도를 드린 뒤 부원장을 비롯해 무일푼으로 쫓겨나 친척 집으로, 혹은 다른 베네딕토회[5] 수도원으로 떠나간 수사들에게 소식을 알리는 일에 착수했다. 램지 수도원에서 멀지 않은 곳에 있던 이들이 그 부름에 응해 완전히 폐허가 되어버린 수도원으로 제일 먼저 돌아왔다. 수도원 건물들은 뼈대만 남았고, 경작지들은 돌보지 않은 채 버려져 있었으며, 수도원 소유의 장원들 또한 도둑과 약탈자 무리에 모조리 털린 상태였다. 수도원은 문자 그대로 비탄으로 얼룩져 있었다. 그럼에도 월터 원장과 수사들은 수도원과 성당을 재건하는 작업에 착수하는 한편, 제프리에게 쫓겨난 뒤 피난처를 찾아 먼 곳으로 떠났던 수사들과 견습 수사들에게 사람들을 보내 귀환 소식을 알렸다. 또한 성소를 재건하는 작업에 박차를 가하기 위해 다른 수도원에 기부금과 물자와 노동력을 요청했으니, 베네딕토회에 속한 모든 집단은 하나의 혈족이나 다름없으므로 모두가 성의껏 도움의 손길을 보내줄 것이었다.

그렇게 어느 정도 시간이 흘러, 마침내 제프리의 사망 소식과 함께 램지 수도원 측에서 보낸 두 사자가 슈루즈베리 성 베드로 성 바오로 수도원[6]에도 도착했다.

1

 사자들이 도착한 것은 수사회가 시작되고 30분쯤 지났을 때였다. 그들은 회의장 안에 들어가 원장의 전갈을 전하기 전에는 먹거나 마시거나 쉴 생각이 없었고, 발에 묻은 진흙조차 씻어내려 하지 않았다. 그들의 뜻이 워낙 강경했으므로 문지기나 접객소의 수사도 더 이상 어떻게 할 수 없었다.

 그렇게 그들은 슈루즈베리 수도원 수사들 앞에 섰다. 풍부한 경험과 권위를 갖춘 인상적인 용모의 헤를루인 부원장은 라둘푸스 수도원장[7] 곁에 선 채 여윈 두 손을 꼭 쥐었다. 램지 수도원에서부터 내내 그를 따라온 젊은 견습 수사는 그의 뒤로 한두 걸음 떨어져 윗사람의 조용하고 엄숙한 태도를 흉내 내려 애쓰고 있었다. 그들을 호위하며 온 세 일꾼은 그곳 정문을 지키는 문지기와 함께 있었다.

"원장님께서도 우리 수도원이 그간 겪은 통탄할 만한 일들에 대해 잘 알고 계시리라 믿습니다." 헤를루인 부원장이 입을 열었다. "우리가 수도원과 땅을 되찾은 지 두 달도 채 되지 않았습니다. 월터 원장님께서는 반란자와 무법자 들이 우리의 터전을 빼앗고 우리를 협박하여 강제로 내쫓았을 때 어쩔 수 없이 사방으로 흩어져야 했던 수사들을 다시 불러들이고 계십니다. 수도원 근처에 머물러 있었던 수사들이 원장님과 함께 곧바로 돌아왔는데, 와서 보니 그곳은 완전히 폐허가 되어 있었습니다. 영지는 이미 제프리 드 맨더빌을 지원하던 무도한 악당들에게 분배되어 반환을 약속한 포고령도 별 소용이 없더군요. 법적인 수단으로 땅을 되찾자면 몇 년 이상 걸릴 것입니다. 그자들이 가치 있는 모든 것들을 약탈하고 파괴하고 불질러버린 뒤에야 겨우 우리 손에 들어오겠죠. 그리고 경내의 사정에 대해 말씀드리자면……."

그때껏 자신감 넘치는 낭랑한 목소리로 차분하게 이야기를 이어오던 헤를루인도 수도원에 되돌아온 날의 정황을 설명하는 대목에 이르자 끓어오르는 분노를 어찌하지 못한 듯 잠시 숨을 골랐다.

"저도 그날 그 자리에 있었습니다. 그자들이 성소를 어떻게 만들어놨는지 똑똑히 보았지요. 차마 눈뜨고 볼 수 없으리만큼 추악한 광경이었습니다! 성당과 회랑을 마구간처럼 더럽히고, 숙사와 식당에서 목재로 된 것들은 모조리 뜯어내 땔감으로 써버렸더군요. 식량은 물론 우리가 미처 옮겨놓지 못했던 귀중품들도 모조리 쓸어 갔습니다. 그자들이 지붕의 납까지 뜯어 간 터라 바깥 공기에 노출된 방들은 비와 서리를 맞았지요. 요리할 냄비 하나, 기도서 한 권, 양피지 한 장도 남아 있지 않았습니다. 무너진 벽들, 황막하고 공허한 폐허뿐이었어요. 우리는 이 모든 것을 재건하여 전보다 더 훌륭하고 안락한 곳으로 만드는 작업에 착수했습니다만, 거기 있는 사람들의 힘만으로는 그 일을 해낼 수가 없습니다. 월터 원장님은 우리 수도원 사람들을 먹이기 위해 이미 당신 재산의 상당 부분을 쾌척하셨습니다. 그 땅에는 수확할 게 남아 있지 않았으니까요. 늘 죽음의 위협이 도사리고 있는 상황에서 누가 감히 밭을 경작할 수 있었겠습니까? 악당들은 더없이 가난한 사람들에게서조차 마지막 남은 초라한 물건들을 강탈해갔고, 빼앗을 게 하나도 없을 경우에는 사람의 목숨을 가져갔습니다."

"그 지방에 횡행했던 참화에 관해서는 우리도 상세히 들은 바 있소." 라둘푸스 원장이 말했다. "그런 소식이 들어올 때마다 우리 모두 비탄을 금치 못했고 하루 빨리 재앙이 그치기를 기원했지. 이제 그 모든 일이 끝난 상황에서 우리 수도회에 소속된 수도원치고 참화를 딛고 일어서려는 그대들의 노력을 외면하려는 곳은 하나도 없을 거요. 램지 수도원이 절실히 필요로 하는 바에 최대한 부응할 수 있는 것이라면 뭐든 요구하시오. 그대들은 형제를 찾아온 사람들이고, 한 가족이라는 울타리 안에서 어느 하나가 입은 손실은 모두의 손실이나 마찬가지이니까."

"저는 기부금이나 기술 등의 자비를 기꺼이 베풀 용의가 있는 형제들에게 도움을 요청하고자 합니다." 헤를루인 수사가 말을 이었다. "이 수도원뿐 아니라 세상 모든 사람들에게요. 건축 공사에 숙련된 분들이나 고향에서 멀리 떨어진 곳에 가 몇 주간 일해주실 분들, 우리를 위해, 또 스스로의 영적인 은총을 위해 어떤 식으로든 우리의 복구 작업에 도움을 주려는 슈루즈베리 시민들이 있다면 누구든 환영합니다. 우리 수도원은 그들이 베푸는 모든 금전적인 자비와 간절한 기도에 깊이 감사할 겁니다. 이에, 제가 원장님의 수도원 예배당에서 한 차례 설교를 해도 될지 여쭙습니다. 더불어 슈루즈베리의 모든 선한 분들이 영혼을 정화하고 희사할 기회를 가질 수 있도록, 행정 장관과 교구신부의 허락을 얻어 시내의 대십자상 앞에서도 한 차례 설교할 수 있기를 바랍니다."

"그 문제에 관해서는 보니페이스 신부와 협의하도록 하겠소. 그분도 아마 기꺼이 허락할 거요. 그리고 우리 수도원이 지원을 아끼지 않으리라는 점에 대해서는 그대도 이미 잘 알고 있으리라 믿소."

"예, 램지 수도원은 우리의 형제애를 깊이 신뢰하고 있습니다." 헤를루인은 정중하게 말했다. "그래서 여기 있는 투틸로 수사와 저 같은 사람들이 다른 주의 베네딕토회 수도원들로 파견되었지요. 저희는 또한 수도원이 재난을 당했을 때 목숨을 건지기 위해 어쩔 수 없이 사방으로 흩어진 수사들에게 우리가 수도원을 되찾았으며 그들을 간절히 필요로 하니 하루빨리 돌아오라는 소식을 전하는 임무도 받았습니다. 그들 중 일부는 월터 원장님이 돌아오셨다는 것도, 그 엄청난 복구 작업을 제대로 이루기 위해서는 우리의 모든 형제들의 노동과 믿음이 필요하다는 것도 아직 모르고 있거든요." 헤를루인은 원장의 얼굴을 주시하면서 말을 이었다. "제가 듣자니, 저희 쪽 수사 중 한 사람이 수도원을 떠나 이곳에 있는 자기 가족에게 돌아갔다더군요. 저는 그 사람을 만나 저와 함께 수도원으로 돌아가자고 권해야 하는 입장입니다."

라둘푸스는 고개를 끄덕였다. "롱너 영지의 설리엔 블런트 얘기군. 그건 사실이오. 그 청년은 월터 원장의 허락을 받고 우리에게 왔지만 마지막 서약은 하지 않았소. 견습 기간이 거의 끝나갈 무렵 소명에 대한 회의를 느꼈던 게지. 그는 자신의 장래에 대해 깊이 생각해본다는 조건으로 원장의 허락을 받아 여기 왔었고, 본인의 뜻에 따라 이 수도원을 떠나 가족의 품으로 돌아갔소. 나는 적절한 절차를 밟아 그 사람을 사면했소. 내가 판단하기에 그 청년이 수도원으로 들어온 것은 실수였소. 하지만 자세한 이야기는 그대가 청년에게 직접 듣는 편이 좋을 거요. 우리 수사 한 사람을 그대에게 붙여 그 청년의 가족 영지로 가는 길을 일러주도록 하겠소."

"저는 그의 양심을 되돌리기 위해 최선을 다할 겁니다." 헤를루인이 강경한 어조로 대꾸했다. 움직이려 하지 않는 양을 설득해 어떻게든 우리로 몰아넣는 일을 즐기고, 또 아주 잘해내는 사람 같았다.

세속에서도 수도원에서도 오랜 세월을 보내오며 온갖 부류의 인간들과 사건들을 경험한 바 있는 캐드펠 수사는 후미진 구석에 앉아 녹록지 않은 개성을 지닌 램지 수도원의 부원장을 자세히 살펴보고 있었다. 대십자상 앞에서 아주 근사한 설교로 수많은 주민들의 죄책감을 자극하여 상당한 기부금을 거둬들이겠군, 그는 생각했다. 워낙 달변인 데다 수도원 일에 저토록 열성적이니 일이 잘될 거야. 하지만 설리엔 블런트의 마음을 바꾸는 문제는 쉽지 않을걸. 설리엔에게는 곧 결혼할 여인이 있었다. 만일 헤를루인이 기적이나 다름없는 그 일을 해낸다면, 그는 곧 성자의 반열에 들 수도 있으리라. 하지만 캐드펠이 알고 있는 성자들 중에는 거북하고 불편한 마음을 안겨주는 이들이 있었다. 그는 개인적으로 그런 성자들을 존경할 수 없었다. 물론 그들이 주변 사람들을 성가시게는 해도 정직하고 강직한 인물들이라는 점은 부인하지 못할 것이었다. 그러나 무엇으로도 깨뜨릴 수 없는 사랑이라는 철벽에 자신이 가진 모든 무기를 들이대려 하는 헤를루인이 캐드펠로서는 좀 딱해 보였다. 설리엔 블런트를 퍼넬 오트미어에게서 떼어내려 하다니! 그게 과연 가능한 일일까?

약탈당해 비어버린 램지의 금고를 다시 채우고 파괴된 건물들을 재건하겠다는 굳은 결의를 갖고서 먼 거리를 기꺼이 걸어온 헤를루인에 대해 어느 정도 존경의 마음이 이는 것은 사실이었지만, 캐드펠은 그라는 사람에게 그다지 호감을 느낄 수 없었다.

펜에서 온 두 수사는 아주 특이한 한 쌍이었다. 헤를루인은 체구가 크고 어깨가 넓었으며, 한때는 비만하다고 할 만큼 뚱뚱했겠지만 이제는 나이가 들어 살집이 아래로 좀 늘어져 있었다. 그렇게 된 것도 무리는 아니리라. 불운한 펜 지방 주민들이 혹심한 압제로 곡식을 제대로 거두지 못해 먹지도 못하며 비참하게 살았던 시절, 그 또한 모든 고난을 함께 겪었을 테니까. 아직 회색보다는 갈색에 더 가까운 뻣뻣한 머리칼로 둘러싸인 허연 정수리, 길고 여윈 얼굴, 뚜렷한 이목구비, 엄숙한 분위기가 감도는 깊숙한 두 눈. 미소에 익숙하지 않은 듯 보이는 기다란 입술은 거의 보이지도 않을 만큼 얇았다. 나이는 아마 50대쯤 되었을까? 오랜 세월을 거치며 그의 용모에 새겨진 인상, 모든 것을 무겁게 끌어 내리는 억압과 금단의 기미를 감지하며 캐드펠은 생각했다.

저 표정이 그의 내면을 제대로 드러낸 것이라면, 긴 여행에서 썩 유쾌한 동반자는 못 되었을 거야. 이제 캐드펠은 그의 뒤쪽 한두 걸음 떨어진 곳에 조신하게 서서 주의 깊게 귀를 기울이는 투틸로 수사에게로 시선을 돌렸다. 스무 살? 어쩌면 그보다 더 어릴 수도 있겠군. 그는 호리호리한 체격에 행동거지가 아주 유연하고 우아해 보이는 청년이었다. 아마 훈련을 통해 저런 차분한 거동을 몸에 익혔으리라. 키가 작은 편이라, 긴 여정 동안 무성하게 자라난 풍성한 연갈색 머리칼로 둘러싸인 정수리가 헤를루인의 어깨에 닿을까 말까 했다. 그의 머리칼은 미사 독본 속 채색화에 등장하는 천사의 모습을 연상시킬 만큼 아름다웠으나, 그 밑의 얼굴은 열정과 헌신의 표정에도 불구하고 천사와는 거리가 멀어 보였다. 살결은 어린 소녀처럼 하얗고 발그레하지만 부리부리한 두 눈, 완벽한 대칭을 이룬 갸름한 얼굴, 날카롭고 예민해 보이는 이목구비가 무언가 가면 같은 인상을 주었다. 대리석처럼 단단하고 매끄러운 피부를 감싼 저 장밋빛 피부 너머에 아주 매력적인, 그러나 다소 위험한 개성이 잠복해 있을 것만 같았다.

청년의 생김새는 노르만계나 켈트계와는 거리가 멀어 보였다. 아마 앵글로색슨계의 청년일 텐데, 그런 사람이 투틸로라는 이름을 갖고 있는 것이 조금 어색하게 여겨졌다. 아마 견습 수사가 되었을 때 누군가 붙여준 이름이리라. 그 이름이 뭘 뜻하는지, 램지 수도원에서 그를 지도했을 수사들이 어디서 그 이름을 따왔을지 안젤름 수사에게 물어봐야겠군, 캐드펠은 생각하며 다시 주인과 손님들 사이에서 오가는 대화에 귀를 기울였다.

"이 지역에 머무르는 동안 근처에 있는 다른 수도원들에도 들러보면 좋겠군." 라둘푸스 원장은 말했다. "그대만 괜찮다면 우리 수도원의 말을 이용하도록 하시오. 걸어서 여행하기에 썩 좋은 계절이 아니오. 강물의 수위가 높아 어떤 여울들은 건너기 힘들 테니 말을 타고 이동하는 게 나을 거요. 그대가 계획하고 있는 일이 무엇이든 우리 모두 성심껏 거들겠소. 아까 언급했다시피 우리 교구에 속한 신도들의 영혼을 구제하는 일은 보니페이스 신부가 맡고 있으니, 교구 예배당을 사용하는 문제에 관해서는 그 신부와 상의하겠소. 그리고 슈루즈베리의 대십자상 앞에서 가질

집회에 관해서는 이곳 행정 장관인 휴 베링어와 시장, 그리고 길드원들과 협의해야겠지. 그 외에 우리가 해줄 수 있는 일이 있다면 뭐든 말만 하시오."

"말을 내주신다니 정말로 감사합니다." 헤를루인의 딱딱한 얼굴에 미소 비슷한 것이 떠올랐다. "우스터에 있는 형제들을 꼭 한번 방문해볼 생각이었거든요. 여건이 된다면 이브셤과 퍼쇼에 있는 형제들도 찾아보고요. 나중에 슈루즈베리에 돌아와 말들을 반납하도록 하겠습니다. 우리 수도원을 점거했던 무법자들이 떠나면서 말들마저 남김없이 끌고 가버려서…… 어쨌든 오늘은 곧장 설리엔 수사를 찾아가 이야기를 나누고 싶습니다."

"좋을 대로 하시오." 라둘푸스는 흔쾌히 말했다. "그리로 가려면 중간에 나루터를 건너야 하는데, 그 길은 캐드펠 수사가 가장 잘 알고 있지. 또 롱너 사람들과도 친한 편이니 그와 같이 가는 게 좋겠소."

*

"설리엔 형제가 꽤나 난처해지겠군." 총회가 파한 뒤, 캐드펠은 성가대 선창자이자 서고 담당자인 안젤름 수사와 함께 넓은 마당을 가로지르면서 말했다. "한동안 형제라는 호칭마저 까맣게 잊고 살았을 텐데 말입니다. 원장님도 그 청년의 상황에 대해 나만큼이나 잘 알고 계시지만 굳이 말씀을 아꼈던 건, 아마 헤를루인이라는 사람이 그 말을 귀담아듣지 않으리라 생각하셨기 때문일 겁니다. 이제 설리엔에게 형제라는 호칭은 형 유도를 뜻하는 말이 되었지요. 그 친구는 무기를 다루는 훈련에 푹 빠져 있더군요. 어머니가 돌아가시면 성으로 가 수비대의 일원이 될 생각이라나요. 그런데 소문을 듣자니 도나타 부인의 생명이 얼마 남지 않은 듯해요. 그분이 돌아가시기 전에 설리엔은 결혼을 하려고 할 겁니다. 그러니 램지 수도원으로 돌아갈 리가 없지.″

″램지 수도원장이 자신의 뜻에 따라 그 친구를 집으로 돌려보낸 마당에 부원장으로서는 억지로 그를 끌고 갈 권한이 없죠.″ 안젤름이 고개를 끄덕였다. ″열심히 권하고 설득하려 들겠지만 소용없을 겁니다. 그가 완강하게 버티면 본인도 어쩔 수 없다는 걸 알게 되겠죠.″ 그는 냉정한 어조로 덧붙였다. ″결국 헤를루인 부원장이 요구할 수 있는 건 양심의 가책에 따른 사례금 정도일 겁니다.″

″그럴 공산이 크지. 설리엔 역시 그 요구를 선선히 받아들일 테고…… 그 집 식구들 모두 워낙 마음이 여린 사람들이니까요. 설리엔은 그러잖아도 램지 수도원에 빚을 진 기분일 겁니다.″ 이어 캐드펠은 안젤름 수사를 바라보며 물었다. ″헤를루인 부원장과 함께 온 친구에 대해서는 어떻게 생각합니까?″

″젊은 친구요? 양 볼이 장밋빛으로 화사하게 빛나는 게, 아주 열정적인 성격 같더군요. 그 열기를 가라앉히기 위해 헤를루인을 따라 나서겠다 자청한 걸까요?″

"그런 이색적인 이름은 대체 어디서 나온 건지 모르겠더군."

"투틸로! 그러게 말입니다." 안젤름은 잠시 생각에 잠겼다가 이내 다시 입을 열었다. "세례명은 아니에요. 누가 그에게 이름을 붙여줬는지는 모르지만 분명 이유가 있을 겁니다. 3월의 성인들 가운데 투틸로라는 분이 계세요. 세인트골의 수도사로, 돌아가신 지 200년도 더 지났지요. 제가 들은바 그분은 모든 예술 방면의 달인이었답니다. 화가이자 시인이자 음악가였어요. 그 젊은 이도 많은 재주를 지녔을지 모르겠군요. 그에게 레벡이나 오르가네토 연주를 시켜봐야겠습니다. 전에 이곳에 떠돌이 가수 하나가 들어왔던 일 기억하십니까? 금세공인 집 주방에서 일하는 여자를 아내로 삼아 우리 곁을 떠났던, 체구가 자그마한 곡예사 청년 말입니다. 그때 제가 그 청년의 레벡을 고쳐줬지요. 투틸로라는 친구가 그 청년보다 나은 솜씨를 지녔다면, 그는 그 이름을 가질 자격이 있는 셈입니다. 수사님이 오늘 오후 그들을 롱너로 안내하는 일을 맡으셨으니, 기회를 봐 그 친구의 솜씨를 한번 시험해 보시지요. 물론 헤를루인은 자기가 데려온 견습 수사가 행여 딴 짓을 하지 않나 싶어 좀처럼 눈길을 거두지 않겠지만 말입니다."

*

롱너 영지로 가는 길은 수도원 앞 대로에서 북동쪽으로 뻗어가다가 키 작은 나무들이 빽빽하게 들어선 숲 사이를 지나, 슈루즈베리시를 휘감고 흐르는 구불구불한 세번강이 한눈에 내려다보이는, 히스와 잔풀이 우거진 야트막한 구릉으로 이어졌다. 수위가 높아져 잔뜩 부푼 채 도도하게 흐르는 강물 속에는 나뭇가지들과 강둑에서 떨어져 나온 뗏장들이 굼실거리며 떠갔다. 지난겨울에는 심한 강풍이나 혹독한 추위가 몰아닥치지 않았지만 눈이 많이 내렸다. 눈 녹은 물이 부드러운 여울을 이루면서 흘러내려 골짜기들은 물론이고 강가의 초원들까지 잠식해 들어갔다. 시냇물이 햇살에 흰 배를 드러낸 채 나직한 웅얼거림과 함께 끊임없이 풀밭을 가로지르고 있었다. 상류 쪽으로 조금만 올라가면 나오는 여울은 통행이 불가능했고, 평소 걸어서 강을 건너는 사람들에게 도움을 주곤 했던 자그마한 섬도 물속에 잠긴 채였다. 하지만 뱃사공은 장대로 강바닥을 힘차게 밀어가며 승객들을 실어 날랐다. 거친 물살에 이골이 난 그에겐 물살이 잔잔하든 폭우가 쏟아지든 홍수가 나든 아무 상관이 없었다.

강 건너편 길은 강물에 이미 1미터쯤 먹혀 축축한 풀밭을 따라 구불구불하게 이어졌다. 만일 웨일스 산악 지대에 봄비가 내려 눈 녹은 물로 이미 부풀어 오른 강물까지 흘러올 경우 슈루즈베리를 둘러싼 성벽 밑에는 홍수가 질 것이고, 메올천川과 저수지는 크게 역류해 수도원 성당의 본당을 위협할 터였다. 캐드펠도 수도원에 들어온 이래 그런 일을 두 차례 겪었다. 서쪽 하늘 저편으로는 짙은 먹구름이 산봉우리들을 무겁게 짓누르고 있었다.

일행은 '도공의 땅' 경작지 밑으로 이어진 습한 강가를 따라가

다가 고맙게도 내륙 쪽으로 완만한 경사를 이룬 언덕길을 올라롱너 영지의 잘 가꿔진 숲에 들어섰다. 거기서 얼마 가지 않아 넓은 빈터가 나왔다. 높은 담과 건물들의 외벽으로 둘러싸인 그 저택은 산자락을 등진 아늑한 빈터에 자리 잡고 있어 거센 바람을 피할 수 있었다.

그들이 대문 안으로 들어섰을 때 설리엔 블런트는 마구간에서 나와 집 쪽으로 다가가는 중이었다. 형의 집에서 제 몫을 다하는 동생답게 가죽으로 된 조끼와 작업복, 몸에 달라붙는 짧은 바지 차림이었다. 그는 쭉 그 집에서 그렇게 지내다가 마침내는 바라는 대로 자신의 가정을 이룰 것이다. 설리엔은 집에 들어선 세 사람을 보더니 문득 걸음을 멈추고 긴장 어린 눈길로 응시하다가 이내 자신이 모시던 이를 알아보았다. 램지 수도원으로부터 멀리 떨어진 곳에서 부원장을 만나 무척 놀란 듯, 그는 황급히 걸음을 옮겨 그들에게 다가왔다. 아주 공손하고 침착한 태도였지만 얼굴에 두려움이 어려 있었다. 설리엔은 수도원 생활에 회의를 느껴 그곳에서 아주 멀리 떠나온 터였다. 이미 지나간 과거에 속하는 존재를 마주한 지금, 어렵사리 새로 얻은 평화와 안정, 그리고 자신이 선택한 미래가 위협받는 듯한 기분이 드는 모양이었다. 하지만 이러한 혼란도 잠시였다. 설리엔은 자신의 길을 분명히 확신하고 있었다.

"환영합니다, 헤를루인 부원장님! 부원장님께서 무사하신 걸 보니 기쁘군요. 램지 수도원을 되찾았다는 소식은 저도 들어서 알고 있습니다. 어서 들어오셔서 이 롱너 영지 사람들이 신부님께 어떤 도움이 되어드릴 수 있을지 말씀해주세요."

"우리가 수도원을 되찾았을 때의 상황이 어땠는지 자네도 알아야 하네." 헤를루인은 곧 닥쳐올 전투를 예고하듯 비장하게 포문을 열었다. "한 해 동안 그곳은 무법자들의 소굴이었지. 놈들은 수도원의 모든 것을 벗겨내고 태워버렸어. 벽들도 더럽혔는데, 그나마도 나중에 떠나면서 무너뜨렸지. 놈들이 모독한 것을 주께서 보시기에 좋도록 재건하기 위해서는 램지 수도원의 아들들을 총동원해야 하네. 우리 수도회에 속한 모든 형제들의 도움이 필요한 상황이야. 그래서 자네를 만나러 왔네."

"저도 베네딕토회 수사님들의 친구입니다. 하지만 더 이상은 램지의 아들이 아니며, 수사님들의 형제도 아니에요. 기억하실지 모르지만, 월터 원장님께서 제가 택한 길에 의문을 품고 저를 라둘푸스 원장님 밑으로 보내셨습니다. 이곳 수도원에서 견습 수사 과정을 밟으며 제가 진정으로 바라는 게 뭔지 잘 생각해보라고 하시면서요. 그 후, 라둘푸스 원장님께서 저를 세속으로 다시 보내주셨지요. 어쨌든 일단 안으로 들어가시죠. 친구의 자격으로 부원장님과 얘기를 나누고 싶습니다. 부원장님께서 하시는 말씀을 존중하고 경청하겠습니다."

예의와 존중을 배우고 익힌 청년이니 그는 응당 그렇게 할 것이다. 더구나 물려받을 재산이 없어 제 힘으로 앞길을 개척해나가야 하는, 따라서 힘과 권위를 지닌 이들의 환심을 사야 성공할 수 있는 둘째 아들이라는 입장이니 더더욱 그러하리라. 하지만 어떤 일이 있어도 자신의 마음을 바꾸지는 않을 터였다. 자기편을 들어줄 우호적인 입회인도 필요로 하지 않을 것이다. 그러니 이 순간 헌신적인 젊은 견습 수사가 굳이 헤를루인의 곁에 붙어 있을 필요는 없지 않을까? 투틸로의 존재 자체가 설리엔에게는 부담스러운 의무와 불필요한 짐으로 작용할지도 몰랐다.

"부원장님과 단둘이 이야기하는 편이 좋을 것 같군." 캐드펠이 홀 문으로 이어지는 돌계단을 올라가며 설리엔에게 말을 건넸다. "자네만 괜찮다면 나와 이 젊은이는 자네 어머니를 뵈러 가겠네. 물론 부인께서 상태가 괜찮고, 또 방문객들을 맞을 용의가 있다면 말일세."

"수사님이라면 언제든 환영이지요!" 설리엔이 고개를 돌려 환하게 웃어 보였다. "그리고 새 손님을 만나면 어머니 마음도 새로워질 겁니다. 어머니께는 지금 이승에서의 삶이 더없이 단조롭다는 것 아시잖아요."

도나타 블런트는 지난 몇 년간 혹심한 통증과 함께 몸과 마음을 서서히 갉아먹는 불치의 병에 시달리고 있었다. 그리고 삶의 마지막 단계에 이르러 육신이 극도로 쇠약해진 지금, 마침내 고통을 초월하여 이승의 삶과 화해를 시작한 참이었다.

"금방 끝날 겁니다." 설리엔은 그렇게 말한 뒤 천장이 높고 침침한 홀에 이르러 걸음을 멈췄다. "제 방으로 들어가시죠, 헤를루인 부원장님. 다과를 내오도록 하겠습니다. 형님은 밭에 나가 계세요. 이 자리에서 부원장님께 인사를 드리지 못하는 것이 유감스럽군요. 결례가 됐다면 용서하십시오. 하지만 부원장님께서 제게 긴히 얘기할 것이 있어 오신 거라면 차라리 이 편이 나을지도 모르지요." 이어 그가 캐드펠을 돌아봤다. "어머니 방으로 가 보세요. 아마 깨어 계실 겁니다."

*

도나타 부인은 자신의 조그만 침실에서 겹쳐진 베개들에 등을 기댄 채 누워 있었다. 덧창은 열려 있었고, 돌로 된 맨바닥 한구석에는 불을 피운 조그만 화로가 놓여 있었다. 떨어진 백합 꽃잎 같은 두 손을 침대보 위에 가지런히 늘어뜨린 그녀는 하얀 뼈들과 반투명한 피부의 조합에 지나지 않았다. 얼굴은 살점이 하나도 없이 은빛 뼈로 만든 연약한 마스크 같았으며, 눈두덩은 깊이 들어가 박혀 푸르스름한 그림자처럼 보였다. 그러나 그 눈망울만큼은 여전히 맑고 예리하고 더없이 영롱하게 빛나며 활달하고 꿋꿋한 영혼을 드러내고 있었다. 그녀는 아직 세상을 향한 진지한 관심을 지니고 있었다. 동시에 그 영혼은 죽음을 두려워하지도, 꺼려하지도 않았다.

"정말 반갑군요, 캐드펠 수사님!" 부인은 방문객들을 올려다보고는 원래의 음색을 고스란히 간직한 낮은 목소리로 인사말을 건넸다. "지난겨울에는 수사님을 거의 뵙지 못했죠. 수사님과 작별 인사도 나누지 않은 채 이승을 떠나고 싶지 않아 아직도 이렇게 목숨을 부지하고 있나 봅니다."

"언제든 사람을 보내면 달려올 텐데요." 캐드펠은 등받이 없는 의자를 들고 부인의 침대 곁으로 갔다. "원장님께서도 부인의 청을 거절하지 않을 분이고요."

"그분께서 지난 크리스마스 때 친히 오셔서 내 고해를 들어주셨죠. 나는 그분이 거느린 무리 속 늙은 양이에요."

"그래, 상태는 좀 어떻습니까?" 캐드펠은 부인의 평온한 얼굴을 유심히 들여다보았다. 도나타 부인 앞에서는 말을 빙빙 돌릴 필요가 없었다. 그녀는 늘 캐드펠의 말뜻을 제대로 파악했고, 그의 거침없는 태도를 아주 좋아했다.

"삶과 죽음의 문제에 대해 묻는 거라면, 아직 괜찮아요. 그리고 고통은…… 난 이미 그걸 넘어섰어요. 고통을 느끼고 주시하는 것만으로는 충분치 않죠. 나는 이제 그걸 내가 찾고 추구해온 계시 같은 것으로 봐요." 근심이나 후회의 기색이라곤 느껴지지 않는 지극히 담담한 태도였다. 그녀는 더없이 만족스러운 상태에서 얼마 남지 않은, 그러나 애초에 생각했던 것보다는 천천히 다가오는 임종의 순간을 기다리고 있었다. 곧 부인이 멀찌감치 서 있는 젊은이에게로 시선을 돌렸다. "수사님이 데려온 저 청년은 누군가요? 수사님의 허브밭에서 새로 일하게 된 견습 수사인가요?"

이에 투틸로가 침대 곁으로 다가와 부리부리한 눈을 둥그렇게 뜨고 도나타를 주시했다. 젊고 풍요로운 생명력이 죽음과 맞닥뜨리는 순간이었다. 하지만 그의 얼굴에서 당혹감이나 연민의 빛은 찾아볼 수 없었다. 도나타는 자신을 동정해줄 사람을 부른 게 아니었다. 투틸로는 빠르고 정확한 이해력을 가진 사람이었다.

"아, 그건 아닙니다." 하지만 이렇게 영리한 청년이라면 함께 일하는 것도 나쁘지 않겠군, 캐드펠은 투틸로의 호리호리한 몸을 찬찬히 살피며 생각했다. "이 청년은 램지 수도원에서 그곳 부원장과 함께 온 사람이에요. 월터 원장님이 수도원으로 돌아간 뒤 그곳을 재건하기 위해 모든 수사들을 불러들이고 있지요. 제프리드 맨더빌과 그가 거느린 약탈자들이 수도원을 빈껍데기로 만들어놨거든요. 사건의 전말을 듣고 싶으시다면 헤를루인 부원장을 불러드리지요. 그분은 지금 설리엔의 방에서 그와 이야기를 나누고 있습니다."

"설리엔은 수도원으로 다시 돌아가지 않아요." 도나타가 단호하게 말했다. "그 아이는 일시적인 충동으로 큰 실수를 저질렀고, 그 때문에 저는 몹시 슬퍼했지요. 제프리가 아주 고약한 사람이라 해도, 그는 그곳 수도원을 습격하면서 딱 한 가지 좋은 일을 했어요. 설리엔이 참다운 자기 자신으로 돌아가게 만들어줬잖아요." 그녀는 사려 깊은 미소를 머금은 채 투틸로의 황금빛 눈을 응시했다. "우리 작은아이는 수사가 될 사람이 아니거든요."

"어느 황제도 투틸로라는 성자에 대해 비슷한 말을 했다더군요." 캐드펠은 안젤름이 세인트골의 성자에 관해 얘기했던 것을 떠올리며 말했다. "이 청년의 이름을 바로 그분의 이름에서 따왔지요. 지금 이 형제는 램지 수도원에서 견습 과정을 밟고 있답니다. 제가 들은 이야기가 맞는다면, 이 형제는 아마 화가나 조각가, 아니면 가수나 음악가일 겁니다. 샤를 왕, 사람들이 '뚱보 샤를'이라 불렀던 분은 성자 투틸로에 대해, 그런 대천재가 수도원으로 들어가다니 정말 애석하다고 말하며 그분을 수사로 만든 사람을 저주했답니다. 사실인지는 모르겠지만, 아무튼 안젤름 수사의 말로는 그렇습니다."

"언제고 또 다른 왕이 이 청년에 대해 같은 말을 할지도 모르겠네요." 도나타는 아름답고 우아한 청년을 머리끝에서 발끝까지 훑어보며 찬탄 어린 목소리로 말했다. "아니면 어떤 여자가 그렇게 말할 수도 있고요! 자, 당신은 정말로 그런 사람인가요, 투틸로?"

"예, 윗분들께서 그런 이유로 제게 그 이름을 주신 건 사실입니다." 청년의 목이 장밋빛으로 물드는가 싶더니, 이내 부드러운 두 뺨까지 온통 붉어졌다. 하지만 언짢아하거나 불쾌해하는 기색은 아니었다. 그는 넋 나간 듯한 눈길로 도나타의 얼굴을 뚫어지게 바라볼 뿐이었다. 생애 마지막 순간의 평온함 속에서 오래전 그녀를 떠난 아름다움의 일부가 돌아와, 그 얼굴을 한층 강렬하고 인상적으로 바꾸어놓은 터였다. "저는…… 음악에 재능이 좀 있습니다." 오만함도, 그렇다고 과장스러운 겸손도 찾아볼 수 없는 담담한 말투였다. 스스로에 대해 초연한 판단을 내릴 수 있는 사람들에게서 볼 법한, 자신감 어린 조용한 태도였다. 깊숙이 들어가 박힌 도나타의 두 눈에 한순간 흥미와 반가움의 빛이 반짝 스치고 지나갔다.

"좋아요! 자신이 무엇을 잘하는지 안다면 그처럼 당당하고 자신감 있는 태도로 나와야지요. 잠이 오지 않는 무수한 밤, 날 위로하던 것이 바로 음악이었어요. 악마들이 기승을 부릴 때 내 마음을 가라앉혀주고 달래주었죠. 보다시피 이제 그놈들은 잠들었고 나는 이렇게 깨어 있답니다." 이어 그녀는 침대보에 얹혀 있던 연약한 손을 들어 방 한구석에 놓인 궤를 가리켰다. "저 안에 프살테리움(그리스와 로마 시대의 악기로, 평평한 공명판 위에 많은 현이 달려 있다―옮긴이)이 있어요. 오랫동안 누구도 손을 대지 않았지요. 그걸 연주해보지 않겠어요? 제 목소리를 다시 내게 해주면 악기도 고마워할 겁니다. 홀에도 하프가 하나 있는데, 지금은 아무도 건드리지 않지요."

투틸로는 무거운 뚜껑을 가뿐히 들어 올려 그 안을 들여다보다가 곧 돼지의 넓은 주둥이처럼 생긴 악기를 꺼냈다. 그것을 다루는 태도가 악기에 대한 깊은 관심과 애정을 그대로 드러내는 듯했다. 그러나 이내 그의 이맛살이 살짝 찌푸려졌다. 현들 중 하나가 끊어져 있었던 것이다. 이어 그는 활을 찾으려고 궤 안을 더 자세히 들여다보다가 다시금 이맛살을 찌푸렸다.

"전에는 매주 새 활을 깎아두곤 했는데……." 부인이 말했다. "내가 중요한 임무를 소홀히 했군요."

그러나 투틸로는 다시 조심스레 악기를 품에 안았다. "제 손톱을 사용하면 됩니다." 그는 주저 없이 침대 한쪽에 앉아 무릎 위에 프살테리움을 반듯하게 세운 뒤 현들을 한 차례 긁어 부드러운 진동음을 냈다.

"손톱이 너무 짧은데요. 자칫하면 손가락 끝이 벗겨지겠어요." 지극히 평범한 그 말이 투틸로에게는 무척이나 강렬한 의미로 다가왔다. 젊은이를 걱정하는 어머니의 애정이 느껴져서였을까? 아니, 그것은 어머니나 누이의 말투가 아니었다. 이 순간 두 사람은 어쩌면 혈연으로 맺어진 관계보다 훨씬 더 깊은 친밀함을 느끼고 있었다. 모든 의무와 책임, 금제禁制나 속박으로부터도 자유로울 때, 한 인간은 다른 인간과 마음먹은 만큼 가까워지게 된다. 어떤 제한이나 구속 같은 것에 순응하기에는 그녀에게 시간이 너무 부족했다. 투틸로는 가식 없는 예리한 눈빛으로 그녀를 힐끗 바라보았다. 상대의 마음에 민감하게 반응하는 주의 깊은 눈길이었다. 한순간 그는 잠시 두 손을 멈추었다가 곧 싱긋 웃어 보였다.

"제 손가락 끝은 가죽처럼 질겨요." 그가 손바닥을 펼쳐 긴 손가락들을 까딱였다. "보세요! 램지 수도원에 들어가기 전에는 제 아버지의 주인이신 버튼 영주님 앞에서 하프를 연주하곤 했지요. 자, 연주를 시작하겠습니다. 줄 하나가 끊어져 소리가 제대로 안 날 수도 있는데, 그렇더라도 잘 참고 들어주셔야 합니다." 그의 목소리에도 역시 즐거움과 응석의 분위기가 깃들어 있었다. 자신의 능력과 재주를 믿어주는, 그러면서도 염려를 거두지 못하는 가까운 어른을 대하는 듯한 말투였다.

투틸로는 궤 속에서 찾아낸 조율용 키를 끼운 뒤 줄감개를 이리저리 돌리며 손톱으로 현을 튕겨보았다. 여름 풀밭에서 이는 곤충들의 합창 비슷한 소리가 울렸다. 투틸로가 체발한 머리를 숙이고 조율에 완전히 몰입한 사이 도나타 부인은 눈을 가늘게 뜬 채 마음 놓고 청년을 바라보았다. 청년의 얼굴에 어린 들뜬 미소와 도나타의 눈빛으로 보아 이미 강렬한 교감이 두 사람의 마음을 하나로 묶어놓은 듯했다.

"줄 하나가 끊어진 걸 빼면 아직 쓸 만하네요. 음색이 그리 풍부하지는 않겠지만, 그래도 꽤 괜찮을 겁니다." 그는 굳은살이 박인 손끝을 기민하게 놀려 현을 튕겼다. 시냇물이 흐르듯 아른아른하면서도 맑고 부드러운 음들이 쏟아져 나왔다. "좋네요! 금속으로 만든 현이 더 크고 맑은 소리를 내지만, 장선腸線도 나쁘지 않지요."

그는 악기 쪽으로 고개를 숙이더니 먹이를 노리고 급강하하는 매처럼 달려들어 손가락을 현란하게 놀리기 시작했다. 긴장된 음들이 격자세공 양식으로 꾸며진 중앙의 장미 무늬 통로로 미처 다 빠져나오지 못해 악기의 해묵은 공명판이 한껏 부풀어 올라 격렬하게 고동치는 듯했다.

캐드펠은 두 사람이 상대의 반응을 열심히 의식하고 있음을 깨닫고 서로를 잘 볼 수 있도록 자신이 앉아 있던 의자를 뒤로 약간

물렸다. 투틸로는 분명 대단한 재능을 지닌 사람이었다. 그는 오랫동안 침묵을 지키다가 어느 날 문득 자신의 아름다운 목소리가 되돌아왔다는 사실을 깨달은 새처럼 신들린 듯 정신없이 연주에 몰입했다.

얼마간 시간이 흘러 애초의 격렬했던 갈증이 어느 정도 풀리자 그는 유연한 연주를 이어가며 한층 깊숙하고 감미로운 도취의 순간을 선사했다. 격렬한 열정에 이끌려 찬연한 불꽃을 발하면서 맹렬히 소용돌이치던 운율이 엉겅퀴의 갓털처럼 가볍게 하늘거리며 고즈넉하게 풀려나갔다. 비를레(중세 프랑스의 문학 형식으로, 시와 음악에 활용되었다—옮긴이)처럼 서글프고 리드미컬하면서도 우수 어린 운율이었다. 어디서 저런 재주를 익혔을까? 램지에서 가르치지는 않았을 텐데, 캐드펠은 생각했다. 램지 수도원 사람들은 이를 좋게 받아들이지 않았을 것이다.

세상사에 지칠 대로 지치고 삶과 죽음의 아이러니를 질리도록 봐온 도나타 부인은 여전히 베개에 등을 기댄 채, 자신의 존재를 잊은 그 청년에게서 한시도 눈길을 떼지 않았다. 그녀는 그의 연주를 귀가 아니라 영혼으로 들었다. 그 푸른 눈으로 들어온 투틸로의 모습을 가슴 깊이 담았고, 그의 음악이 내뿜는 향기를 마음껏 들이마셨다. 그녀에게 투틸로의 음악은 갈증을 채워주는 향기로운 포도주였다. 부인의 짙푸른 눈을 보며, 캐드펠은 유럽 대륙의 절반을 가로지르는 어느 산악 지대의 드넓은 풀밭에서 보았던 용담을 떠올렸다. 하지만 그녀의 입술에 어린 쓸쓸한 미소는 눈빛과 다른 감정을 드러내고 있었다. 그녀에게 투틸로는 이미 보석과 같은 존재였다. 그녀는 그 자신보다 그를 더 잘 알고 있었다.

이윽고 투틸로가 노래를 시작하자 그녀의 입술에 감돌던 회의와 우수는 자취를 감추었다. 대여섯 음만으로 이루어진 그 가락은 단순하면서도 미묘했고, 말을 할 때보다 한층 더 높이 올라간 감미로운 목소리에는 세상 물정 모르는 아이들의 천진무구함과 삶의 진면목을 통찰한 어른들의 가슴 저릿한 슬픔이 동시에 깃들어 있었다. 투틸로는 잉글랜드어나 노르만식 프랑스어가 아닌 랑그도크어(현재의 남프랑스 방언, 혹은 프로방스어를 뜻한다—옮긴이)로 노래했다. 캐드펠도 오래전 대충 들어 알고 있는 언어였다. 이 청년은 대체 어디서 프로방스 음유시인들의 멜로디를 듣고, 또 그들의 노래를 배웠을까? 그가 하프를 켜곤 했던 영주의 홀에서 익혔을까? 도나타 부인은 랑그도크어를 알지 못했고 캐드펠 역시 오래전에 들은 터라 그 뜻을 이해하지 못했지만, 투틸로가 부르는 게 연가라는 것 정도는 짐작할 수 있었다. 다시는 만나지 못할, 이루지 못한 서글픈 사랑, 그리움만 남은 옛 인연을 그리워하는 노래였다.

그러다 한순간 노랫가락이 변하는가 싶더니, 추억을 반추하는 애잔한 가사가 "성모를 찬양하니……"로 바뀌었다. 그제야 그들은 방문이 열렸다는 사실을 깨달았다. 투틸로가 여우처럼 비상한 감각으로 이를 먼저 눈치채고 성모송의 가사를 읊기 시작한 것이다. 정작 열린 문 앞에 나타난 사람은 설리엔 블런트였지만, 역시나 그의 뒤에는 헤를루인이 불길한 그림자처럼 다가서 있었다.

 도나타는 투틸로가 낯도 붉히지 않은 채 재빠른 기지를 발휘해 그렇게 유연하고 자연스럽게 다른 노래로 바꿔 부르는 것을 보고 고개를 끄덕이면서 빙긋이 웃었다. 헤를루인은 자신이 데리고 온 견습 수사가 한 여자의 침대 끝에 걸터앉아 그녀를 위해 노래하는 광경을 보자 마음이 불편한 듯 그러잖아도 엄숙해 뵈는 얼굴을 잔뜩 찌푸렸지만, 위엄 있는 노부인에게 시선을 돌리고는 이내 기분을 풀었다. 쇠약해졌으나 한창때의 아름다움을 그대로 간직한 그녀의 모습은 보는 이들에게 한층 더 강렬한 인상을 안겨주곤 했다.

 투틸로는 프살테리움을 가슴에 안고 조심스럽게 일어나 눈길을 떨군 채 다소곳이 방 한구석으로 물러났다. 캐드펠은 그가 그녀를 쳐다보지 않을 때 오히려 더한층 선연하게 그녀를 보고 있음을 깨달았다.

 "어머니," 설리엔이 입을 열었다. 가벼운 전쟁을 치르고 온 터라 여전히 낯빛이 굳어 있었다. "이분은 과거 램지 수도원에서 저를 지도해주셨던 헤를루인 부원장님이십니다. 어머니의 건강과 평화를 위해 기도해주겠다고 약속하셨어요. 형님은 집에 없지만, 어머니께서 이분을 반갑게 맞아주세요."

 "우리 집을 부원장님 집처럼 생각해주세요." 도나타는 집에 없는 아들과 며느리를 대신해 위엄 있게 인사를 건넸다. "이렇게 찾아주셔서 영광입니다. 램지 수도원을 되찾았다는 소식을 듣고 우리 모두 아주 기뻐했답니다."

"모두 주님의 가호 덕이지요." 그녀의 모습에 깊은 인상을 받은 헤를루인은 평소의 자신만만한 태도를 다소 누그러뜨리고 조심스럽게 말을 이었다. "하지만 수도원을 재건하기 위해서는 할 일이 태산 같아 많은 분들의 도움을 절실히 필요로 하고 있습니다. 사실 저는 부인의 아드님을 다시 수도원으로 데려갔으면 하는 마음으로 왔습니다만, 이제는 아드님을 형제라 부르기 힘들 것 같군요. 그래도 부인과 아드님을 위해 주님께 기도드리겠습니다."

"저 역시 램지 수도원을 위해 기도드리겠습니다." 도나타 부인이 말했다. "아들을 수도원에 바치지는 못하지만, 우리 블런트 집안이 다른 방식으로 도움을 드릴 수 있을 겁니다."

"선한 분들이 베푸는 자비라면 어떤 형태라도 환영합니다." 헤를루인의 얼굴이 환하게 밝아졌다. "놈들이 건물 벽 말고는 아무것도 남겨놓지 않은 데다, 그나마도 마구 더럽혀놓고 벗겨낼 수 있는 건 모조리 벗겨내 간 터라 우리 수도원은 아주 궁핍한 상태에 처해 있거든요."

"제가 적당한 시기에 램지로 가서 한 달간 노역을 하겠다고 부원장님께 약속드렸어요." 설리엔이 말했다. 그는 자신의 어리석음과 착오로 인해 수사가 되겠다고 서약한 뒤 그것을 파기한 것에 대한 죄책감에서 아직 완전히 놓여나지 못한 터였다. 그래서 결혼하기 전에 고된 노역으로 그 죗값을 치름으로써 양심의 가책에서 벗어나고자 하는 것이다. 퍼넬 오트미어 또한 이러한 결심에 찬동하고 기꺼이 그를 보내주리라.

헤를루인은 그 제의에 감사를 표했으나, 수사가 되기를 거부한 젊은이가 돌아와 잠시 노역을 한다 해서 얼마나 큰 도움이 될까 싶은지 줄곧 시큰둥한 표정이었다.

"형님과도 램지 수도원을 위해 무엇을 더 하면 좋을지 의논해보려고 합니다." 설리엔은 진지한 어조로 말을 이었다. "우리 영지에서는 잡목림을 벌채하지요. 아마 몇 년간 잘 건조시킨 목재가 꽤 쌓여 있을 겁니다. 제가 수도원 재건에 쓸 목재들을 좀 달라고 요구하면 형님은 기꺼이 허락할 거예요. 혹시 목재를 나를 수레를 빌릴 곳이 있을까요? 형님에게도 수레가 있긴 하지만 그렇게 오래 빌려줄 수는 없는 처지인 것 같아서요."

이에 헤를루인의 표정이 아까보다는 약간 밝아졌다. 캐드펠이 보아 하니, 그는 설리엔을 설복하여 수도원으로 끌고 가 평생 붙잡아놓지 못하게 된 것이 영 불만스러운 모양이었다. 이는 설리엔이 큰 쓸모가 있는 사람이라서가 아니라, 헤를루인이 그런 완강한 저항에 익숙지 않은 탓이었다. 그에겐 자기 앞을 가로막는 모든 걸림돌이 단 한 번의 나팔 소리에 무너지는 여린 성벽처럼 힘없이 무너져야 마땅할 것이다.

어쨌든 이곳 롱너 영지에서 뽑아낼 수 있는 모든 것을 뽑아낸 셈이었기에 그는 떠날 채비를 했다. 방 한구석에 서서 시종 눈을 내리간 채 조신하게 그들의 대화를 귀담아듣던 투틸로가 살그머니 궤를 열어 가슴에 끌어안고 있던 프살테리움을 집어넣었다. 더없이 조심스러운 태도로 악기를 궤에 넣고 천천히 뚜껑을 닫는 그의 모습을 지켜보며 도나타는 빛바랜 입술을 살짝 뒤틀어 미소 지었다.

"부원장님께 한 가지 부탁드리고 싶은 게 있습니다." 도나타가 말했다. "부원장님과 함께 온 이 수사가 아름다운 노래로 제게 큰 기쁨과 위안을 안겨주었어요. 두 분이 슈루즈베리에 계시는 동안 제가 고통으로 인해 잠을 이루지 못할 때 한 시간쯤 그의 노래로 위안을 누리도록 허락해주실 수 있을까요? 꼭 필요할 때만 이분의 도움을 청하겠습니다."

캐드펠은 흥미로운 눈길로 이들을 바라보았다. 헤를루인은 뜻밖의 부탁에 무척 놀랐으나 워낙 계산속이 밝은 사람이라 부인이 자신에게 불이익을 안겨줄 수도 있다는 사실을 놓치지 않았다. 그는 부인이 자신의 속내를 깨닫지 못하리라 생각하는 눈치였지만, 이는 큰 착각이었다. 도나타 부인은 헤를루인이 자기 청을 거절할 수 없으리라는 사실을 너무도 잘 알고 있었다. 젊고 다정다감한 견습 수사를 침대에 누워 있는 아름다운 여자에게 보내 노래를 부르게 한다는 건 추문을 불러일으킬지도 모를, 그야말로 감히 생각도 할 수 없는 일이었다. 하지만 이 여자는 지금 죽음에 너무나 가까이 다가가 있었다. 음성에는 죽음의 문이 삐걱대는 소리가 묻어나고, 얼굴은 사그라드는 영혼의 투명하고 창백한 빛이 어려 있었다. 그녀는 이승의 욕망에 흔들리는 여인도, 저승의 불확실성을 두려워하는 여인도 아니었다.

"음악이야말로 제게 평화와 안식을 안겨주는 치료제나 마찬가지거든요." 그러고서 도나타는 헤를루인이 허락할 때까지 참을성 있게 기다렸다. 그동안 청년은 한구석에서 두 손을 모은 채 묵묵히 서 있었다. 조심스러운 태도였으나 바닥을 향해 내리간 긴 속눈썹 밑으로 보이는 황금빛 두 눈에는 환한 기쁨의 빛이 어려 있었다.

"부인께서 이 형제를 필요로 하시는데……" 마침내 헤를루인이 신중하게 입을 열었다. "저희가 어찌 그 청을 거절할 수 있겠습니까? 수도원으로 사람을 보내 알리시면 곧바로 투틸로 수사를 보내겠습니다."

2

"그가 어쩌다 그런 이름을 얻었는지 이제 확실히 알겠군요."
이튿날 오전 대미사가 끝난 뒤, 캐드펠 수사는 회랑 안에 있는 작업장에서 안젤름 수사와 이야기를 나누었다. "목소리가 종달새처럼 아름답고 청아합디다."

그들은 조금 전 종달새의 노래를 듣고 나와, 미사에 참석한 이들이 이리저리 흩어지는 광경을 지켜보고 있었다. 그들 중에는 접객소에 묵고 있는 속인들도 섞여 있었다. 접객소를 책임지는 데니스 수사에게 2월은 그리 바쁜 달이 아니었지만, 묵을 곳을 찾는 소수의 여행자들의 발길은 1년 내내 끊이지 않았다.

"정말 뛰어난 재능을 지닌 형제죠." 안젤름이 고개를 끄덕였다. "예민한 청각과 음악적 재능을 타고났어요." 이어 그는 잠시 생각에 잠겼다가 덧붙였다. "하지만 합창에는 적합하지 않은 목소립니다. 너무나 두드러져서 다른 이들의 소리에 섞여 들지 않아요."

새삼 말할 필요도 없는 사실이었다. 맑고 고우면서도 듣는 이의 고막을 꿰뚫을 듯 날카롭게 파고드는 강렬한 목소리로 부르는 그 경이로운 노래를 들은 사람이라면 누구도 이를 부인하지 못하리라. 투틸로의 음성을 성가대의 조화로운 합창 속에 파묻히게 할 방도는 없을 것이었다. 그런 목소리를 가진 사람을 잘 훈련된 수사들의 일원으로 길들이려 하는 것이 오히려 근시안적인 생각 아닐까, 캐드펠은 생각했다.

"프로방스에서 온 한 손님이 그 형제의 노래에 깊은 관심을 기울이더군요." 안젤름이 말을 이었다. "자기 무리가 접객소 홀에서 연습을 할 텐데 그 청년도 함께 부르면 안 되겠느냐고 물었어요. 아, 저기 그들이 보이네요. 제가 저 사람의 레벡을 가지고 있습니다. 현을 바꾸어야 해서요. 악기를 아주 소중히 다루는 사람 같았어요."

프로방스에서 온 세 사람이 막 성당 남문을 나와 회랑으로 둘러싸인 안마당을 가로지르기 시작한 참이었다. 그들은 이미 수도원 내 견습 수사들에게 커다란 호기심의 대상이 되어 있었다. 많은 짐과 두 명의 하인을 거느릴 만큼 부와 명성을 지닌 남프랑스 출신의 음유시인이 이곳에 묵는 경우는 흔치 않으니 그럴 만도 했다. 그들은 말 한 마리가 다리를 다치는 바람에 북쪽 체스터로 가려던 일정을 연기하고 슈루즈베리에서 사흘을 쉬게 되었다. 페르튀 레미는 인상적인 용모를 지녔으며 스스로도 외모에 대한 자신감을 숨기지 않는 50대 신사였다. 캐드펠은 그가 넓은 마당을 가로질러 접객소로 가는 광경을 주의 깊게 바라보았다. 이제까지는 그에게 관심을 기울일 이유가 없었지만, 안젤름이 그를 존경하고 그의 음악가적 자질을 높이 평가하니 자세히 알아볼 만한 가치가 있는 사람이라는 생각이 들었다. 반짝이는 적갈색 머리에 가지런하게 다듬은 턱수염, 점잖은 몸가짐에 우아하고 당당한 체격, 모피로 안감을 댄 소매 없는 외투, 금으로 장식된 벨트. 흠잡을 구석 없는 외모와 차림새였다. 그의 뒤에 바싹 붙어 따라가는 두 수행원 중 남자는 30대 중반의 키 큰 사내로 머리칼과 피부가 모두 연갈색을 띠었고, 향사 혹은 마부처럼 수수하면서도 훌륭한 옷감으로 만든 옷을 걸치고 있었다. 한편 여자는 망토에 달린 두건을 쓰고 있어 제대로 살펴볼 수 없었지만, 호리호리한 몸매와 날렵한 걸음걸이로 미루어 아주 젊은 사람 같았다.

"여자는 왜 따라왔을까요?" 캐드펠이 물었다.

"아, 저 사람이 데니스 수사한테 그 이유를 지나치다 싶을 정도로 상세하게 설명하더군요." 안젤름이 빙그레 웃으면서 대답했다. "저 사람의 친척은 아니고……."

"친척일 거라는 생각은 해보지도 않았어요."

"수사님도 저 무리가 처음 말을 타고 이곳에 들어왔을 때 제가 했던 것과 비슷한 생각을 하시는 모양이군요. 하지만 틀렸습니다." 안젤름 수사는 어린 나이에 수도원에 들어왔지만 속세에서 일어나는 별의별 일들을 워낙 많이 보아온 터라, 이제는 웬만한 일에 놀라거나 충격을 받지 않은 지 이미 오래였다. "노래의 대부분을 저 여인이 부른답니다. 대단히 고운 목소리를 가졌다는군요. 그래서 그녀를 데리고 다니는 겁니다. 저 사람의 사업의 아주 중요한 부분을 바로 저 여인이 차지하고 있는 거죠."

"흔한 떠돌이 광대도 아니고 프로방스 출신의 진짜 음유시인이 어쩌다 잉글랜드 한복판까지 왔답니까? 여기는 그의 고향에서 아득히 먼 곳이잖아요?"

그렇다고 못 올 것도 없지만, 캐드펠은 생각했다. 이제는 프랑스 사람이나 노르만 사람, 브르타뉴 사람, 앙주 사람들은 물론 잉글랜드 사람들도 그런 예인藝人들을 후원하고 있으니 말이다. 잉글랜드의 후원자들은 해외에도 땅을 갖고 있고, 어느 곳에서든 그런 예인들을 찾곤 했다. 게다가 음유시인의 본질은 방랑과 모험에 있지 않은가. 갈리시아어 '트로바두르trobador(음유시인)'의 어원인 '트로바르trobar'는 '찾다'라는 의미를 지닌다. 곧 시와 음악을 구하고 찾는 이들이 바로 음유시인들이었다. 예술은 보편의 감정을 표현하는 도구요, 따라서 그들이 가지 못할 곳은 없었다.

"원래는 체스터로 갈 예정이었답니다." 안젤름이 말했다. "저 사람의 시중을 드는 베네제라는 젊은이에게 듣자니, 체스터 백작 밑에서 지내고 싶은 모양이에요. 하지만 서두르는 기색은 없더군요. 돈이 넉넉해서겠지요. 좋은 말이 세 필이나 있고 하인도 둘 있으니 아주 편하게 여행해왔을 겁니다."

"저 무리가 왜 먼저 있던 곳을 떠났는지 궁금하군요. 혹시 자기 군주의 아내와 너무 가까워졌을까요? 분명 바다를 건너오지 않을 수 없는 심각한 이유가 있었을 것 같은데……."

이는 세상 사람들이 음유시인들에게 보이곤 하는 냉소적인 편견에서 나온 말이었다. 안젤름은 별다른 반응 없이 담담하게 대꾸했다. "저는 그가 저 젊은 여인을 어디서 알게 되었는지가 더 궁금한데요. 여자는 이 근방의 잉글랜드어를 쓰는 데다 웨일스어도 유창하더군요. 아마 이쪽 해안 어디쯤에서 만나지 않았나 싶어요. 마부인 베네제는 주인과 마찬가지로 남프랑스 사람이고요."

그즈음 세 사람은 접객소 안으로 사라졌고, 동시에 신비에 싸인 그들의 관계와 삶도 캐드펠의 관심에서 사라졌다. 여행을 이어갈 수 있을 만큼 길의 상태가 좋아지고 다리를 다친 말이 다 나으면, 그들은 수도원의 접객소에 묵어가는 다른 많은 사람들처럼 아무것도 남기지 않은 채 훌쩍 떠나버릴 터였다. 캐드펠은 그 나그네들에 관한 쓸데없는 궁금증들을 단번에 털어버리듯 가벼운 한숨을 내쉬었다. 그러곤 허브밭으로 일하러 가기 전, 성 위니프리드[8]에게 몇 마디 고하기 위해 예배당으로 돌아갔다.

예배당에는 다른 사람이 먼저 와 있었다. 성녀의 제단 맨 아래 계단에 무릎을 꿇고 있는 것으로 보아, 투틸로도 성녀에게 무언가 바라는 게 있는 모양이었다. 그의 모습이 촛불 빛 속에서 검은 실루엣으로 선연하게 떠올랐다. 기도하는 일에 너무나 열중해 본당 바닥을 울리는 캐드펠의 발소리를 듣지 못한 모양이었다. 촛불을 향한 그의 얼굴에는 간절하고 열정적인 빛이 어려 있었으며, 위아래 입술은 소리 없이 아주 빠르게 움직이며 무언가를 호소하고 있었다. 크게 뜬 두 눈과 불그레하게 상기된 양 볼, 그리고 확신 어린 표정으로 보아, 그는 성녀가 자신의 기원을 들어주리라 믿어 의심치 않는 듯했다. 투틸로는 무슨 일이든 일단 시작하면 열정적으로 임하는 사람이었다. 따뜻한 마음을 지닌 그 성녀를 통해 주님께 작은 청을 드릴 때조차도 마치 천사들과 격렬히 맞붙어 싸우듯, 혹은 신학 박사들에게 제 이론을 사정없이 밀어붙이듯 호전적인 태도를 보였다. 이윽고 그가 의기양양한 기세로 벌떡 일어섰다.

그곳에 다른 사람이 들어와 있음을 감지하고 돌아선 그의 얼굴에서는, 도나타의 침실에서 헤를루인이 들어오는 것을 알고 연가를 경건한 기도문으로 바꿀 때 보였던 환희 어린 들뜬 빛을 찾을 수 없었다. 캐드펠을 알아보자마자 진지함과 열정으로 달아올랐던 낯빛이 금세 차분하게 가라앉았고, 황금빛 두 눈 역시 강렬한 빛을 잃고 부드럽게 풀렸다.

"성녀님께 기도를 드리고 있었습니다." 투틸로가 입을 열었다. "오늘 헤를루인 신부님이 시내의 대십자상 앞에서 설교하실 때 많은 분들이 모여 귀담아듣도록 해주십사고요. 위니프리드 성녀님이 도움을 베풀어주신다면 모든 것이 잘 풀려나갈 겁니다." 그는 이내 제단 위에 있는 성골함으로 고개를 돌려 애정과 외경심이 어린 눈빛으로 한참을 응시했다. "성녀님은 불가사의한 일들을 이루어내셨지요. 흐륀 수사한테서 성녀님이 어떻게 그의 몸을 치유해주시고 그를 당신의 참된 종으로 삼았는지 자세히 들었습니다. 그리고 그 비슷한 다른 기적들…… 수많은 기적들에 대해서도요…… 제롬 수사님께 듣자니, 해마다 성녀님의 유골을 옮긴 날이 오면 수많은 순례자들이 모여들곤 한다고요. 그분께서는 이 수도원에 있는 모든 성물들 중에서도 성녀님이 단연 최고라 하셨습니다."

캐드펠 수사 역시 그 의견에 반대할 마음이 전혀 없었다. 사실 이곳 수사들이 오랜 세월에 걸쳐 모아온 성물들 중에는 다소 의심스러운 것들도 없지 않았다. 갈보리 언덕에서 가져왔다는 돌들도 그 하나였다. 돌은 그저 돌에 불과하며, 모든 산에는 으레 돌들이 흩어져 있는 법 아닌가. 그것들이 그곳에서 온 것이라는 증거라 해봐야 그걸 가져온 사람들의 말이 전부였다. 그 외에도 성인들이나 순교자들의 뼛조각들, 성모마리아의 젖 한 방울, 마리아가 걸쳤다는 옷 조각, 세례요한의 땀이 들어 있다는 조그만 병, 막달라 마리아의 붉은 머리 한 타래……. 그것들을 바친 순례자들 가운데 일부는 분명 진실한 사람들이었고, 그들은 자신이 바친 물건이 진짜이리라 믿어 의심치 않았을 것이다. 하지만 개중에는 예루살렘은커녕 아크레(1191년 제3차 십자군 원정 당시 사자왕 리처드에게 공격당한, 이스라엘 서북부의 항구도시―옮긴이) 근처에 가본 것이 전부인 사람도 있을지 모른다. 그러나 성 위니프리드의 유골은 달랐다. 바로 캐드펠 자신이 웨일스 땅에서 그 유골을 파냈다가 다시 그 땅에 경건하게 누인 뒤 귀더린의 향기로운 흙으로 덮어준 터였다. 그분이 슈루즈베리와 캐드펠에게 넘겨준 건 당신의 보이지 않는 그림자에 지나지 않지만, 캐드펠은 그 안에서 애정과 사랑의 기억을 느꼈다. 죄책감 어린 기억이자 성스러운 기억. 캐드펠이 간청하면 위니프리드 성녀는 그 청을 들어주곤 했다. 그 또한 그분께 사리에 어긋나지 않는 요청만 드리려 애썼다. 그분은 호소력 있고 열정적인 이 청년의 요청에도 주의 깊게 귀 기울일 것이다. 그러나 그가 요구하는 모든 것이 아니라, 그에게 좋다고 여겨지는 것들만 들어주시리라.

"램지 수도원에도 저런 수호성인이 계시면 얼마나 좋을까요." 투틸로는 뜨거운 열정에 이글거리는 강렬한 눈빛으로 캐드펠을 응시하며 나직하게 말을 이었다. "그러면 우리의 영광스러운 미래는 보장된 것이나 다름없을 겁니다. 그동안 우리가 겪은 모든 재난과 불행도 끝이겠지요. 수많은 순례자들이 모여들 테고, 그들이 바치는 기부금으로 우리 수도원은 부유해질 겁니다. 혹시 누가 압니까? 우리 수도원이 또 다른 콤포스텔라(예수의 열두 제자 중 한 사람인 야고보의 유해가 발견된 자리에 세워진 스페인의 성당. 순례자들이 즐겨 찾는 명소 중 한 곳이다—옮긴이)가 될지 말입니다."

"형제의 입장에서야 수도원을 부유하게 만들고 싶은 게 당연하겠지." 캐드펠은 퉁명스럽게 대꾸했다. "하지만 성인들에겐 그게 그리 중요한 일이 아니오."

"그야 그렇죠." 투틸로가 말했다. "하지만 종종 그런 일이 일어나는 것도 사실 아닙니까. 게다가 우리 램지 수도원은 그간 엄청난 고초를 겪었으니 특별한 은총을 받는 것이 마땅하며, 또 수도원에 많은 부를 내려달라 간구하는 게 잘못된 일이 아니라 생각합니다. 저 자신을 위해서는 아무것도 원치 않는걸요." 이어 그는 얼른 말을 바꾸었다. "아니, 저는 큰 능력을 가진 인물이 되고 싶습니다. 그렇게 우리 수도원과 그곳에 있는 형제들에게 유익한 존재가 되고 싶어요. 제가 원하는 건 바로 그겁니다."

"성녀님께서 분명 형제의 그런 바람을 좋게 봐주실 거요." 캐드펠은 담담하게 말했다. "그리고 형제는 이미 수도원에 많은 도움이 되는 사람이오. 뛰어난 예술적인 재능을 가졌다는 건 큰 축복이지. 이곳 시내에 나가 램지 수도원을 위해 최선을 다하도록 하시오. 우스터와 퍼쇼, 이브셤으로 가서도 마찬가지고."

"제가 할 수 있는 일이라면 뭐든지 할 겁니다." 투틸로는 각오를 다지듯이 단호하게 말했지만, 그 열정에는 순수함이 다소 부족한 느낌이었다. 청년은 촛불 빛을 받아 은빛으로 번쩍이는 유골함의 돋을새김 장식을 애무하듯 그윽하게 바라보며 말을 이었다. "그리고 저런 수호성인이라면…… 우리 수도원을 위해 해내지 못하실 일이 뭐가 있을까요! 캐드펠 수사님, 어디 가면 저런 성녀님을 찾을 수 있을지 알려주실 수 없나요?"

투틸로는 마지못해 성녀에게 작별을 고한 뒤 걸음을 옮겼다. 문 앞에 이르러서도 고개를 돌려 아쉬운 표정으로 성골함을 바라보던 그는, 억지로 성녀의 영상을 털어내듯 어깨를 가볍게 흔들고는 헤를루인의 지시를 따르기 위해 단호한 걸음으로 그곳을 떠났다. 이제 두 사람은 슈루즈베리 시민들의 돈주머니를 열게 하기 위해 온갖 노력을 다하리라.

탄력 있는 걸음으로 성큼성큼 걸어가는 투틸로의 호리호리한 뒷모습을 캐드펠은 물끄러미 바라보았다. 길게 자란 곱슬머리, 가냘프고 앳되어 보이는 목덜미 때문일까? 그로서는 저 청년이 영 미덥지 않았다. 하지만 그거야 모를 일이지! 캐드펠이 고개를 흔들며 생각했다. 첫인상과 진면목이 일치하는 사람은 드무니까. 게다가 지금 그는 투틸로에 관해 아는 게 거의 없지 않은가.

*

헤를루인과 투틸로를 포함한 수사들은 엄숙한 행렬을 이루어 시내로 진군해 들어갔다. 로버트 페넌트 부수도원장[9]도 근엄한 태도로 행렬에 동참하여 의식에 무게를 더했다. 행정 장관 휴 베링어는 시장과 시내의 길드 상인들에게 미리 행사에 관해 통보하며 주민들의 후원을 독려하라 일렀다. 크나큰 박해를 받아 많은 이들의 도움을 필요로 하는 유명한 수도원에 기부함으로써 가벼운 타락으로 인한 하늘의 징벌을 모면하려는 사람들이 적지 않을 것이었다.

무거운 가방을 든 투틸로와 함께 돌아온 헤를루인의 흡족한 표정으로 미루어, 행사는 꽤나 성공적으로 마무리된 모양이었다. 돌아오는 일요일에 헤를루인이 수도원 예배당에서 설교를 하면 또다시 많은 기부금이 들어올 것이었다. 게다가 뛰어난 솜씨를 지닌 목수 하나와 도제 수업을 마치고 어느 정도 일솜씨가 붙은 석공 둘이 그들과 함께 램지 수도원으로 가 파괴된 외양간과 창고의 재건 작업을 돕겠다고 나섰다. 이로써 램지 수도원에서 온 사람들은 임무를 다한 셈이었다. 한창때 프로방스에 있는 두 성당에 예배 음악을 작곡해줌으로써 음악가로서의 명성을 얻은 바 있는 페르튀 레미도 적지 않은 돈을 기부했다.

그들이 미사를 마친 뒤 예배당 문을 나설 즈음, 롱너 영지의 도나타 부인이 보낸 마부 하나가 말을 탄 채 한 손으로 다른 조랑말의 고삐를 붙잡고 수도원에 들어섰다. 투틸로 수사를 집으로 보내달라는 도나타 부인의 전갈을 가지고 온 사람이었다. 부인은 투틸로가 탈 말을 함께 보내며 마지막 기도 시간 전까지는 반드시 수도원으로 돌려보내겠다는 말도 전하게 했다. 투틸로는 모든 것을 헤를루인의 처분에 맡기겠다는 듯 더없이 겸손한 자세로 뒷전에 잠자코 서 있었으나 그 빛나는 눈빛을 숨길 수는 없었다. 헤를루인의 감시 없이 도나타 부인의 프살테리움과 그 집 거실에 방치되어 있는 하프를 마음껏 켜볼 생각에 마음이 들뜨는 모양이었다. 이는 하루 종일 헌신적으로 헤를루인을 보필한 것에 대한 적절한 보상이 되리라.

투틸로는 즐거운 마음을 숨김없이 드러내며 말을 타고 정문을 나섰다. 부인이 자기를 기억하고 또 필요로 한다는 사실이 기쁘겠지, 캐드펠은 생각했다. 게다가 수도원 안에서 따분한 저녁시간을 보내리라 생각하다가 이처럼 말을 타고 외출하게 되었으니 오죽 신이 날까. 그는 청년의 마음을 이해하고 너그러운 미소를 머금은 채 약을 조제하러 허브밭으로 향했다. 그런데 작업장 문 앞에, 투틸로만큼이나 빛나는 젊음을 지녔으나 그만큼 순수해 보이지는 않는 한 여인이 서성이면서 그를 기다리고 있었다.

"캐드펠 수사님이세요?" 페르튀 레미와 함께 온 여가수였다. 여자는 캐드펠의 눈높이와 같은 위치에서 푸른 눈으로 대담하게 그를 살폈다. 보통 여자보다 약간 큰 키에, 호리호리하고 창처럼 곧은 몸매를 지닌 젊은이였다. "에드먼드 수사님의 소개를 받고 왔어요. 제 주인이 감기에 걸려 개구리처럼 콜록대고 있는데, 수사님이 도와주실 거라고 하시더군요."

"그거야 주님의 뜻에 달렸지!" 캐드펠도 상대를 똑바로 바라보며 대답했다. 이렇게 가까운 곳에서 자세히 그녀를 보는 것은 처음이었다. 사실 그럴 기회가 생기리라는 기대도 품지 않았으니, 여자가 엄한 주인의 비위를 거스르지 않으려는 마음에서인지 늘 사람들과 일정한 거리를 유지한 채 지내온 터였다. 지금은 머리에 두건을 쓰고 있지 않아서, 캐드펠은 검은 고수머리로 감싸인 채 백합처럼 환하게 빛나는 그녀의 갸름한 얼굴을 자세히 볼 수 있었다. "안으로 들어가서 그분의 증세를 자세히 얘기해주시오. 그분에게는 목소리가 아주 중요할 것 같은데…… 일꾼이 연장을 잃으면 생계가 막연해지는 법이지. 어떤 감기에 걸린 거요? 눈에서 눈물이 자주 나오나? 코가 막힌다거나 골이 아프다는 얘긴 없소?"

그녀는 캐드펠을 따라 작업장 안으로 들어섰다. 안은 이미 컴컴해져서 숨이 죽은 화롯불 근처만 희미하게 보였고, 캐드펠이 유황 바른 불쏘시개로 불을 켜 조그만 램프 불을 밝힌 뒤에야 겨우 환해졌다. 여자는 물건들이 죽 늘어선 선반들과 들보에 매달려 있다가 문틈으로 들어오는 샛바람에 서걱거리며 흔들리는 약초 다발들을 흥미로운 얼굴로 둘러보았다.

"목이 좀 안 좋아요." 그녀가 무덤덤하게 대답했다. "그분은 목이 아니면 자기 몸에 크게 신경을 쓰지 않죠. 목이 좀 쉬었고 건조한 상태인데, 에드먼드께 말씀드리니 수사님께서 알약이나 물약을 가지고 계실 거라 하시더군요. 하지만 달리 병이 생겨 아픈 건 아니에요." 그 목소리에서 주인에 대한 억눌린 경멸이 느껴졌다. "열도 없고요. 그분은…… 목소리가 조금 이상하다 싶으면 안절부절못하세요. 제 목에 이상이 생겨도 마찬가지고요. 저 역시 그분에겐 또 다른 연장이니까요. 하지만 다른 부분에 대해서는 거의 신경 쓰지 않지요. 수사님이 여기 있는 모든 연고와 물약들을 만드신 거예요?" 그녀가 존경 어린 눈길로 병과 단지가 늘어서 있는 선반들을 휘둘러보았다.

"빻거나 발효시키는 일을 내가 한 건 맞소. 그 재료들은 대지가 제공해줬고. 목에 좋은 알약들을 물약과 함께 줄 테니 주인한테 갖다드리시오. 세 시간마다 한 번씩 복용하면 괜찮아질 거요. 아, 약을 조제하는 데 시간이 좀 걸리겠군. 여기 화로 곁에 앉아서 기다리시오. 저녁이면 제법 쌀쌀하거든."

그녀는 고맙다고만 대답할 뿐 앉지는 않았다. 작업장 안에 있는 것들에 강하게 매혹된 듯했다. 캐드펠이 플라스크에 들어 있는 양지꽃과 쓴박하, 박하, 양귀비 따위를 골라내어 초록색 유리병에 집어넣는 동안 여자는 뒤에서 부지런히, 그러나 고양이처럼 소리 없이 돌아다니며 이것저것 자세히 들여다보거나 가늘고 긴 손가락들로 라틴어 이름이 적힌 단지들을 어루만졌다.

"전염될지도 모르는데, 당신도 약을 복용하는 게 좋지 않겠소?"

"저는 감기 따위 안 걸려요." 나약한 페르튀 레미에 대한 경멸감이 묻어나는 말투였다.

"그분은 좋은 주인이오?" 캐드펠이 노골적으로 물었다.

"그분은 절 먹여주고 입혀주죠." 그의 기습적인 질문에도 여자는 당황하는 기색 없이 차갑게 대꾸했다.

"그것뿐이오? 그런 일은 그 사람 마부가 맡아서 할 텐데. 마부인지 하인인지 잘 모르겠지만. 페르튀 레미는 당신 덕에 명성을 유지하고 있다고 들었소."

여자가 몸을 돌려 캐드펠을 똑바로 바라보았다. 캐드펠은 초록색 병의 입구까지 벌꿀을 채운 뒤 손길을 멈추곤 상대의 현실적인 눈을 마주했다. 상처 입지 않은, 그러나 상처를 입을까 봐 조심하는, 상처를 피할 대비가 되어 있고 여차하면 상대에게 상처를 돌려줄 각오가 되어 있는 눈을. 여자는 캐드펠이 짐작했던 것보다 훨씬 더 어려 보였다. 기껏해야 열여덟 살쯤 되었을까.

"그분은 아주 훌륭한 시인이자 가수예요. 제가 알고 있는 건 모두 그분한테서 배운 겁니다. 그분은 제가 하느님한테서 선물받은 것들을 바르게 사용하는 법을 가르쳐줬어요. 그리고 만일 그분이 제게 빚진 것이 있다면, 절 먹여주고 입혀준 것으로 모두 갚은 셈이죠. 애초에 빚도 없지만요. 저를 살 때 제 몸값을 충분히 치렀거든요."

몸값이라니, 문자 그대로 레미는 돈을 주고 그녀를 산 것일까? 캐드펠은 그 의미를 온전히 파악할 수 없어 그녀를 빤히 바라보았다. 여자가 그 눈길을 의식하고는 생긋 웃었다.

"예, 그분은 절 고용한 게 아니에요. 절 샀고, 그래서 전 그분의 노예죠. 저로서는 지난번 주인보다는 그분 밑에 있는 지금이 훨씬 더 나아요. 이런 관행이 여전히 이어지고 있다는 거 모르셨어요?"

"울스턴 주교가 여러 해 전에 그에 반대하는 설교를 했고, 그 관행을 수치스러운 짓으로 단죄해 잉글랜드에서 몰아내려고 최선을 다했거늘…… 하긴, 바다 건너편에서 벌어지는 일들까지는 그분으로서도 어쩔 수 없겠지. 노예 상인들이 브리스틀에서 비밀리에 상거래를 이어가고 있다는 얘긴 들었소. 주로 웨일스 노예들을 아일랜드로 옮기는 식으로 이루어진다더군. 하지만 잉글랜드에서 사람을 사고 파는 경우는 거의 없는 것으로 알고 있는

데…….”

"제 어머니야말로 노예 거래의 실상을 입증하는 좋은 예죠. 양식이 부족해 먹고살기 힘들었던 시절 외할아버지는 딸 하나를 감당할 수 없어 브리스틀 상인에게 팔았고, 그 상인은 어머니를 글로스터 근방에 있는 황량한 영지의 영주에게 팔았어요. 영주가 어머니를 죽을 때까지 잠자리 상대로 이용했지만 나는 그 사람 자식이 아니죠. 어머니는 자기가 좋아하던 다른 남자에게 의지하며 그런 생활을 견뎠거든요. 어떤 수단을 썼는지 몰라도, 주인의 자식은 하나도 낳지 않았어요." 그녀는 냉혹하리만치 담담한 태도로 말을 이었다. "하지만 저는 노예로 태어났죠. 그건 어찌해 볼 수 없는 현실이었어요."

"탈출할 방법은 전혀 없었소?" 캐드펠이 물었다.

"탈출해서 어쩌겠어요? 더 고약한 예속 상태로 전락하라고요? 적어도 레미와 함께 있으면 매를 맞지는 않거든요. 그런대로 소중하게 대우받기도 하고요. 그 사람 밑에서는 노래를 할 수 있고, 그 사람이 지휘하는 대로 연주도 할 수 있죠. 지금 제게 있는 것들 중 제 것은 하나도 없어요. 심지어 몸에 걸친 옷들조차 제 것이 아니에요. 그런데 저더러 어디로 가란 말이에요? 가서 누구를 믿고 뭘 하라고요? 저는 바보가 아니에요. 내가 나 자신의 주인으로 살아갈 수 있을 만한 곳을 안다면 어떻게든 탈출하겠죠. 하지만 그런 곳은 없어요. 도망쳤다가 다시 끌려올 경우에는 지금보다 훨씬 더 힘겨운 예속 상태로 떨어질걸요. 아마 쇠사슬에 묶인 채 살아야 할지도 몰라요. 그래도…… 포기한 건 아니에요. 저는 때를 기다리고 있어요. 시간이 흐르면서 상황은 얼마든지 변할 수 있으니까요." 그녀는 넓고 뼈대가 굵은 반듯한 어깨를 으쓱이며 말을 맺었다. "레미는 그리 나쁜 사람이 아니에요. 더 나쁜 인간도 많이 봤죠. 이대로 기다릴 수 있어요."

현재 그녀가 처해 있는 상황을 고려하면 일리 있는 생각이었다. 레미가 적어도 그녀의 몸을 요구하지는 않는 듯했다. 그리고 그를 위해 목소리를 내는 것은 그녀에게도 적지 않은 즐거움이었다. 하늘이 내려주신 재능을 구사하는 일이 어찌 즐겁지 않겠는가. 게다가 레미는 그녀에게 따뜻한 잠자리와 입을 것과 먹을 것을 제공했다. 그녀는 그를 사랑하지 않았지만, 미워하지도 않았다. 그의 가르침이 자신에게 독자적인 생활의 수단을 제공했다는 점을 인정하기까지 했다. 물론 장차 그런 수단을 써먹을 수 있는 안전한 곳을 찾아낼 때의 얘기지만 말이다. 그녀는 아직 젊었다. 몇 년 더 기다리는 것은 큰 문제가 되지 않았다. 그리고 레미 자신은 힘 있는 후원자를 찾고 있었다. 그가 높은 지위를 지닌 후원자를 만날 경우, 그녀는 그곳에서 편안하게 지낼 수도 있으리라.

그래봐야 그녀가 노예라는 점에는 변함이 없지, 캐드펠은 씁쓸한 마음으로 생각했다.

"사실 전 수사님께서 제게 좋은 곳을 권해주실 줄 알았는데요." 그녀가 호기심 어린 눈길로 캐드펠을 바라보며 입을 열었다. "아무도 쫓아올 수 없는 안전한 곳 말이에요. 레미도 수녀원 안으로 쳐들어올 수는 없을 거거든요."

"맙소사, 그건 안 되지!" 캐드펠이 놀라 외쳤다. "당신이 들어가면 한 달도 채 지나지 않아 수녀원이 발칵 뒤집힐 거요. 내게 그런 조언은 기대하지 말아요. 당신은 그런 데 들어갈 사람이 아니오."

"수사님은 들어갈 만한 분이셨고요?" 그녀의 목소리와 두 눈에는 장난기가 어려 있었다. "램지에서 온 투틸로라는 청년은요? 만일 그가 이곳에 들어오려 했다면 수사님은 그를 기꺼이 맞아들이셨을까요? 그 사람은 저와 비슷한 점이 많아요. 저는 노예 생활을 지켜워했고, 그 사람은 그를 지나치게 좋아한 늙은 호색한의 집에서 머슴살이를 지켜워했죠. 가난한 집안의 셋째 아들인 그는 제 앞길을 스스로 개척해야 했어요."

"내가 보기에 그 청년에겐 다른 사정이 있는 것 같은데……." 캐드펠은 약병을 흔들어 그 안의 내용물을 잘 섞으면서 말했다. "오직 그 이유만으로 수사가 된 건 아닐 거요."

"아뇨, 제가 보기엔 그것 때문이에요. 그 사람 스스로는 의식하지 못했겠지만요. 그는 자기가 이 세상의 모든 악으로부터 벗어나 수도원에 들어오라는 주님의 부름을 받았다고 생각하더라고요." 그녀는 그런 악들에 대해 잘 알고 있었다. 하지만 바로 그런 이유로, 악에 물들거나 악을 두려워하는 대신 악을 경멸하게 된 듯했다. 여자는 진지하게 말을 이었다. "성스러운 사람이 되고자 그토록 애쓰는 것도 그래서예요. 뭐든 하기로 마음먹으면 자신의 모든 걸 다 바치며 임하는 사람이죠. 하지만 스스로 확신과 즐거움을 느끼는 일을 하게 되면 지금보다 훨씬 편안한 마음으로 해나갈 수 있을 거예요."

캐드펠은 내심 놀라 멍하니 그녀를 바라보다가 입을 열었다. "당신은 그 청년에 대해 나보다 훨씬 많은 것을 알고 있는 모양이군. 사람들 앞에서는 그를 보고도 모르는 척 지나가더니 말이오. 늘 땅만 내려다보면서 그림자처럼 조용히 다니지 않았소? 한데 그 청년의 속마음을 어떻게 그리 상세히 아는 거요? 아니, 그보다 그와 어떻게 알게 됐지?"

"주인이 헤를루인 수사님께 부탁해 그를 불러서 삼중창을 한 적이 있거든요. 하지만 그땐 그와 이야기를 나눌 기회가 없었어요. 사람들이 보는 앞에서는 상대를 쳐다보거나 말을 하면 안 되거든요. 그런 행동은 우리 둘 모두에게 좋지 않죠. 그 사람은 수사니까 여자와 친해져서는 안 되잖아요. 그리고 저는 다른 주인에게 예속된 여자이니, 만일 젊은 남자와 이야기를 친밀하게 나누는 모습을 보면 사람들은 제가 자유로운 신분을 갈망하고 언제든 지금의 속박 상태에서 벗어나려 할 거라 생각할 거예요. 저는 속내를 감추는 데 익숙해요. 투틸로는 그렇게 하는 법을 배우는 중이고요. 아, 우리 둘 사이에 불미스러운 일이 일어날까 염려하실 필요는 없어요. 그는 오로지 수도원을 위해 일하고 성인이 되는 것에만 관심을 쏟고 있으니까요. 우리는 음악에 대해서만 얘기해요."

그 말은 사실이겠지만 진실의 전부는 아닐 것이다. 한두 번의 짧은 만남을 통해 그 청년에 대해 그렇게 많은 걸 알 수는 없을 테니까. 게다가 그녀는 자신의 판단에 굳은 확신을 갖고 있었다.

"다 됐나요?" 그녀가 물었다. "늦으면 주인이 짜증을 낼 거예요."

캐드펠은 약병을 넘겨준 뒤 알약의 수를 세어 조그만 나무 상자에 넣었다. "아침저녁으로 작은 스푼으로 한 번씩 천천히 떠먹으라 전하시오. 필요하다 싶으면 낮에도 먹고. 하지만 최소한 세 시간 이상의 간격은 두어야 하오. 알약은 목을 편하게 해주니, 먹고 싶을 때마다 하나씩 빨아먹으면 되오." 약을 모두 건넨 뒤 캐드펠은 물었다. "당신이 투틸로와 만나는 걸 아는 사람이 또 있소? 내게 너무 스스럼없이 전부 털어놓는 것 같아 묻는 거요."

그녀는 어깨를 가볍게 으쓱이고는 싱긋 웃어 보였다. "저는 제 판단을 믿거든요. 투틸로한테서 들은 말도 있고…… 우리는 아무 잘못도 하지 않았으니 수사님한테서 나무람을 받을 일도 없지요. 물론 필요한 경우에는 조심하지만요."

그녀가 명랑한 어조로 감사 인사를 건넨 뒤 문으로 향할 때 캐드펠이 물었다. "당신 이름이 뭐요?"

여자는 캐드펠 쪽으로 돌아서서 대답했다. "제 이름은 달니예요. 어머니가 저를 그렇게 불렀는데, 어떻게 쓰는지는 몰라요. 사실 전 글을 읽을 줄도 쓸 줄도 모르거든요. 엄마는 자기 민족 최초의 영웅이 서쪽 바다에서, 그 사람들이 '삶의 땅'이라 부르는 행복한 죽음의 땅에서 아일랜드로 왔다고 했어요. 그분의 이름은 파르톨란이었어요." 그녀는 장터의 이야기꾼처럼 가락에 맞추어 노래하듯 말을 이었다. "달니는 그분의 아내였죠. 그때 그 땅에는 괴물들로 이루어진 종족이 살고 있었는데, 파르톨란이 그 괴물들을 북쪽 바다 너머로 몰아냈어요. 하지만 결국 페스트가 창궐하는 바람에 파르톨란이 거느리던 사람들은 모두 넓은 평원에 모여 한꺼번에 죽었대요. 그렇게 그 땅은 한동안 죽 비어 있었고, 이후 또 다른 사람들이 서쪽 바다에서 왔어요. 사람들은 늘 서쪽에서 와, 죽은 뒤 다시 그리로 돌아가죠."

달니는 문을 그대로 열어둔 채 반듯한 몸을 유연하게 놀리며 짙어져가는 황혼 속으로 멀어졌다. 캐드펠은 그녀가 산울타리를 돌아 시야에서 완전히 사라질 때까지 줄곧 그 뒷모습을 지켜보았다. 먼 옛날의 왕비처럼 신비로운, 동시에 아주 위험하고 위태로워 보이는 노예 여인의 뒷모습은 그렇게 사라져갔다.

*

시간이 되자 도나타 부인은 눈을 떠 침대 곁의 장의자 위에 놓인 모래시계를 뒤집었다. 투틸로가 연주하는 내내 그녀는 눈을 감고 있었다. 어느 정도는 혼자만의 영역에 머물고 싶은 마음에서, 또 어느 정도는 곁에 앉은 청년이 다 시들어버린 늙은 여자의 시선을 부담스러워할지도 모른다는 생각에서였다. 그녀는 그가 자신을 의식하지 않은 채 스스로의 재능을 마음껏 발휘하기를 바랐다. 풋풋하고 발랄한 청년을 찬찬히 바라보는 건 즐거운 일이겠지만, 죽음을 코앞에 둔 병약한 사람과 마주 앉은 청년의 입장에서는 그러한 시선이 그다지 유쾌하지 않을 것이었다. 그에게 악기를 조율하고 연주하는 즐거움을 안겨주기 위해, 그녀는 홀에 있는 하프를 가져오게 했다. 그러곤 그가 하프를 어루만지고 줄을 팽팽하게 조인 뒤 곱슬머리로 덮인 머리를 한쪽으로 기울인 채 그녀의 존재를 잊고 연주에만 몰입하는 광경을 즐겁게 바라보았다. 절묘한 연주는 부인에게 깊은 감동을 안겨주었고, 투틸로는 하프를 연주할 수 있다는 것에 그녀보다 더 행복해했다.

하지만 기쁨의 시간은 길지 않았다. 마지막 기도 전까지 그를 수도원으로 돌아가게 하겠다고 약속한 터였다. 그녀가 모래시계를 뒤집자 투틸로는 움찔하며 연주를 중단했다. 그 서슬에 현들이 가볍게 진동했다.

"제가 연주를 잘 못했나요?" 그가 당황한 얼굴로 물었다.

"아뇨." 도나타는 담담하게 말했다. "실수하지 않았다는 건 수사님이 잘 알잖아요. 시간이 다 되었으니 이제 수도원으로 돌아가야 해요. 내 청에 친절히 응해주셔서 감사해요. 헤를루인 부원장님은 마지막 기도 전에 당신이 돌아오기를 바라고 있을 거예요. 다시 당신을 초청하고 싶으면 약속을 제대로 지켜야겠지요."

"떠나기 전에 부인이 편히 잠드실 수 있도록 한 곡 더 연주하겠습니다."

"난 편히 잠들 테니 그런 건 걱정하지 말아요. 당신은 지금 떠나야 해요." 부인이 말을 이었다. "그런데, 당신 편에 전하고 싶은 게 있어요. 저기 있는 궤짝을 열어줄래요? 프살테리움 옆에 조그만 가죽 주머니가 보일 텐데 그것 좀 가져다줘요."

투틸로는 하프를 내려놓고 궤짝 앞으로 가서 부인이 말하는 걸 꺼내 가지고 왔다. 도나타는 작고 낡은 가죽 주머니의 끈을 풀어 그 안에 들어 있는 장신구들을 침대 위에 쏟았다. 금목걸이 하나, 금팔찌 두 개, 거칠게 깎은 보석들을 금줄로 연결해 만든 묵직한 목걸이 하나, 인장으로 쓰이는 묵직한 금반지 하나와 폭이 넓은 가락지 하나. 부인 손가락의 부어오른 관절 밑에 푸르스름한 자국이 남아 있는 것으로 보아, 문양이 새겨진 금가락지는 그 손에서 빼낸 것인 듯했다. 자루에서 마지막으로 나온 건 붉은 기가 도는 금붙이에 정교한 조각을 새긴 큼직한 고리형 브로치였다. 망토를 고정할 때 쓰는 그 물건은 색슨인의 유물이었다.

"램지 수도원 재건을 위해 써주세요. 내 아들 유도는 잘 말린 목재와 잡목을 절반씩 섞어 한 짐 보내겠다고 약속했으니, 아마 내일 저녁쯤 수도원에 수레들이 도착할 거예요. 이것들은 내가 따로 기부하는 거예요. 우리 막내 아이의 몸값이지요." 부인은 장신구들을 주머니에 다시 넣고 끈을 단단히 조였다. "자, 갖고 가세요!"

투틸로는 놀란 눈길로 그녀를 바라보며 잠시 우물쭈물하다가 입을 열었다. "몸값을 내실 필요는 없는데요. 아드님은 마지막 서약을 하지 않았잖습니까. 스스로 갈 길을 선택할 권리가 있었지요. 우리 수도원에 빚진 건 없어요."

"설리엔이 아니라 내가 빚을 졌지." 그녀가 빙그레 웃었다. "이것들은 남편 집안의 것이 아니라 내 아버님이 주신 내 사유물이니 편하게 받아줘요."

"하지만 며느님이나 막내 아드님과 결혼하실 분도 그것들에 대한 권리를 주장할지 모릅니다. 전부 아주 귀한 물건들 같던데요."

"우리 집 며느리들은 내 뜻을 거스르지 않아요. 그리고 우리 마음은 전부 똑같지요. 램지 수도원에서 내 영혼을 위해 기도해 주면 돼요." 부인은 담담하게 말했다. "자, 이제 우리가 그곳에 진 빚은 다 갚은 셈입니다."

투틸로는 여전히 꺼림칙한 얼굴로 마지못해 자루를 받아 들고 도나타의 손에 입을 맞추었다.

"이제 가보세요." 도나타가 한숨을 쉬곤 베개 위에 몸을 누이며 말했다. "에드레드가 함께 나가 나루를 건네주고 당신이 탔던 말을 데려올 거예요. 수사님을 걸어서 돌아가게 할 수는 없죠."

투틸로는 이런 선물을 받아도 되는지 확신할 수가 없어 찜찜한 마음으로 그녀에게 작별을 고했다. 그가 문 앞에서 다시 고개를 돌리자 부인은 엄숙한 얼굴로 어서 가라는 듯 끄덕이며 손을 내저었고, 이에 투틸로는 꾸중을 들은 듯한 기분으로 황급히 그곳을 빠져나왔다.

마당에서는 마부가 조랑말들과 함께 대기하고 있었다. 이미 어둠이 내린 뒤였지만 하늘 높은 곳에서 간혹 작은 구름들이 빠르게 흘러갈 뿐 대체로 맑은 편이었고, 달빛도 무척 환했다. 비는 내리지 않았는데 나루터에 이르고 보니 강물은 올 때보다도 훨씬 불어나 있었다. 멀리 상류 어딘가에서 큰비가 내린 모양이었다.

*

마지막 기도가 끝나자, 투틸로는 헤를루인 부원장에게 자기가 가져온 보화를 자랑스럽게 건네주었다. 모든 수사들은 물론 접객소에 묵고 있는 손님들 대부분이 투틸로가 낡은 가죽 주머니를 꺼내 환한 표정으로 헤를루인에게 그 안의 내용물을 보여주는 광경을 목격했다. 그들은 도나타 부인의 보화를 슈루즈베리 시민들이 기부한 돈과 함께 나무 상자에 집어넣었다. 상자는 헤를루인과 투틸로가 우스터와 이브셤, 퍼쇼를 돌아다니며 기부를 요청하는 사이 롱너에서 온 목재들과 함께 램지 수도원으로 보내질 것이었다.

헤를루인은 보화를 넣은 상자를 잠근 뒤 성모 제단 위에 올려두었다. 신임받는 하인 니콜이 적당한 때 그걸 가지고 램지 수도원으로 돌아가리라. 두 수사는 이틀 혹은 사흘 뒤 출발할 예정이었다. 슈루즈베리 수도원에서 헤를루인에게 큰 짐마차 한 대를 빌려주었고, 시에서는 그것을 끌고 갈 말들을 내어주었다. 헤를루인과 투틸로는 수도원의 말 두 마리를 빌려 타기로 했다. 수도원 사람들과 시민들은 램지 수도원을 위해 최선을 다했으며, 특히 도나타 부인이 보시한 보화는 그 노력의 절정이라 할 만했다. 헤를루인이 나무 상자를 자물쇠로 잠근 뒤 성모 제단 위에 올려놓는 모습을 수많은 이들이 지켜보았다. 누군가 그것을 탐낼지언정 하늘이 무서워서라도 그곳 성모 제단 위에 놓인 물건에 손을 대지는 못할 것이었다.

캐드펠은 예배당에서 나와 잠시 걸음을 멈추고 대기의 냄새를 맡으며 하늘을 올려다보았다. 하늘에 드리운 짙은 구름장 사이로 달이 얼핏 모습을 드러냈다가 이내 사라졌다. 그는 작업장으로 향했다. 어느새 불어난 메올천 물에 완두밭 가장자리가 1미터쯤 잠식되어 있었다.

그날 밤 내내 비가 쏟아졌다.

*

이튿날 아침기도 시간이 되기 전, 슈롭셔주의 행정 장관 휴 베링어는 홍수가 날지도 모른다는 보고를 받고 급히 성으로 나왔다. 그는 부하들을 시켜 시내의 주민들에게 그 소식을 전하게 한 뒤, 수도원으로 향했다. 라둘푸스 원장에게 직접 상황을 전하기 위해서였다.

"간밤에 풀시에서 연락이 왔습니다. 그쪽 세번강이 범람했고 웨일스에서는 아직도 심한 비가 쏟아붓는 중이라고요. 몬퍼드 상류에 있는 초원도 물에 잠겼답니다. 크게 불어난 강물이 이쪽으로 빠르게 흘러 내려오고 있어요. 비가 그치지 않아 당장은 창고에 저장해둔 식량이나 물품들을 옮기기 어렵겠지만, 귀중품들은 최대한 이동시키는 편이 나을 겁니다." 홍수가 져도 강가에 자리한 어부나 장인의 집들, 그리고 성벽 밑에 있는 밭들을 제외한 시내 다른 곳은 안전할 터였다. 그러나 수도원 앞 대로는 금세 물에 잠길 수 있었다. 수도원 내의 지대가 낮은 곳도 안전하지 않았고, 물방아 연못도 강물과 메올천 물로 넘쳐날 것이었다. "이곳으로 부하들 몇 명을 보내둘 생각입니다. 하지만 강가 주민들을 시내로 대피시켜야 하기 때문에 많은 인력을 보내긴 어려울 것 같군요."

"이곳에도 인력이 충분하니 걱정 마시오." 원장이 말했다. "우리 물건들은 우리 힘으로 옮길 수 있을 거요. 미리 알려주어 고맙군. 장관이 보기엔 물난리가 크게 날 것 같소?"

"아직은 잘 모르겠습니다. 어쨌든 대비할 만한 시간적 여유는 있습니다. 오늘 저녁 롱너에서 보내올 목재는 다른 수레에 옮겨 마시장터로 보내는 게 좋을 겁니다. 그곳은 지대가 높아 안전하고, 또 교회 묘지 문을 통해 경내의 마구간으로 쉽게 드나들 수 있지요."

"가능하면 헤를루인 쪽 사람들은 내일 당장 짐을 끌고 램지 수도원으로 떠나라 해야겠군." 원장이 자리에서 일어서자 휴도 숙사를 나와 정문으로 향했다. 상황이 상황이니만큼, 오늘은 캐드펠 수사에게 들르지 않고 곧장 떠날 생각이었다. 그러나 때마침 캐드펠이 다급한 걸음으로 산울타리를 돌아 나오다가 휴와 정면으로 맞닥뜨렸다. 메올천이 여전히 빠르게 역류하면서 물방아 연못의 수위를 높이고 있었다.

"아! 자네가 먼저 왔군." 캐드펠이 급하게 걸음을 멈추면서 말했다. "원장님께 홍수에 대해 말씀드렸나?"

"예, 그러니 일단 멈추고 숨 좀 돌리시죠." 휴가 한 팔로 캐드펠의 어깨를 다독이며 말을 이었다. "아직은 사태의 심각성을 짐작할 수 없는 상황입니다. 우리의 염려가 기우일 수도 있지만 미리 대비해서 나쁠 건 없겠죠. 시의 가장 낮은 지대는 이미 물에 잠겼습니다. 자, 정문까지 함께 가시죠. 그러고 보니 지난 연말에는 수사님 얼굴을 거의 뵙지 못했네요."

"상황이 오래가지는 않을 걸세." 캐드펠은 여전히 가쁜 숨을 몰아쉬며 입을 열었다. "금방 불어났다가 금방 빠지겠지. 문제는 그다음이야. 물이 빠지더라도 그 자리를 청소하고 정리하는 데는 시간이 오래 걸리거든. 하지만 우리는 과거에도 이런 사태를 잘 헤쳐 나왔네."

"필요한 약들은 미리 위쪽 진료소에 올려다놓는 게 좋을 겁니다. 하지만 지나치게 서두르지는 마세요. 무리하시다간 수사님이 병상에 눕게 될지 몰라요."

"중요한 약들이야 벌써 옮겨놨지. 지금은 에드먼드 수사와 의논을 하러 가던 참이었어. 자네 집이 세인트메리 교회[10] 곁의 고지대에 있어서 정말 다행일세. 얼라인과 자일스 모두 잘 있지?"

"그럼요. 자일스 그 녀석은 수사님을 뵌 지 오래됐다고 입이 한껏 나와 있어요." 휴는 정문 곁에 매어둔 말의 고삐를 잡으면서 말했다. "강물이 빠지면 한번 들러주세요."

"그렇게 하겠네. 얼라인에게 안부 전해주게. 자일스한테도 얘기 좀 잘해주고."

휴는 안장에 올라앉아 수도원 앞 대로에 있는 시장의 집으로 향했다. 캐드펠은 수사복 자락을 걷어 올린 뒤 진료소 쪽으로 걷기 시작했다. 무거운 귀중품들은 나중에 옮겨도 될 것이다. 하지만 약품들은 달랐다. 역류하는 메올천과 무섭게 부풀어 오르는 물방아 연못에서 한시라도 빨리 떨어뜨려두어야 마음이 놓이리라.

*

그날 오전, 평소처럼 경건하고 느긋하게 치러진 대미사 때와 달리 수사회의 분위기는 무척이나 다급했다. 수사들은 무리를 지어 필요한 작업을 나누고 진행하는 일로 그날 대부분의 시간을 보냈다. 우선 계단 위나 다락으로 올려 보내야 할 귀중품들을 포장하는 일이 시급했다. 물이 위험할 정도로 불어나기 전까지는 포장만 해둔 채 제자리에 두어도 될 것이었다. 그러나 경내의 가장 낮은 지대에 있는 물건들은 미리미리 옮겨놔야 했다.

마구간이 넓은 마당의 저지대에 위치한 터라 사람들은 말들을 마시장터에 있는 수도원 소유의 마구간과 다락으로 옮겼다. 그곳에는 충분한 양의 꼴이 갈무리되어 있어 혹시 물이 든다 해도 큰 걱정이 없었다. 겨울에 내린 많은 눈이 한꺼번에 녹아내리고 비가 집중적으로 쏟아지는 봄철에도 세번강이 경내 건물의 2층까지 차오른 적은 한 번도 없었고, 앞으로도 없을 것이었다. 강물이 흘러 들어갈 저지대들은 얼마든지 있으니까. 예배당 걱정은 강가의 초원 곳곳이 침수된 뒤에 시작해도 늦지 않았다. 물론 몇 년에 한 번씩 본당이 물에 잠겨 뗏목이나 작은 배를 타고 들어가야 했던 일도 있긴 했으니, 수도원 사람들이 두려워하는 것이 바로 그런 최악의 경우였다. 그들은 혹시 모를 상황에 대비하여 예복이며 접시, 십자가와 촛대, 제단에 딸린 비품들, 귀금속으로 제작된 조그만 유물들을 넣어둔 궤나 금고까지 모두 천으로 싸맸다. 은으로 장식된 성 위니프리드의 성골함도 낡은 커튼 몇 장과 넓은 담요로 조심스럽게 감싸두었다. 그러나 더 높은 지대로 옮겨야만 하는 사태가 오기 전까지는 원래의 제단 위에 그대로 안치해두기로 했다. 만일 그런 일이 생긴다면 그건 캐드펠이 경험한 홍수 중에서도 최악의 홍수가 될 것이고, 그때의 수위는 과거에 겪은 극심한 물난리 때보다 적어도 30센티미터 이상 높을 터였다. 수사들은 성녀의 유골함을 옮기는 사상 초유의 일이 벌어지지 않기만을 기도할 뿐이었다.

캐드펠은 점심 식사를 걸렀다. 다른 수사들과 접객소의 손님들이 급히 식사를 해치우는 사이 그는 예배당 안으로 들어가 성녀의 제단 앞에 무릎을 꿇고 앉았다. 평소에도 가끔 그렇게 성녀의 제단을 찾았는데, 그럴 때면 성녀와 관련된 기억이 한꺼번에 밀려들어 그는 기도할 엄두도 내지 못한 채 그저 묵묵히 앉아 있다 나오곤 했다. 기도를 드리지 않더라도 그의 마음속에서는 성녀와의 대화라 할 만한 것이 조용히 진행되었다. 캐드펠의 내면을 속속들이 꿰뚫는 다정한 성인이 있다면, 그는 바로 젊은 웨일스 여인이었던 위니프리드 성녀일 것이다. 사실 성녀의 유골은 이곳이 아니라 자신의 고국 웨일스의 귀더린에서 편안히 쉬고 있었다. 잉글랜드 땅에서 이 사실을 아는 사람은 성녀 자신, 성녀의 종이자 열렬한 숭배자요 기어코 그녀를 웨일스 땅에서 쉬게 한 캐드펠, 그리고 최근 그 비밀을 알게 된 휴 베링어뿐이었다. 반면 웨일스의 귀더린에서는 그것이 비밀도 아니었으나, 그들이 이 일을 쓸데없이 입에 올릴 리는 없었다. 성녀가 여전히 그들과 함께 있으며, 모든 게 다 순탄하니 말이다.

결국 이 순간 강물의 위협을 받고 있는 건 성녀가 아니라 야심 많고 불안정했던 한 남자의 불편한 잠자리에 불과했다. 슈루즈베리 수도원을 위한, 그리고 자신의 출세와 영달을 위한 탐욕에 떠밀려 그릇된 꿈을 좇다 살인을 저지른 청년의 잠자리. 그가 죽음으로써 성 위니프리드는 자신이 마음 깊이 사랑하는 땅에 편안히 묻힐 수 있었다. 그것만으로도 청년의 죄는 꽤 많이 가벼워졌으리라. 자신을 위해 준비한 관 속에 죄인이 누워 있다 해서, 또 사람들이 그걸 그분의 관으로 알고 있다 해서 성녀가 축복을 거둬 들이지는 않을 것이다. 아닌 게 아니라, 자신의 유골 대신 살인범의 유골이 누워 있는 자리에서 그분은 많은 은총의 기적들을 베풀어온 터였다.

"성녀님!" 캐드펠은 웨일스어로 외쳐 부른 뒤 조용히 말을 이었다. "그자는 이미 연옥에서 고통을 받을 만큼 받았습니다. 이제 그의 유골을 홍수의 위협에서 건져주실 수 없을까요?"

*

그날 오후, 강물과 시냇물의 수위가 낮아지지는 않았으나 물이 불어나는 속도가 점차 떨어지며 대체로 일정한 높이를 유지하는 듯했다. 사람들은 재앙이 비껴갔구나 생각했다. 그러다 저녁나절에 웨일스 고지대를 휩쓴 홍수의 본류가 슈루즈베리 일대를 덮치며 누런 진흙 거품과 찢긴 나뭇가지, 그리고 낮은 지대에 갇혀 있다가 강물에 휩쓸려 죽어버린 양들의 사체들을 격렬히 소용돌이치는 탁류와 함께 실어 오기 시작했다. 흙탕물 속에서 구르고 뒹굴며 떠밀려 온 나무들이 다리 밑에 걸리면서 탁류의 수위를 한층 더 높였다. 강물과 시냇물과 연못 물이 일제히 합세하여 수도원 경내의 마당과 공동묘지의 저지대로 맹렬히 밀려들고 회랑 안뜰을 얕은 진흙탕으로 만들면서 성당의 서쪽 문과 남쪽 문의 계단을 한 칸씩 잠식하자 수사들과 일꾼들은 모두 귀중한 비품들을 더 높은 곳으로 옮기는 일에 달려들었다.

예복, 비품, 접시, 십자가를 포함한 모든 귀중품은 성당지기 신릭의 거처이자 보니페이스 신부가 예복을 갈아입을 때 사용하곤 하는 북쪽 건물의 2층 방으로, 비교적 크기가 작은 유골함들은 교회 묘지에 난 문들을 통해 마시장 헛간에 있는 다락으로 옮겨졌다. 온종일 구중중한 구름으로 덮여 있던 하루는 때 이르게 저물었고, 부슬비가 끊임없이 내려 눈꺼풀과 속눈썹과 입술에 축축하게 달라붙으면서 불쾌감을 더했다.

롱너에서 두 대의 마차를 끌고 온 사람들은 램지 수도원으로 보낼 목재를 짐마차로 옮겨 싣기 시작했다. 슈루즈베리 주민들이 램지 수도원을 위해 바친 돈과 보화를 집어넣고 열쇠로 잘 잠가둔 나무 상자는 여전히 예배당 안 성모 제단 위에 놓여 있었다. 내일이면 램지 수도원 집사 니콜이 그걸 인계받아 램지로 가져갈 터였다. 성모 제단은 노아의 홍수 같은 엄청난 규모가 아닌 이상 어떤 물난리도 영향을 미치지 못할 만큼 높은 곳에 위치해 있었다. 롱너에서 온 마부들은 다른 자원봉사자를 하나 태우고 왔다. 인근 프레스턴 마을에서 온 양치기였다. 목재 옮기는 일을 시작하자마자 리처드 수사가 달려와 흥분한 어조로 수도원 일을 도와달라고 요청하여, 그들은 잠시 하던 일을 제쳐두고 침수 위기에 처한 귀중품들을 예배당 밖으로, 혹은 예배당 안의 높은 곳으로 옮기는 일을 거들었다. 수사들과 손님들이 한데 뒤얽혀 다소 어수선한 분위기 속에서 귀중품들을 옮기는 동안 날은 점점 더 어두워지고 있었다.

 한 시간쯤 지났을까. 귀중품 대부분을 옮겨놓은 뒤 작업을 돕던 손님들은 꾸준히 차오르는 물이 무릎에 닿기 전에 고지대의 마른 풀밭으로 물러나기 시작했다. 늦게까지 일한 몇몇 성실한 이들도 안도의 한숨을 내쉬며 접객소의 아늑한 2층 방으로 돌아갔다. 이제 본당은 물살이 기둥에 부딪치는 가벼운 소리만 간간이 들릴 뿐 조용했다. 레미의 마부인 베네제는 무릎까지 올라오는 부츠를 신고 부슬비를 막아줄 망토를 어깨에 걸친 채 열심히 일을 돕다가 맨 마지막으로 예배당을 떠났다.

 롱너에서 온 마부와 양치기도 목재가 있는 곳으로 다시 돌아갔다. 그때 고깔 모양의 두건을 쓴 작달막한 수사 하나가 숨을 헐떡이면서 달려오더니 맨 뒤에서 가던 프레스턴의 양치기를 붙잡았다. "램지로 가는 마차에 실어야 할 물건이 있습니다. 그걸 나르는 걸 좀 도와줘요."

 그즈음 제단을 밝히는 등불 말고는 모든 불이 다 꺼져 있었다. 양치기는 작달막한 수사에게 팔을 붙잡힌 채 잠자코 제단 앞으로 가서는 어둠 속을 더듬거리다가 담요로 잘 싼, 폭이 좁고 기다란 물건의 한쪽 끝을 붙잡았다. 그리 무겁지 않아 둘이서 옮기기에는 충분했다. 그들이 물건을 붙들고 허리를 펴는 순간, 제단의 등불이 베네딕토회 수사복을 걸치고 두건을 쓴 사람의 얼굴에 노란 불빛을 던졌다. 양치기는 매끄럽고 진지한 그의 얼굴에 시선을 고정했지만, 성물 안치소 문을 통해 불어온 바람으로 등불이 금방이라도 꺼질 듯 가물거렸다. 그들은 물건을 든 채 역대 원장들이 쉬고 있는 공동묘지를 지나 수도원 담장에 난 육중한 두 짝 대문 앞에 대놓은 수도원 마차로 걸음을 옮겼다. 롱너에서 온 이들은 나뭇단들을 보다 쉽게 옮기기 위해 자기들 마차를 수도원의 짐마차 뒤로 이동시키는 중이었다. 이미 사방을 에워싼 어둠은 축축한 안개와 함께 더욱 짙어지고 있었다. 양치기와 수사는 담요로 감싼 물건을 수도원의 짐마차로 가져가 이미 실려 있는 나무들 옆에 가지런히 뉘었다. 젊은 수사가 허리를 펴고 두 손을 턴 뒤 활달한 걸음으로 열린 대문을 향해 걸어갈 즈음 다른 두 일꾼은 나뭇단 하나를 실어놓고 다른 묶음을 가져오느라 자기네 마차로 향하고 있었다. 조금 전 실린 물건을 감싼 천의 주름들과 다 낡아 해진 금빛 자수의 광채는 이내 롱너에서 온 나뭇단에 덮여 모습을 감추었다.

"고맙습니다. 주님의 축복이 함께하길 바랍니다." 공동묘지 저편에서 젊은 수사의 밝은 목소리가 들려오다가 이내 어둠 속으로 사그라들었다.

3

 이튿날 아침 대미사가 끝나자마자 수도원의 짐마차는 램지를 향해 출발했다. 성모 제단 위에 뒀던 나무 상자는 이미 헤를루인이 니콜에게 넘겨주었다. 램지에서 온 다른 일꾼이 헤를루인을 따라 우스터에 가기로 했지만 램지 재건을 거들겠다고 나선 장인 세 사람이 동행하게 되었으니, 돈과 보화를 지키기에는 충분한 인원이었다. 목재는 롱너 영지에서 온 마부와 양치기들이 잘 실어놨고, 마차를 끌 말 네 마리는 마시장에 있는 마구간에서 하룻밤을 편안하게 보낸 터였다.

 그들이 가야 할 길은 세인트자일스[11] 곁을 지나 동쪽으로 뻗어 있었다. 강가에 펼쳐진 초원 지대를 벗어나 애첨 마을 곁의 다리를 건너면 곧 구불구불한 세번강에서 멀리 떨어져 통행이 빈번한 넓은 길을 따라 나아가게 될 것이었다. 목적지 가까운 곳에 제프리 드 맨더빌 휘하에서 일하던 흉포한 자들이 은신처를 찾아 사방으로 흩어져 있다는 점을 고려하면, 믿음직하고 선량하면서도 튼튼하고 강인한 슈롭셔의 세 청년이 동행하게 된 것이 여간 다행스럽지 않았다.

마차는 덜컹거리면서 수도원 앞 대로를 따라 멀어져갔다. 겨울에 많은 눈이 내리고 해빙기에는 눈 녹은 물을 저지대로 흘려보내는 웨일스의 산악지대에서 멀리 떨어진 곳이었다.

그로부터 한 시간 남짓 지난 뒤, 헤를루인 부원장도 투틸로와 하인 하나를 거느리고 수도원을 떠나 세인트자일스 앞에서 남동쪽 길로 접어들었다. 헤를루인은 안도의 한숨을 내쉬었으나, 이는 자신이 등지고 떠난 홍수가 일행을 추월해 노도와 같이 우스터를 덮칠 수도 있다는 사실을 미처 깨닫지 못했기 때문이었다. 세번강을 뒤덮은 탁류의 속도는 때에 따라 들쭉날쭉했다. 헤를루인보다 뒤처질 수도 있지만, 어쩌면 우스터의 평탄한 초원에 먼저 도착해 그들의 앞을 가로막을 수도 있었다.

페르튀 레미는 움직일 기미를 보이지 않았다. 접객소는 평지에서 한 층쯤 올라간 돌계단 위에 지어진 터라 1층도 아주 건조하고 아늑한 상태를 유지하고 있었다. 그는 따뜻하고 안락한 방에서 아픈 목이 낫길 기다렸다. 말 관리인 역할을 하는 베네제에 따르면, 그가 거느린 말들 가운데 가장 좋은 녀석은 여전히 발을 절고 있었다. 베네제는 매일 마시장터 마구간에 있는 말들을 살피러 다녔는데, 물난리 따위는 전혀 신경 쓰지 않는 듯 태연한 얼굴로 물이 흥건한 마당의 얕은 곳을 첨벙거리면서 가로지르곤 했다. 경내 마구간 마당에는 물이 거의 무릎 깊이까지 차 있었고 그 상태는 며칠 더 지속될 것 같았다. 그는 주인에게 이곳에서 조금 더 기다리는 게 좋겠다고 권했다. 체스터로 가는 북쪽 길에 세번 강과 디강의 합류 지점이 있는 터라 이런저런 불편한 일들을 예견해서인지 레미도 그 의견에 반대하지 않았다. 지금 머물고 있는 슈루즈베리 수도원은 더없이 편안하며 안전한 잠자리와 먹을 것이 보장된 곳이었다. 빗줄기가 서서히 물러가는 기미를 보이니 며칠만 더 기다리면 되리라. 서쪽 하늘을 잔뜩 메웠던 구름이 차츰 걷히는 가운데 한두 번씩 내리는 비가 일상의 무미건조한 분위기를 깨뜨리곤 했다.

수사들은 여러 어려움에도 불구하고 경내에서의 일과를 꾸준히 지속해나갔다. 성가대석이 예배당 위쪽에 자리 잡고 있어서 그들은 숙사와 연결된 계단을 통해 발을 적시지 않고 그곳에 갈 수 있었다. 회의장도, 첫째 날과 둘째 날에는 물이 포석을 살짝 덮을 정도로 침입해 들어왔지만, 셋째 날에 이르러서는 다 빠져나가 포석들 사이의 이음매에만 물이 고여 있었다. 강이 본연의 힘을 되찾아 엄청난 양의 물을 다시 하류로 밀어내고 있다는 첫 조짐이었다. 이틀이 더 지나자 그러한 변화는 개천의 빠른 흐름을 통해, 그리고 강둑 너머의 풀밭까지 먹어 들어갔던 물이 본줄기로 물러나며 남긴 퇴적물의 선을 통해 뚜렷하게 확인할 수 있었다. 물방앗간 저수지 역시 침수되었던 정원의 낮은 지대로부터 뗏장과 낙엽들을 훑어 모으며 서서히 내려앉기 시작했다. 시를 둘러싼 성벽 밑을 흐르는 강물도 상류에서 떠내려온 나뭇가지들과 덤불, 진흙 따위로 지저분해진 작은 집들과 어부의 오두막들, 보트 창고들을 뒤에 남겨놓은 채 물러나면서 하루가 다르게 수위가 낮아졌다.

그 주가 가기도 전에 저수지 물은 모두 원래의 영역으로 돌아갔다. 아직 꼭대기에서 물이 찰랑대고는 있었지만 위험은 사라진 셈이었다. 본당 안에 남은 흔적으로 미루어보건대, 예배당으로 침투해 들어온 물은 위니프리드 성녀의 제단 앞에 나 있는 계단의 둘째 단 끝자락에서 멈춘 듯했다.

"성녀님의 유골을 이동시킬 필요는 없었군." 로버트 부원장은 벽에 남은 물의 흔적을 바라보면서 고개를 저었다. "우리가 좀 더 굳은 믿음을 가졌어야 했는데…… 성녀님은 당신 자신은 물론이요 당신께서 거느린 무리들도 잘 돌보시는 분이니 말이오. 부득이한 상황이 코앞에 닥쳤어도 그분의 명에 따라 물은 금방 빠졌을 거요."

그러나 습하고 썰렁한 데다 진흙탕과 쓰레기로 더러워진 본당에 당장 성녀님을 모시고 올 수는 없었다. 수사들은 타일 바닥에 뒤덮인 진흙을 쓸어내고 문지르고 훔쳐내면서 불평 없이 열심히 일하기 시작했다. 몇몇은 돌로 된 화롯불 통 세 개를 들여와 그 안에 기름을 가득 채우곤 불을 지펴 예배당 안의 온도를 높이고

습기를 제거했다. 강물의 악취를 몰아내기 위해 꽃 기름도 함께 넣었다. 경내의 모든 지하실과 창고, 헛간, 마구도 역시 손을 봐야 하겠지만 어쨌든 예배당이 최우선이었다. 그곳이 다시 청결하고 안온하며 성스러운 곳이 되어야만 보물들 모두 원래의 자리로 돌아올 수 있을 것이었다.

라둘푸스 원장이 축하 미사를 통해 성소를 정화하는 의식을 치르자, 수사들은 비로소 높은 곳에 치워뒀던 예복과 접시며 제단 비품, 새로 광을 낸 촛대, 제단 덮개와 휘장, 조그만 성골함 등을 제자리로 옮기기 시작했다. 성 베드로 성 바오로 수도원에서 가장 성스럽고 은혜로운 물건은 다른 모든 것들을 제자리에 돌려놓은 뒤 적절한 의식을 거쳐 말끔하게 단장한 자리에 모셔야 할 터였다.

"이제 위니프리드 성녀님을 당신의 제단에 모시도록 합시다." 마침내 로버트 부원장이 허리를 반듯이 펴고 위엄이 넘쳐흐르는 당당한 자세로 서서 입을 열었다. "우리 모두가 잘 알다시피 우리의 성녀님은 지금 북쪽 건물의 윗방에 계십니다." 북쪽 한구석에 자리한 그 건물의 2층 방은 강물의 수위가 최고점에 이르렀을 때도 아무 어려움 없이 드나들 수 있는, 가장 안전한 곳이었다. 하지만 방문이 워낙 작고 나선형 계단을 올라야 하는 터라 그들은 운반하는 과정에서 파손되지 않도록 성녀의 관을 여러 겹으로 잘 싸두었다. 로버트는 격정적인 어조로 부르짖었다. "우리 모두 기쁨과 헌신이 넘치는 마음으로 가 성녀님을 당신의 자리로, 우리에게는 축복이 되는 이곳 제단으로 모셔 옵시다."

캐드펠도 일행을 따라 본당 한쪽에 난 좁은 문을 지나 나선형 계단을 올라갔다. 부원장은 자기가 성녀님을 이곳에 모셔 왔다 믿었고, 그래서인지 언제나 자신이 그분을 소유한 듯 굴었다. 주여, 저 불쌍한 사람에게 은총을 베푸소서, 캐드펠은 일말의 가책을 느끼며 속으로 기도를 올렸다. 저 사람은 잘못 알고 있으면서도 바로 알고 있다 확신하고 있나이다! 부원장이 유골의 진실을 알아서는 절대로 안 되었다. 성녀님이 이곳에서 아주 멀리 떨어진 곳, 성녀님 자신이 선택한 곳에 있으며, 그분께서 저 터무니없는 만족감과 자부심을 눈감아주시는 건 오로지 어리석은 아이를 향한 관대함에 불과하다는 사실을 그가 알면 큰일이 벌어질 것이었다.

홍수가 이어지는 동안 예배당의 보물들을 보관할 수 있도록 작은 방을 내어주었던 신릭도 이제 자신의 공간을 되찾을 때였다. 그는 커다란 키에 몸은 바싹 여위고 늘 말이 없는 남자였다. 뭇사람들은 양 볼이 움푹 팬 그 무뚝뚝한 얼굴을 보고 선뜻 다가가기를 두려워했지만, 마음에 아무 티가 없는 천진한 이들은 그를 스스럼없이 받아들였다. 수도원 앞 대로에 사는 아이들과 늘 그들 곁에 붙어 다니는 개들은 거리낌 없이 신릭에게 다가가곤 했으며, 더운 여름날이면 지극히 편안한 태도로 그와 함께 예배당 앞 계단에 앉아 묵묵히 시간을 보내곤 했다. 이제 그의 좁은 방에는 예배당에서 가장 중요한 마지막 보물 말고는 아무것도 남아 있지 않았다. 수사들은 몇 겹의 천으로 잘 감싸고 밧줄로 단단히 묶어놓은 성녀의 관을 경건하게 들어 올린 뒤 좁은 나선형 계단을 조심스럽게 내려갔다.

본당으로 온 수사들은 관대 위에 짐을 내려놓은 뒤 담요와 천들을 벗겨내기 시작했다. 이를 지켜보던 캐드펠은 담요 밖으로 어렴풋이 드러나는 관의 형체가 자신이 마음속에 품고 있던 모습과 비교해 너무 딱딱하게 각이 져 있는 것 같다고 생각했다. 마지막으로 남은 천은 그가 익히 보아온 그 우아하고 정교한 형상을 충분히 감쌀 수 있을 만큼 두꺼웠다. 로버트 부원장이 엄숙한 의식을 치르는 사람처럼 경건한 태도로 한 손을 뻗더니 두툼한 천 자락을 잡아당겨 그 안의 내용물을 드러내었다.

한순간 그의 당당하고 위엄 있는 목에서 억눌린 비명이 터져 나왔다. 그리 크지는 않았으나 주위 사람들을 놀라게 하기에는 충분한 소리였다. 부원장은 충격을 이기지 못해 비틀거리면서 뒤로 한 걸음 물러났다가 이내 다시 앞으로 달려들어 천을 마저 잡아당겼다. 안전한 곳에 보관했다가 조심스럽게 모셔 온 물건이 사람들의 눈앞에 고스란히 드러났다. 그건 은으로 양각된 성골함이 아니라, 그보다 폭이 더 좁고 길이도 짧은 한 토막의 목재였다. 오랜 시간에 걸쳐 잘 건조시킨 듯, 나무토막은 한 사람이 쉽게 들 수 있을 만큼 가벼웠다.

결국 그들은 엉뚱한 것을 두고 온갖 조심과 공경을 다한 셈이었다. 위니프리드 성녀는 이곳에 없었다.

*

잠시 어리벙벙한 침묵이 이어지다가 이곳저곳에서 웅성거림이 일기 시작했다. 부원장의 억눌린 비명이 근처에 있던 다른 이들까지 현장에 끌어들인 터였다. 하던 일을 놓고 몰려든 이들은 제단을 들여다보고 하나같이 놀라서 입을 벌렸다. 로버트 부원장은 두 손으로 천을 움켜쥔 채 제자리에 얼어붙어 분노한 얼굴로 그 고약한 나무토막만 멍하니 내려다볼 뿐이었다. 마침내 그의 수하이자 그림자요 아첨꾼인 제롬 수사가 입을 열었다.

"뭔가 착오가 있었던 것 같습니다." 그는 두 손을 꽉 움켜쥔 채 더듬더듬 말을 이었다. "혼란스러운 가운데…… 우리가 일을 다 마치기 전에 날이 어두워져서…… 누군가 착각을 하고 성녀님을 다른 데로 옮겨다 놓은 거죠. 성녀님은 다락 어딘가에 잘 모셔져 있을 테니, 곧 찾을 수 있을 겁니다."

"그럼 이것은?" 로버트는 눈앞의 고약한 물건을 잡아먹을 듯이 노려보면서 손가락을 들어 보였다. "누군가 실수로 싸두었단 말이오? 성녀님을 모시듯 이렇게 공을 들여서? 이건 실수가 아니오! 모르고 저지른 실수가 아니란 말이오! 누군가 우리를 속이려고 고의로 이런 짓을 저지른 게 분명하오! 일부러 성녀님이 있던 자리에 이것을 가져다 둔 거지. 그렇다면 지금 성녀님은 어디…… 어디에 계시지?"

그 순간 모두의 얼굴에 공포와 경악의 그림자가 짙게 드리웠다. 예배당 안의 음습한 분위기는 바람을 타고 큰 마당으로 번져 나가, 시시각각 더 많은 구경꾼들이 몰려들어 놀란 얼굴로 나무 토막을 들여다보았다. 수도원 부속 농장 마당이나 마구간에 흩어져 청소를 하느라 여념이 없던 수사들도 부름을 받아 그곳으로 몰려왔으며, 호기심 많은 학생들은 눈을 동그랗게 뜨고 구경을 하다가 폴 수사한테 꾸중을 듣고 현장에서 쫓겨났다.

"마지막으로 성녀님의 관을 건드린 사람이 누구였죠?" 캐드펠 수사가 침착하게 입을 열었다. "누군가…… 적어도 두 사람 이상이…… 성녀님을 신력의 방으로 옮겼을 겁니다. 우리 중에서 누가 그 일을 맡았죠?"

그러자 흐륀 수사가 구경하던 사람들 틈을 헤치고 나왔다. 그는 수사들 가운데 가장 젊고, 성녀의 특별한 가호를 받은 이후 그 누구보다 헌신적으로 성녀를 모셔온 청년이었다.

"성녀님의 관을 안전하게 포장하는 일은 저와 유리언 수사가 맡았습니다. 하지만 유감스럽게도 성녀님을 제단에서 옮길 때 저는 그 자리에 없었습니다."

가까운 곳에 둘러선 수사들 사이로 키 큰 사람 하나가 다가오더니, 무슨 일 때문에 이런 소동이 일었나 궁금한지 목을 길게 빼고 들여다보았다. "제단에서 옮겨놨던 짐이 돌아온 겁니까?" 베네제는 그렇게 물은 뒤 보다 자세히 보기 위해 사람들 틈을 비집고 들어왔다. "성골함, 그러니까 성녀님의 관 말입니다. 하지만 이건……." 그는 놀라 말을 멈추었다가 다시 입을 열었다. "제가 그걸 성당지기의 방으로 옮기는 일을 거들었는데요. 그날 저녁 늦은 시간에 우리가 옮긴 짐들 중 마지막 것이었지요. 한 수사님께서 저를 불러 도와달라 하셔서 저도 여기 왔었습니다. 사람들이 그분을 매슈 수사라 부르더군요. 제가 그분을 거들어 성녀님의 관을 들고 계단을 올라 그 방에 잘 모셔뒀습니다." 그는 자기 말을 입증해줄 사람을 찾아 주위를 두리번거렸지만 식료품 보관 담당자인 매슈 수사는 그 자리에 없었다. "그분께서 제 말을 확인해주실 겁니다. 그리고 이 나무토막은…… 우리가 그렇게 정성 들여 옮긴 물건이 이거였단 말입니까?"

"이 담요를 잘 보시오." 캐드펠이 얼른 담요로 손을 뻗어 그걸 사내의 눈앞에 활짝 펼쳐 보였다. "관을 싸맨 천들 중 제일 바깥에 있던 것이오. 두 손으로 짐을 들어서 옮길 때 이걸 보았던 게 맞소?"

우연히도 그건 웨일스에서 생산된 천이었다. 꽃잎 네 장으로 이루어진 침침한 푸른빛 꽃들이 서투른 솜씨로 일정하게 수놓인 모직 천. 최근 그런 종류의 천들이 슈루즈베리 시장을 통해 잉글랜드 전역으로 퍼져나갔다. 군데군데 닳은 흔적이 보이긴 해도 튼튼하게 짜인 두툼한 천으로, 끄트머리에는 아마亞麻가 덧대여 있었다. 베네제는 주저 없이 대답했다. "예, 같은 겁니다."

"자신할 수 있겠소? 저녁 늦은 시간이라고 했는데, 그때 제단에 불이 켜져 있었소?"

"예, 그 무늬를 분명히 봤습니다. 이건 그날 밤 우리가 들어서 옮긴 그 짐의 천이 분명합니다. 하지만 그 안에 뭐가 들었는지 제가 어떻게 알았겠습니까?"

흐륀 수사가 울음이라기보다 흐느낌에 더 가까운 비통한 신음을 토해내고는 겁에 질린 모습으로 다가와 자기 눈이 의심스러운 듯 그 천을 거듭 만져보았다. 짧은 순간 젊고 맑고 정직한 그의 눈빛이 파르르 떨렸다.

"아뇨, 이건 그 천이 아닙니다." 흐륀은 속삭이듯 낮게 말했다. "그날 정오 전에 유리언 수사와 제가 성녀님을 싼 그 천이 아니에요. 우리는 평범한 담요로 성녀님을 싸고 낡아 해진 제단 천으로 재차 감싼 뒤 제단 위에 그대로 놔뒀어요. 리처드 수사님이 그 천이 성녀님의 성스러움에 더 걸맞을 거라면서 그걸로 싸게 하셨죠. 낡았지만 무척 아름다운 천이었습니다. 그 자수에는 크나큰 사랑이 깃들어 있었지요. 예, 우리가 성녀님 관을 싼 바깥 천은 그것이었습니다. 이것과는 전혀 달라요. 이분께서 위니프리드 성녀님의 관이라 생각하고 높은 데로 옮겨둔 건 성녀님의 관이 아니라 여기 있는 이 나무토막, 모조품이었습니다. 부원장님, 우리 성녀님은 어디 계실까요? 위니프리드 성녀님은 대체 어떻게 된 거죠?"

로버트 부원장은 위압적인 눈길로 주위를 한 차례 둘러보았다. 천을 모두 벗겨내자 마치 조롱하기라도 하듯 나타난 그 대체품, 넋 나간 표정을 하고 있는 수사들, 수호성인을 잃고 비탄에 빠져 하얗게 질린 흐륀 수사의 창백한 얼굴이 시야에 들어왔다. 흐륀

이 지금처럼 충만하고 아름답고 활기찬 사람이 된 것은 전부 위니프리드 성녀의 은총 덕분이었다. 성녀의 행방이 밝혀지기 전까지 그는 손을 놓고 있지도, 편히 쉬지도 않을 것이었다.

"여기 있는 모든 건 제자리에 놔두고 일단 해산하시오." 로버트 부원장이 위엄 있게 지시를 내렸다. "이곳의 책임자인 라둘푸스 원장님께 자세한 전말을 고할 때까지 어떤 말이나 행동도 해서는 안 되오."

*

"단순한 실수일 수가 없습니다." 그날 저녁, 캐드펠은 원장 숙사의 응접실에 앉아 입을 열었다. "매슈 수사가 베네제라는 청년의 말을 확인해주었습니다. 적어도 당시 관을 감싸고 있던 천의 문양은 그가 말한 대롭니다. 그리고 흐륀 수사와 유리언 수사도 자기네가 감싼 천에 대해 마찬가지로 확실하게 이야기했지요. 모든 정황으로 미루어보아 겉에 싼 천을 바꾼 사람은 없습니다. 누군가 제단 위에 있던 짐을 새 짐으로 바꿔치기했고, 다른 이들은 새 짐이 진짜인 줄 알고 위에 잘 모셔둔 겁니다. 짐 나르는 걸 도운 이들에게는 아무 잘못도 없습니다."

"동의하오." 라둘푸스가 조용히 대답했다. "베네제라는 청년도 친절한 마음으로 도왔을 거요. 하지만 어떻게 이런 일이 일어났을지…… 대체 누가 이런 짓을 벌인 것이오? 자, 그날의 상황을 잘 되짚어봅시다. 그날 낮에 물난리가 났고, 우리는 경계를 게을리하지 않되 그래도 큰 피해 없이 넘어갈 수 있을지 모른다고 기대했소. 그러다 날이 어두워졌을 때 상황이 급박해졌지. 사람들은 최악의 사태에 대비하고 있다가도 그것이 금방 닥쳐오지 않으면 일순 마음을 놓는 법이오. 그러다 사태가 벌어졌으니, 과연 뜻한 바대로 모든 일을 차분하게 처리할 수 있었겠소? 어둠 속에서, 모든 것이 혼란에 빠진 상태에서 마음 약한 이들은 실수를 할 수도 있었을 거요. 그러니…… 이게 실수에 불과한 것일 가능성도 있지 않겠소? 아니면 그저 어리석고 뒤틀린 마음에서 나온 장난 같은 것이거나……."

"무게와 크기가 비슷한 나무토막을 싸서 거기 놔둔 것을 실수에서 나온 행동이라 볼 수는 없습니다." 캐드펠은 단호하게 말했다. "고의적으로 자행된 짓이 분명해요. 우리 수도원의 명예를 실추시키기 위한 시도라면 아주 보기 좋게 성공한 셈이지요. 하지만 대체 어떤 사람이 그런 비열한 마음을 품을 수 있을지 저로서는 상상이 가지 않습니다. 왜 그런 마음을 품었는지에 대해서도 마찬가지이지요. 그래도 누군가 의도한 일이라는 점만은 확실합니다."

캐드펠이 매슈 수사와 만나 베네제의 말이 틀림없다는 것을 확인하고 돌아온 뒤로 두 사람은 줄곧 앉아 이야기를 나누고 있었다. 그날 매슈 수사는 관의 머리 부분을 들어 천 끝에서 풀려난 아마 실 묶음을 손가락에 감은 채 앞장서서 계단을 올라갔다고

했다. 로버트 부원장은 잔뜩 흥분한 얼굴로 원장에게 사건의 전말에 관해 열변을 토한 뒤 상관에게 부담을 떠맡긴 채 가버렸지만, 캐드펠은 그의 그런 행동이 여간 고맙지 않았다.

"이 나무토막은 대체 어디서 온 거요? 롱너 영지에서 보낸 것은 아닌 듯한데." 라둘푸스가 예리한 눈길을 던지며 물었다.

"예, 롱너 영지 사람들도 잘 건조시킨 목재를 얼마간 보냈지만 그중 참나무는 없었습니다. 전부 잡목들이었지요. 이건 벌채한 지 꽤 오래된 목재입니다. 아주 잘 건조되어서 가벼워요. 그래서 성녀님 관의 대용품으로 사용할 수 있었을 겁니다. 이 나무토막이 어디서 나왔는지는 짐작하기 어렵지 않습니다. 식당 아래 지하실 남쪽 끝에 최근 광을 짓고 남은 약간의 목재들이 쌓여 있는데, 조금 전 제가 가서 살펴보니 딱 이만한 크기의 나무 하나를 빼낸 흔적이 남아 있더군요."

"최근에 빼낸 것 같았소?"

"그렇습니다, 원장님."

"그렇다면 형제의 생각이 옳겠군." 라둘푸스는 천천히 말을 이었다. "참으로 믿기 어려운 일이지만 사전에 면밀하게 계획된 짓이 분명하오. 여러 특수한 상황들이 뒤얽힌 가운데 우연히 일어난 일일지도 모른다는 생각은 그저 내 희망에 불과했던 게지…… 유리언 형제와 흐륀 형제가 정오 직전에 성녀님의 관을 싸두었는데, 그날 저녁 제단 위에 얌전하게 모셔져 있던 물건이 바로 이 나무토막이었다니. 그렇다면 정오에서 저녁 사이에 누군가 성녀님을 다른 곳으로 빼돌린 모양이군. 대체 무슨 목적으로 그런 짓을 했을까? 마음속에 어떤 흉계를 품었길래? 캐드펠 형제, 홍수가 난 요 며칠 사이 우리 경내를 드나든 사람은 거의 없지 않소? 그리고 누구도 이렇게 눈에 띄는 물건을 밖으로 내갈 수는 없었을 거요. 관은 경내 어딘가에 숨겨져 있을 가능성이 크오. 그러니 일단 우리 수도원과 부속 건물들을 구석구석 샅샅이 찾아보는 게 좋겠소."

*

위니프리드 성녀를 찾는 일은 이틀에 걸쳐 기도 시간 틈틈이 계속되었다. 경내의 모든 사람들은 마치 자신의 명예가 실추되기라도 한 양 하나같이 아직도 남아 있는 진흙탕을 첨벙대며 경내 곳곳을 뒤지고 다녔다. 접객소에 묵고 있던 손님들과 교구 성당에 다니는 신자들도 적극적으로 거들었고, 심지어 페르튀 레미조차 목의 통증을 잊은 채 베네제와 함께 마시장터 마구간과 다락을 구석구석 뒤져보았다. 수도원 사람들이 그곳에 성 엘러리우스[12]의 유골과 그 밖의 자잘한 보물들을 보관해두었다가 홍수가 물러갔을 때 다시 찾아온 터였다. 여가수 달니는 성녀를 찾으려는 수사들의 노력에 동참하지 않았으나 접객소 계단에 서서 끈질긴 관심을 갖고 모든 것을 지켜보았다. 수사들은 부속 농장에서부터 마구간 마당까지 샅샅이 뒤지고, 바깥 계단을 통해 숙사에서 빠져나와 회랑 안뜰로 들어갔다가 다시 필사실을 거쳐 진료소로 향했지만, 번번이 아무 소득 없이 빈손으로 돌아올 뿐이었다.

물난리가 최고조에 달해 상황이 급박해진 저녁 나절 수사들의 일을 거들었던 이들은 자신들이 보고 겪은 일들을 낱낱이 알렸다. 그 모든 사실을 종합한 결과, 예배당의 다른 보물들을 급히 옮긴 행적과 그 물건들을 각각 어디에 보관했는지는 전부 밝혀낼 수 있었다. 하지만 그날 정오와 저녁 사이 문제의 관을 싼 짐이 어떻게 되었는가 하는 점에 대해서는 어떤 단서도 찾지 못했다. 둘째 날이 저물 무렵에는 로버트 부원장도 패배를 인정하지 않을 수 없었다.

"성녀님은 이곳에 안 계십니다." 부원장은 분노로 뻣뻣하게 굳은 얼굴을 하고서 말을 이었다. "적어도 이곳 경내나 수도원 앞 대로에는 없는 게 확실해요. 누군가 성녀님의 행방에 관해 알았다면 당연히 우리에게 알렸을 겁니다."

"보고도 못 본 체하지는 않았겠지." 원장이 우울한 표정으로 고개를 끄덕였다. "성녀님은 더 먼 곳으로 가신 모양이오. 더는 실수나 착오일 가능성이 없소. 누군가 우리를 속일 의도로 일부러 바꿔치기한 거요. 하지만 요 며칠 사이 누가 그분의 관을 가지고 우리 수도원을 빠져나갔을지…… 대체 어떤 사람들이? 헤를루인 수사와 투틸로 수사를 빼면 그사이 정문을 드나든 이는 없소. 그 두 사람도, 여행에 필요한 최소한의 물건들 외에 아무것도 가져가지 않았고."

"램지 수도원을 향해 떠난 마차가 있었지요." 캐드펠이 말했다.

잠시 침묵이 감돌았다. 그들은 눈앞에서 아가리를 벌리고 있는 무서운 가능성을 검토하며 불안한 눈길로 서로의 얼굴만 바라보았다.

"그럴 가능성은 없을까요?" 먼저 말문을 연 사람은 리처드 수사였다. "그러니까…… 날이 어둡고 모든 이들이 우왕좌왕하는 가운데 누군가 우리 수사의 지시를 잘못 이해하여 실수로 그 마차에 성녀님의 관을 실었다든가……."

"아뇨." 캐드펠이 단호하게 대꾸했다. "누군가 성녀님을 제단에서 다른 곳으로 옮겼다면 그건 의도를 가지고 한 일입니다. 성녀님이 그 마차와 함께 떠났을 수는 있습니다. 하지만 그건 우연이나 실수로 이루어진 일이 아닐 거예요."

"이건 신성을 모독한 절도 행위입니다!" 로버트가 부르짖었다. "하느님과 하늘나라의 법을 어긴 범죄이니 엄하게 추적해야 해요."

"그런 생각은 아직 이르오." 라둘푸스가 한 손을 들어 로버트를 제지했다. "그날 현장에 있었던 모든 사람들을 만나 물어보고 새로운 증언을 듣기 전까지는 속단하지 맙시다. 우리는 이 일과 관계된 사람들의 증언을 다 듣지 못한 셈이오. 헤를루인 부원장과 투틸로 수사도 여기 함께 함께 있었고, 듣자니 투틸로 수사는 그날 저녁 늦게까지 우리를 거들어 성녀님 제단의 비품들을 옮겼다지. 혹시 그들 말고도 일을 도우러 온 사람들이 더 있었소? 이 사건을 절도 행위로 단정 짓기에 앞서 이번 일과 관련된 사실을 목격했을 가능성이 있는 모든 이들과 이야기를 나눠보는 게 좋겠소."

"유도 블런트의 지시를 받아 목재를 싣고 온 마부들이 있었지요." 리처드 수사가 말했다. "그들이 마차에서 목재를 옮기다가 상황이 급박한 것을 알고 예배당으로 가 우리를 도왔습니다. 그 사람들에게도 물어봐야 하지 않을까요? 비록 날이 어둡기는 했지만 그들 중 누군가 무언가를 목격했을 수도 있습니다."

"그 어떤 것도 소홀히 해서는 안 되오." 원장이 말했다. "헤를루인 신부와 투틸로 수사는 우리한테서 빌린 말들을 되돌려주기 위해 이리로 돌아올 거요. 하지만 그러려면 며칠 더 걸릴 테고, 우리는 그렇게 오래 지체할 여유가 없지. 로버트 부원장, 그대가 말을 타고 가서 그들에게 이야기를 좀 들어볼 수 있겠소? 지금쯤 아마 우스터에 가 있을 거요."

"기꺼이 그렇게 하겠습니다." 로버트는 열렬한 어조로 말을 이었다. "하지만 행정 장관에게도 이 사실을 밝히고 그분의 부하한 사람을 저와 함께 가게 해달라고 요청하는 게 어떨까요? 결국 이 사건은 하느님의 법뿐 아니라 세속의 법에도 저촉되는 사건일 수 있으니까요. 원장님 말씀대로 우리에게는 시간이 많지 않습니다."

"옳은 말이오." 라둘푸스는 고개를 끄덕였다. "휴 베링어와 애기해보리다. 그리고 롱너 영지 마부들에게도 사람을 보내서 이야기를 들어보도록 해야겠군."

그때 캐드펠이 나섰다. "원장님께서 허락해주신다면, 그들에게는 제가 가보겠습니다." 로버트 부원장이 마음에 두고 있는 사람, 예컨대 제롬 수사 같은 사람이 유도 블런트의 영지로 급습하듯 쳐들어가 너희가 혹시 속임수를 써서 수도원의 보물을 훔쳐가지 않았느냐는 식의 암시를 노골적으로 드러내게 해서는 안 되었다.

"원한다면 그렇게 하시오, 캐드펠 형제. 그대는 그 집안 사람들을 누구보다도 잘 알고 있으니 다들 터놓고 이야기하겠지. 우리는 성녀님을 꼭 찾아내야 하며, 반드시 찾아내고 말 거요. 내일 아침에는 휴 베링어에게 모든 사실을 알리고 그가 적당하다고 생각하는 방식대로 사건을 추적하도록 하겠소."

*

아침기도가 끝날 무렵 도착한 휴 베링어는 원장과 만나 30분쯤 이야기를 나눈 뒤 캐드펠의 작업장으로 왔다. "듣자니 수사님이 아주 난처한 처지에 몰리게 되었다고요." 그가 목재 벽에 붙어 있는 장의자에 털썩 주저앉아 입을 열었다. "그래, 어쩌다 그 가짜 성녀님을 잃어버린 겁니까? 누가 그 예쁜 관 뚜껑을 열어보려고 마음먹기라도 하면 어쩌죠?"

"굳이 그럴 이유가 있겠나?" 캐드펠은 자신 없는 목소리로 물었다.

"인간적인 호기심에 대해서야 수사님이 저보다 더 잘 아시잖습니까." 휴가 씩 웃어 보였다. "열어보지 말아야 할 이유도 없지요. 만일 그 물건이 뭔지, 어떤 의미를 지닌 것인지 전혀 모르는 사람이 그걸 손에 넣는다면, 그자는 그 정체가 궁금해서라도 상자를 열어보지 않겠습니까? 게다가 제일 먼저 그 봉인을 부순 사람은 바로 수사님이었잖아요."

"그건 그렇지." 캐드펠은 허심탄회하게 인정했다. 그 관 속에 무엇이 들어 있는지 휴는 잘 알고 있으니 그의 앞에서는 조심할 필요가 없었다. "하지만 내가 마지막 사람이기를 바랐는데…… 자네, 혹시 이 사건을 가벼이 여기고 있는 건 아니겠지? 이건 아주 심각하게 생각해야 할 문제일세."

"솔직히 말씀드리자면 흥미가 동하긴 하지요. 하지만 수사님의 비밀은 지켜드릴 겁니다." 휴가 대답했다. "이 일대의 말썽꾼들은 봄이 올 때까지 얌전히 몸을 사리고 지낼 듯하니 저도 우스터에 가볼까 해요. 로버트 부원장님과 함께하는 여정도 그런대로 재미있지 않을까 싶군요. 최대한 수사님께 도움이 되게끔 신경을 쓰겠습니다." 그는 다시금 빙그레 웃고서 말을 이었다. "그나저나, 수사님은 어떻게 생각하십니까? 누군가 음모를 꾸며 그걸 훔쳐 간 걸까요? 아니면 홍수로 인해 빚어진 어리석은 착오에 불과한 걸까요?"

"착오는 아니야." 캐드펠은 짧게 대꾸했다. 줄곧 작업대 쪽으로 향해 있던 그는 위장병으로 고생하는 진료소의 환자들을 위한 알약을 조제하던 중이었다. "명료한 정신을 가진 자가 성녀의 관을 제단에서 끌어내고 지하실에서 꺼내온 나무토막을 천으로 싸 그 자리에 가져다 두었네. 그렇게 양쪽 짐을 며칠간 사람들의 마음에서 떨어뜨려놓았지. 하나는 사람들이 빤히 볼 수 있는 곳에다 두고, 다른 하나는 찾아낼 수 없는 곳에 치워둠으로써 말이야." 이어 그는 단호한 태도로 말을 맺었다. "그렇다 해도 조만간 우리는 성녀를 찾아낼 걸세."

휴는 눈썹을 쫑긋 세운 채 비죽이 웃으면서 화롯불 너머로 그를 바라보았다. 오래전 그들이 위태롭고 불안한 친분 관계로 연결되었던 시절, 아직 친구인지 적인지 확신하지 못하면서도 반쯤은 진지하고 반쯤은 장난스러운 대결의 와중에 서로가 상대에게 끌리고 있음을 감지하던 시절부터 자주 보아온 표정이었다.

"그거 아세요?" 휴가 다정하게 말했다. "그 관에 대해 이야기할 때마다, 수사님은 마치 정말로 그 안에 성녀님의 유골이 들어 있기라도 한 것처럼 말씀하세요. 몇 년 전부터 그랬죠. 한 번도 '그것'이라고 말씀하신 적이 없어요. 늘 '그분'이라고 하시지요. 수사님 자신이 성녀를 귀더린 땅에 묻고 왔다는 사실을 모르시는 것처럼요. 성녀가 두 곳에 동시에 존재할 수도 있나요?"

"그럴 수 있지. 알다시피 그분은 이곳에서도 몇 차례 기적을 베푸셨어. 그곳에 사흘간 누워 계셨으니 당연히 관에도 은총의 힘이 깃들었겠지. 그분이 시간과 공간의 제약을 받을까? 솔직히 나도 그 뚜껑이 열렸을 때 그 안에서 뭐가 나올지 궁금하네. 절대 그런 일은 일어나지 않게 해주십사 열렬히 기도할 테지만 말이야."

"누가 어딘가에서 봉인을 깨부수고 뚜껑을 뜯어 열었다가 성녀의 뼈 대신 스물네 살쯤 된 청년의 벌거벗은 몸뚱이를 발견한다고 상상해보세요. 그야말로 대소동이 벌어질 겁니다!" 휴는 웃으며 자리에서 일어났지만, 그 웃음에는 즐거움이 아니라 씁쓸함이 깃들어 있었다. 정말로 그런 일이 일어나면 엄청난 재앙이 될 것이었다. "전 그만 가서 출발 준비를 해야겠군요. 로버트 부원장님은 식사를 마치자마자 바로 떠날 기세예요." 그가 기운 내라는 듯 캐드펠의 어깨를 얼싸안고 힘껏 흔들었다. "두려워하지 마세요. 수사님은 성녀님의 총애를 받는 분 아닙니까. 그리고 성녀님은 당신 자신을 잘 돌보실 거예요. 수사님이야 원래부터 스스로를 아주 잘 돌봐온 분이니 더 말할 것도 없고요."

휴가 문 앞에 이르렀을 때 캐드펠이 불쑥 입을 열었다. "이상한 건 말이야, 내가 가여운 콜롬바누스를 염려하고 있다는 거야."

"가여운 콜롬바누스라고요?" 휴는 그 말을 복창하듯 되풀이하며 고개를 돌리곤 놀라움과 즐거움이 뒤섞인 눈빛으로 캐드펠을 빤히 바라보았다. "아무튼 사람 놀라게 하는 데는 일가견이 있는 분이라니까. 가여운 콜롬바누스라니, 그것참! 슈루즈베리 수도원이 아니라 그저 저 자신의 영광을 위해 비열한 수법으로 사람을 죽인 자한테 말이에요. 그자가 위니프리드 성녀님을 위해서 그런 일을 벌인 게 아니라는 건 수사님께서 제일 잘 아시지 않습니까!"

"물론 알지! 하지만 범죄자로서 그의 이력은 죽음으로 끝났어. 그리고 이젠 이곳 제단 위에 마련된 고요한 휴식처에서 밀려나 친구고 적이고 아는 사람 하나 없는 낯선 곳으로 끌려가 있지. 게다가 아마도……" 캐드펠은 길을 잃고 헤매는 죄인이 딱해서 고개를 절레절레 흔들며 말을 이었다. "그를 끌고 간 사람은 그에게서 기적을 기대할 걸세. 콜롬바누스에겐 아무 능력도 없는데 말이야. 그러니 그에게 연민을 좀 느낄 수도 있지."

*

캐드펠은 점심 식사를 마치자마자 롱너 영지로 갔다. 영지의 젊은 주인은 담장 안에 있는 대장간에서 대장장이와 함께 새 쟁기의 날을 벼리고 있었다. 타고난 농군이라 할 수 있는 유도 블런트는 덩치가 크고 솔직하며 공정한 사람이었다. 겉보기에는 동생 설리엔보다 훨씬 더 군인에 적합한 인상과 체격을 지녔으나, 정작 그 자신은 땅과 농작물과 잘 기른 가축 외에 더 이상 바라는 것이 없었다. 아마 나이 어린 그의 아들들 역시 아버지와 꼭 닮은 모습으로 자라날 테고, 이곳의 대지는 그들을 기꺼이 받아들일 것이다.

"위니프리드 성녀님을 잃어버렸다고요?" 유도가 캐드펠의 말을 듣고 기겁하여 외쳤다. "아무도 안 볼 때 작은 주머니에 슬쩍 넣어 갖고 나올 수 있는 것도 아닌데, 어떻게 그런 일이 일어날 수 있죠? 그레고리와 램버트하고 이야기를 나눠보고 싶으시다고요. 하긴, 그들이 그리로 마차를 몰고 갔으니까요. 하지만…… 성녀님 관을 가지고 둘이 뭘 어쩌겠습니까? 설마 그 친구들을 의심하시는 건 아니겠죠?"

"의심을 하다니 그럴 리가!" 캐드펠이 말했다. "그 사람들이 우리가 못 보고 지나친 걸 우연히 봤을지도 몰라서 그러오. 그들은 우리가 일손이 모자라 쩔쩔매고 있을 때 기꺼이 도움을 주었고, 그에 우리도 진심으로 고마워하고 있소. 어쨌든 멀리 나가기 전에 우선 가까운 곳에서 단서를 찾아보는 편이 좋지 않겠소? 지나치게 열성적인 어떤 바보가 성녀님을 엉뚱한 곳에 두고 깜빡한 것일 수도 있으니. 이미 경내의 모든 이들에게 물어봤으니 이제는 마지막 남은 그 두 사람의 얘기도 들어보는 게 좋겠다 생각했소. 의외로 간단하게 해답이 나올지도 모르니 말이오."

"예, 원하는 건 뭐든 물어보십시오. 마구간이나 마차고에 가시면 두 사람을 만나볼 수 있을 겁니다. 부디 답을 얻으셨으면 좋겠습니다만, 과연 그럴 수 있을지 모르겠네요. 두 사람은 목재를 수도원 짐마차에 옮겨 싣고서 곧장 돌아왔거든요. 그레고리가 당시 예배당 상황이 어땠는지, 물이 본당 안으로 얼마나 많이 들어찼는지 제게 들려주더군요. 어쨌든 가서 그들과 이야기를 나눠보시지요!"

 자기가 거느린 이들을 굳게 믿고 있는 유도는 굳이 그들의 대화를 지켜보고 귀담아들을 필요를 느끼지 않아 풀무질 작업으로 돌아갔고, 대장장이도 망치질을 다시 시작했다. 망치 소리는 마당을 가로질러 활짝 열린 마차고 문으로 가는 내내 캐드펠을 계속 따라왔다.

 두 사람은 가벼운 마차의 끌채를 잡아 창고 한구석으로 끌고 가는 중이었다. 방금 전 마구를 내린 말의 더운 기운이 주위에 감돌았다. 둘 모두 넓은 어깨와 근육질의 체구를 지녔고, 사시사철 야외에서 생활한 탓에 얼굴과 팔뚝이 갈색으로 그을어 있었다. 스무 살쯤 터울이 지어 보이는 이들 두 마부는 흡사 아버지와 아들 같았다. 이 지역에 사는 남자들 대부분은 농노라는 신분만이 아니라 비슷한 성향을 통해 땅과 굳게 결속되어 있었다. 또 반경 몇 킬로미터 안에 사는 이들끼리 결혼하는 경우가 잦아 혈연적인 유사성도 강했으며, 모두들 씨족에 대한 강력한 충성심을 품고 살았다. 웨일스의 혈통은 그들에게 무뚝뚝하고 강인하고 인내심 많은 성격과 아울러 독자적인 정신을 물려주었다.

 두 사람은 캐드펠을 보고도 놀라는 기색 없이 반갑고도 정중하게 인사를 건넸다. 지난 한두 해 사이 캐드펠은 그곳에서 환영받는 손님이 되어 있었다. 하지만 그가 무슨 일로 왔는지 털어놓자 그들은 금세 걱정스러운 표정으로 고개를 가로젓고는 마차의 끌채에 걸터앉아 차분히 생각하기 시작했다.

"그땐 한낮이었는데도 아주 어두웠죠." 연속적인 노동과 휴식으로 이어진 한 주를 돌아보다가, 이내 나이 많은 사람이 두 눈을 가늘게 뜬 채 입을 열었다. "저희가 목재를 수도원 짐마차에 옮겨 싣기 시작하는데, 리처드 보좌 수사님이 공동묘지 사이로 나오셔서는 물이 빠르게 불어나는 중이니 예배당 안의 귀중한 물건들을 높은 곳으로 옮기는 일을 거들어달라고 부탁하셨어요."

"리처드 보좌 수사가? 분명 그 사람이었소?"

"예, 틀림없습니다. 전에도 그분을 몇 번 뵈었거든요. 여기 있는 램버트도 봤습니다. 그래서 저희는 예배당에 들어가 그분의 지시에 따라 커튼과 휘장을 걷어내고 궤짝들을 들어 광에 있는 다락이나 북쪽 건물 위층, 그러니까 신릭의 방으로 옮겼습니다. 예배당은 무척 어두웠어요. 사방에서 수사님들이 금고와 촛대와 십자가 따위를 나르느라 난리였고, 등불 대부분은 기름이 떨어졌거나 열린 문으로 불어온 바람 때문에 꺼져 있었거든요. 본당의 물건들을 전부 옮긴 다음 저희는 밖으로 나가 목재 싣는 일로 돌아갔죠."

"앨드헬름은 집으로 돌아갔고요." 그때까지 그레고리의 말을 들으며 연신 고개만 끄덕이던 젊은 청년 램버트가 말문을 열었다.

"앨드헬름?"

"우리 일을 도와주러 왔던 양치기예요." 그레고리가 설명했다. "프레스턴 마을 근처에 땅을 조금 가진 사람인데, 업턴 영지에서 양을 돌보죠."

탐문이 다 끝났구나 싶은 순간 만나봐야 할 새로운 사람이 생긴 셈이었다. 캐드펠은 남은 시간을 헤아려보았다. 오늘은 그를 만나기 어려울 듯했다.

"그 앨드헬름이라는 사람이 당신들과 함께 예배당 안에 들어갔다가 나온 다음 집으로 돌아갔다는 얘기요?"

"아, 수사님들 중 한 분이 그 사람 소매를 붙잡고 마지막 물건을 옮기는 일을 거들어달라면서 성당 안으로 데리고 갔었어요." 그레고리는 별생각 없이 말을 이었다. "그때 우리는 다시 목재를 옮기려고 마차로 돌아가는 중이었는데…… 지금 기억나는 거라곤 어떤 수사님이 그 사람을 소리쳐 불렀고, 그가 돌아서서 그분에게 갔다는 것뿐입니다. 오래 걸리지는 않았어요. 그 친구는 잠시 후 돌아와 바퀴 곁에 서서는 나뭇단 옮기는 걸 거들었지요. 수사님은 다시 예배당으로 돌아갔고요. 가면서 우리한테 고맙다고, 수고하라고 말씀하시더군요."

"그 수사가 앨드헬름을 따라 길까지 나왔었소?" 캐드펠이 계속 캐고 들었다.

"예, 그때는 중요한 물건들을 모두 높은 곳에다 옮겨놓은 뒤라 모두 한숨 돌리고 있었습니다. 그 정중한 수사님은 나와서 고맙다며 주님의 축복을 빌어주셨지요. 그러지 말아야 할 이유도 없잖습니까?"

그래, 정직한 사람들이 아무 보상도 기대하지 않고 일을 거들어주었으니 마땅히 감사 인사를 건넬 만하지, 그렇게 생각하며 캐드펠은 조심스레 물었다. "혹시 그들이 어떤 물건을 가지고 나와 수도원 짐마차에 싣지는 않았소?"

두 사람은 멍하니 서로의 얼굴을 쳐다보다가 고개를 가로저었다.

"그때 저희는 나뭇단을 내리기 좋게끔 마차를 짐마차 뒤로 옮겨두었습니다." 그레고리가 말했다. "그들이 오는 소리를 듣긴 했는데, 뒤편에서 두 팔에 나뭇단을 안고 있던 터라 정확히 볼 수는 없었어요. 그걸 들고 짐마차로 갔을 때 앨드헬름이 도와 올려주었고 그 수사님은 다시 공동묘지로 들어가셨죠. 두 사람이 뭘 가지고 나왔는지는 못 봤습니다."

"저도 못 봤어요." 램버트도 맞장구를 쳤다.

"앨드헬름을 불러 데리고 간 그 수사가 누구인지는 알고?"

"아뇨." 두 사람은 동시에 대답했다. 이윽고 그레고리가 친절하게 한마디 덧붙였다. "그때는 날이 아주 어두웠어요, 수사님. 그리고 수사님들 중 제가 이름을 알고 있는 분이라야 누구나 다 아는 몇 분밖에 되지 않지요."

그건 사실이었다. 수사들은 경내에 있을 때만 서로의 이름을 불렀고, 경내를 벗어나서는 그저 '형제'로만 칭했다. 모든 이들과 형제가 되고자 하는 마음이 담긴 관행이었지만, 이 순간 캐드펠로서는 실로 유감스러운 일이 아닐 수 없었다.

"날이 어두웠다면…… 혹시 그 사람을 다시 만난다 해도 알아볼 수 없을 것 같소?" 캐드펠은 마지막 질문을 던졌다. "얼굴이

나 체격, 걸음걸이, 목소리 같은 것으로도? 그 수사에 대해 기억나는 게 하나도 없소?"

"수사님, 그분은 비를 막느라 두건을 깊숙이 눌러쓰고 계셨습니다." 그레고리가 대답했다. "게다가 금세 어둠 속으로 사라져 버렸어요. 저흰 그분의 얼굴을 한 번도 못 봤습니다."

캐드펠은 한숨을 내쉬며 감사 인사를 건네곤 자리에서 일어났다. 이제 젖은 들판들 사이로 난 길을 터덜터덜 걸어 돌아가야 할 것이었다. 그때 램버트가 침묵을 깨뜨렸다.

"하지만 앨드헬름은 그분의 얼굴을 봤을지도 모릅니다."

*

낮 시간은 무척 짧았고, 캐드펠은 어떻게든 저녁기도 시간에 맞추어 돌아가고 싶었다. 아담한 프레스턴 마을은 거기서 2킬로미터도 채 떨어져 있지 않았지만, 만일 앨드헬름이 자기 소유의 땅이 아니라 업턴에서 양을 돌보고 있다면? 그 시각이면 아마 그곳에 있을 공산이 컸다. 아쉽지만 그의 기억을 캐는 일은 뒤로 미루는 편이 좋을 터였다. 캐드펠은 롱너 영지의 숲을 요리조리 빠져나온 뒤 수위가 많이 낮아진 강 위에 완만하게 펼쳐진 풀밭을 가로질러 수도원으로 향했다. 길이 온통 진창과 수렁투성이라 나룻배를 타고 건너는 게 훨씬 더 편하고 빨랐다. 과묵한 사공이 빠르게 강을 건넌 덕에 시간 여유가 생기자 캐드펠은 한숨 돌릴 겸

걸음을 조금 늦추었다. 히스가 우거진 능선을 넘어가자 나무들이 빽빽한 숲이 나오면서 길이 좁아졌다. 말 탄 사람들의 시야를 틔워주기 위해서라도 곧 길가의 나뭇가지들을 정리하는 것이 좋을 듯했다. 아직 해가 지기 전이었지만 하늘이 온통 짙은 구름으로 뒤덮여 있었다. 그는 앞을 꼼꼼히 살피고 웃자란 가지들을 피하며 나아가느라 안간힘을 기울였다. 누군가 은밀히 매복하고 있다가 습격을 감행하기에 딱 좋은 곳이군, 하늘에 깔린 짙은 먹구름과 답답할 정도로 고요하고 적막한 분위기 탓인지 온갖 음모와 협잡에 대한 생각이 자꾸 머릿속을 맴돌았다. 캐드펠은 고개를 흔들어 이 터무니없는 망상을 떨쳐버렸다. 그러나 위니프리드 성녀가 사라진 지금, 아니, 성녀가 그와 합작하여 남겨놓은 유물 내지는 축복의 증거물이 사라진 지금 재앙은 이미 일어난 셈이었고, 그의 마음에 더 이상 평화는 없었다. 생각해보면 묘한 일이다. 사실 성녀가 이 순간 어디 있는지는 그 자신이 누구보다 잘 알고 있지 않은가. 마음을 전하고 싶다면, 이곳이 아니라 귀더린에 있는 성녀를 향해 기도하는 것이 마땅했다. 그러나 늘 그에게 응답을 내려주었던 것은 슈루즈베리에 놓여 있던 그 가짜 관이었다. 그리고 이따금씩 귀더린에 있는 그분의 목소리를 전해주곤 했던 바람은 이 순간 굳게 침묵하고 있었다.

캐드펠은 천성에 어울리지 않게 비현실적인 상상으로 우울한 기분에 빠져든 스스로에게 약간 화를 내면서 마시장터를 지나 수도원 앞 대로에 접어들었다. 그를 기다리는 일들이 많았다. 프레스턴의 앨드헬름을 만나보는 일도 그렇지만, 그 못지않게 중요한 임무들, 병든 노인들과 어려운 처지에 빠진 많은 사람들, 그리고 그가 선택한 수도회의 규칙이 부과하는 명백한 의무가 버티고 있었다.

  수도원 앞 대로에는 인적이 드물었다. 아직 쌀쌀한 데다 하루 종일 해가 나지 않아 을씨년스러운 분위기가 감도는 날이라 다들 길에서 노닥거리는 대신 서둘러 집으로 돌아간 모양이었다. 그의 앞쪽 몇 미터 떨어진 곳에서 두 사람이 나란히 걸어가고 있었는데, 그중 하나가 심하게 다리를 저는 듯했다. 그 넓은 어깨와 텁수룩한 머리를 바로 며칠 전에 본 것 같다는 생각이 들었지만 다리를 저는 모습이 머릿속에 남은 그림과 좀처럼 맞아떨어지지 않았다. 옆에서 걷는 이는 보다 젊고 몸도 가벼워 보였다. 두 사람은 오랫동안 급한 걸음으로 끈질기게 걸어온 끝에 마침내 목적지에 이르러 탈진한 이들처럼 고개를 떨구고 어깨를 축 늘어뜨린 채 걷다가, 수도원 정문 쪽으로 방향을 틀자 갑자기 기운이 소생하기라도 한 듯 다시 기운을 내어 큰 마당과 이어진 통로로 들어섰다. 접객소에 묵으려는 여행객들인 모양이군, 캐드펠은 정문 쪽으로 다가가며 생각했다. 이제 그들의 앞에는 따뜻한 방과 음식과 마실 것이 기다리고 있으리라.

  그가 큰 마당에 들어섰을 때 두 사람은 문지기실 앞에 서 있었다. 곧 문지기가 그들을 맞으러 나왔다. 아직 날이 그렇게 어둡지 않아, 캐드펠은 관례적인 인사를 건네던 문지기가 갑자기 놀란 얼굴로 입을 헤벌린 채 상대를 멍하니 쳐다보는 모습을 똑똑히 볼 수 있었다. 문지기의 인사가 숨죽인 외침으로 변했다.

"마스터 제임스! 어떻게 당신이 이곳에……?" 그가 더듬거리며 말을 이었다. "여행 중에 무슨 일이 있었던 거요?"

저녁기도에 참석하기 위해 예배당으로 향하던 캐드펠도 걸음을 멈추곤 이 예기치 않은 만남의 현장으로 급히 되돌아가 다리를 저는 이의 얼굴을 자세히 들여다보다.

"베턴의 마스터 제임스? 램지로 갔던 그 목수 말이오……?"

틀림없이 그였다. 일주일 전 목재가 실린 마차와 함께 램지 수도원을 향해 떠난 사람. 그런데 그가 지금 다리를 절면서 떠났던 곳으로 되돌아온 것이다. 온몸에 잔뜩 내려앉은 흙먼지야 먼 길을 여행한 탓이라 할 수도 있겠지만, 여기저기 보이는 멍 자국은 다른 사연을 암시하고 있었다. 게다가 그의 동행, 램지 수도원에서 꾸준한 일거리를 얻으리라는 희망을 품고 출발했던 두 목수 가운데 보다 젊은 쪽은 겉옷이 온통 찢기고, 머리는 천 조각으로 동여매고, 한쪽 뺨은 맞아서 멍든 채 그의 곁에 서 있었다.

"예, 여행 중에 일이 있었지요!" 뛰어난 솜씨와 오랜 경력을 자랑하는 목수가 씁쓸한 어조로 문지기의 말을 되풀이했다. "살인을 제외한 온갖 범죄를 다 보았습니다. 무법자들이 습격해 마차도 목재도 말들도 죄다 강탈해갔어요. 주님의 은총 덕분에 누구 하나 죽지 않은 게 그저 다행일 뿐이지요. 일단 안으로 좀 들어갈 수 있을까요? 이 청년은 머리가 깨졌습니다. 하지만 어떻게든 이곳으로 돌아오고 싶어 해서…….”

"들어갑시다!" 캐드펠이 한 팔로 사내의 어깨를 감싸 안았다. "어서 들어가 몸을 녹입시다. 내가 원장님께 보고드리는 동안 문지기 수사가 포도주를 내올 거요. 나도 얼른 와서 청년의 머리를 치료하겠소. 이제 아무 걱정 마시오. 무사히 돌아와 천만다행이군! 헤를루인이 거둬들인 보시금이 얼마나 많든, 사람 목숨에 비하면 아무것도 아니지."

4

 "이턴 너머 숲에 이르기 전까지는 모든 게 아주 순조로웠습니다." 한 시간 뒤, 베턴의 마스터 제임스는 수도원장의 응접실에서 자초지종을 설명하고 있었다. "레스터셔 남부에 있는 그 숲은 나무들이 울창하면서도 잘 관리되어 있더군요. 그 일대의 길도 그렇고요. 게다가 우리 일행은 다섯이나 되는 터라, 처치 곤란한 말썽 같은 것에 휘말리리라고는 생각지 않았어요. 두어 놈 정도가 근처에서 먹잇감을 노리고 숨어 있었다 해도 감히 우리한테 달려들지는 못했을 겁니다. 그런데 그들은 종류가 아주 달랐어요. 머릿수가 열한둘쯤 되고 단검과 곤봉으로 무장한 데다 개중 둘은 검을 들고 있었죠. 줄곧 우리 쪽 사정을 염탐하면서 숲길을 따라 쫓아온 게 분명합니다. 그리고 우리 앞쪽 길 양편에 두 명의 궁수를 배치해두었더군요. 우리가 가장 좁은 길에 이르렀을 때 누군가 휘파람을 불자 그걸 신호로 놈들이 숲에서 나와 활에 화살을 먹이곤 멈추라고 소리쳤습니다. 그때 마차는 램지에서 온 로저가 몰고 있었죠. 말과 마차를 아주 잘 다루는 사람이지만, 두 놈이 활을 겨누고 다가오는 판국에 다른 수가 있었겠습니까? 나중에 로저가 그러더군요. 그때 말들을 채찍질하여 놈들을 향해 전속력으로 돌진하게 할까도 생각해봤다고…… 하지만 그래봐야 소용없었을 겁니다. 놈들이 훨씬 더 빨리 화살을 쏘았을 테니까요. 어쨌든 곧 다른 놈들도 길 양쪽에서 나와 다가왔습니다."

"그대들이 살아 돌아와 이 모든 이야기를 들려주게 된 것만도 주님의 은덕이라 아니할 수 없소." 원장이 말했다. "그렇다면 일행은 모두 무사한 거요? 잃은 물건들은 다시 찾을 수도 있겠지만 그대들의 목숨은 그렇지 않지."

"상처를 입긴 했어도 죽은 사람은 없습니다, 원장님. 우리도 처음엔 놈들의 뜻에 고분고분 따르지 않았어요. 여기 있는 마틴이 덤벼들자 놈들은 몽둥이로 머리를 때려 기절시킨 뒤 덤불에다 내던져버렸죠. 로저는 들고 있던 채찍을 마구 휘둘러 악당 두어 놈의 면상을 후려쳤는데, 이내 놈들이 그를 때려눕힌 뒤 잡아서 끈으로 묶었습니다. 상대가 우리보다 두 배는 더 많은 데다 다들 무장을 한 터라 더 이상은 역부족이었습니다. 놈들이 제일 탐을 냈던 건 말이었어요. 그들 중 세 사람만 말을 타고 있었거든요. 아, 그리고 마차도 필요한 것 같았는데, 아마 한 놈이 부상을 당한 상태였던 게 아닌가 싶습니다. 놈들은 우리를 때려눕힌 다음 말과 마차를 전속력으로 몰아 남쪽 길로 쏜살같이 내뺐습니다. 그 바람에 마차에 실려 있던 짐까지 모조리 사라졌어요. 저는 놈들을 뒤쫓아 갔고 페인이라는 청년도 제 뒤를 따라왔습니다. 그러다 놈들이 쏜 화살이 제 어깨를 맞혔지요. 여기, 이 찢어진 부분 보이시죠? 그래서 어쩔 수 없이 원래의 자리로 돌아가 묶여 있던 로저를 풀어주고 마틴을 일으켜 세웠지요. 니콜은 나이가 꽤 많은데도 우리 중 누구 못지않게 열심히 싸웠습니다. 돈이 담긴 나무 상자 열쇠는 그 사람이 갖고 있었는데, 놈들은 그를 마차 밖으로 던져버리고 상자며 뭐며 전부 가지고 내빼버렸어요. 우리가 더 이상 뭘 할 수 있었겠습니까? 그 숲속에서, 더구나 레스터셔와 그렇게 가까운 곳에서 무장 강도들을 만나리라고는 꿈에도 생각하지 못했는데요."

"그대들로서는 할 수 있는 모든 일을 한 셈이오." 원장은 단호하게 말했다. "험한 일을 당한 것이 유감스럽긴 하지만, 아무도 죽지 않고 사지에서 빠져나왔으니 정말 다행이오. 우리 수도원에서 하루 이틀 쉬면서 상처를 치료받은 뒤 집으로 돌아가도록 하시오. 그렇게 중무장을 하고 무리 지어 다니는 악당들이 어떤 자들인지 궁금하군. 그자들의 생김새와 차림새는 어떠했소? 행색이 초라하고 지저분하고 짐승같이 흉측해 보였소?"

"아뇨!" 마스터 제임스가 정색을 하고 대답했다. "저는 이날 이때까지 그렇게 질 좋은 가죽으로 된 조끼 차림에 튼튼한 부츠를 신고 귀족의 수행원에게나 어울림 직한 단검을 찬 떠돌이 도둑이나 강도들을 본 적이 없습니다, 원장님."

"그자들이 남쪽으로 달아났다고 했소?" 캐드펠이 물었다. 그는 말 외에 모든 것을 제대로 갖춘 무장 괴한들의 정체에 대해 골똘히 생각하고 있었다.

"정확히는 남서쪽입니다. 놈들의 거동으로 보아 어서 빨리 그곳을 빠져나가려고 무척 서두르는 것 같았어요."

"레스터셔 백작의 손길이 미치지 않는 곳으로 한시바삐 달아나고 싶었겠지." 캐드펠이 말했다. "일단 백작에게 붙잡혔다 하면 하느님께 속죄할 시간조차 부족해질 테니 말이오. 아마 그자들은 제프리 드 맨더빌 주위에 모여들었다가 스티븐 왕이 다시 펜 지방의 주인으로 군림한 뒤 보다 안전한 땅을 찾아 헤매던 무리 중 일부가 아닌가 싶군. 놈들은 여전히 사방으로 흩어지는 중이고, 그러는 사이 곳곳에서 강도질을 일삼고 있을 거요. 하지만 레스터셔 땅에 오래 머물고 싶지는 않았겠지."

거기 모여 앉아 있던 이들이 하나같이 고개를 끄덕이며 동의를 표했다. 제정신을 가진 악당치고 레스터셔 백작 로베르 보몽처럼 호전적이고 강력한 소군주가 다스리는 땅에서 강도 행각을 일삼고 싶어 할 이는 아무도 없으리라. 그는 잉글랜드의 강력한 통치자인 헨리 왕의 가장 믿을 만한 가신이었던 로베르의 아들이자 보몽가의 쌍둥이 형제 중 동생이었다. 아버지가 사망하자 형은 노르망디의 보몽과 브리온과 퐁토드메르 땅을 물려받았고, 동생 로베르는 잉글랜드의 레스터셔 백작령을 상속받아 스티븐 왕의 편에 서서 그를 충실하게 지지하고 있었다.

"로베르 보몽은 자기 땅에서 도둑이나 강도들이 설치도록 두고 볼 사람이 아니오. 어쩌면 그자들이 레스터셔 경계를 벗어나기 전에 붙잡아 잃어버린 물건의 일부를 되찾을 수도 있겠지. 하지만 이 순간 보다 중요한 문제는, 다른 동행들이 어떻게 되었느냐는 거요. 마스터 제임스, 지금 나머지 사람들은 어디서 뭘 하고 있소?"

"숲길에 남은 우리는 일단 가장 크게 다친 사람부터 보살핀 뒤 서로 의논한 끝에 램지와 슈루즈베리에 이 소식을 전해야 한다는 결론을 내렸습니다. 사실 그렇게 급하게 서두를 필요만 없었어도 놈들은 밖으로 어떤 얘기도 새어 나가지 않게끔 우리를 모조리 죽였을 겁니다. 니콜은 헤를루인 부원장이 우스터에 가 있을 거라며 그분께 가겠다고 하더군요. 로저는 램지 수도원으로 돌아가기로 했고, 페인이라는 청년도 그 사람과 함께 가기로 했지요. 여기 있는 마틴도 페인과 함께 가고 싶어 했는데, 내 다리가 시원치 않아 이곳까지 혼자 여행하게 내버려둘 수 없다는 생각에 저를 따라 나선 겁니다. 저는 이제 슈루즈베리를 떠나지 않을 생각입니다. 그런 끔찍한 난리를 겪으니 다시는 여행할 엄두가 나지 않는군요."

"그럴 만도 하지." 원장이 씁쓸하게 말했다. "그 사람들이 도중에 또다시 그런 일을 당하지 않았다면 지금쯤 램지와 우스터에도 소식이 들어갔겠군. 휴 베링어도 이미 우스터에 도착했을 테니 어떤 일이 일어났는지 알 테고…… 이후 수도원 짐마차와 시에서 빌려준 말들을 되찾을 수 있는 단서가 발견된다면 다행이지만, 설령 되찾지 못하더라도 가장 귀중한 다섯 사람의 목숨이 무사히 보전되었으니 그것만으로도 주님께 감사드려야 할 거요!"

캐드펠은 내내 자신의 용건을 입 밖에 내지 않은 채 기다리고 있었다. 레스터셔의 숲속에서 습격을 당한 뒤 살아남은 이들이 가져온 화급한 소식이 우선이라 생각한 터였다. 하지만 이제는 입을 열어야 할 때가 된 것 같았다.

"원장님, 저는 롱너 영지에서 돌아오는 길입니다. 그날 우리 수도원으로 목재를 싣고 온 두 사람에게서는 별다른 말을 듣지 못했지만, 제 생각엔 아무래도 램지로 떠난 그 짐마차에 우리가 찾는 중요한 물건도 함께 실려 있었다는 생각이 듭니다. 그것 말고는 이곳에서 위니프리드 성녀님의 관을 빼낼 만한 방법이 전혀 없으니까요."

원장은 한동안 상대의 내면을 꿰뚫는 듯한 강렬한 눈빛으로 그의 두 눈을 지그시 응시하다가 말문을 열었다. "형제는 진심으로 그렇게 생각하는군. 설득력 있는 말이오. 그날 저녁 우리 일을 거들었던 모든 일꾼들과 이야기를 나눠본 거요?"

"아뇨, 원장님. 마차꾼들을 돕기 위해 이웃 마을에서 온 한 청년을 아직 만나지 못했습니다. 롱너의 일꾼들에게 듣자니, 그날 일이 끝날 무렵 한 수사가 옮겨야 할 또 다른 짐이 있다면서 그 이웃 마을 청년을 예배당으로 데려갔었다는군요. 잠시 후 수사는 다시 청년과 함께 나와 그들에게 감사 인사를 전했다는데, 두 일꾼 모두 바쁘게 움직이던 터라 램지로 보낼 마차에 다른 물건이 실리는지 확인하지 못했습니다. 그때 누군가 어둠을 틈타서 귀중한 물건을 허락도 받지 않고 마차에 실었다는 건 다소 허황된 생각일지도 모르겠습니다만, 저로서는 그 외에 다른 방법을 떠올릴 수가 없군요."

"그렇다면 계속 그 방향으로 파고들 생각이오?"

"원장님께서 허락하신다면 다시 가서 앨드헬름이라는 그 청년을 만나보고 싶습니다."

"그렇게 해야겠지." 원장이 생각에 잠겨 말을 이었다. "한 수사가 그 청년을 예배당으로 데리고 갔다가 잠시 후 그와 함께 다시 나왔다고…… 일꾼들은 그 수사가 누군지 알고 있소?"

"아뇨. 게다가 수사를 다시 만난다 해도 알아보지 못할 겁니다. 날이 워낙 어두웠던 데다 그 수사가 비를 막느라 두건을 쓰고 있었다고 했거든요. 아무래도 마지막 남은 한 사람을 마저 만나보고 자세히 물어봐야 할 것 같습니다."

"잃어버린 것을 되찾기 위해 할 수 있는 건 다 해봐야겠지." 라둘푸스는 침통하게 말했다. "하지만 그렇게 해도 아무 성과가 없다면…… 아니, 어쨌든 형제가 더 자세히 알아보시오." 이어 원장은 레스터셔에서 돌아온 두 사람에게로 고개를 돌렸다. "사건이 일어난 정확한 장소가 어디인지 말할 수 있겠소?"

"레스터셔에서 몇 킬로미터 떨어진 마을이었습니다." 마스터 제임스가 말했다. "울레스토프라는 곳이에요."

먼 길을 힘겹게 걸어온 이후 수도원에서 저녁 식사와 함께 향료를 섞어 데운 포도주를 대접받은 터라 온몸이 노곤하게 잦아드는지 두 사람 모두 축 늘어져 있었다. 이제 이 작은 회의를 끝내야 할 때였다.

"먼 길 오느라 애썼소." 라둘푸스 원장이 다정하게 말했다. "다른 모든 일은 늘 우리를 굽어보시는 주님과 성인들께 맡기고 그만 가서 쉬도록 하시오."

*

휴와 로버트 부원장이 좋은 말을 타지 않았다면, 또 노쇠했으나 굳은 의지를 지닌 램지 수도원의 집사가 꾸준히 걸음을 옮기지 않았다면, 이들은 하루 안에 우스터 대성당 부속 수도원에서 조우할 수 없었을 것이다. 니콜은 울레스토프 근방에서 일어난 일을 보고하기 위해 다리를 절룩이며 닷새에 걸쳐 시골길을 걸었다. 그는 용감하고 고집 센 사람이었다. 몸에 몇 군데의 상처를 입었다는 이유로 먼 길 가는 것을 단념하거나 자신이 해야 할 일을 쉽게 포기할 생각은 전혀 없었다. 만일 자신들을 습격하고 물건을 빼앗아 도망친 자들을 추적하는 게 가능했다면 니콜은 그 일대의 치안 책임자를 만나 놈들의 뒤를 쫓아달라고 요구했을 것이다.

저녁 늦은 시각 우스터에 도착한 휴와 로버트 부원장은 먼저 수도원장과 인사를 나누고 저녁기도에 참석하여 그곳의 수호성인인 오즈월드 성인과 불스타노 성인께 경의를 표한 뒤, 헤를루인과 그의 수행원들을 만나 위니프리드 성녀의 관이 사라졌다는 사실을 알렸다. 휴는 그 소식을 듣는 이들의 얼굴을 면밀하게 살펴보았다. 헤를루인 부원장은 깜짝 놀라면서 걱정스럽게 질문을 던졌는데, 그 정도가 지나치지 않은, 더없이 자연스러운 반응이었다. 만일 요란한 비명을 내지르며 어떻게 그런 일이 생길 수 있느냐고 개탄하는 등 호들갑을 떨었다면 그 진정성에 어느 정도 의문을 품을 수도 있었을 것이다. 그러나 헤를루인은 놀라면서도 너무 많은 사람들이 몹시 당황스러운 사태에 몰려 급하게 서두르는 과정 중 빚어진 실수에 지나지 않은 일일 수도 있다고, 수색을 잠시 중단하고 차분히 생각해보면 잃어버린 물건을 금방 찾을지 모른다고 조언을 건넸다. 또한 자신도 즉각 슈루즈베리로 돌아가 그 혼란상을 바로잡고 싶다고 나섰지만, 이는 마음속에 구체적인 복안이 있어서라기보다 그저 질서를 조성해내는 자신의 권위와 지도력에 대한 확신에서 나온 말에 불과했다. 아닌 게 아니라, 그가 슈루즈베리로 돌아가봐야 무엇을 할 수 있겠는가. 물난리가 났던 날 그는 예배당에 있던 귀중품들을 옮기는 작업에 참여하지 않고 물이 찰 염려가 없는 원장의 숙사에 고고하게 앉아 있기만 했으니, 위니프리드 성녀의 관에 손을 댄 사람이 누구인지 알 리 없었다. 그가 성녀의 관을 본 것도 그날 오전 대미사 때가 마지막이었다.

한편 여전히 텁수룩하게 머리를 기르고 있는 투틸로 수사는 그 놀라운 소식을 듣고서 황금빛 눈을 둥그렇게 뜬 채 겁먹은 듯한 얼굴로 고개를 가로저을 뿐이었다. 잠시 후 휴의 질문을 받고도, 자기는 작업을 거들기 위해 예배당에 들어가 시키는 일을 했을 뿐 성녀의 관이 어디에 가 있을지 전혀 모르겠다고만 말했다.

"절대로 소홀히 넘겨서는 안 될 일입니다." 헤를루인이 더없이 엄숙한 어조로 말했다. "내일 우리도 당신들과 함께 슈루즈베리로 돌아가겠습니다. 성녀님은 멀리 계시지 않을 겁니다. 반드시 돌아오실 거예요."

"우린 내일 대미사 직후에 출발할 예정입니다." 로버트 부원장이 대꾸했다. 슈루즈베리 수도원의 입장을 대변하는 이는 바로 자신이라는 사실을 분명히 다짐해두려는 듯한 어조였다.

다음 날, 니콜이 도착하지 않았다면 그들은 예정대로 슈루즈베리를 향해 떠났을 것이다.

무리가 그곳 원장과 수사들에게 작별 인사를 건넨 뒤 말에 안장을 얹고 막 고삐를 잡는 순간, 흙먼지로 더러워지고 얼굴과 몸 이곳저곳에 멍 자국이 난 니콜이 숲에서 손수 베어낸 지팡이에 몸을 의지한 채 절룩이면서 정문 안으로 들어섰다. 지금쯤 램지 수도원으로 돌아가 슈루즈베리에서 구한 돈과 목재들을 무사히 전달했어야 할 집사가 이곳에 모습을 드러내자 헤를루인은 짧은 외침을 발했다. 이는 놀라움보다는 안타까움과 분노에서 나온 반응이었다. 어떤 이유에서든, 그가 이곳에 예기치 않게 모습을 드러낸 것은 절대로 좋은 징조일 리 없었다.

"니콜! 자네가 여기 웬일인가?" 헤를루인이 당혹감을 억누르며 물었다. "왜 램지로 돌아가지 않았지? 지금쯤 자네가 그 물건들을 무사히 수도원에 전달했으리라 생각하고 있었는데…… 대체 무슨 일인가? 마차는 어디 있고? 자네의 동행들은 모두 어디 있는 건가?"

니콜은 한차례 심호흡을 한 뒤 입을 열었다. "부원장님, 레스터서 남쪽에 있는 숲에서 괴한들의 습격이 있었습니다. 우리는 다섯에 불과한데 놈들은 열두 명쯤 되었고, 모두 몽둥이와 단검으로 무장한 데다 두 명의 궁수까지 끼어 있었어요. 놈들은 우리의 말들과 마차를 노리고 습격했습니다. 그들을 저지하고자 할 수 있는 일을 다했습니다만, 결국 놈들에게 모두 빼앗기고 말았습니다. 놈들이 급히 달아나려고 서둘렀기에 망정이지, 그러지 않았으면 다들 그들의 손에 목숨을 잃었을 겁니다. 놈들 중에는 최소한 한 명 이상의 부상자가 있었습니다. 그래서인지 아니면 다른 이유 때문인지, 급하게 이동해야 할 필요가 있었던 것 같더군요. 놈들은 우리를 때려서 길 옆의 덤불로 내쫓고 말들과 마차와 짐을 강탈해 숲속으로 달아났습니다. 그 바람에 우린 다리를 절면서 각자 다른 곳으로 가 이 소식을 전하기로 했지요." 그는 입을 굳게 다물고서 한바탕 싸움을 치를 준비가 된 노인의 호전적인 눈빛으로 헤를루인의 눈을 응시했다.

수도원 마차와 말 네 마리와 롱너 영지에서 보내준 목재는 물론이요, 램지 수도원을 재건하기 위한 돈과 보물이 들어 있는 나무 상자마저 강도들의 수중에 들어가버리다니! 로버트 부원장은 놀라 숨을 들이쉬었고 헤를루인은 상실감을 이기지 못해 다시금 짧은 외침을 발한 뒤 니콜의 굳은 얼굴에 대고 분노 어린 말을 쏟아내기 시작했다.

"고작 그 정도밖에 할 수 없었나? 그 모든 노력과 수고가 허사로 돌아가다니! 나는 자네를 믿었네. 램지 수도원의 다른 모든 이들도 나처럼—"

"중상을 입은 사람은 없소?" 휴가 노기등등한 헤를루인의 어깨를 다소 무례하다 싶을 만큼 강하게 누르며 물었다.

"걸을 수 없을 정도로 다친 사람은 없습니다." 니콜이 침착하게 대답했다. "그래서 다들 최대한 빨리 이 소식을 전하기 위해 흩어져 먼 거리를 걸어갔어요."

"정말 잘했소. 죽은 사람이 하나도 없다니 다행이군. 다른 이들은 어디로 갔소?"

"로저와 젊은 석공은 램지로 계속 가기로 했습니다. 목수와 또 다른 청년은 슈루즈베리로 돌아갔고요. 중간에 별일이 없었다면 지금쯤 모두들 목적지에 도착했을 겁니다."

"사건은 어디서 일어난 거요? 레스터셔 남쪽이라 했소? 우리를 그리로 안내해줄 수 있겠소? 아, 그건 힘들겠군." 휴가 잠시 말을 멈추곤 사내의 온몸을 훑어보았다. 이미 쉰 줄에 접어든 그는 강도들에게 얻어맞은 뒤 아주 먼 거리를 걸어와 지칠 대로 지쳐 있었다. "당신은 좀 쉬어야겠소. 내게 그 근처의 마을 이름을 알려주면 우리가 직접 그곳으로 가 흔적을 찾아보겠소. 여행 준비를 다 마친 상태이니 곧장 레스터셔로 출발할 수 있소."

"그 일은 올레스토프라는 마을 근처 숲속에서 일어났습니다." 니콜이 말했다. "하지만 지금은 놈들 모두 멀리 달아났을 겁니다. 말씀드렸다시피 그들에게는 마차와 말들이 절실히 필요했습니다. 먼저 있던 곳을 떠나 급하게 이동하던 중인 것 같았어요."

"그렇게 급히 이동했다면 한 가지는 확실하겠군. 목재는 그들에게 쓸모 있는 물건이 아니었을 거요. 그걸 싣고 가봐야 속도만 더뎌지니까. 놈들은 당신들이 있는 곳에서 벗어나자마자 마차를 세워 목재를 쏟아버렸을 거요." 휴는 고개를 돌려 헤를루인을 바라보았다. "헤를루인 부원장님, 만일 돈과 보물이 담긴 상자가 목재들 사이에 깊숙이 파묻혀 있었다면 우리가 그걸 되찾을 수 있을 겁니다." 그리고 마지막 순간 누군가 마차에 실어두었을지 모를 물건도 찾을 수 있겠지. 그는 말을 맺으며 생각했다.

잃어버린 것들을 되찾을 수도 있다는 얘기에 헤를루인은 금세 표정이 밝아지더니 놀라우리만치 빠른 속도로 엄숙하고 위엄 있는 자세를 되찾았다. 니콜의 안색도 역시 눈에 띄게 밝아졌지만 이는 헤를루인과 같은 이유가 아니라, 자신을 마차에서 내던지고 칼과 화살로 동료들을 위협했던 악당들한테 앙갚음을 할 기회가 생길지도 모른다는 생각이 들어서였다.

"그리로 돌아가 놈들의 뒤를 쫓을 작정이신가요?" 니콜이 반색하면서 물었다. "그렇다면 저도 기꺼이 함께 가겠습니다. 그곳의 위치를 정확히 기억하고 있어요. 헤를루인 부원장님이 슈루즈베리에서 말 세 마리를 데리고 오셨으니, 하인 하나는 그리로 돌려보내고 제게 그 세 번째 말을 내어주시면 울레스토프까지 아주 빠르게 안내하겠습니다. 먹고 마실 시간만 조금 주십시오. 그러면 준비는 끝납니다!"

"중간에 혼자서 뒤처질 수도 있소." 휴가 빙그레 웃으며 말했다. 그의 심정을 충분히 짐작한 터였다.

"아닙니다, 장관님! 그 나쁜 놈들 중에서 한 놈이라도 붙잡게 해주십시오. 그러면 더 이상 원이 없겠습니다. 저는 여기 혼자 남을 생각이 없습니다! 이건 제 임무였고, 저로서는 놈들을 만나 받아야 할 빚이 있습니다. 그 나무 상자 열쇠는 잘 간수하고 있어요. 하지만 놈들의 습격을 받고서 곧바로 찔레밭에 내던져지는 통에 상자를 챙길 틈이 없었지요. 그 찔레 덩굴에 긁힌 자국들이 아직도 제 몸에 남아 있습니다. 장관님, 저를 여기 남겨놓지는 않으실 거죠?"

"그런 일은 없을 거요!" 휴는 진심으로 말했다. "기백 있는 사람이 함께 가준다면 나로서도 더없이 든든하겠지. 자, 얼른 가서 요기를 하시오. 우리 모두 여기서 기다리다가 당신을 길잡이 삼아 데려가겠소."

*

 울레스토프 마을의 촌장은 활달하고 재빠르고 빈틈없어 보이는 40대 중반의 사내로, 자신의 지위뿐 아니라 마을의 이익을 지키는 일에도 매우 노련한 사람이었다. 일행을 마주하자, 그는 조심스레 이들 하나하나를 살펴보고는 휴 베링어를 향해 입을 열었다.

 "예, 장관님! 우리도 그곳에 가보았습니다. 무법자들이 마을 안쪽까지 들어온 적은 없습니다만 그 숲을 통과해 갔다는 소식은 접하고 있었지요. 그러다 목수와 그의 동료가 우리한테 와서는 어떤 일을 당했는지 이야기하더군요. 우리는 그들이 슈루즈베리로 무사히 돌아갈 수 있게끔 협조를 아끼지 않았습니다. 저도 장관님처럼 놈들이 목재를 내버렸을 거라고 추측했습니다. 그걸 신고 가봐야 시간만 더 지체될 테니까요. 그곳으로 장관님을 안내하겠습니다. 숲속으로 3킬로미터쯤 들어가면 됩니다."

 그는 구불구불한 외길을 따라 울창한 숲 깊숙이 들어갈 때까지 더 이상 말이 없었다. 사건이 일어난 지 며칠이 지났는데도 숲의 축축한 땅 여기저기에는 깊숙이 팬 마차 바큇자국들이 남아 있었다. 약탈자들은 나무들의 키가 작아 비교적 시야가 트인 숲으로 들어가 마차 앞부분을 번쩍 들어 목재를 쏟아내고 앞부분에 쌓인 잡목들을 쓸어낸 뒤 마차를 빼낸 듯했다. 목재들은 사방에 어지럽게 흩어져 있었는데, 그중 잘 건조된 것들은 대부분 사라진 상태였다. 놀랄 일도 아니었다. 알뜰한 마을 사람들이 집에서 쓰기 위해 가장 좋은 목재들을 골라 챙긴 것이다. 아마 시간이 더 있었다면 남아 있는 잡목들도 모두 가져갔으리라. 납작하게 눌린 덤불들이 그곳에 무거운 목재들이 쌓여 있었다는 사실을 명확히 드러내고 있었다. 곁에 서 있던 촌장이 휴의 눈치를 살피면서 넌지시 말했다. "선량한 농부들이 목재를 주님이 내려주신 것으로 알고 감사한 마음으로 챙겨간 모양입니다. 그걸 나쁘게 생각하지는 않으시겠죠?"

"하지만 이건 램지 수도원 재산이었소." 헤를루인이 분노를 지그시 억누르며 체념 어린 투로 말했다.

"슈루즈베리에서 온 분들이 겪은 일에 대해 알고 있던 주민은 몇 되지 않았습니다. 여기 목재가 쌓여 있는 걸 처음 발견한 사람들은 몇 년 전 이 숲에 정착해 경작지를 일구어낸 이들인데, 그들은 그걸 정말로 하느님이 내려주신 선물이라 생각했어요. 그런 걸 왜 그냥 내버려두겠습니까? 그들은 강도들도, 마차도 보지 못했습니다. 게다가 이곳 백작님께서 우리한테 죽은 나무들을 가져다 써도 된다고 허락하신 터였죠. 그 나무들은 죽은 지 오래된 것들이었고요."

"여기 내버려두느니 가져가 알맞은 곳에 쓰는 편이 좋겠다고 생각했겠지." 휴가 어깨를 으쓱이며 동의를 표했다. "그들을 나무랄 일은 아니오."

사건이 일어난 뒤 며칠에 걸쳐 사람들이 와서 골라 가고 남은 목재들이 그곳 숲길과 풀밭, 나무 밑 덤불 사이사이에 어지럽게 흩어져 있었다. 일대를 돌아보던 중, 조금 떨어진 곳에서 무언가를 열심히 찾고 있던 니콜이 갑자기 소리를 지르며 덤불 속으로 달려들더니 돈과 보물이 담긴 조그만 나무 상자를 집어 들어 그들의 눈앞에 흔들어 보였다. 강도들이 강제로 뜯어내느라 뚜껑이 망가진 그 상자를 뒤집어 흔들자 안에서 한 움큼의 돌과 낙엽 들이 쏟아져 나왔다.

"보셨죠? 놈들은 제게서 열쇠를 빼앗지 못했습니다. 앞으로도 그럴 일은 없을 거고요. 하지만 이걸 여는 건 그리 어려운 일이 아니었을 겁니다. 자물쇠가 달린 부분 밑에 단검을 찔러 넣으면 금세 이렇게…… 여기 들어 있던 기부금과 보물들은 결국 그 악당들의 수중에 들어갔군요!"

"그건 이미 예상했던 일이야." 헤를루인은 씁쓸하게 중얼거린 뒤 상자를 두 손으로 붙잡아 망가진 부분을 들여다보았다. "우리는 더 고약한 상황에서도 살아남았으니 이번 어려움도 잘 이겨낼 걸세. 우리 수도원을 영원히 잃게 되는 건 아닐까 두려워했던 시절도 있었지. 그때에 비하면 이건 길을 가다가 돌부리에 걸린 정도에 불과해. 모든 어려움에도 불구하고 우리는 서약한 바를 반드시 이루고 말 걸세."

기부금을 회수할 가능성은 지극히 낮았다. 슈루즈베리 시민들이 진심에서건 혹은 양심의 가책에서건 쾌척한 기부금은 물론 도나타 부인이 아낌없이 넘겨준 장신구까지 전부 떠돌이 악당들과 함께 사라져버렸고, 그자들이 지금쯤 얼마나 멀리 달아났을지는 알 길이 없었다.

"남은 건 이 망가진 상자뿐이군." 로버트 부원장이 서글프게 말했다.

"장관님." 촌장이 휴의 곁으로 가까이 다가와 속삭이듯 입을 열었다. "그 목재 더미 안에서 또 다른 게 발견되었습니다. 나무들 밑에 잘 가려져 있더군요. 그렇지 않았다면 그 악당들이나 맨 처음 여기 온 주민들의 눈에 띄었을 겁니다. 하지만 우연히도 제일 안쪽 깊숙한 곳에 들어가 있던 덕에 제가 발견할 수 있었지요. 그걸 끌러봤는데, 우리가 함부로 건드려도 될 만한 물건이 아니라는 걸 금방 알겠더군요."

주위에 있는 모든 사람들이 눈을 크게 뜬 채 그의 말을 귀담아 듣고 있었다. 헤를루인과 로버트는 행여나 하는 마음에 잔뜩 기대를 품으면서도 두근거리는 마음을 조심스럽게 다잡았고, 위니프리드 성녀의 관이 사라졌다는 소식이나 그것이 자신이 타고 가던 마차에 실려 있다가 다른 물건들과 함께 강탈되었을지 모른다는 얘기를 들은 적이 없는 니콜은 그저 어리둥절한 표정이었다. 한편 투틸로는 윗사람들이 이야기를 주고받는 동안 얼마간 떨어진 자리에서 혼자 조용히 서성이며 동요하는 눈빛과 표정을 감추려 애쓰고 있었다.

"당신들이 발견했다는 게 무엇이오?" 휴가 조심스럽게 물었다.

"모양으로 보아 관 같았습니다. 그리 큰 건 아니죠. 마르고 가

납플 사람의 유골이 들어가 있지 않나 싶습니다. 은으로 아주 품위 있게 장식되어 있었어요. 사람들이 탐낼 만한 물건인 듯해 제가 일단 안전한 곳에 보관해두었습니다."

승리의 약속이 담긴 그 대답에 로버트는 환희 어린 표정으로 다그치듯 물었다. "그래, 그 안전한 곳이 어디요?"

"군주님께 가져갔습니다." 촌장이 대답했다. "그분의 땅에서 발견된 물건이니까요. 마을 사람들이나 근방에 사는 이들이 행여나 그 귀중한 물건을 훔쳐 가기라도 하면 큰일 아닙니까. 로베르 백작님은 레스터셔에서 몇 킬로미터 떨어진 헌코트 영지에 머무르고 계십니다. 그리로 그걸 가져가 자초지종을 말씀드렸어요. 그건 아직 그분 저택의 홀에 있습니다. 가서 보시면 그분이 잘 보관하고 계시다는 걸 확인할 수 있을 겁니다."

"주여, 감사합니다." 로버트 부원장은 황홀경에 빠져 속삭이듯 중얼거렸다. "주께서 우리에게 놀라운 자비를 베푸셨나니! 우리가 그동안 잃어버렸다고 생각하여 애통해 마지않았던 성녀님을 되찾은 게 분명하오."

그 순간 휴의 머릿속에 캐드펠 수사의 얼굴이 떠올랐다. 그분이 여기서 이 아이러니를 함께 음미할 수 있으면 좋으련만! 이는 성녀와 죄인이 함께 베풀어준 자비인 셈이었다. 결국 '가여운 콜롬바누스'라 말했던 캐드펠이 옳았는지도 모른다. 한편으로는 즐겁게, 또 한편으로는 은근히 걱정스러운 마음으로, 휴는 그 성녀가 자신의 관 뚜껑을 단단히 붙잡고 있을 만큼 자비롭고 사려 깊기를 바랐다. 그렇게만 된다면 별다른 추문 없이 이 위기에서 벗어날 수 있으리라.

"그거 정말 잘됐군요!" 휴는 차분하게 말했다. "그렇다면 어서 헌코트로 가 백작님과 이야기를 나눠보도록 합시다."

*

헌코트는 많은 집들이 촘촘히 들어찬 깔끔한 마을이었다. 주민들이 이용하는 물방앗간 곁에 자리 잡은 영지의 들은 넓고 푸르렀으며, 경작지들은 모두 잘 관리되어 있었다. 울창한 숲으로 둘러싸인 석조 저택의 규모는 그리 크지 않았지만, 작은 성답게 튼튼하고 아담한 탑까지 갖추고 있었다. 일행이 울타리 안으로 들어서자마자 일꾼들이 재빨리 알아채고 맞으러 나오는 것으로 보아 백작이 집 안에 있는 게 분명했다. 그들이 마부들에게 고삐를 내어주자 말쑥하게 차려입은 시종 하나가 방문객들을 맞이하려고 홀 문과 이어진 계단을 뛰어내려왔으나, 마구간에서 나이 든 집사가 나타나더니 그에게 옆으로 물러서라고 손짓했다. 집사는 지위가 꽤 높아 보이는 두 명의 베네딕토회 수사와 평수사 하나, 그리고 하인으로 보이는 속인 하나와 또 다른 고위급 속인으로 이루어진 일행을 정중하면서도 냉정한 자세로 대했다. 저택에서 일하는 사람으로서 손님을 정중히 맞이하되, 환대해야 할 이들인지 아닌지는 일단 상대의 신분과 용건을 확인한 뒤에 판단할 모양이었다.

두 왕족이 통솔권을 둘러싼 채 치열한 각축을 벌이고, 그 양쪽 어느 편에도 서지 않고서 상황에 편승해 제 영지를 확장하는 데만 혈안이 되어 있는 수많은 영주들에 의해 고통받는 이 영토에서는 십분 이해할 만한 일이었다. 지혜로운 이들은 누구에게나 자기 집 문을 개방하고 손님들을 정중히 대접하면서도 상대의 정체를 파악하기 전에는 쉽게 마음을 열지 않았다.

"어서 오십시오." 집사가 말했다. "저는 로베르 보몽 님의 헌코트 영지를 관리하는 집사입니다. 베네딕토회 수사님들과 그 동행들께서 무슨 일로 이곳까지 찾아오셨는지요?"

"로베르 백작님이 안에 계시면 좀 만나 뵙고 싶소." 휴가 대답했다. "중요한 용건이 있어 그러오. 슈루즈베리 수도원에서 어떤 물건을 잃어버렸는데, 듣자 하니 백작님의 숲에서 그게 나왔다는군. 그건 성녀님의 관이오. 백작님 또한 당신 집에 들어와 있는 물건의 정체를 궁금해하고 계시겠지. 우리 얘기를 들으면 아주 즐거워하실 거요."

"나는 슈루즈베리 수도원 부원장이오." 로버트가 잔뜩 거드름을 피우면서 말했지만 집사는 고개만 끄덕여 보였다. 나라 안팎으로 널리 알려진 레스터셔 백작의 조그만 영지를 관리하는 일꾼에 불과했지만, 나이 지긋한 이 집사는 아주 노련하고 영리한 사람이었다. 휴의 말에 귀를 기울이던 그의 눈에 번뜩이는 빛이 스치고 지나가는 것으로 보아 울레스토프 너머의 숲에 내던져진 그 정교하고 신비로운 관에 대해 이미 잘 알고 있는 듯했으니, 그만큼 백작의 신임을 받고 있는 게 분명했다.

"나는 스티븐 전하 밑에서 슈롭셔의 행정 장관 직을 맡고 있는 사람으로, 그 관의 행방을 찾는 중이오. 백작님이 관을 안전하게 보관하고 계시다면, 슈루즈베리 수도원의 모든 수사님들뿐 아니라 웨일스 사람들도 그분께 크게 감사하고 백작님께 하늘의 은혜가 내리기를 기도드릴 것이오."

이에 집사의 안색이 눈에 띄게 부드러워졌다. "많은 분들이 기도해주셔서 나쁠 건 없겠죠. 자, 안으로 들어가시죠. 잘 오셨습니다. 여기 있는 로빈이 안내해드릴 겁니다. 타고 오신 말들은 저희가 돌봐드리겠습니다."

로빈이라는 소년은 밝고 활달한 표정으로 그들의 이야기에 귀를 기울이다가 자신의 이름이 나오자 즐거운 듯 눈을 빛냈다. 열여섯 살쯤 되어 보이는 그 소년은 아마 레스터셔에서 땅을 일구는 어느 충직한 소작인의 둘째 아들 혹은 셋째 아들일 터였다. 소년의 편안하고 여유 있는 태도를 보건대 레스터 백작은 하인들에게 꽤나 관대하고 다정한 주인인 듯했다. 소년은 앞장서서 계단을 뛰어 올라가다가 고개를 돌리고 환한 표정으로 그들을 바라보았다.

"무법자들이 이곳을 지나갔다는 소식은 들었습니다. 하지만 저흰 놈들의 그림자도 못 봤어요. 아마 놈들이 멀찌감치 도망친 모양이지요. 손님들께서 흥미로운 얘깃거리를 갖고 오셨으니 주인님도 반가워하시며 기꺼이 시간을 내주실 겁니다. 마님은 레스터셔 영지에 계세요. 주인님 혼자 이곳으로 오셨지요."

"성골함이 이곳에 있나?" 로버트 부원장이 조바심을 치며 물었다. 자신의 간절한 희망이 헛되이 돌아갈까 봐 걱정이 되는 모양이었다.

"여기 있는 게 그거라면요."

"어디 상한 데는 없고?"

"없는 것 같은데요." 소년은 사근사근한 말투로 말을 이었다. "하지만 가까이서 보지는 못했어요. 백작님께서 그 상자의 은세공이 아주 훌륭하다고 감탄하시더군요."

그는 홀을 지나 조용한 방에 그들을 남겨두고 주인에게 손님들의 방문을 알리러 갔다. 5분도 채 지나지 않아 문이 열리더니 레스터셔와 워릭셔, 노샘프턴의 상당 부분에 더하여 브르퇴유 상속인과의 결합으로 노르망디에도 땅을 소유하게 된 가문의 대영주가 모습을 드러냈다.

휴로서는 그를 처음 만나는 터라 깊은 관심과 흥미를 가지고 이 만남에 임했다. 아버지의 대를 이어 레스터셔 백작이 된 로베르 보몽은 마흔 남짓한 나이에 어깨는 떡 벌어졌지만 키는 보통 정도였고, 색이 짙고 화려한 옷을 걸치고 있었다. 다소 위압적인 분위기가 느껴졌으나 지금 이 자리에서는 굳이 필요성을 느끼지 못하는지 그런 태도를 짙게 풍기지 않았다. 노르만식으로 말끔히 면도하여 이마가 넓고 강인해 보이면서도 모양 좋은 골격을 지닌 얼굴이 훤히 드러나 있었다. 갸름한 턱과 크고 굳건해 보이는 입, 양끝이 올라간 입술, 속내를 알 수 없는 묘한 눈빛 그리고 균형 잡힌 체격과 유연한 움직임에 비해 살짝 뻣뻣해 보이는 한쪽 어깨가 눈에 걸렸다. 큰 결함은 아니지만 그의 모습을 처음 본 손님들로서는 그 어깨에 자꾸만 시선이 갈 수밖에 없었다.

"로빈한테서 용건은 대충 들었습니다." 백작이 입을 열었다. "아주 적절한 때 오셨군요. 그러잖아도 울레스토프에서 가져온 물건의 뚜껑을 열어볼까 말까 망설이던 차였거든요. 그렇게 아름다운 봉인을 망가뜨리는 건 유감스러운 일이죠. 그걸 건드리지 않아도 되어 정말 다행입니다."

나와 캐드펠 수사님께도 다행이지, 휴는 크게 안도하며 생각했다. 백작의 목소리는 낮고 풍부한 울림을 지닌 데다, 반가운 소식을 전하는 터라 한층 감미롭게 들렸다. 로버트 부원장은 그 말에 마음이 푹 녹아 수다스럽게 감사의 말을 쏟아내기 시작했다. 그 자신은 성직자가 되어 있지만 이토록 막강한 권세와 위엄을 지닌 노르만 귀족을 만나자 자신의 뿌리가 새삼 떠오른 모양이었다. 마치 거울에 비친 자기 자신의 당당한 모습을 보기라도 한 양 그는 내내 자랑스러운 표정이었다.

"백작님, 슈루즈베리 수도원과 시민들을 대변하는 사람으로서 위니프리드 성녀님이 백작님처럼 존귀한 분의 수중에 들어가게 된 것에 무한히 감사드릴 뿐입니다. 이 사실을 알면 다들 성녀님이 그렇게 위험한 상황에서도 기적적인 방법으로 문제를 해결하시어 당신과 당신에게 헌신하는 이들을 보호해주셨다고 생각할 것입니다."

"예, 정말 다행이지요!" 표정이 풍부하고 세심해 보이는 로베르 백작의 입술이 부드럽게 위로 휘어져 올라가며 의미심장한 미소가 피어났다. "성인들이 스스로 안전을 도모하실 수 있다면, 아마 성녀님은 제게 의지하는 게 좋겠다고 생각하셨던 모양입니다. 저로서도 분에 넘치는 영광이군요. 자, 이만 가서 제가 성녀님을 어떻게 모셔뒀는지 직접 보시지요. 그분께서 어떤 해나 모욕도 당한 일이 없다는 사실을 확인하셔야지요. 제가 직접 안내하겠습니다. 모두들 오늘 밤 여기서 지내시겠지요? 최소 하룻밤은 계셔주었으면 합니다. 더 묵고 싶으시거든 얼마든지 그렇게 하시고요. 저녁 식사를 하면서 사건의 전말을 들려주십시오. 그런 다음 성녀님을 기쁘게 하려면 어떻게 해야 좋을지 의논해보기로 합시다."

*

풍성한 저녁 식탁과 솔직 담백하고 따뜻한 주인 앞에서, 오랫동안 걱정으로 속을 끓이던 손님들은 더없이 편안하고 느긋한 기분으로 식사를 즐길 수 있었다. 그러나 휴는 식사 시간 내내 신중한 눈길로 사람들의 말과 태도를 주의 깊게 관찰했다. 언제 무슨 일이 터질지 모른다는 생각, 로버트 부원장이 모든 근심거리가 사라졌다고 믿기 시작한 바로 그때 일이 갑자기 엉뚱하게 뒤틀릴지도 모른다는 생각이 머릿속에서 떠나지 않았다. 이는 불안이 아니라 일종의 예감, 혹은 은근한 기대에 가까운 것이었다. 지금 이 상황을 복잡하게 휘저어놓을 만한 사건으로 어떤 것이 있을지 예측해보고자 하는 충동 비슷한 감정이랄까.

백작은 이 저택에 소수의 인원만 거느리고 있다고 했지만, 식탁에 둘러앉은 사람만 해도 열 명이나 되었다. 백작 부인과 그녀의 시중을 드는 이들은 모두 레스터셔에 남아 있었기에 이곳에는 전부 남자들뿐이었다. 로베르 백작 좌우로는 두 고위 성직자가 앉았고, 휴는 헤를루인 곁에, 니콜은 분수에 맞게 하인들 곁에 자리를 잡았다. 투틸로는 말석에 앉아, 지체 높은 이들과 함께 있을 때면 언제나 그러듯 내내 조신한 자세로 침묵했다. 그는 어디서든 입을 여는 대신 귀 기울이는 편을 선택하곤 했다. 아주 주의 깊은 사람이었다.

로버트 부원장이 위니프리드 성녀를 귀더린에서 슈루즈베리 수도원으로 모셔온 가슴 뿌듯한 일화부터 시작해 이후 슈루즈베리 수도원에서 그분의 유골을 둘러싸고 일어난 갖가지 기적들, 그리고 물난리의 와중에 그것이 감쪽같이 사라진 사건에 이르기까지 모든 얘기를 유창한 언변으로 줄줄 늘어놓았다. 백작은 짐짓 열심히 귀를 기울이다가 말했다.

"참 놀라운 일이군요. 성녀님이 인간의 손길을 거치지 않고 수도원 제단에서 사라졌다니 말입니다. 어쨌든 그런 짓을 한 사람을 찾아내지 못했잖습니까. 게다가, 부원장님 말씀에 의하면 그분은 기적을 행하는 분으로 널리 알려져 있다면서요." 부원장이 언급한 성스러운 일화들을 상기시키며 백작이 말을 이었다. "그렇다면 성녀님이 당신의 자비로운 목적을 이루기 위해 어떤 불가사의한 방법으로 원래 계시던 곳을 떠나셨을 수도 있지 않을까요? 다른 곳에 은총을 베푸는 게 좋겠다고 생각하셨을지도 모르지요. 아니면 당신이 계시던 곳이 불편하셨거나……." 경건하고 진지한 어조로 조심스레 꺼낸 말이었지만, 한순간 로버트 부원장의 얼굴이 창백해지며 온몸이 뻣뻣하게 굳었다. "제가 성스러운 일들에 대해 주제넘은 말씀을 드렸군요. 부디 용서하십시오." 갓 들어온 견습 수사처럼 공손한 어조로 간청하듯 말을 맺었다.

휴는 과거 자신과 캐드펠 수사가 상대의 속을 떠보기 위해 갖가지 말을 늘어놓고, 술수에는 술수로, 창에는 창으로 응하며 치열하게 겨루다 서서히 깊은 우정을 느끼게 된 과정을 새삼스레 떠올리며 흥겨운 마음으로 그들의 말을 귀담아들었다. 로버트 부원장이 백작을 용서할 리는 없었다. 그러나 그도 바보가 아니니, 이 지체 높은 귀족에게 도전하거나 그의 심기를 건드리는 짓은 하지 않으리라. 결국 백작이 던진 미끼를 문 쪽은 또 다른 고위 성직자였으니, 헤를루인이 그 여윈 얼굴에 조심스러운 열망과 아울러 재빠른 계산속을 내비쳤다.

"경우에 따라서는 세속에 계신 분들도 영감을 받아 지혜로운 생각을 할 수 있지요." 당장이라도 환희의 빛을 발할 것만 같은 얼굴이었다. "여기 계신 로버트 부원장님께서 당신의 입으로 성녀님의 은총을 직접 증언하셨고, 또 그 관을 가져간 사람을 찾지 못했다 말씀하시지 않았습니까. 그렇다면 위니프리드 성녀님이 짐마차를 이용해 자진해서 당신의 유골을 옮기셨다고 생각하는 게 지나친 비약일까요? 그러니까, 불경스러운 악당들에게 참담하게 유린당하고 약탈당했던 램지 수도원으로 말입니다. 성녀님을 간절히 필요로 하고 공경할 만한 곳으로 그보다 더 적당한 장소가 어디겠습니까? 혹심한 고통을 겪은 우리 수도원 사람들에게 그보다 더한 기적은 또 무엇이고요? 성녀님께서 정말로 슈루즈베리의 열성적인 신자들이 혹심한 가난과 어려움에 허덕이는 우리 수도원에 기부한 돈과 물건을 싣고 돌아가는 마차에 올라 슈루즈베리를 떠나고자 하셨을지도 모릅니다. 만일 그분이 램지 수도원에 축복을 내려주시기 위해 선택하신 일이라면, 우리가 감히 성녀님의 바람에 맞서는 게 과연 옳을까요?"

결국 백작이 두 거대한 뿔을 서로 맞건 셈이었으니, 두 부원장은 오만한 수사슴처럼 머리를 낮춘 채 두 눈을 뒤룩거리면서 상대를 싸움터에서 밀어내기 위해 온몸의 근육을 그러모으기 시작했다. 그러나 백작은 아무것도 눈치채지 못한 척 슬쩍 손을 들어 그들을 제지했다.

"아뇨, 저는 성녀님의 생각을 전혀 모릅니다. 제가 뭐라고 감히 그런 신비로움을 파헤치려 들겠습니까? 슈루즈베리 수사님들이 성녀님을 웨일스에서 모셔 왔고, 성녀님은 그들의 헌신을 외면하지 않고 많은 기적을 베푸셨습니다. 나는 내 의문을 풀어줄 적절한 해답을 구하는 것이지, 그런 문제와 관련해 감히 해답을 제시하려 들 생각은 결코 없습니다. 그저 하나의 가능성을 이야기했을 뿐이지요. 만일 이번 일에 인간들의 의도가 개입되었다면 제 말은 아무 근거 없는 헛소리에 지나지 않습니다. 다만 진상이 밝혀지기 전까지는—"

"우리는……" 로버트 부원장이 분노를 누르며 엄숙하게 말을 잘랐다. "성녀님이 우리와 함께 편안히 계셨다고 믿을 만한 충분한 이유를 갖고 있습니다. 우리의 헌신적인 자세에는 추호의 부족함도 없었어요. 우리는 해마다 성녀님을 모셔 온 날을 더없이 경건하게 기념해왔습니다. 특히 성녀님의 이전을 축하하는 의식을 벌이는 날에는 온 정성과 열의를 바쳐 그분을 찬양했지요. 우리 수도원에서 가장 성실하고 성스러운 수사, 성녀님 덕에 불구의 다리를 고친 젊은 수사는 그때부터 성녀님의 종이 되어 지극 정성으로 그분을 모셨습니다. 성녀님이 당신 자신의 뜻으로 우리 곁을 떠났다는 말을 나로서는 믿을 수 없습니다."

"아니, 슈루즈베리 수도원 사람들이 뭘 잘못했다고 말할 생각은 추호도 없소이다." 헤를루인이 반박했다. "하지만 성녀님이 참화를 당한 다른 수도원에 연민을 품으시고 스스로를 넘겨주고자 마음먹으셨을 수도 있지 않겠소? 여러분이 성녀님을 간절히 필요로 하는 우리 수도원의 사정을 살펴줄 만한 아량을 갖추었다 믿으시고, 여러분의 보시에 더하여 당신이 베풀 수 있는 권능과 은총을 더해주시기 위해서 말이오. 성녀님이 우리 쪽 사람들과 함께 슈루즈베리를 떠나 램지 수도원을 향해 가셨다는 건 분명한 사실이잖소. 성녀님이 우리와 함께 머물고 싶어 하시지 않았다면 왜 그러셨겠소?"

"당신이 데려온 사람들이 성녀님을 옮기는 일에 관여하지 않았다는 점은 아직 증명되지 않았소. 만일 그들이 그런 짓을 저질렀다면, 그건 성물 절도죄에 해당하오. 슈루즈베리의 라둘푸스 원장님께서는 강물이 성당 안으로 밀려들었을 때 우리를 도우러 온 모든 사람들을 붙잡고 자세히 탐문해보라는 지시를 내리셨소. 우리는 아직 거기서 어떤 사실이나 증거가 드러났는지 전혀 모르고 있잖소. 여기서 우리끼리 뭐라 단정 짓기는 어렵지만, 지금쯤 진실이 밝혀졌을지도 모르오."

백작은 갈기를 세운 두 전사들로부터 멀찌감치 물러나 앉아 있었다. 양측 모두를 만족시킬 만한 분명한 판결을 내려주고 싶다는 듯 연민 어린 표정으로 두 수사를 바라보던 그가 이내 부드럽게 입을 열었다.

"듣자 하니 두 신부님은 함께 슈루즈베리로 돌아갈 작정이시라고요. 그렇다면 일단 거기 도착해 두 분이 안 계신 동안 밝혀진 모든 사실들을 확인할 때까지 이 논쟁을 미뤄두지 못할 이유가 없지 않겠습니까? 거기 가서 들어보면 모든 게 저절로 해결될 수도 있으니까요. 설혹 그렇게 되지 않는다 해도, 과연 어떤 것이 합리적인 해결책인가를 차분히 생각해볼 시간은 있겠지요. 어쨌든 지금은 이러실 때가 아닙니다! 아직은 아니에요!"

백작의 만류에 두 사람은 은근한 안도와 찜찜함이 뒤섞인 표정으로 고개를 끄덕였다.

"백작님 말이 맞습니다!" 로버트 부원장이 여전히 냉담한 어조로 말했다. "결과가 어떻게 나올지는 누구도 모르지. 우리 수도원에서도 진실을 밝히기 위해 할 수 있는 모든 일을 할 테니, 가서 얘기를 들어볼 때까지는 기다려봅시다."

"슈루즈베리에서 지내는 동안 나는 성녀님께 간절히 기도드렸소." 헤를루인이 대꾸했다. "우리 램지 수도원을 어려움에서 벗어나게 해달라고 말이오. 성녀님이 그 기도를 들으시고 우리 처지를 가엾게 여기셨다 한들 이상할 건 없지요. 하지만 백작님 말씀이 옳소. 그 문제에 관해 보다 자세한 소식을 들을 때까지는 참을성을 갖고 기다려봐야 할 거요."

휴가 보기에 백작은 다소 장난기 어린 방관자로서 이 게임을 구경하는 것에 만족할 뿐 별다른 악의를 가지지는 않은 듯했다. 하긴, 1년 중 가장 따분한 시기에 여자들도 없이 작은 마을에서 시간을 보내고 있었으니 이런 작은 분쟁이 반갑기도 하겠지, 휴는 생각했다. 하지만 백작은 폭풍을 일으키는 일뿐 아니라 그걸 가라앉히는 일에도 능한 사람이야. 모처럼 저녁 시간을 유쾌하게 보냈으니 이제는 그들과 한자리에 앉은 사람으로서 약간의 죄책감을 느낄 터, 저 두 야심만만한 성직자들이 서로 싸워 피 흘리는 일 없이 슈루즈베리로 무사히 돌아가도록 해야 한다는 점을 자각했으리라.

"우리가 미처 깨닫지 못하고 넘어간 문제가 하나 남아 있습니다." 그러나 백작은 문득 사과하는 듯한 말투로 새로운 포문을 열었다. "더 이상 논란을 일으키고 싶지는 않습니다만…… 생각이 떠오른 이상 그 논리적인 귀결을 쫓아가보지 않을 수 없군요. 만일 위니프리드 성녀님이 정말로 슈루즈베리를 떠나고 싶은 마음에서 램지로 가는 마차에 올라타신 거라면, 또 그분께서 계획하신 일을 인간으로서는 막을 수 없다면, 그 이후에 일어난 모든 일도 역시 성녀님의 뜻일 겁니다. 무법자들이 습격하여 마차와 말들을 강탈해간 일, 그자들이 목재와 아울러 성녀님의 관을 내버린 일, 그 관을 이곳 소작인들이 발견해서 제게 가져온 일까지 전부 말입니다. 결국 그 모든 건 바로 성녀님이 지금 쉬고 계시는 곳으로 오기 위해 이루어진 일이 아니겠습니까? 성녀님이 정말로 램지 수도원으로 가실 작정이었다면 중간에 무법자들의 습격을 받는 일 없이 순탄하게 그곳에 도착하셨을 겁니다. 하지만 성녀님은 제 집에 드셨지요. 뭐, 어쨌든 당장은 모든 일을 사실 이상으로 확대해서 생각하지는 않는 게 좋겠습니다. 그랬다간 모든 게 다 뒤죽박죽되고 말 테니까요."

양옆에 앉은 수사들은 소스라치게 놀라 할 말을 잃고 멍하니 그를 바라보았다. 그들의 말문을 막은 것만으로도 백작은 뜻한 바를 달성한 셈이었다. 그가 싱긋 웃으며 두 수사를 차례차례 응시했다.

"제 말씀을 제대로 이해하신 것 같군요. 만일 슈루즈베리 수사 분들이 성녀님을 엉뚱한 곳으로 옮긴 악당이나 얼간이를 찾아낼 경우, 우리끼리 서로 다툴 하등의 이유가 없습니다. 하지만 그런 사실을 밝혀내지 못한다면 저 또한 권리를 주장할 수 있지요. 저는 세 당사자 중 한 사람이니, 관련된 소송에서 판관으로 나설 의향이 전혀 없습니다. 다른 공정한 재판관의 결정에 기꺼이 승복할 생각이에요. 내일 두 분께서 슈루즈베리로 떠날 예정이라면, 물론 위니프리드 성녀님도 그리로 가셔야 합니다. 그리고 나도 여러분과 마찬가지로 성녀님을 모실 책임과 권리가 있는 사람이니 함께 가겠습니다."

5

 캐드펠 수사는 앨드헬름이라는 청년을 찾아 프레스턴 마을로 갔으나 그는 출산할 양들을 돌보느라 업턴 영지의 들판에 가고 없었다. 양들의 출산 시기가 닥친 데다 홍수가 나는 바람에 암양들 일부를 급히 돌보아야 해서 양치기들은 하루 종일 일을 해야 했다. 캐드펠은 곧장 업턴 영지로 가 그 젊은 양치기의 행방을 수소문한 뒤, 거기서 다시 1.5킬로미터를 더 걸어 마침내 저지대 풀밭 위의 높고 마른 땅에 자리 잡은 양 우리에 도착했다.

 앨드헬름 곁에서는 갓 태어난 새끼 양이 힘겹게 몸을 일으키고, 어미 양은 몸을 떨며 코로 새끼 양을 비벼대고 있었다. 양치기는 출산을 돕느라 힘이 빠진 듯 보였으나 동작이 꽤나 재빨랐다. 무뚝뚝하면서도 사람 좋아 보이는 얼굴과 숱진 빨간 머리가 인상적인 청년이었다. 그는 귀중품 옮기는 일을 거들어달라는 부탁에 즉각 예배당 안으로 들어가서 별다른 생각 없이 시키는 대로 일했을 뿐이었다. 그러나 캐드펠의 질문을 가만 듣더니 예리하고 정확한 기억력을 동원해 그때 일어난 일을 빠짐없이 들려주었다.

"예, 수사님, 저는 그곳에 있었습니다. 그레고리와 램버트를 따라 목재를 나르러 수도원에 갔었는데 리처드 수사님이 우리를 불러 예배당 물건 옮기는 일을 도와달라고 하셨어요. 예배당 안에는 우리처럼 부지런히 오가는 사람이 여럿 있었지요. 아마 접객소 손님들이었을 텐데, 다들 여기저기 놓인 제단 위의 물건들을 옮기는 일을 했어요. 어떤 물건을 어디로 옮겨야 하는지 이미 잘 알고 있는 것 같더군요. 많은 이들의 도움이 필요한 상황인 것 같아 저도 그저 수사님들이 하라는 대로 고분고분 일했지요."

"혹시 일이 마무리될 무렵 어떤 수사가 당신더러 기다란 짐 하나를 목재가 실려 있는 마차로 옮겨달라고 부탁하지는 않았소?" 별 기대 없이 던진 질문이었지만 돌아오는 대답을 듣고 캐드펠은 전율을 느끼지 않을 수 없었다.

"예, 그랬지요. 램지로 가는 마차 편에 보내야 할 물건이라면서 거기 싣자고 하시더라고요. 그래서 그분이랑 함께 그걸 옮겨 통나무들 사이에 잘 끼워놨죠. 두꺼운 천으로 여러 겹 싸두었으니 아무 탈 없이 잘 갔을 겁니다."

글쎄, 탈도 보통 탈이 아니지. 하지만 이 청년은 그걸 알 리가 없었다.

"롱너에서 온 두 사람은 못 봤다던데. 어떻게 그럴 수 있었을까?" 캐드펠이 물었다.

"날이 무척 어두운 데다 비까지 내리고 있었잖습니까. 게다가 그 둘은 롱너에서 끌고 온 마차에 실린 나뭇단을 옮기느라 바빴거든요. 아마 마차에 가려 제대로 보이지 않았을 겁니다. 저도 그들에게 별다른 얘길 하지 않았고요. 그 수사님은 그저 물건 하나만 더 옮기고 싶어 했을 뿐이니까요. 그분은 일을 어떻게 처리해야 하는지 잘 아시는 것 같더군요. 그리고 우리 같은 사람들이 수도원 일에 관해 호기심을 갖는 건 주제넘은 짓이죠."

그래, 문제의 수사는 일을 어떻게 처리해야 하는지 제대로 파악했던 셈이다. 사실 캐드펠은 그가 누구인지 대충 감을 잡고 있었지만, 증거도 없이 상대를 범인으로 지목할 수는 없는 일이었다.

"그 수사는 어떻게 생겼소? 전에도 수도원에서 그와 이야기를 나눈 일이 있소?"

"아뇨, 그분은 갑자기 뛰어나와 어둠 속에서 제 소매를 붙잡았어요. 비가 내려 두건을 깊숙이 내려 쓴 상태였지요. 확실히 말씀드릴 수 있는 건 베네딕토회 수사님이 분명하다는 것뿐입니다. 키는 그리 크지 않았어요. 저보다 조금 작고, 목소리로 미루어 젊은 분이었어요. 그 외에는 더 말씀드릴 만한 게 없는 것 같군요. 하지만 다시 보면 금방 알아볼 수 있을 겁니다." 앨드헬름이 자신 있게 말을 맺었다.

"어둠 속에서 딱 한 번, 그것도 두건 쓴 모습만 봤는데? 그런데도 그를 알아볼 수 있단 말이오?"

"틀림없이 알아볼 수 있어요. 짐을 옮기기 위해 그분과 함께 예배당에 들어갔을 때 제단 등불이 켜져 있었거든요. 그때 잠깐 그분의 얼굴을 봤죠. 생김새를 말로 설명하기는 힘들지만, 저를 그리로 데려다주시면 천 명의 수사님들 중에서도 그분을 가려낼 수 있습니다."

*

"앨드헬름이란 청년을 만나봤습니다." 캐드펠 수사는 라둘푸스 원장에게 보고했다. 숙사에는 그들 두 사람뿐이었다. "그 수사를 다시 보면 알아볼 수 있다고 말하더군요."

"확실하오?"

"아주 자신 있게 대답했습니다. 듣고 보니 저도 납득이 되었지요. 관을 들어 옮길 때 제단 등불 빛에 비친 얼굴을 똑똑히 봤답니다. 그의 얼굴을 본 건 그 청년이 유일해요. 다른 일행은 비가 내리는 바깥의 어둠 속에 있었으니까요."

"그가 이리로 와줄 것 같소?"

"예, 오겠답니다. 하지만 조건을 달았어요. 그는 주인 밑에서 양을 돌보는 사람인데, 마침 양들이 새끼를 낳는 철이라 바쁘답니다. 자기가 데리고 있는 암양이 출산을 할 땐 도저히 빠져나올 수 없다고요. 하지만 하루 일이 끝난 저녁나절에 제가 그쪽으로 사람을 보내면 오겠다고 했습니다. 그 전에 우리는 우스터로 떠났던 이들이 돌아오기를 기다려야겠지요. 그들이 도착한 날 저녁에 양치기를 부르면 될 겁니다."

"잘 알겠소!" 라둘푸스는 그다지 개운치 않은 표정으로 덤덤하게 말했다. "지금으로서는 그 수밖에 없겠지." 당장 증인을 데려와봐야 아무 소용이 없으리라는 점에 대해서는 자세히 설명할 필요가 없었다. 원장과 캐드펠 모두 서로의 의중을 잘 아는 터였다. "그리고 다른 이들에게는 그 양치기에 대해 알리지 말도록 합시다. 소문이 퍼져나갈지 모르고, 그러면 상대가 겁을 집어먹을 테니 말이오. 이번 일은 가능한 한 지혜롭게 처리해야 하오. 아무에게도 피해가 가서는 안 되오. 죄를 지은 사람도 포함해서 말이오."

"저도 같은 생각입니다." 캐드펠이 말했다. "성녀님만 무탈히 돌아오신다면 그 누구도 피해를 받거나 망신당하는 일 없이 조용히 지나가는 게 좋을 겁니다." 순간 캐드펠은 휴의 말을 떠올렸다. 허울뿐인 관, 빈 것이나 다름없는 관을, 자신이 마치 정말로 성녀의 유골을 모신 성스러운 안식처인 양 이야기한다는 말. 이는 사실이었다. 캐드펠은 그 무가치한 관을, 그러나 성녀가 가치 있는 것으로 만들기로 마음먹은 성스러운 상징물을 몹시 그리워하고 있었다.

*

캐드펠의 간절한 마음을 알아채기라도 한 듯 성녀는 이튿날 지체 높은 사람들의 호위를 받으며 당당하게 돌아왔다.

오전 중반, 에드먼드 수사의 약장에 약을 보충해 넣은 뒤 진료소 문을 막 나서고 있는데 휴와 로버트 부원장, 그리고 램지 수도원의 두 수사가 포함된 일행이 말을 타고 정문으로 들어서는 광경이 보였다. 램지 수도원 사람들과 함께 떠났던 하인은 보이지 않았지만 얼핏 마부인지 시종인지 알 수 없는 다른 두 사람이 끼어 있었고, 인생의 절정기에 이른 듯한 나이에 단단한 몸매를 지닌 남자 하나도 보였다. 그는 두 성직자 뒤에서 휴와 어깨를 나란히 한 채 겸손한 자세로 들어왔는데, 별다른 노력을 기울이거나 허세를 부리지 않고도 이들 무리를 암암리에 지배하고 있는 듯했다. 어두운 빛깔의 값비싼 의복, 그리고 주인보다 한층 더 화려하게 장식된 마구를 걸친 잘생긴 진밤색 말이 대번 눈에 띄었다. 이어 말 한 마리가 끄는 작은 마차가 뒤따라 들어왔다. 거기 위니프리드 성녀의 관이 수놓은 천 위에 단정하게 놓여 있었다.

바람이 소문을 퍼뜨리기라도 한 걸까? 데니스 수사는 접객소에서, 폴 수사는 교실에서 얼른 달려 나왔다. 폴 수사의 옷자락 뒤에서는 두 소년이 고개를 삐죽 내밀고 있었다. 마구간에 있던 두 견습 수사와 마부들도 밖으로 나왔고, 이곳저곳에서 각자의 일을 하던 예닐곱 명의 다른 수사들도 저마다 손을 놓고 모여들었다. 문지기가 정문 앞에 나와 로버트 부원장과 행정 장관을 비롯한 여러 손님들을 맞이하기도 전에 마당은 많은 이들로 가득 찼다.

행렬 뒤쪽에서 조심스러운 태도로 말을 몰던 투틸로는 바닥에 내려서기 무섭게 헤를루인에게로 달려가 충실한 시종처럼 등자를 잡았다. 도무지 마음 편히 지내기 어려우리만치 열성적이고 모범적인 견습 수사. 캐드펠의 추측이 옳다면, 그는 이제 최선을 다해 성실한 태도를 보여야 할 것이다. 사라졌던 관이, 그것이 어떤 식으로 사라졌는지 정확하게 밝혀줄 증인을 찾아낸 순간 원래의 자리로 돌아온 터였다. 투틸로는 자기 앞에 어떤 일이 기다리고 있는지 알지 못하는 상태였다. 그러나 모두가 기뻐하는 가운데 성녀의 관이 돌아온 것으로 이 상황이 무사히 끝났다고 생각할 수는 없으리라. 마지막 순간이 닥쳐오기 전까지 그는 기대와 근심이 섞인 착잡한 심경으로 자신에게 행운이 깃들기를 빌며 아무것도 모르는 척, 남들의 눈에 띄지 않는 이름 없는 존재로서 조용히 지낼 것이다. 어쩌면 위니프리드 성녀에게 자기를 보호해달라고, 열심히 기도드릴지도 모른다. 그에겐 그만큼 천진하면서도 뻔뻔스러운 구석이 있었다.

성공 여부가 불투명한, 그러나 아주 대담한 계획이 한 바퀴를 돌아 이제 자신에게 치욕적인 불명예와 혹독한 벌을 안겨줄지 모를 상황이었다. 캐드펠은 이 젊은이에게 일말의 연민을 느끼지 않을 수 없었다. 그 또한 과거에 저지른 잘못이 폭로될 위기에서

막 벗어난 마당이라 연민은 더더욱 깊었다. 은으로 장식된 관이 넓은 마당 안으로 들어온 순간 그는 즉각 관 뚜껑의 모습을 확인했는데, 고맙게도 뚜껑은 단단히 밀봉된 상태 그대로였다. 아무도 그걸 건드리지 않았고, 그 안의 시신을 들여다보지 않았다. 그제야 비로소 숨이 다시 쉬어지는 것 같았다.

자신의 영역으로 돌아온 로버트 부원장은 이제 기가 살아났는지 적극적으로 나서서 모든 일을 지휘하기 시작했다. 흥분한 수사들이 관을 들고 예배당의 제단으로 향하자, 투틸로는 경건한 자세로 그 뒤를 따랐다. 마부와 견습 수사들은 손님들이 타고 온 말을 마구간으로, 성녀의 관을 싣고 온 마차는 부속 농장 마당으로 끌고 갔다. 로버트와 헤를루인, 휴, 그리고 낯선 손님은 원장 숙사 쪽으로 걸음을 옮겼다. 라둘푸스 원장이 그들을 맞이하기 위해 이미 숙사 앞에 나와 있었다.

그 낯선 손님이 누구인지 짐작하기란 그리 어렵지 않았다. 무법자들이 마차를 기습한 사건은 레스터셔에서 그리 멀지 않은 곳에서 일어났으며, 대단한 권세와 지위를 지닌 듯 보이는 귀족이 함께 왔으니 그가 달리 누구이겠는가? 하지만 저 백작이 무슨 이유로 이곳에 왔는지는 도무지 알 길이 없었다. 캐드펠은 그의 어깨 위에 솟은 혹을 놓치지 않았다. 백작이 등을 돌린 상태라 몸의 균형을 망가뜨릴 만큼 크게 보이지 않았으나, 그래도 불룩하게 솟아오른 그 혹을 분명하게 알아볼 수 있었다. 보몽가의 쌍둥이 중 동생이 지닌 두드러진 신체의 특성은 널리 알려져 있었다. 사람들은 그를 로베르 보스Robert bossu, 즉 '곱사등이 로베르'라 불렀는데, 소문에 의하면 그 자신도 이 별명을 그리 싫어하지 않는다고 했다.

그런데 로베르 보스가 여기서 뭘 하고 있는 걸까? 이제 일행은 모두 원장 숙사 안으로 사라졌다. 그가 무슨 이유로 이곳에 왔는지는 곧 밝혀질 것이다. 잠시 후 휴가 와서 그 사연과 더불어 라둘푸스와 나눈 이야기를 자세히 들려줄 테니, 캐드펠은 그저 종교와 세속의 권력자들이 나누는 대화가 끝날 때까지 기다리기만 하면 되었다.

보니페이스 신부 밑에서 일하는 심부름꾼 아이를 업턴으로 보내야겠군, 캐드펠은 생각했다. 우스터에 갔던 사람들이 돌아왔으니, 이제 앨드헬름에게 수도원으로 와 하나도 빠짐없이 모인 관련자들 가운데 그날 저녁 보았던 수사를 가려내달라고 해야 할 때였다.

*

허브밭에 자리한 캐드펠의 작업장 안에 잠시 침묵이 내렸다. 휴가 위니프리드 성녀의 기나긴 모험에 관해, 그리고 성녀를 차지하려는 이 싸움에 로베르 보몽이 끼어들게 된 사연에 관해 상세히 이야기한 참이었다.

"그 사람, 그거 진심인가?" 곧 캐드펠이 입을 열었다.

"글쎄요." 휴가 대답했다. "제가 보기엔 전투도 군사의 이동도 없는 따분한 계절을 보내는 게 지루해 장난을 하고 있는 것 같습니다. 전쟁을 원하는 건 아니지만 고요하고 무미건조한 일상을 불편해하는 사람이에요. 노르망디에서 자신의 이권을 보호하는 형 웨일런처럼 자기도 잉글랜드에서 형의 이권을 보호하느라 애쓰고 있긴 하지만, 그것 말고는 별달리 할 일이 없어 닭들 사이에 여우를 풀어놓으며 즐거움을 누리는 게지요. 특히 이곳의 로버트 부원장이나 램지에서 온 헤를루인처럼 볏을 바짝 세운 사나운 수탉들 사이에 말입니다. 어쨌든 악의는 없어 보입니다." 그는 이해한다는 듯 말을 이었다. "제가 그 사람의 심심풀이 오락을 두고 뭐라 할 이유가 있겠습니까? 저도 한때 그 비슷한 짓을 했는걸요."

"그가 성녀님에 대한 권리를 고수할까?"

"재미가 있는 동안에는 계속하겠죠. 당장은 달리 더 즐거운 일이 없잖습니까. 게다가 애초에 백작의 머릿속에 그러한 생각을 불어넣은 건 바로 그 두 수사님이었어요. 로버트는, 그러니까 로버트 부원장님 말입니다. 모든 이들이 성녀님 스스로 그 문제를 해결하셨다 생각할 거라고 말했어요! 그러자 로베르 백작이 맞장구를 쳤고, 그렇게 비옥한 땅에 씨앗이 떨어졌지요. 하지만 지나치게 걱정하실 필요는 없을 겁니다. 그는 두 수사님을 욕보이는 정도까지 밀어붙이지 않을 테니까요. 라둘푸스 원장님 앞에서는 더더욱 그럴 생각이 없겠지요. 백작은 원장님을 자신과 대등

한 사람으로 인정하고 있거든요."

캐드펠은 생각에 잠겨 있다가 갑작스레 엉뚱한 방향으로 화제를 돌렸다. "그건 잘 보이질 않더군."

"무슨 말씀입니까?"

"혹 말이야." 그가 대답했다. "로베르 보스라는 별명은 나도 잘 알고 있지. 그리고 듣자 하니 보몽가의 두 형제는 서로 갈라선 듯 보이던데. 형 웨일런은 지난 4년간 노르망디에 가 있지 않았나. 스티븐 왕으로선 그를 전처럼 든든한 자기편으로 생각하기 어려울걸."

"그야 그렇죠." 휴는 퉁명스럽게 말했다. "왕은 배신을 금세 눈치채니까요. 하지만 그 사정에 대해서는 이해하고 있을 겁니다. 사실 어느 누구의 잘못이라고도 할 수 없는 일이에요. 두 형제는 잉글랜드와 노르망디 양쪽에 땅을 갖고 있잖습니까. 앙주의 조프루아가 아들을 대신해 노르망디의 지배자가 된 지금 그곳에 땅을 가진 사람들은 편을 바꾸어 그의 눈에 들고자 하는 유혹을 느끼지 않을 수가 없지요. 웨일런에게는 프랑스와 노르망디에 있는 땅들이 더없이 소중하니, 가만히 있다가 땅을 빼앗기기보다 아예 노르망디로 건너가 최소한 조프루아의 눈치라도 봐야 하지 않을까 생각했을 겁니다. 그곳 땅은 그들에게 단순한 땅 이상의 의미를 지니고 있어요. 웨일런은 자기 아버지가 사망했을 때 명예의 핵심이라 할 수 있는 프랑스 땅을 물려받아 묄랑 백작이 되었지요. 이는 그가 가문의 대를 이은 사람이라는 것을 뜻합니다. 푈랑이라는 이름을 잃으면 그는 아무 작위도 없는 이로 남고 말아요. 반면 로베르는 잉글랜드 땅을 물려받았습니다. 브르퇴유 영지는 결혼으로 얻은 곳이고, 사실상 그가 속한 곳은 바로 이곳 잉글랜드인 셈이지요. 그래서 웨일런은 설령 앙주 백작에게 충성을 맹세하는 한이 있더라도 여러 세대 동안 확고히 자리 잡아온 땅만은 빼앗기지 않게끔 제 뿌리를 찾아 건너간 겁니다. 그 사람의 진짜 마음이 어느 쪽에 가 있는지는 저도 잘 모릅니다. 조프루아에게 충성을 바쳐야 할 입장이긴 한데, 가능한 한 그를 돕지 않고 또 스티븐 왕에게 해를 끼치지도 않은 채 중립을 지키려 하는 것 같아요. 로베르가 잉글랜드에서 형의 이권을 보호하듯 그곳에서 자신과 동생의 이권을 보호하면서 말이지요. 어쨌든 둘 다 싸움이 벌어지는 곳에서 멀찌감치 떨어져 지내는 상태인데, 그거야 놀라운 일도 아니죠! 아마 이젠 진저리가 날 겁니다. 이런 혼란 상태가 너무 오래 지속되어왔으니까요."

"두 주인을 섬기기란 쉬운 일이 아니지." 캐드펠이 중얼거렸다. "두 형제가 어려움을 분담한다 해도 말이야."

"그런 어려움을 겪는 사람들이 어디 한둘인가요."

"이제 한쪽은 기세가 올라가고 다른 한쪽이 떨어지는 판국이니 곧 더 심각한 어려움이 닥쳐올걸. 하지만 우리에게도 우리 나름의 당면 문제가 있어. 백작은 관심을 거둘지 몰라도 헤를루인은 결코 성녀님을 포기하려 들지 않을 걸세." 캐드펠은 조심스레 말을 이었다. "자네가 그 관을 아무 탈 없이 무사히 모셔 오리라는 걸 미리 알았더라면 나도 성녀님이 어쩌다 엉뚱한 곳으로 가게 되었는지 걱정하느라 그렇게 분주하게 설치고 돌아다니지 않았을 텐데."

"달리 별다른 수가 있었겠어요?" 휴가 연민 어린 표정으로 달래듯 말했다. "지금도 그렇고요."

"아니, 지금은 다르지." 캐드펠이 말했다. "내가 업턴 영지로 사람을 보냈네. 그곳 양치기인 앨드헬름이라는 청년은 마지막 기도 시간 전에 이곳에 도착할 테고, 그러면 진실이 밝혀질 걸세. 나와 수도원장님은 성녀님의 관이 어떤 식으로 빼돌려졌는지 짐작하고 있어. 양치기가 와서 증언하기만 하면 도둑이 누구인가는 곧바로 밝혀지겠지. 청년에게 듣자니, 그 도둑은 체구가 작고 젊은 사람의 목소리를 가진 수사라더군. 얼굴도 자세히 봤다고…… 하지만 사실상 그의 증언은 들을 필요도 없네. 정의는 절대적인 확실성을 근거로 세워야 하니 굳이 그러한 절차를 밟을 뿐이지. 헤를루인은 체구가 작지도 않고 젊지도 않아. 그리고 이 슈루즈베리 수도원의 수사치고 이곳에서 가장 중요한 수호성인이 램지행 마차에 실려 가는 꼴을 보고 싶어 할 사람이 어디 있겠나? 투틸로를 제외하면 그런 짓을 할 만한 사람을 떠올릴 수 없어."

"참 대담한 청년이네요!" 휴는 감탄 어린 투로 외쳤다. 그의 얼굴에는 미소가 어려 있었다. "수사로 썩기에는 아까운 친구예요. 그의 도둑질이 성공했을 경우, 과연 헤를루인이 어떤 반응을 보였을지 저로서는 모르겠습니다. 하지만 실패로 끝났다는 것이 드러난 지금은 그 청년의 가죽을 벗기려 들겠지요." 그는 자리에서 일어나 오랫동안 말을 타고 오느라 뻣뻣해진 몸을 한껏 폈다. "그만 집에 가봐야겠습니다. 앨드헬름이라는 일꾼이 도착해 투틸로를 지목할 때까지 저는 이곳에 필요 없는 사람이니까요. 아마 오늘 밤이 가기 전에 이 일이 마무리될 것 같은데, 그렇다 해도 제가 해야 할 일이 있다면 내일 불러주세요."

캐드펠은 허브밭 앞까지 휴를 배웅했다. 그 순간 조금 떨어진 채소밭 가장자리에서는, 젊고 건장한 윈프리드 수사가 삽자루에 몸을 기댄 채 급한 걸음으로 산울타리 한 모퉁이를 돌아 넓은 마당으로 사라지는 사람의 뒷모습을 멍하니 바라보고 있었다.

*

날이 저물기 시작할 무렵, 윈프리드 수사가 작업장으로 돌아와 연장을 정리하며 물었다. "제롬 수사님은 작업장 곁에서 뭘 하고 있었던 걸까요?"

"제롬 수사?" 캐드펠은 기침약을 만드느라 돌절구에 담긴 약초를 찧으며 무심하게 되물었다. "그 형제는 여기 온 적이 없는데."

"이 안으로는 안 들어오셨죠. 그럴 마음도 없었을 테고." 윈프리드는 늘 그렇듯 솔직한 태도로 말을 이었다. "행정 장관님과 수사님이 무슨 말씀을 나누는지 궁금하셨나 봐요. 저기 문 앞에서 한동안 가만 계시다가 두 분이 나오려는 기미가 보이자 얼른 돌아서서 급하게 가버리시더라고요. 혹시 안에서 그분에 관한 말씀을 나누셨나요?"

"전혀." 캐드펠이 대답했다. "그 사람이 들어서 무슨 이득을 볼 만한 얘기도 없었고."

*

페르튀 레미는 그날 수도원을 떠날 작정이었으나 레스터셔 백작을 보더니 생각을 고쳐먹고 베네제와 달니에게 짐을 풀라고 지시했다. 말의 다리는 이미 다 나았지만, 마치 하늘이 내려주신 기회처럼 때맞추어 나타난 그 귀족에게서 모종의 제의를 받을지도 모르니 며칠간 기다리면서 가능성을 타진해보는 편이 현명할 터였다. 체스터 라눌프 백작[13]의 사람됨에 대해서 아무것도 아는 바가 없는 그로서는 거기 가서 자신이 어떤 대접을 받을지 전혀 예측할 수 없었다. 반면 소문에 의하면 로베르 보몽은 교양 있는 사람이라 했고, 그렇다면 음악을 즐길 가능성이 높았다. 같은 접객소에 머물면서 같은 식탁에서 식사를 하게 된 지금, 커다란 가능성이 코앞에 이른 마당에 굳이 먼 곳으로 떠나야 할 이유가 어디 있단 말인가?

레미는 이 기회를 십분 활용하기로 마음먹고 백작에게 접근하여 그를 즐겁게 해주기 시작했다. 상대의 마음을 사로잡는 레미의 재주와 매력은 실로 대단했다. 베네제는 워낙 오랫동안 레미 밑에서 일해온 터라 굳이 지시를 듣지 않고도 자신이 해야 할 일을 금방 눈치챘다. 그는 마구간 마당에서 백작의 시종들과 어울리며 그들의 비위를 맞췄고, 그러면서 로베르 보스의 취향과 기질, 관심사에 대한 얘기를 귀담아들었다. 그가 수집한 정보는 마음을 들뜨게 하기에 충분했다. 백작이라면 그들과 같은 예인들을 잘 돌봐주고 그런대로 넉넉한 생활을 누리게 해줄 것이었다. 후원자로 모시기에 더할 나위 없이 적합한 인물. 베네제가 그렇게 수집한 정보들을 갖고서 접객소를 향해 느긋하게 걸어가고 있을 때 제롬 수사가 막 산울타리를 돌아 나와 넓은 마당으로 들어서는 광경이 보였다. 제롬은 땅바닥만 내려다보면서 급하게 걸음을 옮기고 있었다. 잔뜩 흥분한 것이, 마음속에 품고 있는 생각을 털어놓기 위해 서둘러 어딘가로 가고 있는 듯했다. 그가 자기 속내를 내보일 만한 사람은 딱 하나뿐이었다. 베네제는 자신에게 도움과 이익이 되는 일이라면 자그마한 것이라도 소홀히 여기지 않는 성격이었으니, 그의 뒤를 밟으면 얼마간의 유용한 정보를 얻을 수 있을지도 모른다는 생각에 발길을 돌려 조심스레 제롬을 따라 안마당으로 들어섰다.

로버트 부원장은 문서실 한구석 벽감에 마련된 서가에서 책을 정리하고 있었다. 제롬은 자기가 알아낸 정보를 한시바삐 전하기 위해 요란한 발소리를 내며 그를 향해 서둘러 걸어갔다. 베네제는 상대에게 들키지 않고 접근할 수 있을 만큼 가까이에 있는 열람석 안으로 살짝 미끄러져 들어가 서가의 그늘 속에 몸을 숨겼다. 어스름한 빛이 감도는 고즈넉한 시간, 필사나 독서에 몰두하던 모든 수사들이 자리를 떠나 부원장은 혼자서 느긋한 마음으로 모든 것이 있어야 할 곳에 제대로 놓여 있나 찬찬히 살펴보던 중이었다. 황혼 녘의 고요함 속에서 이야기를 주고받는 데다 제롬이 워낙 흥분해 있었고, 로버트 또한 그의 목소리를 낮추게 하지 않아 대화 내용은 베네제의 귀에도 선명하게 들어왔다. 아주 뜻밖의 기회에 유용한 정보를 얻을 수도 있다는 것을 베네제는 경험을 통해 알고 있었다.

"부원장님께서 마땅히 아셔야 할 만한 소식이 제 귀에 들어왔습니다." 제롬은 한편으로는 분개하여, 다른 한편으로는 의기양양해하며 말했다. "베네딕토회 수사복을 걸친 사람의 부탁을 받아 아무것도 모르는 채 위니프리드 성녀님의 관을 램지로 가는 짐마차에 싣는 일을 도와준 청년이 있는 것 같습니다. 그가 그 수사의 얼굴을 알아볼 수 있다고 했다는군요. 오늘 밤 문제의 수사를 찾아내기 위해 이리로 올 겁니다. 부원장님, 어째서 우리한테는 이런 소식이 들어오지 않았을까요?"

"나는 알고 있었네." 경건하고 지혜로운 내용이 담긴 책으로 가득한 서가의 문을 닫으며 부원장이 대꾸했다. "원장님께 들었지. 그 소식이 그런 짓을 저지른 죄인의 귀에 들어갈까 봐 공표하지 않은 걸세."

"그렇다면 이게 뭘 뜻하는지도 알고 계시는 겁니까, 부원장님? 성녀님은 당신의 뜻이 아니라 인간의 사악한 뜻에 의해 이곳을 떠나셨던 겁니다. 그리고 저는 감히 그런 불경스러운 절도 행위를 저지른 자가 누구인지도 알아냈습니다. 캐드펠 수사가 이름을 거론하는 걸 들었어요. 범인은 바로 램지에서 온 견습 수사 투틸로입니다. 아무것도 모르는 척 흉물을 떨고 있는 그 청년 말이에요."

"그런 얘기까지는 듣지 못했는데……." 로버트는 약간 기분이 상했지만 여전히 위엄을 잃지 않고 말을 이었다. "아마 원장님은 증인이 악당의 죄를 백일하에 드러내기 전까지 그 누구도 비난하고 싶지 않아 입을 다물고 계셨나 보군. 오늘 밤까지만 기다리면 돼. 그러면 증거가 나오겠지."

"인간이, 그것도 수사가 그런 사악한 짓을 저지를 수 있다니요! 대체 어떤 식으로 참회해야 그 죄를 다 갚을 수 있을까요? 그런 짓을 저지른 놈은 하늘에서 벼락을 내려 거꾸러뜨려야 마땅합니다."

"하늘의 벌은 언제고 마땅히 내릴 걸세." 로버트는 그렇게 대답한 뒤, 격앙된 그림자를 끌며 문서실을 나섰다. "하지만 당장은 세상의 법을 피할 수 없지. 몇 시간만 지나면 악당은 응분의 처벌을 받을 게야."

애써 울분을 삭이는 제롬 수사의 독기 어린 중얼거림은 남쪽 문을 향해 멀어져가다가 이윽고 저녁 냉기 속으로 사라졌다. 베네제는 더 이상 따라가지 않고 얼마간 제자리에 그대로 앉아 자신이 들은 이야기를 곰곰 되새기다가 천천히 일어나 접객소로 돌아갔다. 느긋한 저녁시간이 그를 기다리고 있었다. 레미는 편안하게 머무를 곳과 적당한 지위를 얻으려는 작전의 첫 결실로 백작과 원장과의 저녁 식사 자리에 참석하게 되었고, 이에 그와 달니는 자유 시간을 얻은 터였다. 식사 자리에 음악이 함께할 수도 있겠지만 원장의 숙사에서 베풀어지는 연회에 여가수의 노래는 적절하지 않으리라. 오늘 저녁만큼은 두 사람 모두 자유롭게 하고 싶은 일을 할 수 있었다.

"할 얘기가 있어." 베네제는 홀의 횃불 밑에서 미간을 찌푸린 채 레벡을 조율하고 있던 달니에게 다가가 입을 열었다. "오늘 밤 범인을 밝혀낼 모양이야. 그러니 네 투틸로더러 어디로든 피하라고 귀띔해주는 게 좋을걸." 이어 그는 자신이 엿들은 대화 내용을 모두 이야기했다. "그 친구에게도 전해줘. 슬그머니 몸을 피할 수 있도록. 그래봐야 얼마 못 가겠지만, 그래도 하루 정도 숨 돌릴 여유를 가질 수 있겠지. 머리가 좋은 친구이니 사람들이 속을 만한 그럴싸한 사정을 꾸며내거나 증인을 설득해 말을 바꾸라고 할 수도 있을 거야."

"내 투틸로라니? 그 사람은 나랑 아무 관계도 없어." 그렇게 대꾸하고도 달니는 레벡을 무릎 위에 올려놓은 채 곰곰이 생각에 잠겼다가 베네제를 올려다보았다. "지금 얘기한 거, 사실이야?"

"사실이고말고. 조금 전에 들은 얘기야. 그리고 오늘 저녁 너는 새처럼 자유로운 처지잖아. 제시간 안에 새장 안으로 돌아오기만 하면 돼. 싫으면 할 수 없지만. 어쨌든 그 친구에게 어떤 일이 닥쳐오고 있는지 알려주고 싶었어. 난 모처럼 시간이 났으니 시내에 나가 좀 돌아다니다 올 생각이야. 이 사건에 대해서는 아무것도 모르는 체할 거고."

"그 사람은 내 투틸로가 아니야." 달니는 멍한 표정으로 앉아 머릿속으로 무언가 골똘히 생각하며 중얼거렸다.

"그 친구는 널 피하려 하지만 너만 원한다면 둘은 금세 가까워질걸." 베네제가 씩 웃으며 말을 이었다. "하지만 마음 내키는 대로 해. 그 친구가 곤경에 빠지게 그냥 내버려두든가."

그건 그녀가 바라는 바가 아니었고, 베네제는 그 사실을 너무도 잘 알았다. 달니는 저녁기도 시간 전에, 아니면 그 이후에 투틸로를 찾아가 어떤 일이 그를 기다리고 있는지 전부 이야기하리라.

*

헤를루인 부원장은 큰 마당 중간에서 투틸로와 마주쳤다. 그 유명한 백작과 함께하는 식사에 초대를 받아 즐거운 마음으로 원장 숙사로 가던 길이었다. 투틸로는 더없이 공손하고 예의 바른 자세로 롱너 영지의 도나타 부인을 방문하고자 하니 허락해달라고 청했다.

"부인께서 사람을 보내셔서 전처럼 당신 집에 와 연주를 해달라고 부탁하시더군요. 부원장님, 제가 거기 다녀와도 될까요?"

헤를루인의 마음은 곧 다가올 만찬 자리와 위니프리드 성녀의 문제를 둘러싸고 벌어질 논의에만 쏠려 있었다. 어떤 식으로 논리를 전개해야 할까? 어떻게 하면 상대방을 꼼짝 못 하게 옭아맬 수 있을까? 슈루즈베리 수도원 측에서는 그날 밤 죄인을 가려낼 증인이 오리라는 사실에 대해 한마디도 내비치지 않은 터였다. 그리하여 헤를루인은 귀찮은 존재를 쫓아버리듯 건성으로 허락했다. 투틸로는 보란 듯이 정문을 통과하여 수도원을 빠져나간 뒤 수도원 앞 대로를 따라갔다. 혹시 누가 본다 해도 그가 롱너 영지 쪽으로 가는구나 여길 것이었다. 하지만 그는 롱너 영지로 갈 생각이 없었다. 어떻게든 증인이 도착했을 때 사람들이 그를 찾을 수 없는 곳으로 가야 했다. 물론 앨드헬름이 범인을 찾지 못한다 해서 일이 끝나는 것은 아니지만, 이후에 닥쳐올 위기는 그때그때 대응하면서 적절히 피해 나갈 수 있을 것이었다. 그는 자신의 기지와 재주에 상당한 자신감을 갖고 있었다.

제롬이 모든 힘을 다해 가둬두고자 했던 새가 안전한 곳으로 날아가버렸다는 소식은 사람들의 입을 돌고 돌아 제롬 자신의 귀로도 들어갔다. 그는 분노로 치를 떨었다. 이 세상의 정의는 대체 어디 있는가! 하늘도 무심하시지! 그 악마는 자신을 지키는 일에 아주 탁월한 능력을 가진 모양이었다.

제롬은 그날 저녁 내내 모습을 보이지 않았다. 울화를 이기지 못해 앓아누운 게 분명했다. 다른 사람들은 무심했고, 로버트 부원장도 다르지 않았다. 그는 급한 일로 심부름을 보내야 한다거나, 누군가 어쩌다 존엄한 부원장의 권위에 상처를 입혀 마음의 평정을 회복시켜줄 아첨꾼이 필요할 때만 자신의 그림자를 의식하곤 했다. 반면 수사들 대부분은 그의 존재를 너무나 확연히 의식하고 있었으니, 그가 모습을 보이지 않으면 오히려 마음을 놓았고, 견습 수사들이나 학생들은 가능한 한 그에게서 멀리 떨어져서 지내려 했다. 마지막 기도 시간이 되어서야 비로소 수사들은 그의 부재에 대해 이야기를 주고받다가, 결국 그의 신변에 무슨 일이 생긴 게 아닌가 걱정을 하기 시작했다. 그도 그럴 것이, 제롬은 계율의 준수에 있어 매우 철저한 사람이었기 때문이다. 무슨 탈이 나지 않고서야 기도 시간에 모습을 보이지 않을 리 없었다. 결국 평소 그리 좋아하지 않는 사람들에게도 친절과 관대함을 베풀곤 하는 리처드 보좌 수사가 걱정스러운 얼굴로 제롬을 찾아 나섰다가 숙사의 방에서 그를 발견했다. 제롬은 오한으로 창백해지고 바짝 쪼그라든 얼굴로 부들부들 떨면서 몸이 아파 기도에 참석하지 못했다고 말했다.

이번에도 사람들은 무심했다. 제롬은 종종 소화불량으로 고생하곤 했으니, 이번에는 그 증상이 좀 심한가 보다 생각할 뿐이었다. 캐드펠 수사가 그의 위장을 달래줄 더운물과 약을 가져다주었고, 다른 이들은 하룻밤 푹 자면 나으리라 생각하며 그의 곁을 떠났다.

그날 일어난 작은 소동은 그게 마지막이었다. 하지만 그 뒤에 일어난 일. 자정이 조금 지난 시각에 일어난 소동은 결코 작은 것이라 할 수 없었다.

 마지막 기도가 끝나고 나서 30분쯤 지난 시각, 수도원장과 부원장, 그리고 캐드펠의 마음은 완전히 가라앉아 있었다. 줄곧 가슴 졸이며 기다리던 업턴 영지의 청년, 진실을 밝혀줄 결정적인 증인이 오지 않은 터였다. 짜릿한 클라이맥스도, 정의의 구현도 이젠 물 건너간 듯했다.

 원장의 손님들은 원장에게 정중하게 인사하고 흩어졌다. 레미와 로베르 백작은 사이좋게 접객소로 돌아갔다. 베네제는 이미 시내에서 돌아와 주인을 맞이했고, 백작의 두 시종 역시 대기하고 있었다. 달니는 여자들의 숙소에 이부자리를 마련한 뒤 긴 검은 머리를 빗질하면서 웸에서 온 어느 부인의 수다에 귀를 기울이고 있었다. 해산한 딸을 보러 웬로크로 향하던 중 하룻밤 묵어가느라 접객소에 들른 여자였다. 이제 수도원 안에 있는 모든 사람과 짐승들은 잠잘 채비를 하고 있었다.

 앨드헬름은 오지 않았다. 롱너 영지의 도나타 부인을 만나러 간 투틸로 역시 돌아오지 않았다.

*

 병으로 앓아누운 사람이나 경내로 돌아오지 않은 사람이 있어도 그때그때의 일과는 변함없이 진행되는 법. 이날도 여느 때처럼 새벽기도 시간을 알리는 종소리가 숙사에 울려 퍼졌고, 수사들은 잠자리에서 일어나 졸음이 덜 풀린 노곤한 걸음으로 계단을 내려가 예배당에 들어섰다. 캐드펠도 애써 눈을 떴다. 새벽기도는 언제나 엄숙하고 장엄한 분위기 속에서 진행되었으며, 어둠에 싸인 궁륭의 영성으로 충만한 광대함을 안겨주곤 했다. 촛불 빛은 궁륭을 타고 올라가며 서서히 희미해지다가 영원과 맞닿은 듯 드높은 곳에서는 완전히 빛을 잃고, 침묵은 더없는 무게로 내려와 작은 소리 하나하나를 커다랗게 증폭시켰다. 조과朝課와 찬과讚課 사이 명상과 기도를 이어가는 이 조용한 침묵의 순간, 안마당과 이어진 남문의 돌쩌귀가 삐걱거리는 짧고 희미한 소리가 울렸을 때도 그랬다. 나이가 들었음에도 매우 예민한 청력을 지닌 캐드펠에게는 그것이 마치 지축이 울리는 듯한 소리로 느껴졌다. 그 자리에 있는 다른 수사들은 이를 눈치채지 못한 것 같았다. 하지만 그 문을 통해 누군가 살그머니 들어온 게 분명했다. 이제 그 사람은 그날의 두 번째 기도 시간을 방해하게 될까 두려운 듯 문 앞에서 꼼짝 않고 서 있었다. 그리고 몇 분 뒤, 그쪽에서 낮고도 숨 가쁜 목소리가 수사들의 응창應唱에 살그머니 끼어들었다.

찬과를 마친 수사들이 성가대석을 떠나 다시 잠자리에 들기 위해 숙사로 이어진 계단을 향해 다가갈 때, 수사복을 입은 호리호리한 남자 하나가 무릎을 펴고 일어나 빛 속으로 들어섰다. 아주 조심스러우면서도 굳은 결의가 깃든 움직임이었다. 그는 투틸로였다. 그의 수사복 어깨 부분은 저녁 중반부터 소리 없이 내리기 시작한 봄비에 젖어 번들거렸고, 고수머리 역시 비를 맞아 마구 헝클어진 상태였다. 그가 한 손을 들어 흘러내린 머리를 뒤로 넘기자 이마에 검은 얼룩이 남았다. 투틸로는 검게 그늘진 퀭한 두 눈으로 사람들을 멍하니 응시했다. 얼굴이 너무도 창백했다.

그를 보자 헤를루인이 분노와 당혹감 어린 짧은 외침을 내뱉으며 로버트 부원장 곁에서 튀어나왔다. 이어 격렬한 질책을 쏟아내려는 찰나, 투틸로가 먼저 입을 열었다.

"부원장님, 너무 늦게 돌아와 죄송합니다만 저로서는 달리 어쩔 도리가 없었습니다. 먼저 시내에, 그러니까 성에 들러야 했거든요. 이런 소식은 그쪽에 먼저 전해야 하니까요." 그가 잠시 호흡을 가다듬고 말을 이었다. 다른 모든 말이나 질책을 틀어막는 충격적인 이야기였다. "나루터에서 숲을 가로질러 오던 중, 한 사람을 발견했습니다. 살해당한 사람을요." 그는 이마에 피 얼룩을 남긴 손을 들어 보였다. "칠흑같이 캄캄한 숲속이었지만 분명히 알 수 있었습니다. 제가 만져보니 그 사람의 머리는 이미 흐물흐물해져 있었어요!"

6

투틸로는 희미한 빛 속에서 제 두 손을 내려다보고는 움찔하며 그것들이 몸이나 수사복 자락에 닿지 않게 하려는 듯 얼른 떼어냈다. 오른손 손바닥과 손가락들 사이에는 마른 피가 묻어 있었고, 왼쪽 손가락의 끝부분도 피범벅이었다. 투틸로는 입만 벌릴 채 더 이상 아무 소리도 내지 못했다. 마침내 그가 다시 입을 연 건, 피로 물든 두 손을 살가죽이 벗겨져 나갈 정도로 깨끗이 문질러 닦아낸 뒤 원장 숙사의 응접실서 원장과 부원장, 헤를루인, 더하여 투틸로의 요청으로 특별히 참석한 캐드펠 수사와 함께 모여 앉고서였다.

"저는 나루터에서 숲을 관통하는 길을 걷고 있었습니다. 숲이 가장 울창한 곳에 이르렀을 때 발에 뭔가 걸려 몸의 균형을 잃고 넘어져 주저앉았어요. 누군가 두 다리로 길을 가로막은 채 쓰러져 있더군요. 칠흑 같은 밤이긴 해도 나뭇가지들 사이로 희미하게 하늘이 보여 그걸 따라 길을 가던 중이었고, 땅바닥은 그저 캄캄한 어둠뿐이었죠. 저는 곁을 더듬거리다 손에 닿는 둥그런 것이 사람의 무릎이라는 걸 깨달았습니다. 처음엔 누가 술에 취해 쓰러졌나 보다 생각했는데, 그 사람은 꿈쩍도 하지 않았고 아무 소리도 내지 않더군요. 손으로 넓적다리에서 엉덩이를 거쳐 위로 더듬어 올라가다가 그 사람 얼굴로 짐작되는 곳에 이르러 거기 귀를 바싹 갖다 대보니 숨소리가 들리지 않았어요. 그가 살아 있다는 어떤 증거도 찾을 수 없었지요. 그러다 그 사람 머리의 움푹 꺼진 부분에 손이 닿았고, 그제야 전 그가 죽었음을 확실히 알았습니다. 두개골이 깨져 있었어요!"

"그 사람이 누구인지, 뭐 하는 사람인지 확인할 수 있었소?" 원장이 차분하면서도 부드러운 어조로 물었다. "짐작으로라도?"

"아뇨, 원장님. 사방이 너무나 어두워서요. 횃불이나 등불도 없었고…… 게다가 그 사람이 죽었다는 걸 깨달은 순간 전 완전히 넋이 나가버렸어요. 잠시 후에 조금 정신이 돌아오자 교회는 살인 사건과 무관한 곳이니 행정 장관에게 이 소식을 알려야겠다는 생각이 들더군요. 저는 부랴부랴 시내로 들어가 성에 있는 사람에게 알렸습니다. 그랬더니 휴 베링어 나리가 그리로 사람들을 보내 현장을 지키게 했지요. 제가 말씀드릴 수 있는 건 이게 전부입니다. 나머지 사실들은 날이 밝을 때까지 기다리셔야 할 거예요. 행정 장관님은 원장님께 보고하는 자리에 캐드펠 수사님도 동석하게 하라고 당부하셨습니다. 그리고 날이 밝으면 원장님의 허락을 얻어 캐드펠 수사님을 현장으로 모셔 오라고도 말씀하셨지요. 거기서 캐드펠 수사님과 만나시겠답니다. 제가 캐드펠 수사님을 불러달라 말씀드린 건 바로 그래서입니다. 저는 기꺼이 캐드펠 수사님을 현장으로 모시고 갈 용의가 있고, 또 지금 제게 물으실 게 있다면 아는 대로 대답해드릴 겁니다. 캐드펠 수사님은 전쟁터에서 오랜 세월을 지낸 분이라 이런 일에 대해 잘 아신다고 장관님께서 말씀하셨어요." 숨을 헐떡이면서 쥐어짜듯 힘겹게 말을 이어가던 투틸로는 마침내 모든 이야기를 끝내자 어깨에서 무거운 짐을 덜어낸 사람처럼 크게 한숨을 내쉬었다.

"경비병들이 가 있다면……" 캐드펠이 원장의 눈짓을 받고 입을 열었다. "현장에 남은 증거들은 날이 밝을 때까지 잘 보존될 테니 사전에 이런저런 추측을 할 필요는 없을 것 같습니다. 섣불리 지레짐작하다간 자칫 사실과는 무관한 엉뚱한 방향으로 나가기 십상이지요. 한 가지 묻고 싶은 게 있소, 투틸로. 당신이 롱너 영지를 떠난 건 몇 시쯤이었소?"

투틸로는 흠칫 놀라 몸을 떨더니 뜻밖에도 한참을 머뭇거리다가 대답했다. "아주 늦은 시각이었습니다. 마지막 기도에 참석하기에도 이미 늦은 때였지요."

"오는 길에 만난 사람은 없었소?"

"나루터를 건넌 뒤로는 아무도 보지 못했습니다."

"형제가 환할 때 나가 현장을 잘 살펴보고 그 불운한 사람이 누구인지 알아낼 때까지 일단은 기다려보는 게 좋겠군." 라둘푸스가 캐드펠에게 말했다. "일단은 어서 가 잠자리에 들도록 하시오. 주님께서 편안하게 잠들도록 도와주실 거요. 내일 아침기도 시간이면 현장을 살펴보고 차분히 상황을 정리할 수 있을 테니 해석은 그때 가서 해도 늦지 않소."

그러나 캐드펠은 숙사의 자리에 누워서도 잠들지 못한 채 깊은 생각에 잠겨 밤을 보냈다. 조금 전 그 뜻밖의 사건에 대해 이야기를 나눈 다섯 수사 가운데 제대로 눈을 붙일 사람이 있을까? 특히 오늘 그 길을 통해 한 젊은이가 오기로 되어 있었다는 걸 아는 세 사람은 지금 무슨 생각을 하고 있을까? 이미 희생자가 누구일지 짐작하고, 그 청년이 다시는 올 수 없는 처지가 되었을 경우 그로 인해 이익을 볼 사람이 누구인지도 눈치챘을까? 라둘푸스 원장은 그 명백한 가능성을 놓칠 리 없겠지만 보다 상세한 사실이 밝혀지기 전까지는 선입견을 갖고 멋대로 짐작하지 않으려 할 것이다. 로버트 부원장? 그 역시 모든 사소한 사실들을 종합하여 올바른 결론을 추측해낼 수 있을 만큼 영리한 사람이었다. 그러나 오늘 밤 한 마디도 꺼내지 않은 것으로 보아 누군가를 비난하기에 앞서 타당한 근거가 생길 때까지 기다리기로 마음먹은 듯했다. 그리고 나는? 나는 어떤가? 캐드펠은 생각했다. 이런저런 추측을 할 필요는 없을 것 같다는 말, 섣불리 지레짐작하다간 자칫 사실과는 무관한 엉뚱한 방향으로 나가기 십상이라는 말. 이는 다른 사람들이 아니라 그 자신에게 내리는 경고였다. 일단 잘못된 방향으로 걸음을 디디기 시작하면 되돌아서서 제 길을 다시 찾아내기가 더욱 어려워지는 법이다.

그는 분명한 사실들을 하나하나 검토해나갔다. 그의 예상과 달리 앨드헬름은 지금쯤 자기 집에서 모든 걸 다 잊고 곤히 잠들어 있을지도 모른다! 하지만 그는 분명 어젯밤 수도원으로 와 문제의 인물을 짚어내기로 했는데……. 원장과 부원장, 그리고 캐드펠을 제외한 다른 수사들은 그 사실을 알지 못하고 있었다. 성당지기 신릭이 데리고 있는 심부름꾼 아이는 논외로 하자. 그 아이는 성실하게 심부름만 했을 뿐 그 속사정을 전혀 모르며, 업턴에 다녀온 뒤 보상을 받자마자 그 일에 대해 까맣게 잊었을 것이다. 헤를루인도 이에 대해 아무것도 모르는 게 분명했고, 캐드펠이 아는 한 투틸로도 마찬가지였다. 그런데 하필 같은 날 밤 롱너에서 투틸로를 불렀단 말이지…… 캐드펠은 생각을 이어갔다. 정말 그는 도나타 부인의 부름을 받고 나간 걸까? 그게 사실인지 아닌지는 곧 확인할 수 있을 것이다. 만일 투틸로가 모종의 경로를 통해 앨드헬름이 오리라는 사실을 알고 몸을 피했다 해도, 자신의 범행 사실이 발각되기까지 잠시 시간을 미룰 뿐 그 일에서 완전히 자유로워질 수는 없었다. 결국 그는 다시 나타나야 했으니까. 하지만 만일 그가 아닌 앨드헬름의 처지가 바뀐다면? 그 일꾼이 수도원에 와 그날 밤 관을 옮겨달라 부탁한 수사를 밝히지 못할 상황에 이른다면?

자잘한 항목들을 하나하나 쌓아가다 보니 하나의 강력한 가능성이 나타나기 시작했다. 하지만 캐드펠은 그 가능성을 믿지 않았다. 살인이 벌어진 현장과 살해당한 사람을 두 눈으로 직접 살펴보기 전까지는 모든 추측을 미뤄두는 편이 좋으리라.

*

 헐벗은 나무들과 무성한 덤불들 사이로 힘겹게 스며든 새벽빛에 갈색의 축축한 낙엽들이 깔리고 여기저기에 바위들이 솟아난 좁은 길은 희미하게만 보였고, 오래전 벌채된 나무 그루터기들이 일정한 간격을 두고 늘어선 곳에는 각기 다른 농도의 그림자들이 사다리의 가로대 같은 줄무늬를 그리고 있었다. 해가 동쪽의 구름 속에서 아직 빠져 나오지 못한 데다 간밤에 내린 보슬비 때문에 무채색의 희붐한 빛이 주위를 간신히 밝히고 있을 뿐이었지만, 지난밤의 어둠 속에서 투틸로를 주저앉힌 문제의 시신을 살펴보는 데는 큰 지장이 없었다.

 시신은 투틸로가 말한 대로 오솔길에 대각선으로 쓰러져 있었다. 땅에 얼굴과 가슴을 대고 엎드린 모습이 아니라, 오른쪽 어깨를 대고 모로 누운 채였다. 오른쪽 팔은 뒤로 빠져나와 있었고, 두건 달린 올 굵은 외투 자락 밖으로 드러난 왼쪽 팔은 땅바닥을 향해 늘어져 있었다. 두건은 쓰러질 때 뒤로 벗겨진 듯 목 부근에 걸쳐 있었다. 축축한 낙엽 층에 오른쪽 뺨을 맞대고 있는 그의 머리 왼쪽 부위에 시커멓게 엉긴 마른 핏자국이 보였다. 간밤에 투틸로가 손을 댔다가 기겁했다는 두개골 함몰 부위였다.

투틸로는 조금 떨어진 덤불 가장자리에 서서 시신을 물끄러미 응시하고 있었다. 황금빛 눈은 반쯤 덮인 눈꺼풀로 가려져 있었지만 지나치게 꽉 다문 입술로 보아 차분하고 고요한 자세를 유지하고자 안간힘을 쓰는 것 같았다. 그는 아마 뜬눈으로 밤을 새웠을 것이다. 이날 아침에는 아주 일찍 일어나 조그만 소리로 웅얼거리듯 인사를 한 뒤 시종 아무 말 없이 숲이 빽빽하게 우거져 있는 그곳까지 길을 안내했고, 사람들이 무언가 물으면 고분고분한 태도로 대답해주었다. 간밤에 그가 한 말이 진실이라면, 이러한 태도는 이상할 게 없다. 하지만 거짓말로 치안 당국은 물론 수도회의 상관들까지 속인 뒤 오늘 사건 현장에 억지로 끌려왔다 해도 이러한 태도가 그리 이상하지 않은 건 마찬가지다.

땅바닥과 맞닿아 있는 얼굴 부위에는 아무도 손댄 흔적이 없었다. 캐드펠은 깨진 머리 바로 곁에 무릎을 꿇고 앉아 오른쪽 뺨 밑으로 한 손을 살그머니 밀어 넣은 뒤 약간 위쪽으로 돌려놓았다.

"이 사람의 이름을 알고 있소?" 캐드펠 곁에 서 있던 휴가 물었다. 투틸로에게 한 질문이었다.

투틸로는 답변을 피하려는 기색 없이 침착하고 조심스러운 목소리로 이내 대답했다. "아뇨, 모릅니다."

아마 사실일 것이다. 그 혼란스러웠던 저녁나절 불과 몇 번 마주췄던 이들의 이름을 모두 기억할 리는 없으니까. 투틸로에게 그는 그저 익명의 존재에 불과했다.

"하지만 이 사람을 본 적은 있겠지."

"예, 봤습니다. 예배당이 물에 잠겼을 때 일을 거들어줬죠."

"이 청년의 이름은 앨드헬름이오." 캐드펠은 그렇게 한마디 툭 던진 뒤 시신의 얼굴을 다시 낙엽 위에 살그머니 내려놓고서 몸을 일으켰다. "간밤에 우리한테 오던 중이었지. 하지만 결국 영영 오지 못하게 되었군."

투틸로는 표정의 변화 없이 묵묵히 귀를 기울였다. 그의 마음은 굳게 닫혀 있었다. 이쪽에서 아무리 애를 써도 쉽게 입을 열지 않으리라.

"그럼 뭔가 눈에 띄는 점들이 있는지 살펴보도록 하지요." 휴가 말하고는 사건 현장에서 조심스럽게 물러나 순종적인 자세로 서 있는 그 여윈 청년에게서 등을 돌렸다. "이 청년은 나루터에서 길을 따라 내려오다가 이 지점에서 공격당했습니다. 쓰러져 있는 모습을 잘 보세요. 누군가가 서너 걸음 뒤쪽, 길 왼쪽 덤불에 숨어 있다가 가격한 겁니다."

"그런 것 같군." 캐드펠은 길을 반쯤 가리다시피 한 덤불을 주의 깊게 살폈다. "피해자는 덤불을 스치며 걸어갔겠지. 그러느라 여기 나뭇가지들 사이에서 다른 사람이 급하게 움직이는 소리가 묻혔을 거야. 그 바람에 누군가 공격해 오는 것도 알아채지 못한 채 이 모습 그대로 당한 게지. 이자가 쓰러진 뒤 다시 움직인 흔적 같은 것이 보이나, 휴?"

피해자 주변에 두툼하게 깔린 짙은 낙엽 층, 축축하게 젖어 부드러운 펄프 비슷한 것으로 변해버린 그 갈색 바닥에는 아무런 흔적도 보이지 않았다. 팔다리를 버둥거린 흔적도, 주변의 땅을 짓밟은 흔적도 전혀 없었다.

"피해자가 정신을 잃고 쓰러진 사이 모든 게 끝난 듯합니다." 휴가 말했다. "격투나 방어의 흔적은 없어요."

두건을 깊숙이 눌러쓴 투틸로가 억눌린 목소리로 조그맣게 말했다. "그땐 비가 내리고 있었습니다."

"그랬지." 캐드펠이 대꾸했다. "나도 기억하고 있소. 이 사람은 아마 두건을 쓰고 있었을 거야. 아마 쓰러지면서 벗겨졌겠지."

투틸로는 여전히 꼼짝 않고 서서 시신을 내려다보았다. 그가 쓰고 있는 두건의 그림자 밖으로 보이는 건 한쪽 광대가 이루는 미묘한 선과 내리깐 눈꺼풀, 반달 모양의 이마뿐이었다. 여인의 것처럼 길고 풍성한 속눈썹에는 눈물이 맺혀 있었다.

"캐드펠 수사님, 이 사람 얼굴을 덮어줘도 될까요?"

"아직은 안 돼. 시신을 옮기기 전에 좀 더 자세히 살펴볼 필요가 있네."

휴가 데려온 두 부관은 상관의 지시에 따라 시신을 성이나 수도원으로 옮기기 위해 들것을 가지고 멀찍이 선 채 초연한 눈길로 말없이 이들을 지켜보고 있었다. 살해당한 시신을 보는 것이 꽤나 익숙한 태도였다.

"원하는 만큼 살펴보시죠." 휴가 말했다. "피해자를 공격할 때 사용한 몽둥이나 곤봉 같은 건 아마 다시 챙겨 가지고 간 것 같군요. 하지만 시신에서 중요한 단서가 발견될지도 모르니 옮기기 전에 잘 확인하는 게 좋겠습니다."

캐드펠은 죽은 청년의 어깨 뒤편에 무릎을 꿇고 앉아 톱니 모양으로 들쭉날쭉하게 팬 상처 부위를 자세히 들여다보았다. 딱딱하게 굳은 핏자국 사이로 하얀 뼈의 뾰족한 끝부분이 보였다. 왼쪽 관자놀이 윗부분이 부서져 있었다. 아마 단 한 번의 가격이 목숨을 끊어놓은 듯한데 확실치는 않군, 그는 생각했다. 자루가 둥글고 무거운 몽둥이라면 가능했을 거야. 하지만 그것이 만들어낸 함몰 부위가 너무나 컸고, 가장자리는 톱니처럼 들쭉날쭉했다. 캐드펠은 두건 끝을 조심스럽게 집어 올려 자신의 손등 위에 넓게 펼쳐보았다. 뒷부분에 천을 이어 붙인 접합선이 보였다. 손가락 끝으로 솔기를 죽 더듬어 내려가는데 중간쯤에서 끈적끈적하면서도 단단한 것이 느껴졌다. 그는 덜 마른 피가 묻은 손가락을 얼른 뗐다. 희생자의 뒤통수에서 나온 적은 양의 피였다. 솔기 중간 부분만 피에 젖어 있군. 캐드펠은 두건 주름을 반듯하게 편 뒤 붉은 기가 감도는 갈색 머리칼에 손가락을 넣어 희생자의 목덜미에서부터 뒤통수까지 조심스레 더듬어 올라갔다. 솔기는 바로 그의 뒤통수에 맞닿아 있었다. 그것이 타격의 위력을 조금이나마 약화시켜주었으리라. 숱진 머리칼 속에서 찰과상 자국이 만져졌다. 거기서 흘러나온 피는 이제 거의 말라붙어 있었다.

"첫 타격은 그리 강하지 않았어." 그가 입을 열었다. "아마 금방 정신을 되찾았을 걸세. 그러니까, 곧장 한 방 더 얻어맞지만 않았다면 말이야…… 범인은 이 사람이 정신을 차리기 전에 다시 타격을 가해 급히 해치웠네. 두 번째 가격은 아주 냉혹하고 고의적이고 치명적인 것이었어. 하지만 처음 것은 대단치 않았지. 보통 사람들이 술 취해 말다툼을 벌이다가 상대를 한 대 치는 정도였을 거야."

"죽이기 전에 일단 정신을 잃게 하려는 의도였을 겁니다." 휴가 냉정하게 말했다. "어쨌든 서두를 건 없어요! 시간을 두고 충분히 생각해본 뒤 결론을 내도록 하죠."

캐드펠은 올 굵은 천으로 만들어진 두건의 주름을 반듯하게 펴다가 그 사이에서 엷은 색을 띤 가느다란 부스러기를 몇 개 발견하고는 손바닥 위에 털었다. 썩은 나무 부스러기였다. 나무들이 제멋대로 자라난 울창한 숲에는 썩은 나뭇가지들이 얼마든지 널려 있었다. 하지만 이것이 어째서 앨드헬름의 두건 주름 속에 끼어 있는 걸까? 외투 양쪽 어깨도 더듬어봤지만 거기서는 그런 조각들이 발견되지 않았다. 캐드펠은 두건 끝을 살그머니 내려 시신의 얼굴을 덮어주었다. 그 순간 투틸로가 깊은 한숨을 들이쉬었다. 캐드펠은 소리가 아닌 일종의 육감으로 이를 느낄 수 있었다. 그의 온몸을 타고 흐르는 전율 또한 마찬가지였다.

"잠깐만……." 캐드펠이 말했다. "살인자가 이 청년을 기다리면서 뒤에 어떤 흔적을 남겨놨는지 살펴보세."

그곳은 나루터에서 수도원 앞 대로로 내려가는 길 중에서도 덤불이 가장 무성하게 우거진 곳이었다. 그 길이 강 위쪽의 히스 언덕을 지나며 두 갈래로 갈라진다는 사실을 캐드펠은 기억하고 있었다. 한쪽 길은 마시장터와 곧장 연결되고, 다른 한쪽 길, 즉 지금 그들이 서 있는 길은 얼마간 숲을 통과해 지나가다가 마을 뒤편을 끼고 돌아 수도원 정문으로 이어졌다. 투틸로는 롱너를 오갈 때 때 분명 이 길을 이용했을 것이다. 그러다 우연히 시신과 맞닥뜨린 것이다. 그러니까, 정말로 롱너까지 갔다면 말이지만.

캐드펠은 시신이 쓰러진 각도를 가늠하면서 그에 맞추어 뒷걸음질 쳤다. 그렇게 몇 걸음 물러나자 살인자가 숨어 있었던 곳으로 짐작되는 곳에 이르게 되었다. 무성한 덤불 안에 덜 마른 나뭇가지들과 잔가지들이 빽빽하게 들어차 있었고, 그 가운데에는 죽은 나뭇가지들도 섞여 있었다. 그는 끝이 부러져 나간 나뭇가지들을 살펴보다가 마침내 자신이 찾던 것을 발견했다.

"여기야!"

캐드펠은 나뭇가지들이 이룬 장막을 뚫고 그 안쪽 좁은 공간으로 들어갔다. 나무들 밑에 울긋불긋한 낙엽들이 깔려 있었고, 노처에 자라난 성긴 풀들 위에서는 밤사이 맺힌 빗물들이 반짝였다. 그곳에 짓밟힌 흔적이 남아 있었다. 두툼한 나뭇가지 하나를 빼면 특별히 눈에 띄는 게 없었지만, 그 바로 옆 풀밭에 하얗게 색이 바랜 기다란 자국이 보이는 것으로 미루어 누군가 거기 놓인 가지를 집어 들었던 듯했다. 캐드펠은 허리를 굽혀 가지를 주워 올렸다. 부러진 끝부분을 잡고 한 차례 휘두르자 가느다란 조각들이 떨어져 나와 눈가루처럼 날렸다. 충분히 굵고 무거운, 그러나 부서지기 쉬운 몽둥이였다.

"그자는 바로 이 자리에서 기다렸네. 땅이 다져진 상태로 보아 얼마간 여기 있었던 모양이야. 그러다 이 나뭇가지로 첫 타격을 가했지."

휴는 그 나뭇가지를 유심히 살피며 입술을 잘근잘근 깨물었다. "하지만 두 번째 타격은 아니에요. 그렇게 세게 내리쳤다면 이건 아마 산산조각이 났을 겁니다."

"맞아. 첫 가격에 가지가 부러져 꺾이자 덤불 속에 던져버린 거야. 그런 다음 보다 치명적인 다른 무기를 찾았고." 캐드펠이 말을 이었다. "처음에 이걸 집어 들었다면, 다른 무기는 갖고 오지 않았다고 봐야겠지." 그렇다면, 애초에 그에겐 양치기를 살해할 의도가 없었던 게 아닐까? 캐드펠은 잠시 생각에 잠겼다. "자, 또 다른 증거가 없는지 살펴봐야겠어."

범인에겐 시간이 없었고, 그러니 새로운 무기를 찾아 멀리 가지 못했을 것이다. 길어야 몇 분이면 앨드헬름이 졸도 상태에서 깨어나 몸을 일으킬 테니까. 캐드펠은 덤불 속을 훑어보면서 길 가장자리를 따라 언덕을 천천히 올라갔다가 이내 다시 내려왔다. 언덕 여기저기 히스와 억센 풀 위로 솟아오른 석회암 줄기가 풀과 부식토 사이로 비죽비죽 모습을 드러냈고, 풀밭과 이끼밭에는 암반에서 떨어져 나온 조그만 돌멩이들이 곳곳에 흩어져 있었다. 캐드펠은 내리막을 걸어가면서 공격자가 숨어 있던 길 왼편을 집중적으로 살폈다. 시신이 누워 있는 곳으로부터 몇 걸음 아래, 왼쪽 덤불 속 무성하게 자라난 풀과 지의류 사이사이에도 돌들이 흩어져 있었다. 아무리 봐도 지난 1년 정도는 아무도 그곳에 들어간 적이 없었던 듯했다. 하지만 그중 돌 하나가 빚어내는 선명한 윤곽이 왠지 마음에 걸렸다. 얼핏 오랫동안 움직인 흔적 없이 그대로 놓여 있는 것 같았지만, 다른 돌들이 바닥의 흙이나 이끼, 자잘한 풀과 자연스럽게 결합되어 있는 것에 반해 그 돌은 주변 환경과 분리되어 있는 듯 보였다. 아니나 다를까, 캐드펠이 양손으로 그걸 잡아 들어 올리자 풀이나 이끼 같은 것이 함께 딸려오지 않고 돌만 깨끗하게 바닥에서 떨어졌다.

"참으로 사악한 사람이군······." 캐드펠은 혼잣말처럼 중얼거렸다.

"이게 그 무기인가요?" 휴가 그렇게 묻고서 돌을 자세히 들여다보았다. 두 손으로 들어야 할 정도로 크고 무거운 돌이었다. 윗면은 아주 매끄러웠지만, 캐드펠이 돌을 뒤집자 거칠고 희끄무레한 밑면 가장자리에 아직 다 마르지 않은 검은 딱지 같은 것이 보였다. "핏자국이군요."

"그래, 핏자국이야." 캐드펠이 말을 이었다. "일이 다 끝난 뒤에는 더 이상 서두를 필요가 없었지. 그자는 시간을 들여 찬찬히 생각하고 궁리한 게야. 더없이 냉혹하고 침착하게 말이지. 그는 이 돌을 원래 있던 자리에 조심스럽게 선을 맞춰 다시 끼워두기로 했어. 이 돌과 땅을 연결하고 있던 풀뿌리나 이끼 같은 것은 원상으로 되돌려놓을 수 없었지만, 누가 그런 것에 신경을 쓰겠나? 자, 우리가 여기서 찾을 수 있는 건 다 찾은 것 같군. 이제는 증거들을 토대로 이런 짓을 벌일 만한 자가 대체 누구인가 추론해내는 일만 남았어."

"그럼 시신을 옮기겠습니다."

"수도원으로 옮겨도 될까? 좀 더 면밀하게 살펴보고 싶어서 말이야. 이 청년은 가족도 없이 혼자 살았던 것 같네. 장례 문제는 업턴에 있는 사제와 의논해봐야 할 거야. 그리고 이 돌도 함께 가져가도록 하지."

그동안 투틸로는 아무 말 없이 서서 그들 사이에 오가는 모든 이야기를 귀담아들었다. 동녘에서 움튼 얇은 햇살을 받아 잠시 이슬처럼 영롱하게 빛나던 눈물은 이제 다 말라버렸고 입술 또한 굳게 닫혀 있었다. 휴의 부관들이 앨드헬름의 시신을 들것에 실은 뒤 수도원 앞 대로를 향해 출발하자 투틸로는 마치 문상객처럼 이 작은 행렬을 뒤따르기 시작했다. 보조를 맞추며 걸어가는 내내 그의 시선은 수의에 덮인 시신을 향해 있었다.

"저 친구가 이곳을 떠나지 않을까요?" 휴가 캐드펠의 귓전에 속삭였다.

"그러지는 않을 걸세. 엄한 상관과 함께 있는 데다, 달리 갈 데도 없으니. 나도 잘 지켜보겠네."

"수사님은 저 사람을 어떻게 생각하십니까?"

"글쎄……." 캐드펠은 씁쓸하게 말을 이었다. "지금 따져봐야 무엇하겠나? 추측은 추측에 불과한 것을. 어쨌든 참 알 수 없는 친구야. 그러고 보니 자네에 관해서도 이 비슷한 소릴 했던 적이 있지." 문득 그는 휴의 웃음소리를 듣고 싶었다. 그저 짧고 낮은 웃음소리라도. "물론 자네도 나에 대해 같은 생각을 했겠지. 하지만 지금 우리 사이가 어떤지 생각해보게."

"저 친구는 어젯밤 곧장 제게 달려왔습니다." 휴가 낮은 목소리로 말했다. "큰 충격을 받은 것 같았지만 말과 생각에 조리가 있더군요. 망설이거나 어물거리지 않은 건 분명합니다. 저희가 갔을 때 그 사람 몸은 산 사람의 것처럼 따뜻했거든요. 숨만 쉬지 않았다 뿐이죠. 제가 보기엔 투틸로 수사는 아무것도 모르는 채 우연히 살해 현장과 맞닥뜨린 사람이 할 법한 일을 했어요."

"그게 저 형제의 됨됨이가 매우 침착하기 때문인지, 아니면 지나치게 교활하기 때문인지 누가 알겠나?"

휴는 씁쓸하게 웃어 보였다. "곤경에 빠진 젊은이에 대해 수사님이 이토록 부정적으로 말씀하시다니, 흔히 있는 일이 아니군요. 아무튼 저 친구를 감시하는 일은 수사님께 맡겨두겠습니다. 유죄 선고를 내려야 할지, 무죄 방면을 해야 할지는 시간을 두고 천천히 생각해보기로 하지요."

*

 앨드헬름의 시신은 예배당 안의 시신 안치소에서 사지를 반듯하게 펴고 눈을 감은 채 편안한 자세로 누워 있었다. 두개골이 깨진 부위의 가장자리에 보이는 하얀 조각들이 모두 뼛조각들로만 이루어진 것은 아니었다. 거기에는 범인이 돌을 이용해 가격했음을 다시금 입증하는 석회암 파편과 가루들도 섞여 있었다. 청년의 얼굴은 아마포로 덮여 있었다. 캐드펠과 투틸로는 시신의 가슴 양쪽에 마주 섰다.

 투틸로의 창백한 얼굴에는 피로가 짙게 배어 있었다. 휴가 라둘푸스 원장에게 보고하기 위해 숙사의 응접실로 간 사이, 캐드펠은 심부름을 구실 삼아 투틸로를 붙잡아두었다. 투틸로는 기꺼이 남아 물과 천을 가져오고 양초를 가져와 불을 밝혔다.

 희미한 촛불 빛 속에서도 캐드펠은 그의 황금빛 두 눈이 피로에 지쳐 맥없이 풀려 있는 것을 알 수 있었다. 그는 젊은 수사의 두 눈을 응시하며 입을 열었다.

 "앨드헬름이 왜 이 수도원으로 오려 했는지, 우리 수도원 수사들의 얼굴을 살펴본 뒤 무슨 이야기를 하려 했는지, 형제는 알고 있을 거요."

 투틸로의 입술이 달싹이는가 싶더니 알아듣기 힘든 낮은 소리가 새어 나왔다. "예, 알고 있습니다."

 "형제는 위니프리드 성녀님의 관이 여기서 어떤 식으로 반출

되었는지도 알고 있소. 이제는 모든 사람들이 알지. 성녀님의 관을 빼돌리고자 마음먹고 앨드헬름에게 일을 거들어달라 부탁한 베네딕토회 수사가 하나 있었소. 그는 성녀님을 램지 수도원으로 모셔 가려 했고, 중간에 다른 자들이 방해만 하지 않았다면 실제로 그렇게 되었을 거요. 재판관이 어느 쪽에 더 혐의를 둘 것 같소? 성녀님을 탈취당한 슈루즈베리 수도원 수사들일까, 아니면 기부금을 얻기 위해 이곳을 방문했던 쪽일까?"

투틸로는 동요하는 기색 없이 담담한 눈빛으로 캐드펠의 눈을 정면으로 응시할 뿐 아무 대답도 하지 않았다.

"그리고 여기 틀림없이 그 수사를 짚어낼 수 있었던 앨드헬름이 누워 있소. 이제 더는 증인의 역할을 할 수 없는 처지지. 형제는 이 사람이 죽을 무렵 수도원을 벗어나 나루터로 이어지는 길에 있었소. 이 사람의 출발지인 프레스턴, 그리고 형제의 목적지였던 롱너로 이어지는 길 말이오."

이번에도 투틸로는 대꾸가 없었다.

"그 사실이 밝혀지면 사람들이 무어라 말할지, 형제도 잘 알 거요."

"예," 마침내 그가 입을 떼었다. "압니다."

"사람들은 형제가 길목에서 앨드헬름을 기다리다가 죽여버렸다 믿고 또 그렇게 말할 거요. 그가 형제를 지목할 수 없도록 하려고 그랬다고."

투틸로는 변명을 늘어놓지 않았다. 자신이 살인 현장을 발견하고 신고하여 살인범을 추적할 수 있도록 하지 않았냐고도 하지 않았다. 그저 아마포로 덮인 앨드헬름의 얼굴 쪽으로 시선을 돌렸다가 다시 고개를 들어 캐드펠의 두 눈을 정면으로 응시하며 이렇게 대답할 뿐이었다.

"하지만 그렇게 되지는 않을 겁니다. 제가 먼저 원장님과 헤를루인 부원장님께 가서 어떤 짓을 저질렀는지 전부 말씀드릴 테니까요. 굳이 다른 증인을 동원해서 저를 지목하게 할 필요는 없었습니다. 전 제가 저지른 잘못에 대해 순순히 털어놓을 생각이었거든요. 물론 제가 저지르지 않은 살인죄에 대해서야 이야기할 것이 없겠지만요."

"그런다고 사람들이 잠잠할 것 같소?" 캐드펠은 깊은 침묵에 빠졌다가 한참 뒤에야 다시 입을 열었다. "아마 형제가 두 가지 죄를 짓고 그중 가벼운 쪽을 털어놓기로 결심했나 보다 생각할 거요. 행정 장관의 올가미에 목을 들이밀기보다는 교단의 물건을 훔치고 속였다는 사실을 털어놓는 편이 나을 테니까. 사실을 털어놓든 침묵하든 형제 앞에는 험난할 길이 놓여 있을 거요."

"상관없어요! 벌을 받아야 할 일이 있으면 벌을 받을 겁니다. 하지만 고발을 피하기 위해 선량한 사람을 죽였다는 죄를 뒤집어쓸 수는 없어요. 만일 사람들이 제 말을 곡해하여 여전히 제게 그 두 가지 죄를 전부 묻는다면…… 전 어떻게 해야 할까요? 캐드펠 수사님, 원장님을 뵙고 직접 말씀드릴 수 있게 해주세요! 수사님이 청하시면 그분도 허락하실 겁니다. 행정 장관님은 물론 그 자리에 참석하실 거고, 또 헤를루인 신부님도 함께 계시면 좋겠어요. 지금 당장 자리를 좀 마련해주세요. 내일 수사회 때까지 기다릴 수 없습니다."

투틸로는 이 모든 일을 한시라도 빨리 해결하기로 마음먹은 듯했다. 캐드펠이 생각하기에도 그게 최선인 것 같았다. 좀처럼 속내를 알기 어려운 이 젊은이가 진실을 털어놓는다면, 이는 사건의 진상을 밝히는 데 여러 모로 도움이 될 터였다.

"형제가 원한다면, 좋소, 원장님께 말씀드리지. 하지만 그분 앞에서 입장을 밝힐 땐 쓸데없는 오해를 받지 않도록 신중하게 이야기하도록 하시오. 괜스레 목청을 높이지 말고 담담하게 할 말만 하라는 뜻이오. 그렇게만 하면 원장님도 잘 들어주실 거요. 그건 내가 약속할 수 있소."

캐드펠은 헤를루인에게도 같은 당부를 하고 싶었다. 이 순간 입술을 뒤틀며 씁쓸하게 미소 짓는 것으로 보아, 투틸로 역시 동일한 생각을 하는 듯했다.

"자, 지금 나랑 같이 갑시다."

*

원장 숙사의 응접실에는 캐드펠이 예상했던 것보다 더 많은 사람들이 모여들었다. 하지만 투틸로는 오히려 반가운 눈치였다. 그도 그럴 것이, 보는 눈이 많을수록 헤를루인이 그를 가혹하게 몰아붙일 가능성은 더 낮아지니 말이다. 휴는 여전히 그자리에 머물러 있었고, 스티븐 왕의 영역에서 세속 법과 관련된 사건이 일어난 셈이니 자연스럽게 로베르 백작도 부름을 받았다. 헤를루인은 아무 도움도 되지 않을 사람이지만 투틸로의 부탁으로 이곳에 왔고, 헤를루인이 참석한 자리에 로버트 부원장을 빼놓을 수는 없는 일이라 그 역시 참석했다. 투틸로로서는 그들 모두를 한꺼번에 상대하는 편이 훨씬 나았다. 자신의 이야기를 듣고 어떤 생각을 하는지는 그 각각에게 맡기는 수밖에 없으리라.

"원장 신부님...... 헤를루인 신부님...... 행정 장관님......"
투틸로는 두 손을 모아 쥔 채 꿋꿋하게 서서 마치 재판관들을 쳐다보듯 그들 모두를 차례차례 돌아보았다. "진작 말씀드려야 했던 것을 이제야 털어놓으려 합니다. 지금 이곳에 있는 모든 분들 사이에서 큰 논란이 되고 있는 사건과 관련된 일입니다. 위니프리드 성녀님의 관이 램지 수도원으로 가는 마차에 목재와 함께 실려 갔다는 건 이미 밝혀진 사실입니다만, 어떻게 해서 그런 일이 일어났는지는 아무도 모르고 있습니다. 그건...... 제가 저지른 짓입니다. 그날 저녁, 사람들이 그분의 관을 높은 곳으로 안전하게 옮기기 위해 미리 잘 싸두었지요. 저는 그걸 제단에서 내려 다른 곳으로 옮긴 뒤 잘 다듬은 목재를 천으로 감싸 그 자리에 두었습니다. 이후 다른 사람들이 와서 그걸 옮겨 갔지요. 그리고 시간이 더 지났을 때, 저는 마부들과 함께 우리 일을 돕고 있던 청년에게 가서 성녀님의 관을 마차에 싣는 일을 거들어달라 부탁했습니다. 성녀님이 큰 고난을 겪은 우리 수도원을 구해주셨으면 하는 마음에서 그런 짓을 벌였어요. 이건 모두 진실입니다. 오로지 저 혼자서 저지른 일이며, 이에 가담한 사람은 아무도 없습니다. 제가 저지른 짓을 모두 털어놓고 묻는 말에 대답하기 위해 이 자리에 섰으니, 이 일로 더는 다른 사람들이 심문받지 않기를 바랍니다."

헤를루인은 분노를 참지 못해 이 주제넘은 견습 수사를 마구 닦아세우려고 입을 열어 숨을 들이쉬었지만, 원장이 단호하게 손을 들어 제지하기도 전에 스스로 지그시 마음을 억눌렀다. 이 순간 그에게 욕설이라도 퍼부었다가는 자신이 램지 수도원을 대표하여 주장했던 성녀님에 대한 권리의 근거가 약화될지도 모른다는 생각이 들었던 것이다. 그래, 모두 성녀님께 맡기기로 하자. 기적을 이뤄내시는 성녀님께서 램지 수도원의 영광을 위해 무어라도 해주시지 않겠는가. 게다가 진심인지 장난인지는 몰라도 자신과 마찬가지로 성녀님에 대한 권리를 주장하고 있는 레스터셔 백작이 곁에서 싸늘한 미소를 머금은 채 모든 말에 주의 깊게 귀 기울이고 있으니, 이 싸움은 지금도 생생하게 진행 중인 셈이었다. 모든 상황이 보다 명확하게 드러날 때까지는 아무 말도 하지 않는 편이 나았다. 다양한 선택의 가능성들을 열어두기 위해서라도 잠자코 입을 닫고 있는 게 좋을 것이었다.

"솔직하게 고백해주어 고맙소." 라둘푸스는 부드럽게 말했다. "간밤에 형제가 보았던 청년, 즉 형제에게 속아 형제의 일을 도

왔던 그 청년은 안타깝게도 참혹한 죽음을 당해 지금 이 수도원에 안치되어 있으며, 우리는 적절한 의식을 거쳐 그의 장례를 치러줄 거요. 참 안타까운 일이군. 형제가 좀 더 일찍 사실을 털어놨더라면 그 청년은 굳이 이곳까지 올 필요가 없었고, 따라서 그런 비참한 죽음도 맞이하지 않았을 텐데……."

그렇지 않아도 피로에 젖어 있던 투틸로의 얼굴이 서서히 핏기를 잃으며 창백해졌다. 아무 말 없이 고개를 숙이고 있던 그는 곧 목의 힘줄을 쥐어짜듯 옥죄인 목소리로 간신히 말을 토해냈다. "참으로 부끄럽습니다, 원장님. 하지만 저로서는 아무것도 알지 못했습니다. 지금도…… 지금도 그가 어떻게 죽게 되었는지 이해할 수 없어요!"

나중에야 되새길 일이지만, 캐드펠이 확신을 느낀 것은 바로 이 순간이었다. 투틸로는 살인을 하지 않았으며, 그 작은 도둑질이 다른 사람을 죽음의 구렁텅이로 몰아넣게 되리라고는 상상도 못 했을 것이었다.

"이미 일어난 일이오." 원장은 지극히 중립적이고도 담담한 어조로 말했다. "형제 스스로를 변호할 말이 있다면 모두 하시오. 우리는 끝까지 다 듣겠소."

투틸로는 침을 꿀꺽 삼키고 정신을 가다듬은 뒤 균형 잡힌 어깨를 반듯하게 폈다. "제가 저지른 짓을 정당화할 수는 없겠지만, 적어도 해명할 수는 있을 겁니다. 저는 램지 수도원이 입은 참화에 너무나 가슴이 아팠습니다. 그래서 수도원 재건에 도움이 될 만한 일을 하려는 열망을 품고 헤를루인 신부님과 함께 이리로 왔지요. 그리고 여기서 위니프리드 성녀님이 베푸신 기적들과 더불어 성녀님 덕에 수많은 순례자들이 몰려오고 엄청난 기부금이 들어왔다는 얘기를 들었습니다. 저 또한 우리 램지 수도원을 소생시켜줄 그런 수호성인을 찾을 수 있기를 소망했지요. 저는 성녀님께 우리를 위해 나서달라고, 우리에게 은총을 베풀어달라고 기도드렸습니다. 성녀님도 제 기도를 들으시고 기꺼이 은총을 베풀어주겠다 응답하셨다는 생각이 들더군요. 성녀님의 마음이 우리에게 기울었으며, 기꺼이 우리 수도원에 오시고자 한다는 확신을 느꼈습니다. 그래서 저는 그분의 뜻에 따라야 한다고 생각하기 시작했습니다."

두 뺨에 핏기가 돌아오면서 그의 도드라진 양쪽 광대가 흥분한 사람, 혹은 열병에 걸린 사람의 것처럼 불그레하게 달아올랐다. 그 얼굴을 지켜보던 캐드펠은 의구심에 빠져들었다. 스스로의 확신과 황홀경으로 인해 그런 일을 저지를 수 있을까? 혹시 그는 성녀의 관을 빼돌린 죄과를 천진함이라는 갑옷으로 은폐하려 애쓰는 게 아닐까? 흔히 죄인은 자신의 잘못을 감추고자 온갖 종류의 베일을 다 생각해내는 법이니 말이다.

"그래서 원장님께 이미 말씀드린 대로 그런 계획을 꾸미고 실천에 옮겼습니다." 투틸로는 간결하고 무뚝뚝한 어조로 말을 이었다. "저는 그것이 죄라고 생각하지 않았습니다. 그저 계시를 받았고, 그에 충실히 따른다 여겼지요. 하지만 아무것도 모르는 다른 사람을 끌어들여 저를 돕게 한 것에 대해서는 마음 깊이 후회합니다."

"그 사람은 아무것도 모르는 채 파멸의 구덩이로 끌려 들어갔지." 원장이 조용히 말했다.

투틸로는 허리를 꼿꼿이 펴고 두 눈을 크게 떴다. "그 점은 저도 인정하고 가슴 아프게 생각합니다. 주여, 이 죄인을 용서하소서!"

"주님이 원하시면 형제는 용서받을 거요." 라둘푸스는 여전히 초연한 태도로 말을 이었다. "그건 우리가 관여할 바가 아니지. 어쨌든 성녀님은 특별한 방식으로 우리한테 돌아오셨고, 그분이 돌아오는 과정에서 여러 사람들이 각자의 방식으로 개입했소. 그러니 우리도 형제와 마찬가지로 성녀님이 당신의 운명을 스스로 결정하셨으며, 또 당신을 믿고 따를 사람들을 당신 자신의 뜻에 따라 선택하신다고 믿지 않을 수 없군. 하지만 그 문제를 논의하기에 앞서, 우선 살해당한 사람의 문제부터 처리해야 하오. 주님도, 그분의 은총을 받은 성인들도 살인은 용납하지 않으실 거요. 앨드헬름이라는 청년은 지금 우리에게 정의의 심판을 내려달라 외치고 있소. 그의 죽음의 원인을 밝혀줄 만한 사실들을 알고 있다면 지금 얘기해보시오."

"원장님," 투틸로의 얼굴이 다시 백지장처럼 창백해졌다. "저는 그 사람에게 어떤 해도 끼치지 않았고, 그럴 의도도 없었습니다. 그리고 그가 잘못되기를 바랄 만한 사람도 알지 못합니다. 이 모든 것을 제 신앙을 걸고 맹세드립니다. 만일 그가 살아 있다면 그 역시 저에 대해 똑같은 얘기를 했을 겁니다. 저는 그 사람의 입을 틀어막을 생각이 추호도 없었어요. 그는 저를, 또 성녀님을 도와준 사람입니다! 그가 저를 지목할까 두렵긴 했지만, 그런 일이 벌어졌다면 저는 순순히 모든 사실을 털어놓았을 겁니다. 정말이에요! 이제 원장님께 말씀드리지 않은 비밀은 하나도 없습니다."

"하지만 우리가 알기로 그 사람의 증언을 두려워할 만한 사람은 형제 하나뿐이오. 형제가 우리에게 모든 것을 솔직히 털어놓았다 해도, 그것이 이 사실을 뒤바꿔놓거나 형제의 무죄를 증명하지는 못하지. 앞으로 그 죽음의 원인을 밝혀줄 다른 증거가 드러날 때까지 우리는 형제를 이곳에 가둬둘 수밖에 없소. 그러나 당장 형제에게 적용할 죄목은 우리 수도원 물건에 대한 절도이니, 그 구체적인 조항은 나중에 읽어주겠소." 이어 라둘푸스는 휴 베링어에게로 고개를 돌렸다. "행정 장관께서 이러한 조처에 대해 뭔가 하실 말씀이 있을 것도 같군."

"저도 반대하지 않습니다." 휴가 대답했다. "이 사람을 원장님의 처분에 맡기겠습니다."

헤를루인은 아무 말이 없었다. 그는 자신에게 주어진 선택지를 세심히 가늠하는 중이었다. 지금 상황으로 보아 앞으로의 전망이 그리 어두운 것 같지는 않았다. 저 어리석은 견습 수사가 큰 실수를 저지른 건 사실이나 제 나름의 근거와 확신을 갖고 벌인 일이었다. 성녀님 자신이 그걸 원하셨다지 않은가! 슈루즈베리 수도원 측에서는 그게 사실이 아님을 어떻게 입증할 것인가? 성녀님은 틀림없이 당신의 뜻에 따라 이곳을 떠나셨다. 사악한 인간들이 그 여정을 방해했을 뿐이다.

"문지기들을 불러 투틸로 수사를 데려가라 이르시오." 원장이 말했다. "캐드펠 수사가 같이 가서 이 형제를 감방에 제대로 집어넣었나 확인한 다음 이리로 돌아오도록 하시오."

7

 캐드펠이 돌아와서 보니, 원장 숙사의 응접실은 흡사 전쟁 나팔이라도 울린 양 긴장감으로 가득한 상태였다. 물론 라둘푸스는 재판관처럼 초연하고 고요한 태도를 유지했고, 백작의 평퍼짐한 얼굴에도 여전히 부드럽고 상냥한 기색이 감돌고 있었다. 그러나 그 면면들 너머에서 어떤 생각들이 흘러가고 있는지는 측량할 길이 없었다. 한편 허리를 꼿꼿이 세운 채 앉아 있는 로버트 부원장과 헤를루인의 얼굴에는 칼날처럼 긴장된 빛이 감돌았으며, 둘 모두 자신이 직면한 상황을 위엄 있고 초연한 태도로 내려다보는 듯한 인상을 주기 위해서인지 일부러 상대의 시선을 피해 먼 곳을 지그시 응시하고 있었다.

 "살인에 관한 논의는 일단 제쳐놓기로 하지요." 헤를루인이 먼저 입을 열었다. "아직 어떤 증거도 나오지 않았으니까요. 전 투틸로의 말을 믿습니다. 이건 성스러운 절도예요. 그는 성녀님의 뜻을 실행에 옮겼을 뿐입니다."

"아니, 살인에 관한 논의를 제쳐놓기는 어려울 것 같소." 라둘푸스가 싸늘한 어조로 대꾸했다. "그게 어떤 것보다 먼저 다뤄야 할 문제요. 장관께서는 투틸로 수사에 대해 어떻게 생각하시오? 방금 그 형제는 죽은 사람이 자신을 지목할까 봐 두렵기는 했지만 그 때문에 살인을 할 생각은 추호도 없었다고 말했소."

"솔직히 말씀드리면, 두려움도 살인의 이유가 됩니다. 그리고 우리가 알고 있는 이들 가운데 그를 죽일 이유를 가진 다른 사람은 없지요. 예, 그 청년이 살인을 했을 가능성은 존재합니다. 살인을 한 뒤 자신이 저지른 짓을 은폐하려 했을 가능성도요…… 그저 가능성에 대해 말씀드리는 것뿐입니다. 그 청년은 성에 있는 우리에게 곧장 와서 시신을 어떻게 발견했는지 털어놓았지요. 또 죄가 있든 없든 그가 큰 충격을 받고 동요했다는 점에는 의문의 여지가 없습니다. 저는 그가 크게 놀라고 가슴 아파하면서도 세심하게 시신을 돌보는 모습을 보았습니다. 무고한 사람이 보여줌 직한 전형적인 행동이지요. 그러나 만일 그 모든 것이 죄를 은폐하려는 목적에서 나온 것이라면, 그는 나이에 걸맞지 않게 대담하고 빈틈없고 사악한 사람일 겁니다." 휴는 쓸쓸하게 말을 이었다. "그리고…… 저는 그 청년이 실제로 그런 사람일지도 모른다는 점을 염두에 두고 있습니다. 그렇게 연기할 만한 뱃심을 가진 사람일 가능성이 높다는 뜻이지요."

라둘푸스가 이맛살을 찌푸렸다. "그렇다면 왜 굳이 내게 와서 모든 사실을 털어놨을까?"

"그 전에는 절도에 대한 의혹이 자신을 따라다닌다는 사실을 제대로 알지 못했고, 이제는 문제가 살인 쪽으로 바뀌었으니까요. 그런 경우 세속 법의 올가미에 끌려 들어가기보다는 절도와 속임수에 관한 교단의 벌을 받는 편이 더 낫죠." 휴는 단호하게 말을 이었다. "세속 법에서 살인은 교수형으로 처벌하니 말입니다. 한 가지 죄에 대한 벌을 받음으로써 더 고약한 죄에 대한 모든 의혹을 회피할 수 있으리라 생각한 겁니다. 제가 보기에 그는 영리하고 인내심이 있는 사람 같습니다. 헤를루인 부원장님의 생각은 어떻습니까? 그 청년에 대해 우리보다 더 잘 아실 텐데요."

캐드펠의 생각은 달랐다. 헤를루인은 투틸로가 어떤 사람인지 전혀 모를 것이다. 그는 자신이 데리고 있는 견습 수사들에게 아무 관심도 없으며, 그들의 마음속에 어떤 생각들이 흘러가는지도 제대로 파악하지 못하리라. 휴가 헤를루인을 지목하여 입을 열게 한 건 아마 다른 목적이 있어서일 터였다. 아닌 게 아니라, 그 질문이 헤를루인을 곤란한 상황으로 몰아넣었다. 그는 자신과 램지 수도원이 살인자를 비호한다는 의혹을 받을까 봐 겁을 먹고 어떻게든 투틸로와 거리를 두려 하면서도, 이 절도 행위를 통해 이익을 볼 가능성이 남아 있으므로 자신이 여전히 그를 믿고 높이 평가한다는 인상을 주고 싶어 했다.

"사실 저는……" 마침내 헤를루인이 조심스럽게 입을 열었다. "이번 여행을 떠나기 전까지만 해도 투틸로 수사에게 특별한 관심을 갖지 않았습니다. 하지만 그가 늘 우리 램지 수도원에 참으로 헌신적이었다는 건 잘 알고 있었지요. 그는 기도와 경배를 드리는 가운데 성녀님으로부터 계시를 받았다 말했고, 전 모든 정황으로 보아 그 말을 믿을 수밖에 없습니다. 그런 식으로 성스러운 영감을 받는 일은 전부터 종종 일어났으니까요. 이를 비웃는 건 오만 무례한 짓이 될 겁니다."

"우리는 지금 살인에 대해 이야기하고 있소." 라둘푸스가 엄격하게 말했다. "솔직히 나로서는 그 형제가 살인을 저지를 수 있는 사람이라 말하고 싶지 않지만, 반대로 그러한 가능성이 전혀 없다고 감히 단언하지도 못하겠군. 앨드헬름이 그에게 불리한 증언을 하러 오던 길이었으니, 투틸로로서는 그를 제거해야겠다 마음먹을 만한 이유가 있었던 셈이오. 그러나 우리는 그가 시신을 발견하자마자 곧 성으로 달려가 사람이 죽었다는 사실을 보고했으며, 그다음에는 우리에게 와서 다시 같은 얘기를 전했다는 사실 역시 주목해야 하오. 정말로 그가 앨드헬름을 죽였다면 그대로 수도원으로 돌아와 입을 꾹 다문 채 아무것도 모르는 체할 수도 있지 않았겠소? 하지만 그는 그러지 않았소. 그래도 그가 살인을 저질렀다 말할 수 있을지……."

"그 형제의 상태에 대해 의문을 품어볼 수도 있습니다." 로버트 부원장이 끼어들었다. "행정 장관은 그가 큰 충격을 받은 상태였다고 했습니다. 참혹한 짓을 저지른 뒤 다른 사람들 앞에서 침착하고 태연한 모습을 보이기란 쉽지 않죠."

"참혹하게 죽은 사람을 발견한 뒤에도 그러기는 쉽지 않습니다." 휴가 중립적으로 대꾸했다.

"진실이 뭐든," 백작이 자신만만한 태도로 입을 열었다. "그 사람을 안전하게 가둬놓으셨으니 이제는 그저 기다리기만 하면 됩니다. 만일 그 청년이 털어놓지 않은 사실이 있다 해도 곧 술술 나오게 되어 있어요. 감방 안에 오랫동안 갇혀 지내며 계속 뻔뻔스레 시치미를 뗄 만큼 냉혹한 인간은 아닌 것 같거든요. 따라서 몇 주 기다려본 뒤에도 그가 아무것도 털어놓지 않는다면 실제로 그 이상의 일은 없었다는 결론을 내릴 수 있을 겁니다."

일리 있는 말이군, 캐드펠은 그의 말에 귀를 기울이며 생각했다. 좁은 침대와 독서용 책상 하나, 벽에 걸려 있는 십자가 하나, 움직일 곳이라고 해봐야 돌판 여섯 개 길이 정도의 공간뿐인 좁은 석조 감방. 그 안에서 오래 지내다 보면 저절로 지치고 맥이 빠질 것이다. 불과 30분 전에 투틸로는 안도와 기쁨이 어린 표정으로 그 안에 들어갔고, 자물쇠가 잠기는 소리를 듣고도 평온한 얼굴을 하고 있었다. 침대는 그에게 고마운 선물이었다. 좁고 딱딱하기는 해도 눕기에는 부족함이 없어서 그는 감사한 마음으로 이를 받아들였다. 하지만 열흘쯤 지나면 어떨까? 그는 넓은 마당의 신선한 공기를 쐬고 예배음악을 듣는 대가로 모든 비밀을—그런 비밀이 있다면 말이지만—털어놓을 것이다.

"저는 여기서 한가롭게 기다릴 시간이 없습니다." 헤를루인이 말했다. "그동안 거둬들인 기부금과 물품들, 우스터와 이브셤 주민이 성의껏 베풀어준 것들만이라도 가지고 하루빨리 램지로 돌아가야 할 처지예요. 또한 투틸로를 세속 법으로 구속할 근거가 없다면 그 형제도 함께 데려갈 생각입니다. 그가 교회법이나 교단의 규칙을 어겼다면 벌을 내리는 건 램지 수도원에서 할 일이니, 우리 원장님께서 죄에 상응하는 벌을 내리실 겁니다. 그리고 대단히 죄송합니다만, 저는 그가 위니프리드 성녀님의 관을 함부로 움직인 것을 범죄로 보는 원장님의 견해에 이의를 제기하는 바입니다. 그건 존경과 경외의 마음에서 비롯된 성스러운 행위였습니다. 성녀님 자신이 그에게 계시를 내리신 게 분명해요. 그게 아니라면 그런 일이 성공하도록 성녀님이 가만 내버려두시지 않았을 겁니다."

"다시금 논쟁이 벌어질까 염려되긴 합니다만……" 로베르 보스가 혹이 난 어깨를 장식 널로 덮인 벽에 기댄 채 더없이 상냥하고 온화한 목소리로 말했다. "성녀님이 그 일이 성공하도록 가만 내버려두시지 않았다는 사실을 지적하지 않을 수 없군요. 관을 마차에 싣고 가던 사람들은 제 영지의 숲에서 떠돌이들에게 습격당해 성녀님을 빼앗겼고, 결국 성녀님은 제 땅에서 쉬게 되셨으니까요."

"그건 사악한 인간들이 나쁜 마음을 먹고 저지른 일이었습니다!" 헤를루인은 핏발 선 눈으로 백작을 노려보았다.

"하지만 위대한 성녀님이 못된 인간들의 사악한 의도를 능히 가로막을 힘을 갖고 계시다는 점은 부원장님도 인정하시겠지요. 만일 성녀님께서 그자들의 행위를 가로막을 이유가 없다고 생각하셨다면, 그건 그자들이 성녀님이 뜻하신 바를 이루게 하는 역할을 했기 때문일 겁니다. 성녀님은 슈루즈베리 수도원에서 당신을 빼돌리도록 내버려두셨고, 또 무법자들이 자신을 탈취하도록 내버려두셨어요. 그런 뒤 제 소유의 숲에서 조용히 쉬시다가 결국 저의 집으로 들어오셨지요. 부원장님의 논리에 따르면 이 모든 일은 성녀님의 뜻에 의해 이루어진 겁니다."

"성녀님께서 내내 당신의 바람을 우리 인간들에게 부과해오셨다고 이야기하는 거요?" 라둘푸스 원장이 부드럽게 입을 열었다. "그렇다면 이 순간 그분이 우리 성당의 제단으로 돌아와 계신다는 점을 상기시키고 싶군. 이것이 그간 있었던 모든 우여곡절이 겨냥했던 결말을 뜻하는 것이 분명하오. 성녀님은 지금 당신이 계시고 싶은 곳에 계시오."

그러자 백작은 좀처럼 그 속내를 알기 어려운 묘한 웃음을 머금었다. "그렇지 않습니다, 원장님. 지금 성녀님이 이곳 예배당에 계시게 된 건 제가 성녀님에 대한 권리를 제기하면서, 또 다른 분도 권리를 주장한다는 점을 감안하여 공정을 기하자는 마음으로 애초에 성녀님이 여행을 시작하셨던 슈루즈베리로 모셔 왔기 때문이니까요. 성녀님 자신이 머물고 싶은 곳을 선택하시라는 취지에서 말입니다. 그분은 저희 집 예배당을 떠나려는 어떤 조짐도 보이지 않으셨어요. 성녀님은 순전히 제 뜻에 의해 여기로 오시게 된 겁니다. 그러므로 저는 제 권리를 양도할 수 없습니다. 성녀님은 제게 오셨고, 저는 성녀님을 기꺼이 받아들였어요. 만일 성녀님이 저희 집에 계시기를 원하신다면 저는 다시 모셔 갈 겁니다. 저 또한 이곳 못지않게 풍요로운 제단을 제공해드릴 수 있습니다."

"백작님의 주장은 공감을 얻기 어려울 겁니다." 로버트 부원장이 말했다. 백작에 대한 반감과 분노로 그의 온몸은 뻣뻣하게 굳어 있었다. "성인들은 당신의 목적을 이루기 위해 사악한 인간들조차 이용하실 수 있는 분들입니다. 선의를 가진 사람들을 당신 뜻대로 부리실 수 있다는 건 더 말할 필요도 없고요. 그러니 백작님이 성녀님을 이곳으로 모시고 온 것 또한 그분의 뜻이지요. 그로써 당신은 많은 사람들의 칭송을 받을 수 있겠지만, 그렇다고 성녀님에 대한 권리를 주장한다는 건 말이 되지 않아요. 성녀님은 우리 수도원에서 7년이 넘도록 편안히 지내셨습니다. 그리고 마침내 이곳으로 되돌아오셨지요. 아마 다시는 우리 슈루즈베리 수도원을 떠나지 않으실 겁니다."

"아니, 성녀님의 뜻은 그게 아닙니다!" 혜를루인이 흥분하여 반박했다. "그분은 투틸로 수사에게 당신이 고통받고 있는 램지 수도원 사람들을 딱하게 여기며 그들에게 은혜를 베풀어주고 싶어 하신다는 점을 계시하셨어요. 그 점을 무시해서는 안 됩니다. 성녀님은 우리를 돕기 위해 길을 떠나셨습니다."

"우리 세 당사자 모두 의지가 굳군요." 백작이 얄미우리만치 차분하고 침착하게 말을 이었다. "그렇다면 중립적인 입장에서 공정하게 판결해줄 제삼자에게 이 문제를 의뢰하고 그분의 판단에 따르는 게 어떨까요?"

잠시 응접실에 긴장 어린 침묵이 감돌았다. 이윽고 라둘푸스가 엄숙하게 입을 열었다. "우리에게는 이미 판결해줄 분이 계시오. 위니프리드 성녀님으로 하여금 당신의 뜻을 공개적으로 천명하시게끔 합시다. 성녀님은 당신의 두 번째 삶에 걸쳐(위니프리드 성녀는 한 번 죽었다가 다시 살아났다—옮긴이) 많은 공부를 하셨소. 그러면서 당신을 믿고 따르는 수녀들에게 성경을 해설해주셨으니, 지금도 당신의 제자들에게 그렇게 해주실 거요. 모두 서품식의 관례에 대해 알 거라 믿소. 주교가 새로 임명되면 서품식에서 어깨 높이에 놓인 복음서를 펼친 뒤 자신의 손가락이 가리킨 구절을 읽는 식으로 성직에 대한 주님의 예언을 듣지. 우리도 성녀님의 관 위에서 바로 그 '소르테스 비블리카'를 시행합시다. 성녀님이 분명한 판단을 내려주실 거요. 그분의 정당한 선택권을 다른 이에게 맡길 이유가 어디 있겠소?"

다시금 침묵이 내려앉았다. 모두들 그 예기치 못한 제안에 대해 깊이 생각하고 마음을 정리하는 듯했다. 이윽고 백작이 흡족한 어조로, 캐드펠이 듣기에는 거의 환희 어린 음성으로 입을 열었다.

"좋습니다! 그보다 더 공정한 방법은 있을 수 없겠군요. 내일까지는 마음을 차분히 가다듬고 각자의 주장을 잘 검토하도록 합시다. 그런 다음 셋째 날 소르테스를 시행하도록 하지요. 성녀님께 직접 청원하고, 그분이 어떤 판결을 내리시든 그 내용에 기꺼이 따르는 겁니다."

*

"알아듣게 설명 좀 해주세요." 그로부터 한 시간 뒤, 휴는 허브밭에 자리 잡은 작업장에서 캐드펠과 대화를 나누고 있었다. "도무지 뭐가 뭔지 모르겠군요. 전 주교나 대주교들의 회의에 참석한 적이 없어서 말이에요. '소르테스 비블리카'로 하늘의 뜻을 이해한다니…… 복음서를 펼치고 어느 한 구절을 손가락으로 짚어 앞날의 일을 예측하는 세속의 관행은 저도 잘 알고 있습니다. 그렇지만 새 주교를 임명하는 자리에서도 그 방법을 사용한다고요? 만일 주교에게 불리한 내용이 나온다 해도 그때 가서 임명을 철회하기에는 너무 늦지 않습니까?"

캐드펠은 석쇠 위에서 끓고 있는 단지를 들어 흙바닥에 내린 뒤 토탄 두 덩어리를 화로에 얹어 불을 죽이고는 조심스럽게 허리를 폈다.

"나도 주교 서품식에는 참석해본 일이 없네." 그가 친구 곁에 앉으며 말했다. "높은 분들은 그 안에서 벌어지는 일을 비밀에 부치지. 그럼에도 대체 어떻게 해서인지 새 주교가 짚어낸 성서의 구절이 밖으로 새어 나오긴 하거든. 물론 누군가 지어낸 것일 수도 있지만 말이야. 간혹 그 내용이 너무도 정곡을 찌르는 것이라 도무지 사실이라 믿기 힘든 경우도 있어. 어쨌든 라둘푸스 원장님이 말씀하신 대로 서품식에 참석한 사람들은 소르테스의 결과를 아주 진지하게 받아들인다고 들었네. 새로 선택된 주교의 어깨 위 높이에 복음서를 놓고 아무렇게나 펼친 뒤 손가락을 올리면—"

"그 내용은 누가 해석하죠?" 휴가 그 의식의 치명적인 결함을 지적했다.

"글쎄, 그런 의문은 한 번도 가져보지 않았는데…… 아무래도 의식을 주재하는 대주교나 주교가 하겠지. 경우에 따라서는 그가 새 주교의 친구일 수도 있고 적일 수도 있을 거야. 그들이 일을 공정하게 처리하리라 믿지만, 사실상 어떻게 돌아가는지야 누가 알겠나? 좋은 것이든 나쁜 것이든, 그 구절이 주교의 미래를 예언해준다고 다들 믿는다네. 아주 딱 맞아떨어지는 것이 나올 때도 많고. 훌륭한 인품을 지닌 우스터의 울스턴 주교 같은 경우에는, '이 사람이야말로 정말 이스라엘 사람이다. 그에게는 거짓이 조금도 없다'(「요한의 복음서」 1장 47절—옮긴이)라는 구절이 나왔지. 반면 운이 별로 좋지 못한 사람들도 있었어. 불과 얼마 전에 스티븐 왕의 미움을 받고 불명예스럽게 죽은 솔즈베리의 로저한테는 어떤 구절이 나왔는지 아나? '이 사람의 손발을 묶어 바깥 어두운 데 내어 쫓아라. 거기서 가슴을 치며 통곡할 것이다'(「마태오의 복음서」 22장 13절—옮긴이)였어."

"믿기 어려운데요!" 휴가 눈썹을 치올렸다. "그 사람이 몰락한 뒤 누군가 그런 구절을 갖다 붙인 게 아닐까요? 윈체스터의 헨리가 주교가 되었을 때는 하늘에서 어떤 응답을 내렸는지 궁금하네요. 저라도 그런 부류의 사람을 아주 절묘하게 표현하는 몇 구절을 생각해낼 수 있을 겁니다."

"말세에 도처에서 거짓 예언자들이 나타나리라는 내용과 관련된 구절이겠지. 이를테면, 그때에 어떤 사람이 '자 보라, 그리스도가 여기 있다, 저기 있다' 하더라도 그 말을 믿지 말라(「마태오의 복음서」 24장 23절—옮긴이)는 구절이라거나. 하지만 어떤 내용이 나오든 해석은 다양하게 할 수 있다네."

"이번 경우에는 그 구절이 아주 명확해야 할 텐데요. 다양한 해석의 여지가 없어야 할 겁니다. 원장님은 대체 무슨 이유로 그런 제안을 하셨을까요? 물론 적절한 답이 나오도록 준비해둘 수는 있겠지요. 하지만 라둘푸스 원장님은 그럴 분이 아니에요. 그분은 하느님의 정의를 그토록 굳게 믿고 계시는 걸까요?"

캐드펠 역시 이미 같은 의문을 품은 터였다. 아무리 생각해봐도 원장은 성녀를 모실 권리가 슈루즈베리 수도원에 있다는 점을 복음서가 정당화해주리라 확고히 믿고 있는 게 분명했다. 그렇다면 캐드펠 자신은 어떤가? 사실 그 또한 기적을 기대하는 스스로에게 거듭 놀라움을 느끼고 있었다. 성녀의 유골은 고향인 웨일스 땅에 있지 않은가. 그분이 관에 누웠던 건 불과 사흘 밤낮에 불과했다. 그러나 더욱 놀라운 건, 자신이 떠난 관 속에 불쌍한 죄인을 집어넣은 일을 용서하고, 웨일스에서 이렇게 먼 곳까지 은총을 전해주며, 이곳 제단 주위에 보이지 않는 기적의 빛을 머무르게 하는 그분의 무한한 자비였다. 예측할 수 없으나 이해하기 쉬운 기적, 인간의 눈에 비치는 기적이라는 것이 대개 그렇듯 누군가에게는 반갑고 누군가에게는 두려운 그 변화무쌍한 그림자. 성녀는 지금도 과거에도 이곳에 없었다. 최소한 그분이 남긴 연약한 육신의 자취는 그러하다. 하지만 그분은 자신의 본질을 이곳으로 옮기도록 허락했으며, 놀라운 자비심을 베풀어 그 존재를 자주 드러내곤 했다.

"물론이지. 원장님은 위니프리드 성녀님께서 언제나 정의의 실현을 지켜보고 계시리라 굳게 확신하시네."

*

저녁 식사를 마친 뒤 캐드펠은 작업장으로 돌아왔다. 화롯불이 아침까지 천천히 타도록 토탄을 넣어 잘 덮어놓고, 모든 단지의 뚜껑이 제대로 덮여 있는지, 모든 병과 플라스크의 마개가 닫혀 있는지 살펴보기 위해서였다. 그 시각이면 찾아올 사람이 없었기에 그는 편안한 마음으로 느긋하게 일을 하다가 뒤에서 문이 살그머니 열리자 깜짝 놀라 얼른 돌아보았다. 작은 기름등잔에서 나오는 노란 불빛에 별스럽게 치장한 달니의 모습이 한눈에 들어왔다. 땋아 내린 검은 머리 끝에 빨간 리본, 양쪽 관자놀이께로 맵시 있게 내려뜨린 몇 가닥의 고수머리, 그녀의 눈동자처럼 더 없이 깊고 맑은 푸른 가운 차림에 황금빛 띠로 허리를 묶은 모습이었다. 달니는 캐드펠의 시선을 의식하고는 싱긋 웃어 보였다.

"손님을 접대할 땐 이렇게 차려입어요. 조금 전 레스터셔 백작 앞에서 노래를 불렀거든요. 지금은 두 분이 밀담을 나누고 있어서 살그머니 빠져나왔죠. 얼마 동안은 저를 찾지 않을 거예요." 그녀가 말을 이었다. "보아하니, 주인이 카드를 영리하게 잘 놀리기만 하면 우리 모두 로베르 보스를 따라 레스터셔로 가게 될 것 같아요. 물론 속임수 같은 건 없어요. 전에도 말씀드렸지만 우리 주인은 훌륭한 음악가니까요."

"약이 더 필요해서 왔소?"

"아뇨." 달니는 전처럼 오두막 안을 불안하게 오가며 이것저것 들여다보았지만 정신은 다른 곳에 가 있는 듯했다. 그녀는 뒤늦게야 용건을 떠올리고 입을 열었다. "베네제한테 들었는데, 투틸로가 살인죄로 잡혔다면서요. 자기에게 속아 성녀님의 관을 옮긴 사람을 죽였다지요? 그건 사실일 수 없어요." 아주 자신 있는 말투였다. "투틸로가 남을 해치거나 폭력을 쓸 리 없어요. 그는 꿈꾸는 사람이지, 행동하는 사람은 아니거든요."

"그 형제가 성녀님을 훔쳐냈을 때 이미 꿈을 넘어 행동으로 간 셈이지." 캐드펠이 지적했다.

"투틸로는 환상을 봤어요. 물론 도둑질을 했지만 그건 좀 다른 문제예요. 그는 램지 수도원에 놀라운 선물을 안겨주고 싶어 했어요. 자기가 받은 계시를 실현하려는 생각이었죠. 그가 과연 자기 자신을 위해 그걸 훔쳤을까요? 아니, 그러기엔 그의 꿈이 너무 커요. 심지어 저를 노예상태에서 풀려나게 해줄 마음까지 먹더군요." 풋내기 투틸로의 천진한 생각이 재미있다는 듯 달니는 쓸쓸한 미소를 머금었다. "그런데 지금 이곳 사람들은 투틸로를 붙잡아 가두었죠. 그로서는 자신의 미래가 어떻게 풀려나갈지 모르는 채 아무 희망 없이 갇혀 있는 셈이에요. 투틸로가 처벌 없이 풀려나 램지로 간다 해도, 성녀님이 이곳에 그대로 머무시는 한 그의 앞날은 편치 않을 거예요. 그리고 일이 잘못 꼬여 살인죄를 뒤집어쓸 경우에는 교수형을 당하고 말 테고요." 이어 그녀가 진짜 용건을 밝혔다. "투틸로를 어디다 가뒀죠? 그 사람이 갇혀 있다는 건 이미 알고 있어요."

"진료소로 가는 통로에 있는 첫 번째 징벌방에 들어가 있소. 그곳에 징벌방은 두 곳뿐이지. 이곳에서는 죄를 짓는 사람이 드물거든. 그 방은 그를 가둬두는 역할도 하지만 동시에 적으로부터 그를 보호하는 역할도 하오. 30분 전쯤 내가 들여다봤는데, 그는 곤히 잠들어 있더군. 자는 모양으로 보아 아마 내일 아침기도가 끝날 때까지는 깨지 않을 것 같소."

"예, 편히 자겠죠." 달니가 의기양양하게 덧붙였다. "양심에 거리낄 게 하나도 없으니까요."

"양심에 관해서 얘기한다면……" 캐드펠은 부드럽게 말을 이었다. "그가 우리에게 늘 진실만을 말했다고는 하기 어렵지. 하지만 그 형제가 곤히 잠든 것에는 아무 불만이 없소. 그에겐 휴식이 필요하니까."

달니는 어깨를 으쓱이며 입술을 삐쭉거렸다. "물론 그는 거짓말을 아주 잘해요. 그것도 그의 환상 중 하나죠. 수사님은 그가 언제 거짓말을 하고 언제 진실을 말하는지 잘 아시지 않나요? 누구라도 알 걸요." 그녀는 캐드펠의 묘한 표정을 바라보며 도전하듯 말을 이었다. "저 또한 수렁에 빠지지 않기 위해 거짓말을 하곤 해요. 그 사람도 그렇게 지내왔고요. 하지만 살인을 한다? 아뇨, 그는 그런 짓을 벌일 만한 사람이 아니에요."

그녀는 캐드펠에게 옆모습을 보인 채 이리저리 걸음을 옮기며 선반 위에 늘어선 단지와 병 들을 긴 손가락으로 매만지는가 하면 머리 위에 늘어져 있는 약초 다발을 건드려보았다. 더 알고 싶은 게 있으면서도 어떻게 물어야 좋을지 몰라 주저하는 듯했다.

"그에게 밥은 주겠죠? 여기 분들이 사람을 굶기지야 않겠죠. 누가 그를 돌봐주나요? 수사님인가요?"

"아니, 밥은 문지기들이 가져다줄 거요. 하지만 나도 그를 만날 수 있지. 실제로 찾아가볼 생각이고. 그가 잘 지내기를 바란다면 지금 있는 곳에 가만히 있게 내버려두는 편이 좋을 거요."

"어차피 제게 선택의 여지도 없잖아요!" 쓸쓸한 어조였지만 표정은 왠지 그 어조에 어울리지 않았다. 상황을 그대로 받아들인다기보다는 짐짓 체념을 꾸며낸 듯한 얼굴이랄까. 그녀 또한 자신의 꿈을 꾸기 시작한 것이다. 그 꿈은 곧 행동으로 옮겨지리라. 문지기가 죄수에게 가는 시간을 확인하기 위해서는 다음 날 문지기의 거동을 살펴보기만 하면 될 터였다. 징벌방 열쇠 두 개의 위치는 문지기실 안을 들여다보면 알 수 있다. 웨일스는 이곳에서 그리 멀지 않았다. 투틸로만큼 아름다운 목소리와 뛰어난 연주 솜씨를 가진 사람이라면 그 나라 영주들의 저택에서 쉽사리 안식처를 찾을 수 있을 것이다. 하지만 살인죄의 오명을 그대로 뒤집어쓴 채 도망친다면? 늘 추적을 당해 잡힐 수 있다는 생각에 짓눌려 살아야 한다면? 차라리 여기 그대로 주저앉아 진범에게 수치심을 안겨주는 편이 훨씬 나을 텐데, 캐드펠은 생각했다. 그는 투틸로가 누구에게도 폭력을 행사한 적이 없으리라 확신하고 있었다. 그가 살인이라는 오명을 쓴 채 남은 평생을 살아서는 안 되었다.

달니는 무언가 더 말하거나 물어볼 것이 있는 사람처럼 여전히 작업장을 거닐며 머뭇거렸다. 달걀처럼 갸름한 그 얼굴에는 긴장한 기색이 감돌았고, 긴 속눈썹으로 반쯤 가려진 두 눈에는 번뜩이는 빛이 어려 있었다. 이윽고 그녀가 돌아서서 조용히 문 쪽으로 걸어갔다. "편히 쉬세요, 수사님!" 문 앞에서 고개도 돌리지 않은 채 인사를 건넨 뒤, 그녀는 문을 닫고 떠났다.

*

캐드펠은 이내 달니에 대해 잊었다. 분노에 떠밀려 엉뚱한 꿈을 꾸긴 했지만 정말로 실천에 옮기려 들 만큼 심각한 상태는 아닌 것 같았으니까. 하지만 이튿날 정오 직전 달니가 식당에서 나오는 문지기를 뚫어지게 주시하는 것을 보고는 생각을 바꾸지 않을 수 없었다. 그녀는 문지기가 진료소와 학교 사이의 통로로 들어가는 모습을 두 눈으로 열심히 좇았다. 석조 징벌방 두 곳은 통로 모퉁이에 자리 잡고 있었는데, 거기서는 물방앗간으로 이어지는 쪽문이 아주 가까웠다. 문지기의 모습이 시야에서 사라지자 달니는 넓은 마당을 가로질러 정문 쪽으로 향했다. 열려 있는 정문을 지나 아치 통로에 선 그녀는 잠시 수도원 앞 대로를 바라보다가 이내 돌아서서 문지기실로 들어갔다. 열쇠들이 걸린 판자는 문지기실 바로 안쪽에 붙어 있었다. 달니는 비어 있는 못과 그 옆에 걸린 열쇠를 잘 살펴보았다. 열쇠들은 크기나 생김새가 전부 비슷했지만 그녀에겐 예리한 관찰력이라는 큰 무기가 있었다.

그 조심스러운 조사와 준비 작업도 어쩌면 그녀의 머릿속에 피어난 꿈의 일부요, 실천에 옮기지 않을 환상에 불과할 수 있었다. 그럼에도 캐드펠은 오후에 문지기와 몇 마디 이야기를 나누었다. 만일 달니가 행동을 개시한다면 저녁 무렵, 어두워진 다음이나 되어서일 것이다. 문지기로서는 마지막 기도에 참석하러 가기 전에 엉뚱한 열쇠를 징벌방 열쇠 자리에 걸어두기만 하면 되었다.

캐드펠은 더 이상 달니의 거동을 지켜보지 않았다. 그럴 필요가 없었으니까. 제대로 된 열쇠가 없는 이상 그녀는 아무 일도 할 수 없을 테고, 더 큰 모험을 할 엄두도 내지 못할 것이었다. 그리하여 그날 하루는 노동, 독서, 연구, 기도와 같은 정해진 일과에 따라 순조롭게 흘러갔다. 캐드펠은 마음의 일부가 딴 데 가 있었기에 평소보다 더욱 본연의 업무에 집중하려 애썼다. 정의, 죄와 벌 같은 진지하고 중요한 문제들이 도무지 머릿속을 떠나지 않았다. 투틸로는 죄를 지었고, 따라서 그에 상응하는 벌을 받아야 마땅하다. 하지만 저지르지도 않은 죄에 대한 오명에서는 벗어나야 한다. 그래, 그에겐 역시 이곳이 안전해, 캐드펠은 생각했다. 수도원 징벌방에 갇혀 있으면 세속으로부터 어떤 위협도 받지 않을 터였다. 교회는 그 울타리 안에 있는 사람들이라면, 설령 그가 범법자라 해도 잘 보살펴주었다. 만일 투틸로가 모든 의혹을 말끔히 떨치지 못한 채 그곳을 빠져나갈 경우에는 도망자가 되어 법을 시행하는 사람들에게 쫓겨야 하며, 도주 자체가 그에게 불리한 증거로 작용할 것이다. 어느 모로 보나, 무고함이 드러날 때까지는 이곳에 머무르는 편이 그에게도 좋았다.

마지막 기도 시간이 다 되었을 무렵, 마지막으로 작업장을 둘러본 뒤 넓은 마당에 들어서던 캐드펠은 말을 탄 사람들이 정문 안으로 들어오는 광경을 보았다. 얼룩 무늬 말을 탄 설리엔 블런트가 빈 안장을 얹은 어두운 갈색 말의 고삐를 붙잡은 채 앞장서서 들어왔고, 그의 수행원들인 두 마부가 뒤따랐다. 황혼 녘에 찾아온 뜻밖의 손님이었다. 설리엔이 말 등에서 뛰어내리는 것을 보고 캐드펠은 그들에게 다가갔다. 이 늦은 시각에 롱너에서 사자를 보냈다면 무언가 용건이 있기 때문일 것이다.

"무슨 일이오, 설리엔? 이 시각에 무슨 일로 여기까지······."

"아, 캐드펠 수사님!" 설리엔이 얼른 돌아서며 반갑게 인사를 건넸다. "원장님과 램지에서 온 헤를루인 부원장님께 부탁드릴 일이 있어서요. 제 어머님이 투틸로라는 젊은 음악가를 데려오라고 하시더군요. 전에 연주와 노래로 어머니가 잠을 이룰 수 있도록 도와주었던 사람 말입니다. 어머니는 그 사람을 따뜻하게 대했고 그 사람 역시 어머니께 다정한 태도를 보였죠. 이번에는 긴 잠이 될 겁니다, 수사님. 어머니는 오늘 밤을 넘기지 못하실 거예요······ 그리고 어머니에겐 다른 용건도 있어요. 꼭 해야 할 일이라고 하시더군요. 저는 그게 뭔지 묻지 못했습니다."

"그는 지금 갇혀 있는데!" 캐드펠이 말했다. "이틀 전 도나타 부인께 다녀온 뒤 중죄의 혐의를 쓰게 되었거든. 부인의 상태가 그 정도로 심각한가? 원장님도 쉽사리 그를 보내주려 하시지 않을 걸세."

"예, 압니다." 설리엔이 말했다. "행정 장관님께 들었죠. 하지만 사람들이 곁에 붙어 따라간다면 괜찮지 않을까요? 저희가 그를 잘 붙들어두겠습니다. 볼일을 마친 뒤에는 수도원까지 함께 올 거고요. 그저 원장님께 말씀만이라도 해주세요! 어머니의 마지막 소원입니다. 그동안 죽음이라는 자비가 너무 늑장을 부렸지요. 하지만 이번은 정말 마지막이에요. 원장님은 저희 어머니에 대해 잘 알고 계시니 부탁을 들어주실 겁니다!"

"가서 말씀드려볼 테니 잠깐만 기다려보게나."

"그런데 수사님……" 설리엔이 문득 당황한 얼굴로 물었다. "이틀 전이라고 하셨나요? 우리는 이틀 전에 그를 부르지 않았는데요."

그리 놀랄 일은 아니었다. 투틸로가 거짓말을 했을지 모른다는 생각이 내내 마음 한구석에 자리 잡고 있던 터였다. 너무나 절묘하게도 시점이 맞아들지 않았던가. 투틸로는 어떤 일이 닥쳐올지 미리 예상하고 난감한 상황을 피하고자 적당한 시간 동안 이곳을 떠나 있었던 것이다. 어쨌든 지금 그건 큰 문제가 아니기도 했다.

"아, 그 얘긴 잊어버리게. 별일 아니니까. 여기서 기다리고 있게!"

원장은 응접실에 혼자 앉아 있었다. 설리엔이 저녁 늦게 찾아왔다는 이야기와 그 용건을 듣는 내내 그는 미간을 찌푸린 채 가만히 귀를 기울이다가 침울하게 입을 열었다.

"결국 그분께 임종의 시간이 다가온 모양이군. 내가 어떻게 그 청을 거절할 수 있겠소? 투틸로를 지키면서 따라갈 사람들까지 데려왔다고? 그렇다면 그를 보내주시오."

"하지만 헤를루인 부원장이 뭐라고 할지…… 그분에게도 허락을 구해야 할 텐데요."

"아니, 투틸로는 이 순간 우리 수도원의 징벌방에 갇혀 있소.

내 책임하에 있는 셈이지. 그러니 내 허락으로 충분하오. 캐드펠 형제가 가서 그 젊은이를 그들에게 넘겨주시오. 시간이 얼마 안 남았을지 모르니 서둘러야 하오."

캐드펠은 급히 문지기실로 돌아갔다.

"원장님의 허락을 받았네. 내가 가서 그를 데려올 테니 여기서 기다리게."

그는 문지기실로 들어가 감방 열쇠를 빼내며 그 옆에 걸려 있던 열쇠가 사라졌다는 사실을 알아차렸다. 이 역시 놀랄 일이 아니었다. 먼 꿈결처럼 아득했던 일들이 분명한 현실로 다가왔다. 달니가 결국 행동에 나선 것이다. 그녀는 정오 무렵 문지기가 첫 번째 열쇠를 걸어두는 광경을 눈여겨보고는 저녁기도가 진행되는 사이 두 번째 열쇠를 몰래 빼냈다. 하지만 날이 어두워지기 전까지는 징벌방에 갈 엄두를 내지 못했을 것이다. 모든 수사들이 마지막 기도를 드리기 위해 예배당으로 간 지금이야말로 적당한 때이리라. 캐드펠은 설리엔과 롱너에서 온 심부름꾼들을 정문 곁에 세워두고는 서둘러 모퉁이를 돌아 징벌방이 있는 통로로 들어섰다. 담장 밖 물방앗간과 연결된 쪽문으로 이어지는 그 좁은 통로에는 이미 짙은 어둠이 깔려 있었다.

거기 달니가 있었다. 캐드펠은 벽 안쪽으로 움푹 들어간 문 앞에 바짝 붙어선 가느다란 실루엣을 알아보았다. 자물쇠의 홈에서 거슬리는 금속음이 울려 나왔다. 그녀는 당황하고 짜증이 난 상태에서 잘 들어가지도 않는 열쇠를 억지로 밀어 넣으려 안간힘을 쓰고 있었다. 그 일에 너무 열중한 나머지 그가 다가오는 것도 눈치채지 못한 듯했다. 이윽고 캐드펠이 그녀의 팔을 향해 살그머니 손을 뻗었다.

"소용없을 거요." 그가 말했다.

달니는 숨죽인 짧은 비명을 내지르며 거칠게 뒤로 물러났다. 높은 곳에 달린 창살문에서 희미한 불빛이 새어 나오는 것으로 미루어 감방 안에 작은 등잔불이 켜져 있는 게 분명했지만 안에서는 아무 소리도 들리지 않았다.

"잠깐, 놀라지 마시오! 아마 이 안에 있는 형제에게 전할 소식이 있어서 왔나 본데, 나도 마찬가지요. 그러니 각자 일을 보도록 합시다." 캐드펠은 자물쇠에 반쯤 꽂힌 열쇠를 빼내며 말을 이었다. "이리 오시오. 당신도 들여보내줄 테니."

맞는 열쇠를 꽂아 돌리자 자물쇠는 쉽게 열렸다. 캐드펠은 문을 열었다. 투틸로는 꼿꼿하게 선 채 문을 정면으로 바라보고 있었다. 그의 갸름한 얼굴은 더없이 창백했고, 둥그렇게 뜬 황금빛 두 눈에는 놀란 빛이 어려 있었다. 그는 달니의 계획에 관해 아무것도 모르는 채였다. 하루가 저물어가는 시간, 식사 시간도 면회 시간도 지나간 이때 왜 갑자기 문이 열렸는지 그저 궁금할 따름이었다.

"자, 이제 용건을 전하시오." 캐드펠이 달니에게 말했다. "하지만 짧게 해야 하오. 내게도, 이 형제에게도 주어진 시간이 얼마 안 되거든."

달니는 당황하여 잠시 뻣뻣하게 서 있다가, 문이 눈앞에서 다시 닫혀버릴까 봐 두렵기라도 한 듯 열려 있는 문을 몸으로 밀며 얼른 들어왔다. 캐드펠은 꼼짝도 하지 않았고, 투틸로 또한 영문을 몰라 당황한 눈빛으로 낯선 이를 보듯 두 사람을 번갈아 쳐다볼 뿐이었다.

"투틸로, 당장 달아나요." 달니가 다급한 목소리로 속삭이듯 말했다. "저기 있는 쪽문으로 나가면 당신은 자유예요. 일단 담장만 넘으면 아무도 당신을 알아보지 못할 거예요. 시간이 있을 때 어서 가요. 서쪽으로, 웨일스로 가면 돼요. 여기 가만히 죽치고 앉아서 희생양이 되지는 말아요. 지금 가요, 빨리!"

투틸로는 움찔하더니 부르르 몸을 떨었다. 두 눈의 노란 불꽃이 되살아났다.

"자유라고요? 그랬다간 사람들이 당신을 족칠 거예요, 달니……." 그는 다시금 몸을 떨고는 캐드펠 쪽으로 시선을 돌렸다. 자기 앞에 선 이 늙은 수사가 친구인지 적인지 그는 알지 못했다. "이게 다 무슨 일인지 난 도무지……."

"이 여자분이 여기 온 용건은 잘 들었겠지." 캐드펠이 입을 열었다. "나도 형제에게 전할 말이 있어서 왔소. 설리엔 블런트가 말을 끌고 와 형제를 자기 어머니에게 보내달라 부탁하고 있소. 지금 당장 가야 하오. 도나타 부인이…… 죽어가고 있거든. 부인이 죽기 전에 형제를 다시 보고 형제의 노래를 듣고자 하오."

한순간 투틸로의 얼굴이 딱딱하게 굳는가 싶더니 그의 눈에서 타오르던 노란 불길이 숨을 죽이고 고요해졌다. 그는 입술을 달싹이면서 그녀의 이름을 조용히 되뇌었다. "도나타 부인이……."

"도망쳐요, 당장!" 달니가 흥분하여 목소리를 높였다. "내가 당신을 위해 이런 일까지 벌였는데, 내 면전에서 이 좋은 기회를 내던질 생각이에요? 시간이 있을 때 가란 말이에요. 이분은 혼자고 우리는 둘이에요. 이분은 우리를 가로막을 수 없다고요!"

"나는 방해할 생각이 없소." 캐드펠이 말했다. "선택은 투틸로가 할 거요."

"그분이 죽어가고 있다고요?" 투틸로가 중얼거렸다. 나직하면서도 또렷한, 슬픔 어린 목소리였다. "그게 정말인가요?"

"그렇소. 그리고 형제와 만나기를 원하고 있소. 오늘 밤이 마지막일 거요."

"당신도 들었죠?" 달니는 다소 가라앉은 목소리로, 그러나 여전히 속을 끓이며 그를 재촉했다. "문은 열려 있어요. 수사님은 방해할 생각이 없다 하셨고요. 그러니 한쪽을 선택해요! 나는 이미 선택했어요."

투틸로는 그녀의 말을 듣지 못하는 것 같았다. "나는 그분을 이용했어!" 그가 탄식하듯 외치고는 캐드펠에게로 고개를 돌렸다. "헤를루인 부원장님이 저를 보내주실까요?"

"아마 허락하지 않겠지. 하지만 원장님이 허락하셨소. 그분은 형제가 사람들의 호위를 받으며 다시 이리로 돌아오리라 믿고 계시오."

투틸로가 문득 두 손을 들어 달니의 어깨 위에 얹더니 그녀를 방 한쪽으로 데려갔다. 그는 긴 손가락으로 그녀의 관자놀이에서 턱에 이르기까지 부드럽게 쓸어내린 뒤 나직한 소리로 말했다.

"부인이 나를 보고 싶어 해요. 그분께 가봐야 해요."

8

 투틸로가 도나타 부인에게 가겠다고 말하자 달니는 즉시 모든 것을 단념했다. 그 결정이 번복되지 않으리라는 것을 잘 아는 터였다. 그녀는 모퉁이까지 따라와 우두커니 선 채 투틸로가 말에 올라 작은 기마대와 함께 대문을 빠져나간 뒤 수도원 앞 대로 오른쪽으로 돌아가는 광경을 말없이 지켜보았다. 말을 타고 갈 땐 마시장터 앞에서 꺾어 들어가는 넓은 길이 더 편했다. 그러니 그는 앨드헬름의 시신에 걸려 넘어졌던 좁은 오솔길을 밟지 않아도 되리라.

 마지막 기도를 알리는 종소리가 울려 퍼졌다. 달니의 뜻대로라면 이미 투틸로가 쪽문 밖으로 빠져나갔어야 할 시각이었다. 투틸로는 도망치지 않은 것을 후회할 것이다. 무슨 대가를 치르더라도, 설사 세상 사람들의 냉대를 받으며 쫓긴다 하더라도, 가만히 앉아 교수형을 당하는 것보다는 나을 텐데. 달리는 귓전을 울리는 종소리를 들으며 생각에 잠겨 있었다. 이윽고 캐드펠이 아무도 없는 넓은 마당을 가로질러 천천히 되돌아오자, 그녀는 그의 앞을 가로막고 선 채, 마치 그의 내면 가장 깊숙한 곳을 꿰뚫어 보기라도 하듯 큼직한 두 눈으로 그의 눈을 지그시 응시했다.

"수사님도 알고 계시는군요." 그녀가 차갑게 말했다. "투틸로가 그 불쌍한 양치기를 해치지 않았다는 사실을 말이에요. 정말로 그 사람이 도망치는 걸 모른 체할 작정이셨나요?"

"그 친구가 도망치는 쪽을 선택했다면 그렇게 하려고 했지. 하지만 난 그가 그러지 않으리라 믿고 있었소. 어쨌든 선택권은 그에게 있었고, 그는 부인에게 가기로 결정했지. 자, 이제 난 마지막 기도에 참석하러 가야겠군."

"작업장에서 기다릴게요. 수사님께 드릴 말씀이 있어요. 일이 이렇게 되었으니, 제가 알고 있는 모든 걸 말씀드려야겠어요. 제가 생각하기엔 그 이야기 속에 투틸로의 무죄를 증명할 만한 것이 없지만, 제가 보지 못한 걸 수사님은 볼 수도 있지 않겠어요? 그에게는 저보다 더 지혜로운 사람이 필요해요. 그리고 한 사람보다는 두 사람이 돕는 게 나을 테니까요."

캐드펠은 단호하면서도 재기 발랄한 그녀의 얼굴을 찬찬히 뜯어보았다. "당신이 당신 자신의 이해관계 때문에 그 청년을 원하는 건지, 아니면 아무 사심 없는 순수한 동정심에 이러는 건지 나로서는 모르겠군." 달니의 얼굴이 미소로 밝아지는 것을 바라보며 그는 말을 이었다. "그럼 이만 가보겠소. 나 역시 다른 분의 지혜가 절실하니까. 작업장이 추우면 화로에 달린 풀무를 사용하시오. 조금 전에 나오면서 토탄을 충분히 넣어두었소."

*

 작업장 안에는 목재 향내가 깃든 훈훈한 공기가 감돌았다. 머리 위에 매달린 약초 다발들은 화로에서 피어오르는 열기에 서걱이는 소리를 내며 가볍게 흔들렸고, 화롯불 곁에 앉은 달니의 양쪽 광대와 검은 고수머리 밑으로 보이는 넓은 이마는 금빛으로 물들어 있었다.
 "수사님도 그날 밤 롱너에서 투틸로를 부르지 않았다는 걸 알고 계시겠죠? 그래요, 그 사람은 거짓말을 했어요. 양치기가 왔을 때 이곳에 있지 않기 위해서는 그래야 했지요. 며칠 몸을 사리고 있으면 성녀님의 유골을 둘러싸고 벌어진 사태는 어떻게든 마무리될 테고, 이후 헤를루인을 따라 램지로 돌아가면 되리라 생각했던 거예요." 달니는 잠시 말을 멈추고 씁쓸한 표정으로 입술을 삐죽 내밀어 보였다. "하지만 그렇게 램지로 돌아가봐야 그에게 좋은 일이 생기지는 않았을 거예요. 그는 이제 성자가 되겠다는 생각을 접었어요. 만일 성서에 나온 구절이 램지 수도원 쪽에 불리한 내용일 경우, 헤를루인은 자신의 분노와 수치에 이자까지 붙여서 투틸로에게 모조리 쏟아부을 거예요. 그 사람이 어떻게 나올지는 수사님도 저만큼이나 잘 아시겠죠. 그런 부류의 수사들은 애초에 복수심만 지니고 태어난 사람들 같아요. 혹독하고 냉정한 성품을 갖고 세상에 나온 사람들은 살면서 더더욱 혹독하고 냉정해지며, 관대하고 따뜻한 성품을 타고난 사람들은 더더욱 관대하고 따뜻해지지요. 하나같이 이거 아니면 저거예요. 투틸로도 마찬가지고……." 달니가 열띤 어조로 말을 이었다. "어쨌든, 그날 밤 일은 그렇게 된 거예요. 그는 저녁 내내 이곳을 떠나 있기 위해서 롱너의 부름을 받았다고 거짓말을 했죠. 이제는 그 부인에게 진 빚을 갚으러 갔고요."

"빚 이상의 것이지. 투틸로는 부인과 처음 눈을 마주친 순간 부인에게 완전히 사로잡혔소. 당신이 어떤 방법을 썼든 그는 끝내 롱너로 갔을 거요. 그리고……" 캐드펠이 조용히 말을 이었다. "그날 밤 앨드헬름이 이 수도원으로 오리라는 것을 그가 이미 알고 있었다고 했는데, 그는 그 사실을 어떻게 눈치챈 거요? 원장님과 나를 제외한 다른 수사들은 아무도 모르고 있었는데…… 어쩌면 로버트 부원장 정도나 알았을까."

"제가 알려줬어요." 달니는 간단하게 대꾸했다.

"당신은 어떻게 알았지?"

그녀는 주의 깊고 빈틈없는 표정으로 캐드펠을 재빨리 올려다보았다. "아주 우연히 알게 됐죠. 베네제가 로버트 부원장과 제롬 수사의 대화를 엿듣고 제게 전해주더군요. 투틸로에게 그 사실을 알리라면서요. 그 사람은 제가 투틸로를 좋아한다는 걸 알고 있었거든요."

더없이 단순하고도 간결한 대답, 동시에 복잡하고 강렬한 감정들을 표현하기에 가장 적절한 대답이었다. 이 대답을 통해 그녀는 자신이 알고 있는 것 이상을 드러낸 셈이었다.

"그 사람은?" 캐드펠은 무표정한 얼굴로 조심스레 물었다.

하지만 달니는 그렇게 단순한 사람이 아니었다. 여인들이란 결코 단순할 수 없으며, 더욱이 그녀는 때 이르게 아주 많은 것들을 경험한 사람이었다. "투틸로는 나에 대한 자신의 감정을 잘 몰라요. 아니, 다른 무엇에 대해서도 마찬가지죠. 그는 속에 바람이 들면 찬란한 꿈만 바라보며 무작정 그쪽으로 달려갈 뿐이에요. 그게 얼마나 굉장한 거냐고 자기 자신을 설득하면서 말이에요. 하지만 성자가 되겠다는 그의 꿈은 이제 시들어가고 있어요. 그게 빛나고 훌륭한 꿈이라는 건 저도 알아요. 하지만 그에게는 어울리지 않지요. 그는 평화롭고 고요한 지복을 누릴 수 있을 만한 사람이 아니거든요."

"그날 밤 얘기를 더 해보시오." 캐드펠이 부드럽게 말했다. "투틸로가 롱너에 가게 해달라고 청원하여 허락을 받은 뒤 어떤 일이 일어났는지 말이오."

"진작 말씀드렸어야 했는데……." 달니가 입을 열었다. "하지만 그래봐야 그 사람에게 별 도움은 되지 않았을 거예요. 투틸로가 숲길을 통해 돌아오던 중 그 불쌍한 사람이 쓰러져 있는 걸 발견하고 정직한 사람답게 성으로 달려가 행정 장관한테 소식을 전한 건 분명해요. 제가 무슨 말을 하든 그 사실은 변하지 않죠. 하지만 그것 말고 그에게 도움이 될 만한 다른 내용이 조금이라도 섞여 있다면 그걸 짚어주세요. 제가 못 보고 지나친 걸 수사님께서 알려주셔야 해요."

"알았으니 얘기하시오."

"우리는 어떻게 하는 게 좋을지 의논해서 결정을 내렸어요. 제가 그 사람과 이 수도원 밖에서 만난 건 그게 처음이었죠. 그는 수도원을 빠져나와 나루터가 내려다보이는 언덕 쪽으로 이이진 길을 따라왔고, 저는 공동묘지 앞에 있는 문으로 나가 마시장터로 왔어요. 우리는 마시장터 마구간에 있는 다락으로 올라가 이야기를 나누었어요. 홍수가 지나가고 그곳에 있던 말들을 수도원으로 다시 옮긴 뒤에도 마구간 대문에 난 쪽문은 여전히 열려 있었거든요. 물난리가 난 지 일주일도 더 지난 터라 마당의 물은 다 마른 상태였고요. 우리는 마지막 기도를 알리는 종소리가 들릴 때까지 그 다락에 함께 있었어요. 그때쯤이면 양치기가 수도원에 왔다가 돌아갔겠거니 했지요. 아주 늦은 시간이었고, 달도 뜨지 않은 밤이었으니까요."

"비도 오고 있었지."

"맞아요. 길에서 시간을 지체할 만한 밤은 아니었죠. 우리는 그가 수도원을 떠났을 거라고, 그리고 어쩌면 한 번 더 와줄 만큼 그 일에 열의를 보이지 않을 수도 있을 거라고 생각했어요."

"두 사람은 거기서 내내 뭘 하고 있었소?"

달니가 피식 웃었다. "얘기했어요. 몸을 덥히느라 건초 속에 들어가서 이야기를 나눴죠. 자유의 몸으로 수도원에 들어간 그와 애초부터 노예로 태어나 아무런 선택권도 갖지 못했던 제가 결국 어쩌다 같은 처지에 떨어지고 말았는지, 서로 그때까지의 사정을 모두 털어놨어요." 그녀는 쓰디쓰게 말을 이었다. "저는 태어난 순간부터 덫에 걸려 있었어요. 그 사람은 다른 예속 상태에서 벗어나기 위해 새로운 예속 상태로 들어갔고요. 두 눈 번연히 뜨고 제 발로 걸어 들어갔죠. 자기가 어디로 가는지도 알지 못하면서…… 그렇게 손발이 다 묶인 상태로 저를 구해내겠다는 엄청난 꿈을 품더군요."

"당신이 오늘 그 사람을 자유롭게 해주려고 했던 것처럼 말이오?" 캐드펠이 부드럽게 물었다. "그래, 그다음에는? 마지막 기도를 알리는 종소리를 듣고 이제 그만 돌아가도 되겠다 생각했다고 했지? 그런데 어째서 그 사람 혼자 숲길을 걷게 된 거요?"

"그 사람은 롱너 쪽 길을 통해 와야 했어요. 누군가 우연히 볼지도 모르니까요. 저는 나갈 때 그랬듯 묘지 쪽 문을 이용해 들어왔고, 그 사람도 왔던 길을 되짚어 숲속으로 들어갔어요. 그게 아니더라도 둘이서 나란히 돌아올 수는 없잖아요?" 달니는 씁쓸하게 웃어 보였다. "그 사람은 여자를 멀리하겠다 맹세한 사람이고, 저는 남자들과 어울려서는 안 되는 사람이니까요."

"그는 아직 최종 서약을 하기 전이오." 캐드펠이 담담하게 대꾸했다. "어쨌든 유감이군. 둘이 함께 가다가 죽은 사람과 맞닥뜨렸다면 서로에게 증인이 되어줄 수 있었을 텐데."

"우리 둘이요?" 그녀가 캐드펠을 멍하니 바라다보다가 짧게 웃었다. "사람들이 우리 얘길 믿어줬을까요? 밤중에 수도원을 빠져나가 건초 더미에 파묻혀 있다 돌아온 여자 노예와 견습 수사의 말을 누가 믿겠어요? 도리어 우리가 공모해서 그 사람을 죽였다고 몰아붙였을걸요." 그녀의 말투가 한층 씁쓸해졌다. "이게 다예요. 더는 드릴 말씀이 없네요. 제 얘기는 모두 진실이에요. 투틸로가 거짓말을 하고 대담한 도둑질까지 벌인 건 사실이지만, 사실 그는 아기처럼 순수한 사람이에요. 마지막 기도를 알리는 종이 울렸을 때 우리는 함께 기도를 드리기까지 했어요. 하지만 이런 말을 누가 믿겠어요?"

캐드펠은 믿었다. 그러나 헤를루인이 같은 이야기를 듣는다면 어떨까? 그의 얼굴에 떠오를 표정이 눈에 보이는 것만 같았다. 캐드펠은 잠시 생각에 잠겼다가 입을 뗐다. "당신 말에 따르면, 애초에 앨드헬름이 그 길로 내려오리라는 걸 알고 있었던 사람이 생각보다 많았다는 얘기가 되는군. 제롬이 떠들어대는 소리를 베네제가 들었다면, 그날 밤 그 사실을 알고 있었던 사람들은 대체 몇이나 되는 걸까? 우리 외에 몇 사람이 더…… 로버트 부원장은 아마 신중하게 행동했겠지만, 제롬은…… 그 사람은 아니었겠지. 그리고 베네제도, 늘 그랬듯 자신이 입수한 정보를 레미에게 전해주지 않았을까? 종이 거둬들인 이삭은 주인에게 돌아가는 법이니 말이오. 그리고 레미가 들은 소식은 그가 환심을 사려 애쓰는 후원자의 귀에도 들어갈 가능성이 높지. 당신과 이렇게 얘기를 나눈 게 괜한 시간 낭비라고는 할 수 없겠군. 이를 토대로 더 생각해봐야겠소. 당신은 걱정일랑 잠시 접어두고 가서 자도록 하시오."

"만약 투틸로가 롱너에서 돌아오지 않는다면요?" 그녀의 마음은 희망과 두려움 사이에서 오락가락하고 있었다.

"그런 건 생각할 필요 없소. 그는 반드시 돌아올 거요."

*

투틸로는 아침기도 시간이 되기도 전에 돌아왔다. 청량하고 고요한 새벽 어스름이 감도는 시간이었다. 3월은 사자보다는 새끼 양을 더 닮아 느린 걸음으로 다가왔으나, 그럼에도 어느새 숲에는 아네모네가 만발했고, 서리나 빗발에 상하지 않은 앵초들도 막 꽃잎을 피워내고 있었다. 롱너에서 온 두 마부는 음유시인의 양쪽에 붙어 선 채 문지기실 앞으로 와서는 그가 말에서 내리는 광경을 조용히 지켜보았다. 빈 말의 고삐를 잡아 방향을 돌린 뒤 투틸로에게 작별 인사를 건네는 그들의 모습은 차분하고 절도 있으면서도 아주 다정했다. 두 사람 가운데 나이 든 마부는 허리를 숙여 투틸로의 등을 다정하게 두드리고 그의 귀에 대고 한두 마디 속삭이기까지 했다. 곧 그들은 정문을 나가 마시장터를 향해 가볍게 말을 몰았다.

캐드펠은 이미 한 시간 전에 깨어나 머리를 식힐 겸 밖에 나와 있던 참이었다. 그는 덤불이 무성한 완두밭 가장자리와 물방앗간 저수지 주변을 거닐며 산사나무의 흰 꽃들을 땄다. 막 봉오리가 벌어진 그 꽃들을 달이면 운동 활동에 어려움을 겪는 진료소 노인들의 하제로 쓸 수 있을 것이었다. 산사나무는 아주 유용한 식물로, 적당한 시기에 채취한 새순과 꽃과 쌉쌀한 검은 열매는 사람의 몸 내부에서 일어나는 거의 모든 병에 효과가 있었다. 소와 양이 경작지에 들어가지 못하게 막아주는 산울타리용으로도 더없이 좋은 나무였다.

캐드펠은 중간중간 큰 마당으로 나가 투틸로가 돌아왔나 살펴보곤 했다. 마침내 말을 탄 세 사람이 정문 안으로 들어오는 모습을 본 건, 그가 하얀 꽃으로 전대를 가득 채운 뒤 일곱 번째로 마당에 나왔을 때였다. 투틸로는 캐드펠이 지켜보고 있다는 사실도 의식하지 못한 채 말에서 내려 마부들과 다정하게 인사를 나눈 뒤 문지기실을 향해 피곤한 걸음을 옮겼다.

그는 두 팔로 끌어안은 어떤 물건 위로 고개를 숙이고 있었다. 불안정한 두 발이 자갈로 포장된 바닥 위에서 비틀거렸다. 사선으로 길게 비껴드는 아침 햇살을 받아 황금빛 앵초꽃이 한층 찬연한 빛을 발했지만, 문지기실과 넓은 마당은 아직 그늘 속에 잠겨 있었다. 투틸로는 앞이 잘 보이지 않는 사람처럼 시종 바닥의 포석을 내려다보며 조심스레 발을 뗘었다. 문지기가 바깥 소리를 듣고 문 앞까지 나왔다가 다가오는 캐드펠을 보고 걸음을 멈추었다. 돌아온 죄수를 인수하는 일은 수도원의 원로인 그에게 맡기려는 모양이었다.

투틸로는 캐드펠이 아주 가까이 다가선 뒤에야 비로소 고개를 들더니, 누구인지 알아보기 어려운 듯 연신 눈을 깜박이며 자세히 그를 들여다보았다. 밤을 새운 탓에 그의 황금빛 눈동자는 부옇게 흐려졌고 눈 가장자리도 벌겠다. 눈물을 많이 흘린 것 같았다. 투틸로의 두 팔에 안겨 있는 것은 주머니였다. 줄로 입구를 조이게 되어 있는 부드러운 가죽 주머니. 행여 놓칠세라 가슴에 꼭 끌어안고 주머니에 부착된 끈들은 한쪽 팔목에 친친 감은 채였다. 품에 안은 보물 너머로 캐드펠의 얼굴을 멍하니 쳐다보던 그의 두 눈에 희미한 불꽃이 반짝 피어나는가 싶더니 이내 고통 어린 불길로 타올랐다.

"부인은 돌아가셨습니다." 그가 기운 없는 목소리로 입을 열었다. "경련이나 신음 한번 없이 고요히 잠드셨어요. 저는 그저 노래만 계속 불렀죠…… 그 평온한 휴식을 망치지 않기 위해서요."

"잘했소. 부인은 편히 쉴 수 있는 시간을 오래도록 기다려왔지. 이제 어떤 것도 그분의 잠을 방해하지 못할 거요."

"저는 부인이 돌아가신 뒤 잠시 더 자리를 지키다가 출발했어요. 제대로 작별 인사를 드리고 싶었거든요. 그분은 저를 참 따뜻하게 대해주셨어요." 그와 부인의 관계는 하인과 주인, 혹은 피후견인과 후견인의 관계가 아니었다. 두 사람 사이에는 그와 다른 종류의 따뜻한 마음이 오갔으며, 이는 둘 모두에게 은혜였다.

"제가 도망쳤다고 생각하실까 봐 걱정이 됐어요. 하지만 일찍 돌아올 수는 없었죠. 그곳 사제가 날이 밝기 전에 부인이 돌아가실 것 같다고 했거든요."

"서두를 필요는 없었는데. 나는 형제가 돌아오리라 믿고 있었소. 배고프지 않소? 문지기실에 앉아 잠시 기다리면 먹을 것과 마실 것을 준비해 가져오겠소."

"아닙니다. 그 집 사람들이 요깃거리를 줬어요. 눈을 좀 붙이다 가라고 권하기도 했지만 필요 이상으로 오래 머무르는 건 약속을 어기는 짓이라 그냥 돌아오기로 했지요." 갑자기 하품이 터져 나오면서 그의 두 눈에 눈물이 그렁그렁하게 맺혔다. 그는 가볍게 몸을 떨며 말했다. "이제 그만 가서 자야겠습니다."

이 순간 그에게 주어진 거라곤 징벌방의 잠자리뿐이었지만, 투틸로는 세상 사람들과 동떨어진 곳에서 혼자 있을 수 있게 된 것이 오히려 반가운 듯했다. 캐드펠은 문지기에게서 열쇠를 받았다. 문지기는 투틸로에 대한 연민과 감시자로서의 책임감에 초조한 마음으로 곁을 서성이다가 그가 순순히 징벌방으로 향하는 것을 보고 안도의 한숨을 내쉬었다. 캐드펠은 투틸로를 따라 징벌방 안으로 들어갔다. 청년은 좁은 침대에 무너지듯 주저앉아 잠시 묵묵히 앉아 있더니 이내 가슴에 끌어안고 있던 짐을 애무하듯 부드러운 손길로 곁에 내려놓았다.

"잠깐만 같이 있어주세요." 그가 입을 열었다. "수사님은 부인을 잘 아셨죠. 저는 최근에 만났고요…… 부인은 그렇게 편찮으신데도 어떻게 저를 부를 생각을 하셨을까요?" 대답을 들으려고 꺼낸 말이 아니었다. 어차피 그런 질문에 대한 대답은 있을 수도 없고. 하지만 육체의 고통이 너무 심해 영원한 안식만을 고대하던 노인이 다소의 흠은 있을지언정 젊고 생기발랄하며 아름다운 목소리를 가진 청년의 방문을 왜 반기지 않겠는가. 더군다나 그는 의지할 곳 없고 상처받기 쉬우며 약한 사람에게 그리 관대하지 않은 세상을 살아가는 젊은이였으니, 부인으로서는 더더욱 애틋한 감정을 느꼈으리라.

"형제는 최근 몇 년 동안 육체를 엄습하는 혹심한 고통에 시달려온 그분께 큰 기쁨을 안겨주었소. 부인은 형제를 아주 정확히 꿰뚫어 봤을 거요. 형제와 함께 지내면서도 형제에 대해 아무것도 모르는 몇몇 사람들보다 훨씬 더. 어쩌면 형제가 스스로에 대해 아는 것보다 더 많은 것을 보았을지도 모르지."

"저도 필요한 만큼의 통찰력은 갖고 있습니다. 제 자신이 어떤 존재인지 잘 알지요. 세상이 저와 같은 사람을 별로 필요로 하지 않는다는 것도요. 하지만 그 집 사람들은 달랐어요. 저를 위해 현을 모두 새것으로 갈아 끼운 하프를 부인의 침실에 갖다 놨더군요. 방이 좁아서 하프 소리가 너무 크게 울리지 않을까 걱정이었지만, 부인이 연주를 듣고 싶어 했어요. 혹시 부인이 더 젊고 건강하고 아름다웠을 때의 모습을 보신 적이 있나요, 캐드펠 수사님? 한동안 연주를 이어가다가 주위가 너무 조용하길래 부인이 주무시는가 보다 생각하고 그분 모습을 슬쩍 훔쳐봤어요. 그런데 눈을 뜨고 계시더군요. 두 뺨에는 장밋빛 홍조가 어려 있었고요. 수척해 보이지도, 늙어 보이지도 않았어요. 도톰하고 불그스름한 입술은, 웃는 듯 아닌 듯 양끝이 살짝 올라가 있었지요. 예, 수사님 말씀이 맞아요. 대화를 그리 많이 나눈 건 아니지만, 부인은 제가 어떤 사람인지 잘 아셨어요. 저는 부인께 성모마리아 찬가 몇 곡을 불러드렸어요. 그런 다음엔 저도 모르게…… 세속의 연가들을 불렀죠. 저는 그게 부인이 저를 다루는 방식이라 느꼈어요. 아무 말 없이 조용히 제 마음을 움직이는 것. 고통이 사라지자 부인은 한층 젊어진 것 같았지요. 제 연가를 아주 기쁘게 들으셨어요. 그곳 사제는 이미 고해를 들은 상태였고, 부인은 한밤중에, 그러니까 아마 새벽 3시쯤 돌아가셨을 거예요. 그런데 저는 그걸 몰랐어요…… 그저 부인이 잠들었다고만 생각하고…… 주인 동생의 아내 될 사람이 들어와 살펴보고 돌아가셨다고 말했을 때야 비로소 알았죠."

"부인은 정말로 잠드신 거요. 자네의 노래를 들으며 참으로 편안히 그 어둠 속으로 들어가셨겠지. 그러니 슬퍼할 것 없소. 부인은 그런 식의 종말을 오래도록 고대해왔으니까."

"제가 눈물을 흘린 건 그 때문이 아니었어요. 그 뒤에 어떤 일이 있었는지 아세요? 제가 뭘 가지고 왔는지 보세요."

투틸로는 곁에 놓여 있던 가죽 주머니의 입구를 열고 안에 손을 집어넣어 공명판과 현들이 새것처럼 반들반들한 프살테리움을 꺼냈다. 투틸로가 전에 부인의 침실에서 연주했던 그 악기였다. 부러진 줄감개는 새로 깎은 것으로, 세 가닥의 현은 새 장선으로 교체된 상태였다. 투틸로가 그걸 곁에 내려놓고 손가락 끝으로 현을 훑자 은구슬처럼 맑고 고운 소리가 울렸다.

"부인이 이걸 제게 주셨어요. 부인이 돌아가시고 모두 그분을 위해 기도드린 뒤, 부인의 아들, 그러니까 둘째 아들이 잘 손보고 윤을 내어 완전히 새것이 된 이 악기를 제게 건네면서 부인의 뜻이니 받으라고 하더군요. 악기 없는 가수는 무기도 갑옷도 없는 병사나 마찬가지니 이걸 제게 줘야 한다고 말씀하셨대요. 그리고 음유시인에게는 딱 세 가지가 필요한데, 그건 바로 악기 하나, 말 한 마리, 여인의 사랑이라고, 첫 번째 것은 당신이 주려 하니 다른 두 가지는 스스로 찾아내라고 하셨대요. 부인은 저를 위해 새 채까지 마련해주셨어요. 당장 연주할 때 쓸 것뿐 아니라 몇 개나 되는 여분의 것들까지……."

투틸로는 다시금 눈물이 차올라 울먹이며 말끝을 흐렸다. 그 순간을 상기하며, 수도원 안에서의 삶과는 거리가 먼 미래를 내다본 듯한 부인의 장난스러운 예언을 마음 깊이 새기는 것 같았다. 아닌 게 아니라 그에게 수도자로서의 삶은 이미 매력을 잃어가던 터였다. 정말로 부인이 제대로 보았던 것일까? 부인은 그의 맑고 순수한 성품만이 아니라 혈기 왕성하고 발랄한 육체, 나아가 그 안에 내재된 무한한 잠재력도 알아보았을 것이다. 죽어가는 사람들은 놀라운 예언을 하곤 한다. 특히 여자들에게 그런 일은 흔히 일어난다.

저 멀리 숙사에서 아침기도를 알리는 종소리가 울려 퍼졌다. 캐드펠은 프살테리움을 조심스럽게 집어 들어 작은 책상 한쪽에 살며시 내려놓았다.

"이제 난 가봐야겠군. 우리가 소르테스 비블리카 의식을 치르는 사이 형제는 모든 걸 잊고 푹 자두시오. 형제는 부인께 도리를 다했고, 부인 또한 형제를 잘 대해줬소. 부인의 은총과 우리 몇몇 수사들의 기도가 형제를 은혜로운 길로 이끄리라 믿소."

"예, 고맙습니다." 투틸로의 피로한 눈이 크게 벌어졌다. "그런데, 그게 오늘인가요? 그 의식에 대해서는 완전히 잊고 있었네요." 순간적으로 얼굴에 그늘이 드리우긴 했지만 투틸로는 크게 동요하지 않았다. 그는 이제 자신의 앞날에 대한 두려움에서 어느 정도 벗어나 있는 상태였다.

"다시 잊도록 하시오." 캐드펠이 말했다. "다른 사람들은 몰라도 형제만은 형제 자신이 더없이 소중하게 여기는 성녀님에 대한 믿음을 가져야 하오. 위니프리드 성녀님을 믿고 자리에 누워 눈을 붙이시오. 지금쯤은 성녀님도 뼈를 두고 다투는 개들처럼 당신을 두고 아귀다툼을 벌이는 이들에게 진저리를 내실 거요. 얼마 전 그분이 형제에게 당신의 마음을 은밀히 전하셨다면, 오늘 우리에게도 그 마음을 공개적으로 드러내주시겠지."

  수사회와 대미사 사이의 짧은 휴식 시간, 캐드펠이 작업장에 앉아 산사나무 꽃들에서 가시와 딱딱한 검은 잔가지들을 골라내고 있을 때 휴가 들어왔다. 그간 다리품을 팔며 수집해온 정보들을 나누기 위해서였다. 정보들 대부분은 하나같이 보잘것없었지만 나루터 사공이 들려준 이야기 하나만은 그런대로 쓸모가 있을 것 같았다.

  "투틸로는 그날 밤 롱너 근처에는 얼씬도 하지 않았답니다. 아예 강을 건넌 적이 없어요. 수사님도 그건 알고 계시죠? 하지만 앨드헬름이라는 불쌍한 청년은 강을 건넜고, 사공은 그때가 언제인지 기억하고 있더라고요. 업턴의 교구신부 밑에서 일하는 하인 하나가 일주일에 한 번씩 프레스턴에 있는 형 식구들을 찾아가곤 하는데, 그날 밤 이 하인이 업턴에서 프레스턴까지 앨드헬름과 함께 간 모양이에요. 앨드헬름은 업턴 영지에서 양치기로 일했고 집은 프레스턴에 있거든요. 양치기들의 하루 일과가 워낙 들쭉날쭉해서 앨드헬름이 몇 시쯤 일을 끝냈는지는 잘 모르겠지만, 사제의 하인이라는 사람이 저녁기도 직후 업턴에서 출발했다니 앨드헬름도 당연히 비슷한 시각에 나왔을 겁니다. 하인 얘기를 들어봤는데, 앨드헬름이 프레스턴에서 자기와 헤어져 나루터로 향한 시각은 6시 전후일 거라더군요. 앨드헬름이 강을 건너 살해 현장에 도달하기까지는 늦잡아도 30분이 안 걸렸을 겁니다. 게다가 비가 오고 있었으니 길에서 필요 이상으로 시간을 지체하지 않았겠죠. 따라서 그가 길가에 매복해 기다리던 자에게 살해된 건 6시 15분에서 30분 사이로 추산해볼 수 있습니다. 투틸로가 그 시각에 어디 있었는지 증명할 수만 있다면 그는 혐의를 벗게 됩니다. 그 말을 확인해줄 증인을 데려온다면 더할 나위 없고요."

캐드펠은 생각에 잠긴 표정으로 한동안 지그시 휴를 바라보았다. 열린 문을 통해 들어온 샛바람에 거친 천으로 된 옷자락에 달라붙어 있던 하얀 꽃잎들이 떨어져 오전의 희붐한 햇살 속으로 하늘거리며 날아갔다. "그게 사실이라면……" 그가 입을 열었다. "투틸로에게 좋은 쪽으로 결론이 날 수도 있을 것 같군. 마지막 기도 종소리가 울릴 때까지 그와 함께 있었다고 증언해줄 사람 하나를 내가 알고 있거든. 마지막 기도 시간이라면 자네가 추산한 시각에서 한 시간도 더 지난 때이지. 게다가 그가 있던 곳에서 현장까지 가려면 최소 15분은 걸렸을 거야. 하지만 투틸로도 그와 함께 있던 증인도 사람들 앞에서 거리낌 없이 그 사실을 털어놓을지 의문일세. 다른 사람과 단둘이 있었던 게 성직자에게는 걸맞지 않은 행동이었고, 또 그 상대방에게도 좋지 않은 결과를 미칠 소지가 있어서…… 그래도 같이 한번 설득해보세. 적어도 자네에게는 사실을 털어놓을지 몰라."

"투틸로는 지금 어디 있습니까? 징벌방에서 근신하고 있나요?"

"곤히 잠들어 있을 거야. 자네는 간밤에 롱너에 가지 않았지? 투틸로가 마지막 기도 시간 직전에 도나타 부인의 요청을 받아 그 집에 갔다는 사실은 아직 모르고 있겠군그래. 오가는 동안 감시자들과 함께해야 한다는 조건하에 원장님이 허락해주셨지. 도나타 부인은 세상을 떠났다네, 휴. 주님과 성인들이 결국 부인을 잊지 않으셨던 게지."

"아, 전 모르고 있었습니다." 휴는 몇 년 전 도나타 블런트나 그의 가족들과 있었던 일들을 떠올리며 한동안 잠자코 앉아 있었다. 부인의 죽음은 슬퍼할 일이 아니었다. 그저 그분을 고통에서 건져주신 하늘에 감사할 뿐이었다. "지금쯤 성에도 그 소식이 들어가 있겠군요. 그나저나, 부인이 먼저 투틸로더러 와달라고 부탁한 겁니까?"

"그게 이상해 보이나?" 캐드펠이 부드럽게 물었다.

"인간들이 이상한 짓을 하지 않으면 실망스러울 겁니다. 아뇨, 전혀 이상해 뵈지 않아요. 그보다는 두 사람이 어떻게 만나게 되었는지가 좀 궁금하네요. 그 두 사람 사이에는 접점이 전혀 없을 것 같거든요. 하지만 일단 만났다면 모든 일이 다 가능하지요. 그렇다면 도나타 부인은 그 청년이 있는 자리에서 사망한 겁니까?"

"그래, 그의 노래를 들으면서 눈을 감았어." 캐드펠이 대답했다. "그는 부인을 좋아하게 되었고, 부인 역시 그 사람을 좋아했네. 부담이 없으면 장애도 없는 법, 두 사람을 결합할 것이 없으니 갈라놓을 것 또한 없었지. 투틸로는 하룻밤 사이 커다란 슬픔과 놀라움을 경험한 뒤 오늘 아침 몹시 지친 상태로 돌아왔어. 부인이 그 친구가 연주했던 프살테리움과 함께 음유시인들의 로망스에서 유래한 메시지를 그에게 전했더군. 그는 기꺼이 징벌방으로 돌아갔네. 아마 대미사 이후 우리의 의식이 끝날 때까지는 내처 잘 거야. 그리고 주님과 위니프리드 성녀님은 그 의식을 통해 우리에게 좋은 결말을 안겨주실 걸세!"

"아, 그 소르테스라는 것 말이지요!" 휴가 묘한 미소를 머금었다. "한데 그건 분쟁을 해결하는 방법으로 좀 위험하지 않나요? 속임수를 쓰기가 그리 어렵지 않을 것 같아서요. 물론 속임수라는 게 필요할 때도 있긴 하지만요. 수사님이 웨일스에서 벌이신 일처럼 말입니다."

"나는 도둑질을 하려고 속인 게 아니라 도둑질을 막으려고 속였지. 그리고 위니프리드 성녀님을 속인 적은 없다네. 그리고 이번 의식을 치를 때도 그분은 속임을 당하지 않으실 거야. 나에게 정도 이상의 부담을 지우지 않으실 거고, 또 살인하지 않은 청년에게 죗값을 치르게 하지도 않으시겠지. 우리가 무엇을 필요로 하며 어떤 벌과 상을 받아야 할지 성녀님은 잘 알고 계시다네. 그분이 적절한 시점에 잘못을 바로잡고 갈등을 조정해주실 걸세."

"그렇다면 저는 쓸모없는 사람이 되겠군요." 휴가 소리 내어 웃고는 자리에서 일어났다. "여기 일은 수사님들께 맡기고 돌아가봐야겠습니다. 높으신 분들이 자웅을 겨루는 동안 다른 데 가 있는 편이 좋을 것 같거든요. 지금 그 불쌍한 친구를 깨우고 싶지도 않고요! 하지만 나중에 그가 일어나면 이야기를 좀 나눠봐야겠지요."

*

　조금 전 휴 앞에서 했던 말이 무색하게도 캐드펠은 더없이 불안한 마음으로, 또 그러한 불안에 죄책감을 느끼며 작업장을 나섰다. 산사나무 꽃을 달이기에는 시간적 여유가 없어 가시와 불필요한 깍지들만 골라내 깨끗한 그릇에 담고 먼지가 앉지 않게끔 아마포로 잘 덮어두었다. 거친 천으로 된 그의 옷소매에는 여전히 꽃잎들이 달라붙어 있었다. 바람이 나뭇가지를 흔들 때 떨어진 꽃잎들은 반백의 머리칼에 감싸인 적갈색의 정수리에도 얼마간 내려앉았다. 눈처럼 하얀 산사나무 꽃이 피어나고 머리가 아찔할 정도로 진한 그 향내에 정신이 몽롱해질 때면, 캐드펠의 머릿속엔 과거의 봄날들과 그 꽃에 대한 기억이 희미하게 떠오르곤 했다. 이제 네댓 주만 지나면 꽃은 만개하여 산울타리들이 온통 하얗게 물들 것이다. 대기 중에는 벌써 꽃봉오리들이 내뿜는 알싸하고 풋풋한 향기가, 살그머니 밀려왔다가 밀려가는 2월의 강물처럼 은은하게 떠돌고 있었다.

　예배당에 들어선 캐드펠은 거의 본능적으로 위니프리드 성녀의 제단 앞으로 다가가 계단의 첫 단에 조심스레 무릎을 꿇었다.

그는 아무 말도 하지 않았지만 내면에서는 성녀의 모국어이자 그의 모국어인 웨일스어로 된 말들이 들끓고 있었다. 그분은 자신이 있어야 할 곳, 혹은 자신이 있고 싶은 곳에서 기꺼이 가르침을 줄 것이었다. 이 순간 캐드펠은 어린 양들을 주님의 양처럼 정성껏 돌보았던 청년, 아무 이유 없이 때 이르게 죽음을 맞이한 가엾은 청년의 죽음에 관한 문제와 관련하여 성녀의 가르침을 구하고 있었다. 숲속에서 스러져버린, 그러나 주님의 부축을 받아 빛 속으로 모습을 드러낸 청년. 그리고 또 다른 청년이 있었다. 자신의 본성과는 아득히 거리가 먼 범죄의 혐의를 뒤집어쓴 젊은 수사. 그가 먼젓번 청년처럼 부당한 죽음을 맞는 일은 어떻게 해서든 막아야 했다.

캐드펠은 성녀가 기도에 귀 기울이리라 믿어 의심치 않았다. 그분은 자신에게 간청하는 이를 외면하지 않을 것이다. 하지만 그간 일어난 모든 일들을 고려해보건대, 그분이 과연 어떤 마음으로 자신의 기도를 듣고 있을지 짐작할 수가 없었다. 그가 할 수 있는 일이라곤 그저 모든 걸 그분께 맡긴 채 겸허한 자세로 기도를 올리는 것뿐이었다. 그의 기도는 유창한 북부 웨일스어, 귀네드 지방의 말로 이어졌다. 어쩌면 성녀님은 화가 나 있을지도 모른다. 하지만 그분은 여전히 공정할 것이다.

캐드펠은 성녀의 귀환을 축하하고 기념하기 위해 새 천으로 덮어놓은 제단 귀퉁이를 붙잡고 일어선 뒤에도 얼른 떠나지 않았다. 그곳의 고요함이 좋으면서도 한편으로는 전쟁 전야와도 같은 불길함이 느껴졌다. 은으로 장식된 성골함 한가운데는 그리 화려하지 않은, 그러나 가벼운 새 복음서에 익숙한 이들에게는 다소 저항감을 줄 법한 두툼한 복음서가 단정히 놓여 있었다. 그는 복음서 위에 한 손을 올려놓고 손가락에 정신을 집중한 채 자신이 나아갈 길을 알려달라고 간절히 기원했다. 성녀님, 제게 길을 알려주세요, 제게는 돌봐줘야 할 아이가 하나 있습니다. 거짓말쟁이요 도둑에 사기꾼이긴 하지만, 세상이 그 아이를 그렇게 만들었습니다. 그 아이는 불성실한 아이인 동시에 좋은 아이입니다. 그리고 당신께서 그 아이를 어떻게 생각하시든, 적어도 살인자는 아닙니다. 그 아이가 여태 다른 이에게 해를 끼친 적이 한 번이나 있을까요. 그 아이를 곤경에서 벗어나게 해줄 수 있는 계시의 말씀을 한마디만 해주세요.

운명의 책. 그는 무의식적으로 두 손을 들어 복음서를 펼쳤다. 그런 뒤 눈을 감고 왼손으로 복음서를 지그시 누른 채 오른손 집게손가락으로 한 곳을 짚었다.

그제야 퍼뜩 정신이 돌아왔다. 맙소사, 내가 무슨 짓을 하고 있는 거지. 캐드펠은 숨을 죽이고 가만히 눈을 들어 자신의 집게손가락이 짚어낸 부분을 들여다보았다.

눈앞에는 「마태오의 복음서」 10장이 펼쳐져 있었다. 그의 손가락이 꽉 누르고 있는 부분은 21절이었다.

뒤늦게 공부를 시작한 탓에 라틴어 실력이 시원치 않았지만, 그 부분은 비교적 간단해서 캐드펠도 쉽게 읽을 수 있었다.

"형제끼리 서로 잡아 넘겨 죽게 할 것이며……."

그는 한동안 그 구절을 멍하니 응시했다. 이게 대체 무슨 뜻일까? 도나타 부인이 맞이한 삶의 조용한 종막이 아닌, 고의에 의한 죽음을 암시하는 것은 분명하다. "형제끼리 서로 잡아 넘겨 죽게 할 것이며……." 이는 말세에 다가올 분열과 혼돈에 관한 예언의 일부였다. 「마태오의 복음서」 10장에서는 큰 그림의 세목에 불과하지만, 이 수도원에서 그것은 전체였고 하나의 해답이었다. 한 수도회의 일원으로 오랜 세월을 보낸 사람에게는 더없이 의미심장한 말. 낯선 사람이니 적이 아니라 형제가 형제를 배신한다니.

가랑비가 내리는 어두운 밤, 침침한 빛깔의 소매 없는 외투를 걸치고 두건을 뒤집어쓴 한 청년이 좁은 숲길을 서둘러 걸어가는 영상이 문득 그의 머릿속에 떠올랐다. 숲 사이로, 짙은 어둠 사이로 구불구불하게 이어진 희미한 하늘 밑에 어렴풋이 보이는 침침한 모습. 순식간에 지나간 형상이지만, 왠지 낯이 익었다. 그 옷은 수사복일까? 그 두건은 수사복에 달린 고깔 모양의 검은 두건일까?

마치 눈앞에서 문이 살짝 열리며 희미하기는 하나 그런대로 밝은 빛을 본 듯한 기분이었다. 죽음을 당한 형제라……. 만일 범인이 애초에 노리던 이가 앨드헬름이 아닌 다른 사람이었다면? 앨드헬름의 증언을 두려워할 만한 사람은 투틸로뿐이었다. 투틸로는 그날 밤 수도원 밖에 나가 있기는 했지만 앨드헬름을 공격하지 않았다고 완강히 주장하며, 그 주장을 뒷받침할 만한 소소한 증거들이 속속 나오고 있었다. 투틸로는 정말로 수도회의 형제이고, 그날 밤 그 길로 지나가리라 짐작될 만한 사람이었다. 그리고 그는 앨드헬름과 나이나 체격이 비슷했다. 어둠 속에 숨어서 기다리던 자의 눈에는 비를 맞으며 총총걸음으로 걸어오는 앨드헬름의 모습이 투틸로와 비슷해 보였으리라.

만일 다른 사람이 먼저 그 길을 지나가지 않았더라면 정말로 수도회의 한 형제가 죽음을 당했을지도 모른다. 그렇다면 그를 죽이려던 그 사람은 대체 누구일까? 만일 이 예언이 문자 그대로의 의미를 지닌다면, 여기서 '형제'란 수사를 뜻한다. 베네딕토회 수도원의 수사. 그날 밤 수도원을 빠져나간 사람은, 캐드펠이 알기로 투틸로 하나뿐이었다. 하지만 사악한 의도를 지닌 사람이라면 아무에게도 제 계획을 드러내지 않은 채 몰래 이곳을 떠났을 것이다. 살인을 불사할 만큼 투틸로를 미워하는 사람이라……. 성녀의 관을 빼돌리는 엄청난 범죄를 저지른 투틸로가 그런 식으로 죽었을 경우, 로버트 부원장은 그리 애통해하지 않으리라. 하지만 부원장은 그날 밤 원장뿐 아니라 다른 몇몇 사람들과 함께 식사를 했다. 그게 아니더라도, 부원장이 비 내리는 밤 숲속에 몰래 숨어 있다가 그 고상한 두 손으로 투틸로를 공격하는 광경을 캐드펠로서는 도무지 상상할 수 없었다. 헤를루인은 어떤가? 투틸로가 도둑질을 하여, 아니 그보다는 도둑질에 실패하여 램지 수도원의 명예에 먹칠을 한 것은 사실이다. 하지만 그런 이유로 투틸로를 미워했다 해도, 헤를루인 역시 그날 원장과 함께 식사를 했다. 대체 어떻게 된 일일까? 성서의 예언이 산사나무 덤불의 가시처럼 캐드펠의 마음속 깊숙이 박혀 좀처럼 빠져나오지 않았다.

캐드펠이 성가대석의 자리로 가 앉을 때까지 그 구절은 줄곧 그의 귓가에 메아리쳤다. "형제끼리 서로 잡아 넘겨 죽게 할 것이며……." 그는 이 소리를 몰아내고 대미사에 마음과 영혼을 집중하기 위해 무진 애를 써야 했다.

9

 대미사가 끝나 어린 학생들은 폴 수사와 함께 예배당을 빠져나가고 성가대 수사들만 증인으로 남았을 때, 라둘푸스 원장이 주님의 인도를 구하는 짧은 기도를 올린 뒤 위니프리드 성녀의 제단으로 다가갔다.
 "순서는 어떻게 정합니까?" 로베르 백작이 초연하면서도 공손한 태도로 물었다. 그의 목소리는 온화하기 그지없었다. "우리 중에서 누가 맨 처음으로 운명을 시험하지요? 이럴 때 따라야 할 원칙 같은 게 있습니까?"
 "우리는 성녀님의 뜻을 알고자 여기 모였소." 원장이 대답했다. "그러니 처음부터 끝까지, 논쟁에서 결정에 이르기까지 우리 자신의 요구나 조건 같은 건 내세우지 않고 모두 성녀님의 뜻에 맡겨야 하지. 우리 모두 그렇게 하기로 합의를 봤으니 원칙을 지키도록 합시다. 내가 순서에 관해 성녀님께 뜻을 여쭙고, 다른 역할은 모두 로버트 부원장에게 맡기겠소. 그가 우리 수도원을 대표할 거요. 부원장은 웨일스까지 가서 위니프리드 성녀님을 찾아내고, 또 그분의 유골을 이리로 모셔 온 분이니 말이오. 혹시 적당하다 여겨지는 다른 분이 떠오르거든 지금 이 자리에서 내게 추천해주시오. 의식의 진행은 보니페이스 신부에게 맡기도록 하겠소."

누구도 반박하지 않자, 로베르 백작이 나서서 원장의 뜻에 동의하는 다른 이들의 마음을 대변했다. "원장님 말씀대로 하시지요. 그 점에 저희는 아무 이의 없습니다."

라둘푸스는 세 개의 낮은 계단을 올라간 뒤 두 눈으로 십자가 위의 허공을 응시하며 복음서를 펼쳤다. 이어 손가락으로 페이지의 한 부분을 짚고서 말했다. "가까이들 와서 속임수가 없는지 직접 확인하시오. 이것이 순서에 관한 성녀님의 메시지요."

헤를루인은 주저 없이 원장에게 다가갔고, 로베르 백작은 확인할 필요도 없다는 듯 제자리에 조용히 서서 점잖게 고개를 숙였다.

라둘푸스 원장은 자신이 짚어낸 부분을 내려다보며 담담한 어조로 말을 이었다. "「마태오의 복음서」 20장 16절이오. '이와 같이 꼴찌가 첫째가 되고 첫째가 꼴찌가 될 것이다.'"

구석진 자리에서 불안스레 지켜보던 캐드펠은 조용히 한숨을 내쉬었다. 그 구절의 참뜻에 대해서는 논란의 여지가 없었다. 만일 해석하기에 애매한 구절이 나왔다면 성녀님이 타당한 답을 내려주시리라는 믿음은 대번에 의심으로 바뀌었을 것이다. 주교들의 앞날을 밝혀주는 예언들 중에도 가끔 아주 모호한 것이 나오곤 했다. 정말 다행이야, 그는 다시금 안도하며 생각했다. 만일 고결한 라둘푸스 원장이 아닌 다른 수사가 나섰다면 여기 모인 사람들은 그 진위를 의심했을지도 모른다. 하지만 그러한 의심은 성녀님의 권위는 물론 그분의 힘이 미치는 범위에 대한 의심이기도 할 터였다. 위니프리드 성녀는 다리를 쓰지 못하는 한 청년을 당신 앞으로 부르고, 그가 제단 앞에 목발을 내려놓자 보이지 않는 은총으로 떠받쳐주셨다. 그런 분이 복음서의 책장을 펼칠 수 있으며, 당신의 뜻이 요구하는 문장으로 손가락을 인도할 수 있다는 것을 어찌 의심할 수 있겠는가?

"보아하니……" 잠시 침묵을 지키며 예의를 차리던 로베르 백작이 곧 입을 열었다. "성녀님께서 순서상 맨 나중인 저를 첫 번째로 올려놓으신 것 같군요. 원장님도 그렇게 해석하셨는지요?"

"그 의미는 아주 분명한 것 같소." 라둘푸스는 조심스럽게 복음서를 덮고서 계단을 내려와 일행의 곁에 섰다. "백작께서 먼저 제단 앞으로 가시오."

"주님과 위니프리드 성녀님의 뜻을 구하나이다!" 백작은 그렇게 외치곤 서두름 없이 계단을 올라 잠시 꼼짝하지 않고 서 있었다. 이윽고 그는 모든 사람들이 똑똑히 지켜보는 가운데 성직자처럼 엄숙한 자세로 서서 길고 억센 손의 양쪽 엄지를 한데 모아 복음서를 펼쳤다. 그런 다음 두 손바닥으로 펼쳐진 양쪽 페이지를 잠시 누르고 있다가 집게손가락을 쳐들었다. 그의 손가락이 잠시 허공을 이리저리 맴돌다가 어느 한 군데를 짚었다. 그러는 동안 백작은 눈으로 그 내용을 훑지도, 손가락으로 책 가장자리를 쓸며 위치를 가늠하지도 않았다. 소르테스 비블리카라는 성스러운 의식에서도 속임수를 쓰는 방법이 있긴 하지만, 그는 자신이 정당하게 이 자리에 임하고 있음을 분명히 드러내 보이고자 무척이나 신경을 썼다. 물론 캐드펠이 짐작한바, 그의 의도와 태도가 속속들이 진지한 것은 아니었다. 백작은 로버트 부원장과 헤를루인을 살살 자극해 두 사람이 분노에 휩싸여 낯을 붉히고 핏대를 세우며 싸우게 하는 데만 관심이 있으니까. 그러니 책략은 이 의식에 참여하는 재미를 망칠 것이었다.

백작은 라틴어로 씌어진 성경 구절을 여느 성직자들에 못지않게 유창하게 번역하여 잉글랜드어로 낭독했다.

"너희는 나를 찾아 다녀도 찾지 못할 것이다. 내가 가 있는 곳에는 올 수가 없다." 백작은 그 뜻을 곰곰이 음미하며 고개를 들었다. "「요한의 복음서」 7장 34절 말씀입니다. 이건 좀…… 이상하군요. 성녀님은 제가 그분을 전혀 찾지 않았을 때, 심지어 그분에 관해 아무것도 모르고 있을 때 제게 오셨거든요. 성녀님이 저를 찾아내셨어요. 성녀님 계신 곳에 올 수 없다니, 저로서는 이해하기 어려운 수수께끼 같은 말씀입니다. 성녀님은 지금 이곳에 계시고, 저는 성녀님 바로 곁에 있으니까요. 원장님은 이 대목을 어떻게 해석하십니까?"

캐드펠은 그 질문에 대답할 수 있었으나 굳게 입을 다물고 있었다. 섬세하고 예리한 원장은 뭐라 말할까? 그동안 온갖 아이러니를 즐겨온 사람에게 내려진 성녀님의 계시가 여간 흥미롭지 않았다. 안됐구먼, 캐드펠은 생각했다. 욕구불만에 시달리며 단조로운 일상을 보내다가 수사들 사이에 싸움을 붙여 모처럼 기분을 전환하고자 슈루즈베리까지 왔는데 제대로 즐기지도 못하고 거부당하다니. 그에겐 정말이지 최상의 유흥이었을 텐데 말이야. 이 상황의 절묘한 아이러니에 관해 이야기를 나눌 수 있을 만한 상대는 단 한 사람, 캐드펠의 모든 비밀을 속속들이 알고 있는 휴 베링어뿐이었다. 아니, 엄밀히 말하자면 모든 걸 아시는 한 분이 더 있었다. 위니프리드 성녀 또한, 귀더린에서 편안히 쉬는 중에도 슈루즈베리에서 절름발이 청년을 일으켜 세운 일을 떠올리며 이따금씩 장난스러운 미소를 지어 보이시리라.

순서에 관한 대답이 그랬듯, 이번에도 성녀의 대답은 상황과 절묘하게 맞아떨어졌다. 비밀스러운 진실과 역설의 채찍이랄까. 백작이 사람들에게 초조함과 당혹감을 안겨주고자 이런 일을 벌였다면, 성녀가 그에게 점잖게 앙갚음하지 못할 이유가 어디 있겠는가?

"나 또한 백작과 다르지 않소." 원장은 그렇게 대답한 뒤 빙그레 웃었다. "주의 깊게 듣고 이해하려 애쓰는 중이지. 아무래도 그 뜻을 밝혀내기에 앞서 모든 대답이 다 나올 때까지 기다려야 할 듯싶군. 의식을 계속 진행하면서 성녀님의 계시를 기다리는 게 어떻겠소?"

"좋습니다!" 백작은 돌아서서 진홍색 옷자락을 휘날리며 계단을 내려왔다. 캐드펠은 제단의 촛불 빛을 등지고 내려오는 그의 모습을 유심히 지켜보았다. 한쪽 어깨 위에 솟은 혹이 눈에 걸리긴 하지만, 그것도 백작의 잘 단련된 몸과 품위 있는 몸놀림이 빚어내는 전체적인 균형을 크게 무너뜨리지는 못했다. 그는 다음 경쟁자를 배려하고자 멀찌감치 물러섰고, 그러자 잘 훈련받은 젊은 두 시종 역시 백작의 양옆으로 조용히 물러났다.

지루한 시간을 때우기 위해 게임을 즐기고는 있지만 어쨌든 고상한 규칙을 잘 지키는 사람이야, 캐드펠은 생각했다. 마무리도 깔끔할 것 같군. 휴 베링어는 처음부터 백작에게 호감을 보였지. 나 또한 저 사람이 마음에 들어. 문득 인간관계라는 것이 참으로 기묘하다는 생각이 스치고 지나갔다. 백작은 왜 스티븐 왕의 편에 섰을까? 왕은 품위 없고 무모하고 단순하며, 무슨 일이든 벌어졌다 하면 황소처럼 돌진해 들어가는 사람 아닌가. 하긴, 그 점에서는 휴도 다르지 않지. 다들 대체 무엇 때문에 그 사람을 지지하는 거지? 내가 보기에는 모든 게 너무나 빤한데. 생각이 있는 사람이라면 무수한 인명을 해하고 수확을 망쳐 모든 주민들을 절망의 구렁텅이로 몰아넣었을 뿐 아무 진전도 이루지 못한 이 기나긴 싸움에 이제 넌더리를 내야 마땅했다. 스티븐 왕뿐 아니라

왕권을 입에 물고 놓지 않으려 하는 황후에 대해서도 마찬가지였다. 그들보다 훨씬 더 나은 미래를 약속해줄 상속자가 어딘가에 있지 않을까? 온갖 의심과 불확실성을 아침 안개처럼 일거에 흩어버릴 찬연한 해돋이를 약속해주는, 너무나 찬란해 왕과 황후만이 아니라 그들이 이 땅에 몰고 온 혼란과 혼돈과 황폐함까지 모두 눈앞에서 완전히 몰아낼 누군가가 필경 있어야 했다.

"올라가시죠, 헤를루인 신부님." 라둘푸스가 말했다.

헤를루인은 자기 야망의 실현 여부가 그 계단을 오르며 얼마나 정신을 집중하는가에 달려 있기라도 한 양 아주 천천히 발을 디뎠다. 창백하고 가늘고 긴 얼굴에 박힌 그의 두 눈은 잉걸불처럼 검게 타고 있었다. 어서 빨리 결말을 보고 싶어 안달을 내던 그는 막상 복음서 앞에 이르자 주저되는 듯 복음서 위에 양손을 올려놓으려다가 다시 떼기를 두세 차례 반복했다. 진실의 순간에 이른 사람들의 다양한 반응을 관찰할 만한 흥미로운 기회로군, 캐드펠은 생각했다. 로베르 보스는 두 손으로 서슴없이 책의 양쪽을 잡아 세우고 양쪽 엄지손가락으로 활짝 펼친 뒤 우연이 인도하는 대로 손가락을 댔지. 반면에 헤를루인은 복음서를 만지면 자기 몸이 불타기라도 할 것처럼 자신 없이, 안간힘을 쓰며 손을 내미는군. 책을 펼칠 때도 마찬가지였다. 헤를루인은 책장을 앞뒤로 쓸어가며 고심한 끝에 간신히 펼쳐놓고는 숨을 헐떡였다. 이어 앞을 잘 볼 수 없는 사람처럼 허리를 깊게 숙여 어떤 운명이 자기를 기다리고 있는지 들여다보았다. 한순간 그가 꿀꺽 침을 삼켰다.

"읽어보시오." 라둘푸스가 점잖게 채근했다.

그로서는 읽지 않을 도리가 없었다. 헤를루인은 안간힘을 써서 입을 열었다. 갈라진 목소리가 흘러나왔다. "「루가의 복음서」 13장 27절입니다. '너희가 어디서 온 사람들인지 나는 모른다. 악을 일삼는 자들아, 모두 물러가라…….'" 그가 모욕감으로 흙빛이 된 얼굴을 쳐들었다. 이어 결연히 복음서를 덮고는, 울타리의 말뚝들처럼 자신을 둘러싼 이들을 둘러보았다. 다들 조심스러운 표정으로 예의를 지키고 있었다. 체신을 잃지 않고서 이 난관을 돌파하기 위해서는 다른 사람을 희생 제물로 삼는 길밖에 없었다. "저는 부끄럽게도 거짓말쟁이요 도둑인 자에게 속임을 당했습니다. 성녀님이 이를 꾸짖으시는군요. 투틸로 수사, 그자를 아직도 수사라고 부를 수 있는지 모르겠습니다만, 그는 성녀님을 훔쳐서 빼돌렸고, 죄 없는 다른 사람을 그 파렴치한 짓에 끌어들였습니다. 더하여 그 사람을 죽음의 구렁텅이에 몰아넣었을지도 모르지요. 그자는 성녀님한테서 계시를 받았다고 주장함으로써 처음부터 불경스러운 거짓말을 했고, 이후에도 줄곧 자기 죄를 은폐해왔습니다. 단순한 절도를 넘어서서 신성모독을 저지른 셈입니다. 이제 성녀님이 제게 그자의 악행을 분명히 알게 해주셨고, 그자의 악행 이후 성녀님이 여기저기 유랑하시다가 처음에 계셨던 이곳으로 돌아오신 건 모두가 당신이 진실로 의도하신 일이었음을 분명히 드러내 보여주셨습니다. 원장님, 저는 겸허하게 물러나겠습니다. 성녀님은 물론 고통을 겪고 있는 우리 램지 수도원을 동정하셨겠지만, 한 견습 수사의 거짓말과 악행을 보시고 등을 돌리셨습니다. 저는 눈물을 머금고 그 점을 인정하며 성녀님께 용서를 빌겠습니다!"

물론 그래야 할 것이다. 지금 이 순간 좁은 징벌방에서 잠들어 있는 그 불운한 청년이 아니라 그 자신을 위해서라도! 헤를루인으로서는 할 수만 있다면 당장 투틸로를 요절내고 싶을 터였다. 그 모든 굴욕의 고통을, 그 모든 죄를 투틸로에게 돌리면 헤를루인 자신은 고약하게 기만당한 무고하고 경건한 사람이요, 죄가 있다면 사람을 지나치게 믿은 것뿐 참회할 것이 하나도 없는 고결한 수사로서 무사히 빠져나갈 수 있다고 생각하리라.

"기다리시오!" 라둘푸스 원장은 말했다. "아직 어떤 결론도 나오지 않았소. 섣부른 판단은 다른 사람들뿐 아니라 스스로를 속이는 길이 될 수도 있지. 또한 성급한 분노로 인해 누군가를 비난해서도 안 되오. 성녀님은 우리 슈루즈베리 사람들에게 아직 어떤 말씀도 하지 않으셨소."

옳은 말이다. 성녀는 램지 수도원 사람들을 나무랐듯이 이곳 슈루즈베리 수사들도 나무랄지 몰랐다. 만일 성녀가 당신이 그저 순수한 자비심에서 우리를 찾아올 뿐이라는 사실을 알리기 위해 이러한 의식을 선택하셨다면? 그 아름다운 관 속에 누워 있는 이가 사실은 성녀를 슈루즈베리로 빼돌리기 위해 살인을 저질렀으며, 본인 역시 절박한 상황 속에서 우연히 목숨을 잃은 한 청년의 시신임을 알리고자 하신다면? 그 청년 또한 투틸로처럼 성녀를 슈루즈베리 수도원으로 모시려는 욕심에 고약한 범죄를 저질렀다. 아니, 그보다 훨씬 더 고약한 범죄였다. 당시 성녀의 유골을 애초의 무덤에 경건하게 매장하고 빈 관에는 그 살인자의 시신을 넣어 밀봉하면서, 캐드펠은 자신이 성녀님의 뜻을 받들어 당신이 원하시는 안식처에 돌려놓고 있음을 확신했으며 지금도 그 확신에는 변함이 없었다. 그리고 투틸로 역시, 자신이 성녀님의 뜻을 받들고자 그런 일을 벌였다고 진심으로 믿었을 것이다.

성녀님은 조금 전 투틸로가 한 짓을 꾸짖으셨다. 이제 캐드펠의 행위가 시험대에 오를 차례였다! 이 순간 로버트 부원장은 아무것도 모르는 채 성녀님의 제단으로 다가가고 있었으니, 그를 위해서는 실로 다행스러운 일이었다. 그러나 캐드펠 자신은 가시방석에 앉은 기분이었다. 곧 자신이 저질렀던 모든 죄를 모조리 되갚아야 할 처지가 될지도 몰랐다. 아무렴, 그래야 공정하지!

평소 자기 자신에 대해 일말의 회의도 느끼지 않는 로버트 부원장도 이 순간만큼은 다소 불안해 보였다. 그는 아주 엄숙한 자세로 제단의 계단을 올라 두 손을 얼굴 앞에 모으고 눈을 감은 뒤 마지막으로 간절한 기도를 드렸다. 이어 여전히 눈을 감은 상태에서 복음서를 펼치고는 긴 검지로 페이지의 한 부분을 짚었다. 그대로 잠시 꼼짝 않다가 눈을 가늘게 뜨고 어떤 운명이 자신을 기다리는지 살펴볼 때까지, 그는 줄곧 자신이 과연 이런 일을 할 만한 자격이 있는 사람인가 자문하며 두려움에 떨고 있었다. 이 예배당의 기둥이 흔들릴지 누가 알겠는가?

하지만 로버트의 자신감은 금세 돌아왔다. 그는 인상적인 은발로 덮인 머리를 빳빳이 들어 보였다. 승리감이 가져온 빛의 파도가 그의 긴 목을 타고 올라와 양 뺨까지 붉게 물들였다. 로버트 부원장은 환희와 외경심이 뒤섞인 음성으로 자신이 짚어낸 성경 구절을 읽었다. "「요한의 복음서」 15장 16절입니다. '너희가 나를 택한 것이 아니라 내가 너희를 택하여 내세운 것이다…….'"

숨죽인 채 결과를 기다리며 지켜보고 있던 수사들 사이에서 엄청난 전율과 한숨이 한 줄기 돌풍처럼, 혹은 해변을 덮치는 파도처럼 일시에 터져 나왔다가 이내 낮은 속삭임과 두런거림으로 잦아들었다. 수사들은 옆에 앉은 형제를 팔꿈치로 찌르는가 하면, 안도감에 울고 싶기도 하고 웃고 싶기도 한 마음으로 몸을 떨었다. 라둘푸스 원장이 즉각 허리를 곧추세우고는 엄숙한 얼굴로 그들을 바라보며 한 손을 쳐들어 막 일어난 그 폭풍을 잠재웠다.

"조용히들 하시오! 이곳이 성소임을 명심하고, 차분하고 담담한 태도로 운명을 받아들이시오. 부원장은 이제 내려오시오. 필요한 일은 모두 끝났소."

로버트 부원장은 그때까지도 눈앞이 캄캄한 상태라 하마터면 계단 위에서 발을 헛디딜 뻔했으나, 이내 귀족적인 위엄을 회복하여 바닥의 타일에 내려설 즈음에는 어느새 자신만만한 원래의 모습을 되찾았다. 그처럼 놀랍고도 두려운 경험이 그에게 얼마나 영향을 미칠지는 시간이 지나봐야 알 것이다. 캐드펠은 그것이 그리 오래가지는 않으리라 생각했다. 그럼에도, 늘 자아도취적인 경향으로 빠져들곤 하는 로버트 부원장의 내면에 그 일이 일시적이나마 강력한 자취를 남길 터이니, 당분간은 그도 자그마한 웨일스 성녀의 분노와 관용에 대한 외경심을 상기하며 신중하고 겸손하게 처신하지 않을까?

"원장님, 저는 제게 맡겨진 소임을 성실하게 이행했습니다." 로버트 부원장이 낭랑한 울림을 지닌 목소리로 차분하게 말했다. "그러니 이제 우리에게 떨어진 운명을 해석할 수 있을 것 같군요."

그러면 그렇지. 로버트는 벌써 그 자신으로 돌아와 있었다. 영광이 빛을 발하는 한 그는 언제나 그것을 질질 끌고 다니리라. 하지만 짧은 순간 그가 보여준 나약함과 인간적인 면모는 이 자리에 있는 모두의 뇌리에서 완전히 사라지지 않을 것이다.

"원장님," 백작이 말했다. "저는 제가 내세웠던 모든 권리 주장을 철회하겠습니다. 제가 성녀님이 계신 곳에 올 수 없다면 지금 어떻게 이 자리에 서 있을 수 있느냐는 질문도 철회하겠습니다. 다만 그 구절에는 아마도 숨겨진 뜻이 있을 것인즉, 저로서는 그게 무엇인지 몹시 궁금하다는 점을 고백합니다." 캐드펠이 진작 눈치챘듯이 그는 머리가 아주 빨리 돌아가는 사람이오, 역설을 즐기는 사람이었다. 백작은 진심 어린 목소리로 말을 이었다. "원장님이야말로 이 송사의 완전한 승자입니다. 성녀님은 저나 그 누구의 도움도 아닌, 온전히 당신의 뜻에 의해 이곳으로 돌아오셨습니다. 성녀님의 귀환을 축하드립니다! 앞으로 저는 성녀님이 계획하신 일에 일절 관여하지 않겠습니다. 그분께서 여러 곳을 다니시던 도중에 잠시나마 저를 찾아와주신 것이 자랑스러울 뿐입니다. 원장님만 괜찮으시다면 제 패배를 인정하는 의미에서 이 수도원에 기부를 할까 합니다."

"백작이 성녀님을 기리는 뜻에서 이곳이 아닌 램지 수도원에 기부를 하신다면 그분은 더욱 기뻐하실 거요." 라둘푸스는 말했다. "우리는 모두 한 수도회에 속한 형제들이오. 설사 그중 한 사람이 순간적인 오판으로 인해 성녀님을 밖으로 빼돌리는 짓을 저질렀다 해도, 그분이 어려운 처지에 빠진 수도원 형제들을 못마땅하게 여기시지는 않으리라 확신하오."

라둘푸스 원장이 이렇게 고상하고 관대한 반응을 보이는 이유는 분명했다. 다른 두 사람이 쓰라린 패배의 첫 순간을 제대로 추스르도록, 특히 헤를루인에게 분노를 다스릴 시간적 여유를 줌으로써 그가 품위 있게 물러나게끔 하기 위해서였다. 이 순간 헤를루인은 더없이 쓴 약을 삼킨 심정일 것이다. 자신의 패배는 깔끔하게 인정하겠지만, 감방 안에 갇혀 속죄의 시간을 기다리고 있는 그 불운한 청년에 대한 분노와 증오심은 좀처럼 누그러뜨릴 수 없으리라.

"저희 램지 수도원으로서는 그저 부끄러울 뿐입니다." 헤를루인이 목멘 소리로 말했다. "삿된 마음으로 수사가 되고자 한 자를 수도원에 받아주고 교육하고 믿어주다니…… 저 자신을 도무지 용서할 수가 없군요. 악마의 속임수에 넘어가지 않게끔 철저히 무장하고 있어야 함에도 그렇게 하지 못했으니까요. 제가 그동안 제대로 눈을 뜨지 못한 채 어리석게 행동했음을 고백합니다. 하지만 슈루즈베리 수도원에 해를 끼칠 의도는 결코 없었습니다. 이제 우리의 잘못을 인정하며 이에 대한 너그러운 용서를 구합니다. 레스터셔 백작님의 말씀은 곧 제 뜻이기도 합니다. 원장님이야말로 이 송사의 승자이시니 모든 영예와 전리품은 원장님 것입니다."

세상에는 자신을 낮춤으로써 높이는 방법이 있다. 로버트 부원장이었다면 보다 당당하게 패배를 인정했으리라. 그 두 사람은 아주 걸맞은 짝이지만 자기 절제에 관해서만큼은 헤를루인보다 지체 있는 가문 출신인 로버트 쪽이 강했다. 로버트는 패배했더라도 원한을 덜 품었을 것이다.

"모두들 별 이의가 없다면······" 라둘푸스는 이런 이야기가 부담스러운 데다 자칫하다가는 장황하게 늘어질 우려가 있음을 깨닫고 얼른 입을 열었다. "기도로써 이 모임을 끝내고 그만 해산했으면 싶소이다."

*

그들이 마지막으로 아멘을 외친 뒤 무릎을 펴려는 찰나, 갑자기 한 줄기 바람이 예배당 제단 곁을 지나 성가대석 안으로 불어왔다. 바람은 남문에서 들어온 듯했다. 빗장을 올리는 소리도, 문이 삐걱거리는 소리도 들리지 않았지만 모두가 그 바람을 감지할 수 있었다. 소송과 예언으로 여전히 분위기가 고조되어 있던 터라 다들 놀라 귀를 곤두세운 채 고개를 돌리곤 느닷없이 불어온 바람의 진원지를 살폈다. 단 한 사람, 위니프리드 성녀를 경배하고 예배 드리는 일에 모든 정성을 쏟는, 성녀의 헌신적인 호위병 흐뢴 수사만은 예외였다. 그는 즉각 그 아름다운 얼굴을 돌려 성녀의 제단을 올려다보더니 맑고 높은 목소리로 침묵을 깨뜨렸다.
"신부님, 제단을 보세요! 복음서의 페이지가 넘어가고 있어요!"

로버트 부원장이 자신의 승리를 알리는 구절을 낭독한 뒤 영광의 기운에 휩싸여 의기양양한 기분으로 정신없이 계단을 내려왔을 때, 성서는 복음서의 저자들 중 제일 마지막 사람이 쓴 「요한의 복음서」에 펼쳐져 있었다. 그리고 이제 그곳에 있는 모든 이들이 멍하니 지켜보는 가운데, 정말로 성서의 페이지들이 다시 서서히 넘어가고 있었다. 보이지 않는 누군가 손가락으로 넘기듯, 페이지는 허공에 반듯하게 서서 잠시 쭈뼛거리다가 한 장씩 스르르 넘어가는가 하면 몇 장이 한꺼번에 펄럭거리며 넘어가기도 했다. 복음서는 앞으로 넘어갔다. 「요한의 복음서」에서 「루카의 복음서」로, 「루카의 복음서」에서 「마르코의 복음서」로, 그리고 다시 더 앞으로……. 그들은 남문 쪽에서 갑자기 불어오던 바람이 고요히 가라앉고 있다는 사실도 알아차리지 못한 채 홀린 듯 그 광경을 지켜보았다. 이제 복음서의 페이지들은 서서히, 신중하게 넘어가고 있었다. 종이들이 한 장 한 장 일어서서 거의 정지한 듯 머물러 있다가 두툼한 반대쪽으로 슬그머니 넘어가 주저앉았다.

「마태오의 복음서」에 이르자 속도는 더욱 느려져, 종이는 허공으로 일어설 때마다 바르르 떨다가 서서히 넘어가곤 했다. 그리고 마침내 마지막 페이지가 살짝 넘어가 가까스로 제자리에 안착하자 조금 전까지 책장을 넘기던 바람의 숨결은 완전히 사라져버렸다.

한동안 정적이 감돈 뒤, 라둘푸스 원장이 자리에서 일어나 제단으로 나아갔다. 이것은 결코 우연히 일어난 일이 아닐 터였다. 원장은 복음서를 건드리지 않은 채 가만히 그 페이지를 내려다보았다.

"누군가 이리 와서 내 증인이 되어주시오."

로버트 부원장이 즉각 제단 발치께로 갔다. 그는 키가 커서 계단을 오르지 않고도 복음서를 들여다볼 수 있었다. 캐드펠은 그 반대편으로 다가갔다. 헤를루인은 여전히 심란한 상태라 이 놀라운 사건을 보고도 큰 관심을 기울이지 않고 제자리에 그대로 머물러 있었고, 백작은 호기심을 이기지 못해 제단 가까이 다가와 목을 길게 빼고 펼쳐진 페이지를 들여다보았다. 바람이 잦아든 지금, 살짝 일어난 복음서의 왼쪽 페이지가 긴장 어린 분위기 속에서 바르르 떨고 있었다. 오른쪽 페이지는 반듯하게 펼쳐진 채였고, 책갈피 가까운 곳에는 하얀 꽃잎들이 떨어져 있었다. 산사나무의 검은 외피를 뚫고 막 돋아난 단단한 꽃봉오리 하나가 거기 내려앉은 터였다.

"나는 이 복음서에 손대지 않았소." 라둘푸스가 말했다. "이 자리에 있는 누구도 그건 원치 않을 거요. 나는 이 징조를 성녀님의 은총이라 여기며, 이 꽃봉오리를 진리의 손가락으로 받아들이고자 하오. 꽃봉오리가 가리키는 곳은 21절이오. 읽어보겠소. '형제끼리 서로 잡아 넘겨 죽게 할 것이며…….'"

*

그들은 한동안 외경심 어린 침묵에 싸여 있었다. 한참 뒤, 로버트 부원장이 경건한 자세로 손을 뻗어 책갈피에 떨어져 있는 조그만 꽃잎들과 막 꽃망울이 터져 나온 꽃봉오리를 건드렸다.

"원장님은 저희와 함께 귀더린에 가지 않으셨으니 이 놀라운 징조가 무엇을 뜻하는지 우리만큼 잘 알지 못하실 겁니다. 거룩한 성녀께서 환영의 형상으로 그곳 예배당을 찾아오셨을 때, 그분은 비처럼 쏟아지는 산사나무 꽃들과 함께하셨습니다. 그때는 아직 산사나무 꽃이 필 시기도 아니었지요. 그리고 지금 이 꽃들…… 성녀님의 순수함을 상징하는 이 순백의 꽃들 또한 성녀님이 제때 맞추어 보내주신 게 분명합니다. 이건 위니프리드 성녀님이 우리에게 직접 전하시는 메시지예요. 우리는 그분의 말씀을 잘 경청해야 합니다."

수사들 사이에서 웅성임이 일었다. 다들 이 경이로운 징조를 놓고 수군거리고 있었다. 그들 가운데 누군가 숨을 들이쉬더니 터져 나오는 흐느낌을 황급히 억눌렀다.

"문제는 그 말씀을 어떻게 해석하느냐요." 라둘푸스가 엄숙하게 말했다. "이 성스러운 전언을 어떻게 이해하는 게 좋을지……."

"이건 죽음에 관한 이야깁니다." 백작이 말했다. "실제로 죽은 사람이 있고, 제가 알기로 베네딕토 수도회의 한 젊은이 역시 곧 죽을지 모를 상황에 처해 있습니다. 이곳에 죽음의 그림자가 짙게 드리운 셈이지요. 이 신탁은 죽음의 도구인 한 형제에 관해 이야기하고 있습니다. 여기까지 이미 일어난 사건과 잘 맞아떨어져요. 하지만 문제는, 신탁이 희생자인 형제에 대해서도 이야기한다는 겁니다. 실제 희생자는 수사가 아닌데 말이지요. 이 점을 어떻게 이해해야 할까요?"

"성녀님께서 지적해주셨다면 우리로서는 그것을 살피지 않을 도리가 없소." 원장은 단호하게 말을 이었다. "성녀님은 '형제'라 말씀하셨고, 그 말씀을 믿는다면 한 형제가 또 다른 형제를 죽이려고 계획한 게 분명하오. 수도원 안에서 '형제'라는 호칭이 무엇을 뜻하는지는 성녀님은 확실하게 알고 계시오. 여러분 가운데 이와 관련하여 아는 바가 있는 사람은 그게 무엇이든 지체 없이 이야기하도록 하시오."

불안한 침묵이 감도는 가운데 수사들은 서로를 수상쩍게 바라보는가 하면 상대의 눈길을 피하느라 바빴다.

"원장님, 몇 가지 드릴 말씀이 있습니다." 캐드펠이 입을 열었다. "오늘 오전까지만 해도 이런 생각은 전혀 해보지 않았습니다만, 이제는 그것이 이 문제와 깊은 관련이 있는 듯 여겨집니다. 살인이 일어난 날 밤은 어두웠습니다. 늦은 시각이었을뿐더러 하늘에 구름이 짙게 깔리고 부슬비까지 내렸으니까요. 앨드헬름의 시신이 발견된 곳은 울창한 숲에 난 좁은 길이었고, 그 길을 밝혀줄 만한 빛이라고는 나무 사이로 빼꼼 열린 하늘에서 내려오는 희미한 빛이 전부였지요. 길가에 숨어 기다리는 동안 어둠이 눈에 익었더라도, 누군가의 형체나 윤곽을 겨우 알아볼 수 있는 정도였을 겁니다. 그리고 앨드헬름이 다가올 때 상대방은 걸음걸이나 걷는 속도로 보아 그가 젊은 사람이며 비를 막아줄 칙칙한 빛깔의 외투를 걸치고 끝이 뾰족한 두건을 깊숙이 내려썼다는 사실 정도만 식별할 수 있었을 겁니다. 그 모습을, 검은 수사복 차림에 두건을 쓰고 비를 피하기 위해 부지런히 걷는 젊은 베네딕토회 수사와 구분해내기란 불가능했겠지요."

라둘푸스는 캐드펠의 얼굴을 주의 깊게 살펴보았다. "형제의 말인즉슨, 그 젊은이가 베네딕토회 수사로 오인받아 공격을 당했다는 거요?"

"그럴 경우, 복음서에 적힌 구절의 내용에 들어맞습니다."

"워낙 어두운 밤이었으니 그대의 말대로 착각하기 쉬웠겠지. 그렇다면 숨어 있던 자가 노리던 상대는 투틸로 수사였겠군. 그 형제는 공격자가 아니라 공격 대상이었어……."

"저는 그렇게 생각합니다, 원장님. 그 두 사람은 체격도 나이도 비슷합니다. 모두가 알다시피 그날 밤 투틸로는 허락을 받아 수도원 밖으로 나갔습니다. 물론 속임수를 써서 받아낸 허락이었지만요. 그가 어느 길로 해서 돌아올지는 누구든 쉽게 짐작할 수 있었을 겁니다. 그의 행선지가 어디인지 모두들 알고 있었으니까요. 그리고 그는 이 수도원에서 적을 만들 만한 짓을 저지른 터였지요."

"형제를 공격한 형제라……." 원장이 신중하게 말을 이었다. "우리 안에도 증오와 악의가 도사리고 있으니, 우리 또한 세속의 사람들과 마찬가지로 죄를 범할 수 있소. 하지만 그런 치명적인 죄악은…… 게다가 그 당사자를 무슨 수로 찾아낼 수 있겠소? 그날 밤 볼일이 있어 수도원 밖으로 나간 사람은 투틸로밖에 없는데."

"다른 이들 몰래 수도원을 빠져나가 밖에서 얼마간 시간을 보내는 건 그리 어려운 일이 아닙니다." 캐드펠이 말했다. "마음만 먹으면 얼마든지 드나들 방법이 있지요."

그 말에 원장은 정색한 얼굴로 캐드펠의 눈을 지그시 응시했다. 사실 수도원 경내에서 일어나는 일치고 원장이 모르는 것은 거의 없었다. 이따금 캐드펠은 야간에 정문을 거치지 않고 수도원을 빠져나갔다가 돌아오곤 했다. 물론 그에겐 정당성을 입증할 수 있는 용건이 있었다. 성 베네딕토가 정한 규칙 속에 열거된 선

행의 도구들 가운데 하느님의 사랑 다음가는 것은 인간에 대한 사랑이었으며, 캐드펠은 세밀하고 자잘한 다른 계율들보다 바로 그 규율을 가장 존중했다.

"그대의 오랜 경험에서 나온 말이군." 라둘푸스가 웃음기 없이 대꾸했다. "하지만 그날 밤 누가 그런 식으로 빠져나갔는지 나로서는 전혀 모르겠소. 혹시 형제는 내가 알지 못하는 바를 알고 있소?"

"아니요, 저도 모릅니다, 원장님."

"여기서 제가 나서는 게 주제넘은 짓이 될지 모르겠습니다만……" 로베르 백작이 끼어들었다. "이미 신탁을 내려주신 성녀님께 다시금 간청해보면 어떨까요? 그러지 말아야 할 이유도 없지 않습니까. 우리로서는 이 방법을 좇을 수밖에 없습니다. 그 사람의 이름까지 알려달라는 건 무리한 부탁일 겁니다. 하지만 거룩한 성녀님께서 이미 드러내 보여주셨듯 모든 일을 명백하게 마무리 지어줄 다른 수가 있을 겁니다."

이제 모든 수사들이 점차 자기 자리를 벗어나 제단 발치께 서서 의논하고 있는 사람들 주위로 슬그머니 모여들었다. 원장 일행이 주고받는 이야기가 들릴 정도의 거리였다. 그들 중 누군가의 내면에서 심장이 흡사 새의 날갯짓처럼 격렬하게 고동치고 있었으니, 그 억제된 불안과 두려움의 파장이 예배당의 공기를 흔들어놓는 듯했다. 캐드펠은 이를 감지했지만 아마도 소르테스 의식에서 비롯한 긴장감에 지나지 않는 것이라 여겼다. 그럴 만도 한 게, 캐드펠 자신도 긴장이 최고조에 달해 마치 고문대 위에 누워 있는 양 온몸이 아파오기 시작한 터였다. 이제는 의식의 끝을 고하여 과도하게 긴장한 이들을 눅눅하고 서늘한 3월 초의 대기 속으로 내보내야 할 때였다.

"성녀님의 말씀으로 모든 수사들이 한꺼번에 고발당한 입장이라면," 로베르 백작이 말했다. "범인이 누군지 가려달라고 부탁드리기에 가장 적합한 사람은 그 당사자, 바로 이 수도원의 평수사입니다. 원장님께서도 제 의견에 동의하신다면 그들 중 한 사람을 시켜 성녀님께 판결을 내려달라 요청하게 하십시오. 죄를 짓지 않은 나머지 사람들의 결백을 증명하는 방법으로 그보다 좋은 게 또 어디 있겠습니까? 죄지은 자를 벌하기 위해서보다 죄 없는 사람들을 가려내기 위해서라도 정의는 마땅히 실현되어야 합니다."

그는 여전히 이 상황을 즐기고 있는 걸까? 속내야 어떻든 백작은 대주교나 왕을 보필하는 재판관처럼 진지하고 위엄 있는 태도였다. 그로서는 인간적인 차원을 넘어서는 이 미스터리를 미해결 상태로 남겨두고 싶지 않을 것이다. 어떻게든 사람들을 설득하여 끝장을 보고자 최선을 다하리라. 로버트 부원장 또한 백작의 말을 열심히 귀담아듣는 것으로 보아 그 의견에 찬동하는 듯했다. 성녀가 다시 슈루즈베리에 머물게 될 것이 확실해진 지금, 저 거룩한 분을 찾아내어 이곳까지 모셔 온 사람이라는 자부심으로 의기양양해진 부원장은 모든 일이 깨끗이 마무리되고 램지에서 온 말썽 많은 자들을 한시라도 빨리 돌려보내고 싶을 터였다.

"그게 공정하고 정당한 방법 같습니다, 원장님." 부원장은 말했다. "그렇게 할까요?"

"좋소. 그대가 평수사를 선택하시오!"

원장의 대답에 부원장은 고개를 돌려 조용히 둘러선 수사들을 돌아보았다. 그들은 기대감과 외경심으로 눈을 크게 뜨고서 부원장을 주시했다. 부원장이 누구를 지명할지는 뻔했다. 그는 미간을 찌푸린 채 주위를 두리번거리다가 마침내 자신의 조수를 찾아냈다.

"제롬 수사, 그대가 우리 모두를 대신해 이 일을 맡아주기 바라오."

제롬 수사가 어디 있었지? 그는 왜 지금껏 한마디도 꺼내지 않았던 걸까? 그가 로버트 부원장의 수사복 자락에서 그렇게 멀리 떨어져 있었던 적이 한 번이라도 있었던가? 그는 늘 부원장의 뒤를 졸졸 따라다니면서 비굴하게 굽실거리거나 아첨하는 말을 늘어놓곤 했다. 그제야 캐드펠은 최근 며칠 동안, 그러니까 복통과 두통으로 침대에 앓아누운 날 이후로 제롬의 모습이 잘 보이지 않았으며 목소리도 거의 들리지 않았다는 사실을 깨달았다. 살인이 벌어진 그날 저녁, 제롬은 캐드펠이 건네준 건위제와 시럽을 먹고 겨우 잠이 들었었다.

둘러선 수사들의 뒤쪽에서 미약한 움직임이 일더니 평소답지 않게 성가대석 구석에 웅크리고 있던 제롬 수사가 내키지 않는 표정으로 모습을 드러냈다. 그는 고개를 떨구고 심한 오한을 느끼는 사람처럼 양팔로 제 몸을 꼭 끌어안은 채 맥없이 앞으로 나왔다. 몰라보게 수척해진 얼굴은 칙칙한 빛을 띠었고, 고개를 쳐들 때 보니 두 눈은 벌겋게 충혈되어 있었다. 병자처럼 축 처진 그 모습에 캐드펠은 연민을 느끼며 저 병의 원인을 확실히 밝혀내 제대로 치료해야겠다고 마음먹었다.

영광스러운 책무를 마지못해 억지로 받아들이는 듯한 제롬의 모습에 로버트 부원장은 당황스럽기도 하고 불쾌하기도 한 기색이었다. 그는 찌푸린 얼굴로 어서 빨리 제단으로 올라가라는 듯 그에게 손짓했다. "모두들 기다리고 있으니 어서 올라가 경건한 마음으로 복음서를 펼치도록 하시오."

원장이 책갈피에서 산사나무 꽃잎들을 살며시 쓸어낸 뒤 복음서를 덮고는 옆으로 비켜나 제롬에게 길을 터주었다.

제롬은 제단 발치께로 다가서다가 놀란 말처럼 걸음을 멈추었다. 이어 깊은 숨을 몰아쉰 뒤 다시 계단을 오르려다가 갑자기 두 팔로 얼굴을 가리고는 구슬픈 흐느낌을 토해내며 털썩 무릎을 꿇었다. 그렇게 계단 위에 웅크린 채, 제롬은 마치 길 잃은 개가 한밤중에 외로움을 이기지 못해 울부짖듯 갈라진 목소리로 더듬거리면서 외쳤다.

"전 못 합니다…… 못 해요…… 성녀님이 저를 벌하실 겁니다…… 이럴 필요 없어요. 다 털어놓을게요. 제가 저지른 무서운 죄를 고백하겠습니다!" 그가 울며 말을 이었다. "제가 그 도둑놈의 뒤를 따라가 숲속에 몸을 숨긴 채 기다렸습니다. 주여, 저를 불쌍히 여겨주소서. 제가 그 죄 없는 사람을 죽였습니다!"

10

 섬뜩한 침묵이 흐르는 가운데, 로버트 부원장은 여전히 한 손을 쳐든 채 그대로 굳어버렸다. 자신을 따르는 수사가 그처럼 극악한 범죄를 저질렀다는 사실을 도저히 믿을 수 없다는 표정이었다. 비밀의 베일에 싸여 있던 미스터리가 한순간 밝혀진 것도 그렇지만, 그토록 엄격한 사람이 제멋대로 큰일을 벌였다는 것이 한층 큰 충격으로 다가왔다. 캐드펠 또한 놀라기는 마찬가지였다. 구토에 시달리다가 침대에 누워 창백하게 질린 얼굴로 헐떡거리던 사람. 내내 죽을상을 한 채 말도 없이 사람들의 시선을 피하기만 하던 사람. 제롬이 그렇게 가련해 보이기는 처음이었다.
 그곳에 모여 있던 이들 중 가장 젊고 생기 있고 아름다운 흐륀 수사가 여리고 동정심 많은 천성에 이끌려 제롬 곁에 무릎 꿇고는 부들부들 떨고 있는 그의 어깨를 감싸 안았다. 그 불운한 고백자의 상체를 들어 제 가슴에 끌어안은 뒤, 흐뢴은 단호한 표정으로 원장의 얼굴을 올려다보았다. "원장님, 어찌 됐건 이분은 몸이 성치 않은 분입니다. 제가 이분을 보살피도록 허락해주세요!"

"나는 나의 일을 하겠으니, 그대는 그대의 본성이 시키는 대로 하시오." 원장이 두 사람을 내려다보면서 위엄 있게 말했다. 그 또한 부원장만큼이나 창백한 얼굴이었다. "고개를 들어 나를 보시오, 제롬."

이런 문제는 비공개적으로 처리하는 편이 더 나았겠으나, 제롬이 모든 이들 앞에서 고백한 지금 원장으로서도 어쩔 수 없었다. 이 일을 비밀에 부치기에는 이미 늦었다. 게다가 그들 모두 수도원 경내에서 일어나는 문제들을 함께 다룰 권리를 지닌 한 조직체의 일원들이었다. 수사들은 더 이상 가까이 접근하지 않고 제자리에 묵묵히 선 채 눈앞의 일에 온 정신을 기울이고 있었다. 반원형이었던 대열은 이제 거의 원형이 되어 있었다.

제롬은 조금 전보다는 격정이 가라앉은 모습이었다. 원장의 명령을 듣자 그는 기운을 내려고 안간힘을 썼다. 가장 무거운 짐은 일단 내려놓은 셈이었다. 그가 무릎 꿇은 자세에서 상체를 일으키고 고개를 들자 흐뢴 수사가 얼른 몸을 받쳐주었다. 형편없이 일그러진 얼굴이 차츰 원래의 표정을 회복해가는가 싶더니, 마침내 제롬이 입을 열었다. "무슨 명령을 내리시든 순순히 받들겠습니다, 원장님. 저는 고해하고 참회하고 싶습니다. 저는 엄청난 죄를 저질렀습니다."

"고백을 통한 참회는 지혜의 시작이오." 원장은 말했다. "주님의 은총은 부정하지도 거부하지도 않지. 그대가 어떤 짓을 저질렀으며 어쩌다 그런 일이 일어났는지, 자세히 이야기해보시오."

제롬은 더듬더듬 이야기를 시작했다. 애처로우리만치 잔뜩 움츠러들고 일그러진 그의 비참한 얼굴과, 곁에 앉아 유연한 팔로 말없이 그를 부축하고 있는 흐륀의 빛나는 얼굴이 선연한 대조를 이루었다. 인간은 참으로 천차만별이었다.

"위니프리드 성녀님의 유골이 램지로 가는 짐마차에 실렸다는 사실이 알려졌을 때, 어떻게 해서 그런 일이 일어났는지는 새삼 확인할 필요도 없었습니다. 저는, 아니, 우리 모두는 누가 그런 짓을 저질렀는지 알고 있었지요. 그 청년 말고 달리 누구였겠습니까? 저는 성녀님께 감히 그런 신성모독적인 짓을 저지르고 우리 수도원에 크나큰 고통을 안긴 자에게 심한 분노를 느꼈습니다. 그리고 그자가 그날 밤 롱너 영지로 가게 해달라고 요청하여 허락을 받았을 땐, 그가 곧 다가올 정의의 심판을 눈치채고 일부러 수도원을 빠져나갈 작정인가 보다 생각했지요. 저로서는 그자가 멋대로 도망치는 걸 그냥 두고 볼 수 없었습니다. 솔직히 말씀드리자면, 저는 그자를 증오했습니다! 하지만 몰래 이곳을 빠져나가 그자가 돌아올 길에 숨어 기다리고 있을 때만 해도 그를 죽일 의도는 전혀 없었습니다! 폭력을 쓸 생각도 물론 없었고요. 그저 그자를 만나 한껏 나무랄 생각뿐이었어요. 만일 자기 스스로 죄를 고백하고 그에 대한 대가를 치르지 않는다면 지옥 불의 응보가 기다릴 거라는 사실을 똑바로 알려주고 싶었습니다."

그가 잠시 말을 멈추고 힘겹게 숨을 몰아쉴 때 원장이 물었다. "맨손으로 갔소?"

제롬은 잔뜩 흥분해 있어서 그 질문의 의미를 제대로 깨닫지 못한 듯했다. "그럼요, 원장님! 제가 뭘 갖고 갔겠습니까?"

"됐소. 계속하시오."

"더 이상 덧붙일 것도 없습니다. 덤불을 헤치고 다가오는 소리를 들었을 때, 제 머릿속에는 마침내 투틸로가 오고 있다는 생각뿐이었습니다. 앨드헬름이 그 길로 올 줄은 꿈에도 몰랐어요. 게다가 전 그 청년이 이미 수도원에 왔다가 돌아갔을 줄 알았거든요. 그는 어둠 속에서 휘파람으로 속된 노래를 불며 아주 활기차게 걸어오더군요. 죄를 짓고, 용서받지 못할 일들을 너무나 가볍게 해치우고는 그렇게 신나게 걸어다닌다니…… 도무지 용납할 수가 없었습니다. 그래서 떨어져 있는 나뭇가지를 집어 들어 그가 제 앞을 지나갈 때 머리를 후려쳤어요. 그는 길에 가로누워 꼼짝도 않더군요. 제가 곁으로 다가가 무릎을 꿇었고, 바로 그때 그 사람 얼굴을 봤습니다. 쓰러질 때 머리에서 두건이 벗겨진 터라 어둠 속에서도 얼굴을 알아볼 수 있었지요. 그런데…… 그는 저의 적이자 성녀님의 적, 그 도둑이 아니었습니다! 제가 엉뚱한 사람을 죽인 겁니다! 저는 얼른 그 곁에서 달아났습니다…… 구역질이 나고 온몸이 떨리더군요. 그 이후로 그는 매 순간 저를 뒤

쫓았습니다. 이제 제가 지은 무서운 죄를 고백하고 마음 깊이 참회합니다. 죄 없는 이에게 함부로 손을 댄 것을 뼈저리게 후회합니다. 앨드헬름을 죽인 사람은 바로 접니다!"

그는 고개를 숙이고 두 팔로 얼굴을 가렸다. 흐느껴 울며 간간이 무어라 웅얼대는 것 같았지만 무슨 소리인지는 도통 알아들을 수 없었다. 캐드펠은 그 가련한 사람이 떠난 뒤에 어떤 일이 일어났는지 이야기하려고 입을 열었다가 얼른 닫았다. 비록 자신이 저지른 죄에 합당한 것보다 훨씬 더 무거운 고통의 무게를 짊어지고 있긴 하나, 그는 이 부담을 좀 더 오래 짊어져도 괜찮으리라. "형제끼리 서로 잡아 넘겨 죽게 할 것이며……." 제롬 역시 이 구절에서 자유로울 수 없으니까. 그가 앨드헬름을 죽인 건 아니지만 그의 죽음에 원인을 제공한 건 분명하니까. 하지만 만일 그가 떠난 뒤에 일어난 사건도 어떤 형제의 소행이라면 그 살인자는 지금 이곳에 있을지 몰랐다. 지금은 이대로 그냥 내버려두는 게 좋을 것이다. 이 고백으로 거기 있는 모두가 제롬이 그를 죽였다고 믿게 되었으니, 그자도 이러한 결과에 만족하여 안도하도록 내버려두자. 모든 위험에서 벗어났다 믿으면 신중함을 잃고 자신이 진범이라는 사실을 드러낼지도 모른다. 물론 원장에게만은 진실을 이야기해야 할 것이다. 제롬이 못된 짓을 저지른 건 사실이나 그 자신이나 거기 있는 다른 모두가 믿고 있는 것만큼 흉악한 짓을 저지른 건 아니라고. 그가 죄에 상응하는 대가를 충분히 치르게 하되, 또 다른 자가 저지른 더 냉혹하고 사악한 범죄의 누명까지 뒤집어쓰게 하지는 말자고.

"너무도 우울하고 끔찍한 얘기요." 라둘푸스 원장이 침중한 어조로 천천히 입을 열었다. "이해하기도, 뭐라 평가하기도 어렵군. 되돌릴 수도 없는 일이고…… 벌어진 일에 합당한 처분을 내리기에 앞서 모두들 많이 기도하고 진지하게 생각할 필요가 있으리라 보오. 한편 이 살인 사건은 내 영역 밖에 있는 문제이니, 왕의 법을 시행하는 사람들도 이에 대해 알 권리가 있소. 하지만 살인죄를 자백한 사람을 지금 당장 넘겨줄 필요는 없겠지."

제롬은 자신에게 어떤 처분이 내려지든 아무 이의 없이 받아들일 준비가 되어 있었다. 그는 지치고 허탈한 마음으로 묵묵히 고개를 숙였다. 그가 수사들에게 안겨준 충격과 놀라움은 한동안 거듭하여 메아리칠 테고, 이를 유발한 장본인은 매번 무감각하고 기진맥진한 상태로 움츠러들 것이었다.

"어떤 벌을 내리시든 달게 받겠습니다." 그는 공손하게 말했다. "가벼운 사면 같은 건 원치 않습니다. 저는 제가 지은 모든 죄를 충분히 갚고 싶습니다."

그 말의 진실성은 의심할 여지가 없었다. 흐뢴 수사가 무릎을 꿇고 앉은 그의 몸을 한 팔로 감아 일으켜 세우려 하는데도 제롬은 더없이 겸허한 자세를 고집했다.

"원장님, 당장 저를 이 자리에서 몰아내 사람들의 눈길이 미치지 않는 곳에 홀로 가두어주십시오."

"그대는 혼자 있게 될 거오. 하지만 절망하지는 마시오. 지금은 어떤 평가나 판단을 내리기에 이른 시점이지만, 기도를 하기에는 이르지도 늦지도 않은 시점이지. 그대가 진실로 참회하고 있다면 말이요." 이어 라둘푸스는 날개가 부러진 새처럼 바닥의 타일 위에 맥없이 쭈그리고 앉은 이에게서 시선을 거두지 않은 채 말을 이었다. "로버트 부원장, 제롬 형제를 데려가 제대로 수감하는지 확인해주시오. 그리고 다른 형제들은 모두 가서 쉬거나 각자 할 일들을 하시오. 어느 때이든, 어떤 상황에서든 우리는 성무일도를 지켜야 하오."

*

평소의 위엄 있는 모습과 달리 충격을 받아 얼빠진 사람처럼 침묵하고 있던 로버트 부원장은 원장의 지시가 떨어지자 축 늘어져 있는 제롬을 일으켜 두 번째 징벌방으로 향했다. 캐드펠이 기억하기로 이곳 징벌방 두 곳에 모두 사람이 들어가게 된 경우는 이번이 처음이었다. 점잖고 온화하고 차분한 리처드 보좌 수사가 나머지 수사들을 끌고 나가 각자의 일터로 보냈고, 그로부터 얼마 뒤에는 식당으로 모이게 했다. 바보스러워 보일 만큼 무덤덤한 그의 태도에 다른 이들도 긍정적인 영향을 받아, 식사에 앞서 손을 씻으러 갈 즈음에는 다들 평소의 식욕을 완전히 되찾았다.

슈루즈베리 수도원이 극심한 혼란에 말려든 반면 램지 수도원의 명예는 일부나마 회복되는 방향으로 사태가 전환되자, 헤를루인은 제 나름의 분별을 발휘하여 조용히 사건을 관망하기 시작했다. 그는 램지 수도원에 기부하겠다는 백작의 제안을 기꺼이 받아들인 뒤 모양새 좋게 자신의 보금자리로 돌아가고 싶었다. 그러나 램지에 무사히 도착한 뒤 그가 투틸로에게 어떤 식으로 분풀이할 불을 보듯 뻔했으니, 그건 생각만 해도 딱한 일이 아닐 수 없었다. 헤를루인은 결코 잊거나 용서할 사람이 아니었다.

언제나 기민하고 세심하며 유능한 로베르 보스는 전쟁터에서 물러날 때도 신중하고 재치 있는 태도를 보였다. 그는 라둘푸스 원장에게 조용히 위로를 건넨 뒤 두 시종에게 재빨리 눈짓을 했다. 주인이 한쪽 눈썹을 찡긋하거나 살짝 웃기만 해도 그 의중을 얼른 알아차리는 이들이었다. 로베르는 자기의 지위와 신분을 때와 장소에 맞춰서 적절히 이용할 줄 알았고, 또 필요할 때는 그 찬란한 빛을 적절히 완화시켜 다수 속에 표 나지 않게 섞일 줄도 알았다.

캐드펠 수사는 기회를 보며 서 있다가 원장이 성가대석을 떠나자 얼른 그의 곁으로 다가갔다.

"드릴 말씀이 있습니다, 원장님! 이 사건과 관련한 것인데, 아직 내놓고 얘기할 만한 건 못 됩니다."

"제롬 형제가 모두 털어놓지 않았소?" 원장은 고개도 돌리지 않은 채, 캐드펠의 귀에만 겨우 들릴 정도로 낮게 말했다. "살인을 했다는 것도 사실이고……."

"제 생각이 옳다면, 제롬 수사는 거짓말도 살인도 하지 않았습니다. 그는 자신이 알고 있는 그대로 얘기했지요. 아마 어떤 것도 숨기지 않았을 겁니다. 하지만 그가 모르는 일들이 있습니다. 그리고 그것이 알려지면 이 사건이 일으킨 충격은 다소 완화될 겁니다. 그래봤자 고약한 사건이라는 점에는 변함이 없겠지만요. 원장님과 단둘이 이야기할 기회가 있었으면 합니다. 제 말씀을 들은 뒤 어떤 조치를 취해야 좋을지 판단해주십시오."

라둘푸스는 성큼성큼 걷다가 문득 걸음을 멈추었으나 여전히 캐드펠에게는 시선을 주지 않았다. 그저 사건의 충격에서 헤어나지 못한 채 묵묵히 걸음만 옮기는 수사들의 마지막 대열이 안마당을 빠져나가는 광경을 물끄러미 주시하다가 힐끗 고개를 돌려 두 시종을 거느리고 진홍색 옷자락을 휘날리며 넓은 마당을 가로지르는 로베르 보스의 뒷모습을 바라볼 뿐이었다.

"우리가 사건의 전말을 절반밖에 듣지 못했고, 따라서 이 못지 않게 고약한 나머지 절반을 더 들어야 한다는 뜻이오? 우리는 앨드헬름의 시신을 정중하게 입관했소. 오늘 업턴의 교구신부가 와서 그를 자기 집안사람들이 묻힌 곳에 매장하기 위해 옮겨 갈 예정이지. 나는 그 일을 늦추고 싶지 않소."

"아, 그 일을 늦출 필요는 전혀 없습니다. 앨드헬름은 이미 알려야 할 모든 것을 제게 이야기했습니다. 그의 편안한 휴식을 방해할 생각은 추호도 없어요." 캐드펠은 조용히 말을 이었다. "저는 지금에 와서야 나머지 반쪽의 진실을 명확히 이해했습니다. 그걸 뒷받침하는 증거들은 살해 현장에서 진작 찾아냈고요. 제가 본 모든 것을 휴 베링어도 곁에서 같이 봤습니다. 하지만 그 진상을 구성하는 세밀한 부분들은…… 조금 전 제롬 수사의 고백을 들은 뒤에야 아귀가 제대로 맞아들더군요."

　라둘푸스는 잠시 생각에 잠겼다가 입을 열었다. "그렇다면 그 문제는 행정 장관도 함께 참석한 자리에서 다루는 게 좋을 것 같군. 나로서는 그의 조언이 필요하고, 장관도 그대와 내 조언을 필요로 할 거요. 이 사건은 수도원 담장 밖에서 일어났소. 가해자가 우리 수도원에 속한 사람이라 해도, 그 성격상 내 관할권을 벗어난 일이지. 교회와 국가는 지금처럼 지리멸렬하게 분열된 비참한 시대에도 서로를 존중하고 도와야 하오. 교회와 국가가 둘일지라도 정의는 하나일 수밖에 없소. 그대가 시내로 나가 휴더러 오늘 오후 이곳에서 회의를 하자 전해주겠소? 그런 다음 자세한 이야기를 나누면 좋겠군."

　"기꺼이 그렇게 하겠습니다."

*

　"그 연속적인 불가사의를 대체 어떻게 받아들여야 할까요?" 휴가 물었다. 그들은 휴의 집에서 점심 식사를 하는 중이었다. "미리 복음서를 들추어 성녀의 답변을 구하는 이들 모두를 함정에 빠뜨릴 만한 자리를 일일이 표시해놓지도 않았는데 더없이 적절한 응답이 저절로 나왔다니, 저로서는 도무지 못 믿을 일입니다. 수사님, 솔직히 말씀해보세요. 수사님께서 미리 손을 쓰신 게 아닌가요?"

캐드펠은 단호하게 고개를 가로저었다. "내가 어찌 감히 성녀님의 일에 관여하겠나. 나뿐 아니라 모두가 정직한 자세로 임했네. 그건 맹세할 수 있지. 다른 사람들이 오기 전에 내가 복음서를 펼쳐봤을 때 거기에는 어떤 표식도 없었어. 페이지가 접힌 부분도 없었고. 그때 난 복음서를 펼쳐 성녀님이 내려주시는 응답을 받았고, 그 덕에 새로운 발상을 떠올려 전에는 그냥 넘겼던 부분들을 명확히 보게 되었지. 성녀님이 말씀을 내려주신 게 아니라면 이 일을 어떻게 설명해야 할지 나도 모르겠네."

"이후에 연이어 나온 모든 신탁들도 놀라울 뿐이에요. 램지 수도원은 거부당했을 뿐 아니라 비난까지 받았다니…… 헤를루인 부원장으로서는 견디기 힘든 일이었겠군요! 그리고 로베르 백작의 경우엔 성녀님이 역설로 슬쩍 골려줬고요! 어쨌든 모두 지극히 공정한 응답이었다고 말할 수밖에 없군요. 백작이 그 내용을 판독하는 데 필요한 핵심적인 요소를 놓쳐버렸다는 것이 애석할 뿐이에요. 만일 속뜻을 알아차렸다면 그 자신도 꽤나 즐거워했을 텐데요. 어쨌든 그러고 나서 슈루즈베리 수도원에 대해서는 '너희가 나를 택한 것이 아니라 내가 너희를 택하여 내세운 것이다'라는 말씀이 나왔다고요? 제게는 그게 인정이 아닌 경고로 여겨지는군요. 성녀님께서 슈루즈베리 수도원을 선택하셨으며, 따라서 당신이 원하시면 떠나실 수도 있다는 얘기잖아요. 수사님들 모두 앞으로 조심하는 게 좋을 겁니다. 당신께서 정한 규칙을 뒤엎는 그런 혼란이 다시금 일어난다면, 그땐 성녀님도 그냥 참고 넘어가지 않을 테니까요. 추측건대 아마 그건 특히 로버트 부원장에게 내린 말씀일 겁니다. 그분은 자기가 성녀님을 모셔 왔고, 따라서 자기가 그분의 소유자이자 대리인이라 생각하잖아요. 부원장님이 그런 암시를 제대로 알아차렸을까요?"

"그럴 성싶지 않은데. 그 사람은 이미 영광이 제 몸을 둘러싸고 있다 생각하니 말이야."

"게다가 순서를 정할 때의 응답도 절묘했지요. 마지막에는 수사님이 처음에 짚어냈던 페이지와 구절이 똑같이 반복된 것도 신기하고요. 하루 오전 사이 그토록 많은 기적이 한꺼번에 일어나다니!"

"다 주님의 뜻이지." 캐드펠은 경구를 읊듯이 말했다. "기적이라는 것도 알고 보면 그저 그분께서 평범한 정황들을 교묘히 엮어놓으신 것에 불과하거든. 마지막 신탁 같은 경우도 그래. 복음서는 펼쳐진 그대로 놓여 있었고, 예배당 남쪽 문으로부터 한 줄기 바람이 불어와 그 페이지를 「요한의 복음서」에서 「마태오의 복음서」 쪽으로 넘겼지. 물론 그때 아무도 들어오지 않았던 건 사실이야. 하지만 내가 생각하기에는, 누군가 밖에서 빗장을 올리고 문을 살짝 열었다가 안에서 새어 나오는 사람들의 말소리를 듣고는 다시 닫은 뒤 물러가지 않았나 싶어. 어쨌든 바람이 일고서 복음서의 페이지는 내가 펼쳤던 그 부분에 멈췄는데, 그건 아마 그 전에 내 소매에 붙어 있던 산사나무 꽃잎들이 떨어져 있었기 때문일 거야. 아니면 머리카락이 떨어졌을 수도 있고. 사람들이 의식을 진행할 땐 직접 두 손으로 페이지를 가르고 손가락으로 각 구절을 짚어냈으니 그런 가벼운 방해물들이 영향을 미치지 못했겠지만, 바람이 페이지를 넘길 땐 달랐겠지." 캐드펠은 의심과 확신 사이에서 갈등하듯 고개를 흔들다가 이내 덧붙였다. "그렇지만…… 실상이야 어떻든 우리로서는 감히 그 모든 게 우연이라고만 말할 수 없겠지. 그리고 지금 돌이켜 생각해보니, 성당 안에 일었던 바람은 성서의 페이지가 그 자리에 멈추기 전에 가라앉았어. 그래, 마지막 페이지가 천천히 일어나 잠시 그대로 멈췄다가 스르르 가라앉는 광경을 나는 분명히 봤네. 제단 위의 공기는 아주 고요했지. 제단의 촛불들도 흔들림 없이 똑바로 서 있었고."

얼라인은 두 사람 곁에 앉아 그들의 대화를 한마디도 빠짐없이 주의 깊게 듣고 있었다. 캐드펠은 종종 그녀에게서 초연함과 신비로움을 느끼곤 했다. 총명해 보이는 푸른 눈으로 시종 남편과 그의 친구를 응시하고, 또 아이들을 지켜보는 가장처럼 관대하고 애정 어린 태도로 그들의 논쟁을 열심히 귀담아들으면서도 그녀의 존재 일부는 줄곧 혼자만의 즐거운 영역 속에 빠져 있는 듯했다.

"우리 마님께서는 이번에도 우리 두 사람을 비웃고 계시는군요." 휴가 얼라인의 눈을 바라보며 미소를 지었다.

"전혀 그렇지 않아요." 얼라인이 정색을 하고 대답했다. "그저 두 분이 그런 것에 놀라 모든 걸 논리적으로 설명하려 애쓰는 게 신기해 보여서…… 지극히 평범한 것들이 기적적인 일로 바뀌는 현상이 내겐 너무나 자연스러운 일로 여겨지거든요. 만일 이성적이고 합리적이고 설명 가능한 것이라면, 그걸 왜 기적이라 부르겠어요?"

*

원장의 응접실에는 로베르 백작이 와 있었다. 의례적인 인사가 끝나자 백작은 자신이 낄 자리가 아니라 판단했는지 정중한 태도로 입을 열었다.

"여러분은 여기서 제 권한 밖에 있는 문제를 처리해야 하는 입장이고, 저 또한 괜히 끼어들어 문제를 복잡하게 만들고 싶지 않습니다. 제가 오늘 오전에 일어난 일을 목격한 터라 관대하신 원장님께서 지금껏 저와 이야기를 나누며 의견을 경청해주셨지만, 이제부터는 사건에 대해 보다 깊이 파고 들어야 할 입장이라 들었습니다. 게다가 전 이미 성녀님에 대한 권리 주장의 명분을 잃은 사람이기도 하고요." 로베르 보스는 높이 솟은 한쪽 어깨를 으쓱이며 씩 웃어 보였다. "그러니 이만 작별 인사를 해야겠습니다."

"전하의 치하에서 평화를 유지하는 일이야말로 백작님의 소임이죠." 휴가 진심 어린 목소리로 대꾸했다. "그동안 큰 성과는 없었지만 우리 모두 그런대로 평화와 질서를 유지하고자 애써왔고, 그런 면에서 백작님은 저보다 훨씬 경험이 많은 분입니다. 원장님만 허락하신다면 저는 백작님이 이곳에 그대로 앉아 함께 이야기를 듣고 적절한 판단을 내려주셨으면 합니다. 살인 사건과 관련하여 깊이 따져봐야 할 일이 있거든요. 생명을 지키거나 잃는 일은 우리 모두와 관련된 일이니까요."

"장관의 말이 옳소." 라둘푸스가 말했다. "우리와 함께 있어주시오. 우리에게는 지혜로운 분들의 조언이 필요하오."

"그렇다면…… 좋습니다. 저도 누구 못지않게 인간적인 호기심이 많은 사람이니까요." 백작은 그렇게 말하며 기꺼이 자리에 앉았다. "원장님께 듣자니, 오늘 오전에 들었던 이야기에 보탤 것이 있다고요. 지금까지의 일에 대해서는 장관께서도 당연히 알고 계시리라 믿소."

"예, 캐드펠 수사님이 말씀해주셨습니다. 소르테스 의식이 어떻게 진행됐는지, 제롬 수사가 어떤 고백을 했는지…… 수사님은 현장에서 목격한 것들을 근거로 제롬이 알고 있는 것보다 심층적인 사실들을 밝혀낼 수 있다고 확신하고 계십니다."

캐드펠은 응접실의 검은 장식 판자 앞에 놓인 푹신한 긴 의자에 휴와 나란히 앉아 있었다. 낮이 조금씩 길어지는 시기라 창밖에는 아직도 햇살이 환했다. 들판 둔덕을 따라 무성하게 자란 가시투성이 산사나무들이 하얀빛으로 물들어가는 것이, 봄이 머지 않은 듯했다.

"제롬 수사는 본인이 알고 있는 진실을 모두 이야기했습니다." 캐드펠이 입을 열었다. "모두가 보았듯 무언가 감출 이유도 의도도 없이 있는 그대로 털어놓았지요. 하지만 사실 그건 전부가 아닙니다. 자, 제롬은 살인 현장에서 그를 기다리고 있었습니다. 그 사람 말대로 우리는 길가 덤불 바로 안쪽에서 발자국을 보았습니다. 그가 불안하게 서성거린 흔적이지요. 그러다 앨드헬름이 다가오자 제롬은 바닥에 떨어져 있던 나뭇가지를 집어 들어 그를 후려쳤고, 청년은 곧장 의식을 잃은 채 쓰러졌습니다. 그때 머리에서 두건이 벗겨졌고요. 거기까지 모두 사실입니다. 우리는 거기서 제롬이 내던진 나뭇가지를 찾아냈습니다. 일부가 썩어 있어 청년을 가격한 순간 부러졌지만, 누군가를 기절시킬 수 있을 만큼 튼튼하고 묵직한 가지였지요. 앨드헬름은 제롬이 설명한 대로 길을 가로지르는 자세로 쓰러져 있었고, 두건도 벗겨져 있었습니다. 제롬은 자기가 살인을 저질렀다 믿고 몸을 숨기기 위해 재빨리 수도원으로 돌아왔습니다. 그는 몸이 좋지 않았어요. 그가 마지막 기도에 참석하지 않은 것을 알고 리처드 수사가 찾아다니다가 자기 방 침대 위에서 사색이 되어 떨고 있는 그를 발견했거든요. 그때 그는 몸의 증세만 설명했을 뿐 다른 이야긴 일절 하지 않았습니다. 그래서 저는 그에게 약을 줬지요. 어쨌든 제롬이 앨드헬름을 단 한 번, 나뭇가지로 가격했다는 건 확실합니다."

"그랬지." 라둘푸스가 이맛살을 찌푸렸다. "제롬 형제는 분명 그렇게 말했소. 그리고 나는 그 사람이 다른 무언가를 감추고 있으리라 생각하지 않소."

"저도 마찬가집니다. 제롬 수사는 그날 밤 이후 줄곧 공포에 질려 죽을상을 하고 다녔습니다. 제롬이 가격한 부위가 어딘지는 이미 분명합니다. 앨드헬름의 머리를 조사할 때 뒤통수에서 작은 혈흔이 발견되었거든요. 또 거친 모직 외투와 두건에는 부러진 나뭇가지에서 떨어져 나온 부스러기들이 묻어 있었지요. 제롬의 공격으로 청년은 잠시 의식을 잃었을 겁니다. 하지만 그 정도로는 두개골이 깨지지 않아요. 청년이 제롬에게 죽임을 당한 것이 아니라는 얘깁니다." 그가 휴 베링어를 돌아보았다. "휴, 자네의 의견을 말해보게."

"앨드헬름은 나뭇가지에 맞아 몹시 아팠겠지요." 휴는 즉각 대답했다. "하지만 그 이상은 아니었을 겁니다. 기절해 있던 시간도 기껏해야 15분을 넘지 않았을 테고요. 제롬이 상대에게 미친 위해라고 해봐야 그 정도에 불과합니다. 아주 심각한 피해라고는 말할 수 없지요."

"저도 동의합니다." 백작이 말했다. "그리고 청년을 가격한 뒤 가까이 다가가서 들여다보고는 자신의 실수를 깨닫고 즉각 도망쳤다고 한 제롬 수사의 말을 저는 믿습니다." 그는 조용히 말을 이었다. "제가 판단하건대, 그 수사는 거짓말을 할 만큼 배짱 있는 사람으로 보이지 않더군요. 혈기 왕성한 나이였다 해도 대담한 악당은 못 됐을 것 같아요. 아까 상황만 봐도 그렇습니다. 그는 복음서의 판결을 몹시 두려워하지 않았습니까? 자기가 살인을 했다 확신하고 말입니다."

"불확실한 요소가 있긴 하지만 아직 속단하기엔 이르오." 원장은 씁쓸한 어조로 말했다. "제롬 형제가 애초에 그런 끔찍한 일을 시작했다는 건 사실이잖소. 그가 결국 그 자리에 더 오래 머물다가 일을 끝장내지 않았다고 어떻게 확신할 수 있겠소?"

"물론 확신할 수는 없습니다." 캐드펠이 말했다. "모든 사실이 명백히 밝혀질 때까지는 그 무엇도 확신하지 못하지요. 하지만 저는 제롬 수사가 자신이 아는 사실 전부를 있는 그대로 얘기했다고 생각합니다. 그 사실은 이후 밝혀진 내용들과 사뭇 다른 방향을 가리키지요. 우리가 밝혀낸 것들은 아마 장관도 잘 기억하고 있을 겁니다."

"예, 모든 걸 아주 선명하게 기억하고 있습니다." 휴가 고개를 끄덕였다.

"길 아래쪽으로 몇 걸음 내려간 자리에서 우리는 돌무더기를 발견했습니다." 캐드펠은 차분하게 말을 이었다. "이끼류와 지의류가 무성하게 자란 곳이었지요. 위쪽 능선에 노출된 석회암의 줄기가 길 아래쪽 숲에서도 엷은 지면 여기저기를 뚫고 솟아나 있었습니다. 그런데 그곳 돌밭에 있는 큼직한 돌 하나를 보니 지면과의 사이에 있던 이끼가 뜯겨 나가 있더군요. 원래의 자리에 조심스럽게 끼워놓기는 했습니다만, 누가 한 차례 들었다 놓은 것이 분명했습니다. 제가 그 돌을 들어보았습니다. 꽤 묵직해서 두 손으로 들어야 했지요. 지면과 닿는 부분에 피가 묻어 있더군요. 돌을 제자리에 놓으면 감쪽같이 숨겨지는 밑면에 말입니다. 우리는 보다 자세히 조사하기 위해 그 돌을 가지고 왔습니다. 그건 분명 살인 도구였습니다. 나무 부스러기와 돌가루가 앨드헬름의 구멍 난 머리에 박혀 있는 것으로 보아 돌에 묻은 건 앨드헬름의 피가 틀림없었어요. 범인이 돌로 앨드헬름의 머리를 박살 낸 뒤 다시 그걸 제자리에다 끼워놓은 거죠. 자세히 들여다보지 않았다면 아무도 모르고 지나쳤을 겁니다. 한두 주 뒤에는 그 선명한 접합 부분도 비바람과 이끼에 감쪽같이 사라졌을 테고요. 글쎄요, 과연 제롬 수사가 그런 일을 할 수 있는 사람일까요? 무거운 돌을 들어 의식을 잃고 쓰러진 사람의 머리통을 부순 뒤 다시 태연하게 그 돌을 제자리에 끼워 맞추는 일을 말입니다. 사실 저로서는 제롬 수사가 누군가를 실신시킬 정도로, 그리고 일부가 썩긴 했지만 아무튼 나무가 부러질 정도로 심하게 후려친다는 것조차 좀처럼 상상이 안 됩니다. 그는 당시 겁먹은 상태에서 희생자의 얼굴을 들여다보고는 자신이 엉뚱한 사람을 때려눕혔다는 걸 깨달았다고 했지요. 또 현장에서 제롬을 목격한 사람은 아무도 없으며, 그가 수도원을 빠져나갔다는 사실을 아는 사람도 없었다는 점을 기억해주시기 바랍니다. 제롬 수사는 공포에 질린 겁 많은 사람이 할 법한 행동을 했습니다. 얼른 현장을 떠나 자기가 속한 공동체 안에 몸을 숨겼지요. 그가 어떤 사람인지 잘 알고, 그를 존중하며, 그가 그런 행동을 하리라고는 꿈에도 생각하지 못하는 동료들 속으로 말입니다."

"그러니까 수사님의 말인즉슨……" 주의 깊게 귀를 기울이던 백작이 가만히 입을 열었다. "나쁜 의도를 품은 사람이 적어도 둘이었다는 거군요. 그리고 제롬 수사의 경우, 자기가 엉뚱한 이를 공격했다는 사실을 깨달은 이상 그 청년에게 더 이상 해를 끼치고 싶어 할 하등의 이유가 없었을 테고요."

"저는 그렇게 믿고 있습니다." 캐드펠이 말했다.

"그럼, 장관의 생각은 어떻소?" 원장이 물었다.

"제롬 수사에 관해 제가 알고 있는 모든 점으로 미루어, 저 역시 같은 생각입니다."

"그렇다면 앨드헬름이 수도원 정문에 이르기 전에 그를 제거하고 싶어 한 누군가가 있었다는 얘기가 되는데……." 백작이 말했다. "앨드헬름이 실신해 쓰러질 때 두건이 벗겨졌으니 그자는 청년의 얼굴을 제대로 알아보고 수도원에 갈 수 없게끔 일을 확실히 마무리했겠군요. 제롬처럼 실수로 공격한 게 아니라, 제대로 알고 의도적으로 앨드헬름을 죽인 겁니다."

응접실에 짧고 깊은 침묵이 내렸다. 그곳에 모인 네 사람은 서로의 얼굴을 바라보며 이런저런 가능성을 가늠해보았다.

"이치에 맞는 얘기군." 곧 라둘푸스 원장이 천천히 운을 뗐다. "어두운 시각이었지만 그땐 그의 얼굴이 드러나 있었지. 제롬이 그 얼굴을 식별할 수 있었다면 또 다른 자도 당연히 할 수 있었을 거요."

"여기서 짚고 넘어가야 할 게 또 있습니다." 휴가 말했다. "앨드헬름이 머리에 타격을 받고 쓰러져 있던 시간은 얼마 되지 않을 겁니다. 살인자가 누구였든, 그는 제롬 수사가 떠나고서 15분도 지나지 않아 앨드헬름을 살해했습니다. 앨드헬름은 처음에 쓰러진 자리에서 꼼짝하지 않았어요. 이동한 흔적이 전혀 없었습니다. 설사 두 번째 가격, 곧 치명타를 맞았을 때 몸을 움직였더라도 순간적인 요동에 불과했을 겁니다. 살인자는 현장 가까이 있었던 게 분명합니다. 틀림없이 제롬이 나뭇가지로 그를 공격하는 광경을 목격했을 겁니다." 이어 그는 날카롭게 물었다. "투틸로를 석방하셨나요, 원장님?"

"아직 석방하지 않았소." 원장은 담담하게 대꾸했다. 질문의 의미를 이미 짐작한 터였다. "그 점을 상기시켜주어 고맙소. 투틸로 역시 같은 길로 내려오다가 그 사람을 발견했지. 그렇소, 제롬이 시작한 일을 투틸로가 끝장냈을 가능성은 아직 남아 있소."

"투틸로는 주위가 어두워 죽은 사람이 누군지 알지 못했다고 얘기했습니다." 휴는 말했다. "원장님께도 그렇게 말씀드렸겠죠. 만일 살인자가 투틸로보다 먼저 그 길을 지나갔다면 그 말은 진실일 겁니다. 우리는 날이 밝은 뒤에도 그 사람이 누구인지 알아보지 못했지요. 캐드펠 수사님이 그의 얼굴을 돌린 뒤에야 제대로 볼 수 있었습니다. 투틸로는 어쩌다 자신이 죽은 이의 머리에 손을 댔는지도 이야기했어요. 그 태도와 목소리, 이야기를 이어가며 공포에 질려 부들부들 떠는 모습을 포함한 모든 면면이 제게는 진짜처럼 보였습니다. 하지만 그 반대의 경우도 여전히 진실일 수 있습니다. 제롬이 도망치고 몇 분쯤 지나 그가 현장에 도착하여 실신한 상태의 앨드헬름을 발견하고 그를 살해한 뒤, 어떻게 해야 혐의를 피할 수 있을까 궁리한 끝에 시내로, 즉 저한테 달려왔을 수도 있지요."

"극단적인 짓을 저지를 사람들이 따로 정해져 있는 건 아니지만……" 백작이 생각에 잠겨 중얼거렸다. "그 둘 모두 돌을 들어 다른 이의 머리를 부술 사람으로는 보이지 않습니다. 그런 짓을 저지르고, 심지어 범행의 흔적을 은폐하기 위해 돌을 제자리에 끼워 맞춰놓을 만큼 철저하고 냉혹한 자는 우리 같은 범인의 범주에서는 벗어난 사람일 거예요. 하지만 서두를 이유가 없으니 두 사람은 계속 가둬두는 편이 좋겠지요."

"이 사건에서는 시간이 무척 중요한 사항으로 작용합니다." 캐드펠이 말했다. "업턴의 사제를 모시는 하인이 프레스턴에서 나루터로 가는 앨드헬름과 만났다는 점을 고려해야 해요."

"두 사람은 6시쯤 헤어졌다고 했습니다." 휴가 얼른 덧붙였다. "앨드헬름이 거기서 나루터를 지나 숲속 현장까지 가는 데는 기껏해야 30분밖에 안 걸렸을 겁니다. 사공도 같은 이야기를 했고요. 앨드헬름은 넉넉잡아 6시 30분쯤 살해 현장에 도착했습니다. 투틸로가 그 시각에 어디 있었는지 분명히 밝혀진다면 우리는 그를 용의자 명부에서 제외하고 깨끗이 잊어버릴 수 있을 겁니다."

11

"그동안 장관과 교제할 기회가 없었군." 로베르 백작이 말했다. "하지만 분별 있는 사람치고 휴 베링어라는 이름을 모르는 이는 없을 거요. 장관은 뭐든 그냥 지나치는 법이 없고, 또 야밤에도 달빛에 의지해 숲을 훤히 꿰뚫어 볼 수 있는 사람이라 들었소. 이 나라의 재무 관리들은 하나같이 혼란에 빠져 갈팡질팡하고, 공문서 보관청 직원들조차 건드릴 엄두를 내지 못하는 땅이 너무나 많은 판국에 어떻게 그처럼 일을 잘할 수 있소? 왕께 매년 정기적으로 지대를 지불하는 행정 장관은 거의 없다시피 한데, 내가 알기로 장관은 지대를 체납한 적이 한 번도 없더군. 슈롭셔 주민들은 줄곧 평화를 누리고, 이곳 수도원에서 열리는 축일장에는 많은 이들이 마음 놓고 몰려들고, 사람들은 노상강도들에게 소위 '고약한 세금'을 빼앗길 염려 없이 편히 길을 다닌다고 하니 나로서는 그저 놀라울 뿐이오. 게다가 장관은 오아인 귀네드[14] 측과도 우호적인 관계를 맺고 있잖소. 가끔 포위스 사람들이 말썽을 피우긴 하지만……."

"열심히 연구하고 그 내용을 실천에 옮길 뿐이지요." 휴는 씩 웃어 보였다. "제 자리를 보전하기 위해서요."

"그보다는 장관의 영지와 주의 모든 것이 가능한 한 조용하게 굴러가도록 하기 위해서겠지." 백작이 고쳐 말했다. "분별 있는 사람들은 어려운 상황에서도 제 일에 최선을 다하기 마련이오."

접객소에 있는 백작의 방, 두 사람은 작은 탁자를 사이에 두고 마주 앉아 우호적인 분위기 속에서 술잔을 나누고 있었다. 커튼이 드리워진 문이 그들과 세상을 차단해주었고, 조금 전까지 시중을 들던 하인들은 백작의 명에 따라 물러간 터였다. 하인들은 주인에 대한 두려움보다는 당당한 자부심을 가지고 시중을 드는 듯했는데, 이는 주인의 차분하고 침착한 태도와도 무척 잘 어울렸다. 지금 그들은 백작의 지시에 따라 이곳에서 오가는 말소리가 들리지 않는, 그러나 주인이 부르면 즉각 달려올 수 있을 만한 곳에 가 있을 터였다.

"저는 질서를 좋아합니다." 휴가 말했다. "그리고 제가 다스리는 영토의 주민들이 목숨을 부지하고 온전한 생활을 영위하기를 바라지요. 그게 쉬운 일이 아니라는 건 백작님도 잘 아실 겁니다. 저는 낭비를 싫어합니다. 무엇보다 존엄한 목숨, 유익하게 쓰일 수도 있는 시간, 많은 결실을 낳을 수 있는 땅, 그 세 가지 소중한 자원들이 최근에는 너무 많이 낭비되고 있으니까요. 적어도 제가 다스리는 주에서만큼은 그런 위험을 몰아내고 싶습니다."

"아주 중요한 얘기요." 백작이 말했다. "나 또한 진작부터 그런 말을 해왔지. 자, 장관은 어떻게 생각하오? 이 혼란이 종말을 고할까? 이런 식으로 형세가 이리저리 기울다가 결국은 교착상태에 빠지는 상황이 얼마나 더 오래 이어질 것 같소? 장관은 스티븐 왕의 사람이고, 나도 마찬가지요. 하지만 많은 훌륭한 사람들이 황후를 따르고 있기도 하오. 우리 모두 편협한 생각으로 스스로를 곤경에 빠뜨리고 있는 셈이지. 하지만 나는 모든 자원이 더 낭비되기 전에, 창을 들 만한 사람이 하나도 남지 않게 되기 전에, 양 진영의 사람들이 정신 차리고 생각을 하지 않을 수 없을 때가 오리라 생각하오."

"그날이 올 때까지 백작님과 저는 가진 자원을 최대한 보존하고 있어야겠지요?" 휴는 씁쓸한 표정으로 눈썹을 치올렸다.

"향후 몇 년 안에는 힘들겠지만, 어쨌든 그런 날은 올 거요. 반드시 그래야 하고. 스티븐 왕이 잉글랜드와 노르망디를 차지하고 승리를 눈앞에 두었을 땐 그래도 뭔가 될 듯도 했는데…… 그러다 4년 전 앙주의 조프루아가 노르망디로 슬금슬금 밀고 들어가 그곳을 제 영토로 만들고부터 모든 게 변했소. 물론 그 땅에 대한 권리는 그의 아내에게 있으니, 조프루아로서는 아들의 대리인 자격으로 그곳을 차지해야 했지."

"예, 뫼랑 백작이 노르망디 영토를 지키기 위해 우리 곁을 떠나 스티븐 왕 대신 그를 군주로 모실 때부터 일이 그렇게 됐죠."

"그가 달리 무얼 할 수 있었겠소?" 로베르는 휴의 말에 당황하거나 분개하는 기색 없이 그저 씁쓸하게 웃어 보였다. "형님은 모든 권리와 지위의 근거를 그곳에 둔 뫼랑 백작 웨일런이오. 잉글랜드에서도 중요한 직함들을 갖고 있긴 하나 그분의 뿌리와 정체성은 그곳에 있다는 얘기요. 물론 정확히는 프랑스 왕에게 충성을 바쳐야 할 입장이지만, 상속받은 땅의 대부분이 노르망디에 있으니 앙주의 조프루아를 모른 척할 수는 없소. 다른 건 다 버려도 본인의 뿌리와 혈통에 기반을 둔 작위만은 포기할 수 없다 생각했을 거요. 반면 나는 형님보다 운이 좋은 편이지. 잉글랜드에 있는 땅과 직함들을 상속받아 그런대로 명맥을 유지하면서 버틸 수 있으니. 아내가 내게 브르퇴유 땅을 안겨주긴 했지만, 그건 우스터 백작이라는 직함이 형님에게 덜 중요한 것처럼 내게도 덜 중요한 부분이고…… 어쨌든 그래서 형님은 그곳에 있는 거요. 내가 여기서 스티븐 왕에게 충성하는 사람으로 처신하듯이 형님은 변절자라는 낙인을 감수하면서 모드 황후의 편에 선 것이지. 우리 둘 사이에 어떤 차이점이 있겠소? 또, 우리 두 형제에게 달리 어떤 길이 있었겠소?"

"옳은 말씀입니다." 휴는 그렇게 대답한 뒤 잠시 침묵을 지키다가 신중하게 입을 열었다. "백작님도 지적하셨다시피, 노르망디가 조프루아의 수중에 들어가면서 이런 일이 뒤따른 건 명확한 사실입니다. 보몽가의 형제분들 아닌 다른 사람들도 이 일에 일조했지요. 우리 가운데 조상에게서 물려받았고 또 앞으로 자식들에게 상속해줄 땅과 지위를 보호하기 위해 어느 정도의 양보를 거부할 사람은 아무도 없을 겁니다. 우리는 지금 백작님의 형님을 조프루아 쪽 사람으로 간주합니다만, 저는 그분이 스티븐 왕에게 해가 될 일은 최대한 자제할 것이며 조프루아를 적극적으로 지원하지도 않으리라 생각합니다. 그리고 백작님 역시, 여기서 스티븐 왕의 사람으로 남아 계속 그분께 충성을 바치겠지만 앙주 백작 사람들에게 적대적인 행동을 최대한 자제하며 가능한 한 조용히 지내시겠지요. 그리고 백작님이 여기서 형님의 입장을 변명해주듯, 형님 역시 노르망디에서 백작님의 입장을 그럴듯한 말로 얼버무릴 겁니다. 두 분의 분열은 사실상 분열이라 할 수 없지요. 두 분과 비슷한 처지에 있는 다른 많은 사람들도 그런 합작의 전례를 따를 겁니다. 스티븐 왕을 위해서도 아니고, 모드 황후나 그 아들을 위해서도 아닌—"

"제정신을 지키며 살기 위한 합작이지." 백작은 단호하게 대꾸한 뒤 예리한 눈길로 휴의 얼굴을 살펴보다가 빙그레 웃었다. "장관께서도 감을 잡으셨군. 이건 이길 수도 질 수도 없는 전쟁이 되어버렸소. 승리도 패배도 불가능하지. 두 마리 말을 타려 애써온 우리는 그 사실을 이미 알고 있지만, 불행히도 대부분의 사람들은 몇 년의 세월을 더 보낸 뒤에야 상황을 제대로 깨닫게 될 거요."

"이길 수도 질 수도 없다면 분명 제삼의 방법이 있을 겁니다. 탈진해버린 양 진영 사이에서 오도 가도 못 하는 혼란스러운 상태가 영원히 지속될 수는 없어요. 겁먹은 늙은이들로 이루어진 양 진영이 빈약한 전리품들 위에 웅크리고 앉아 최후의 일격을 가할 능력도 없이 서로를 무력하게 바라만 보는 이런 상태는 절대로 오래갈 수 없지요."

로베르 보스는 심각한 표정으로 자신의 가느다란 손가락 끝을 내려다보며 골똘히 생각에 잠겨 있다가 문득 고개를 들었다. 불길이 이글대는 그의 검은 눈이 휴의 흔들림 없는 눈을 정면으로 마주하고 있었다. "장관의 진단이 마음에 드는군. 이 상황은 너무나 오래 지속되어왔고, 아마 앞으로도 몇 년 더 이어질 거요. 하지만 양쪽 당사자들이 모두 부상을 입는다거나, 침체 상태에 빠진다거나, 너무 나이가 든다거나, 진력이 난다거나 하는 정도로는 끝나지 않을 거요. 그보다는…… 모든 늙은이들이 죽어야 끝나겠지. 나는 그런 늙은이의 일원이 될 때까지 가만히 기다리지 않을 생각이오."

"저 또한 마찬가집니다!" 휴는 한쪽 눈썹을 쫑긋 세우며 기대 어린 눈빛으로 백작의 위엄 어린 형형한 두 눈을 똑바로 응시했다. "자, 그렇다면 제정신을 가진 사람은 기다리는 동안 뭘 하면 좋을까요?"

"자기 땅을 갈고, 양 떼를 돌보고, 울타리를 손보고, 칼을 갈아둬야지."

"세금을 거둬들이고, 또 자기 땅에 대한 지대를 지불하면서요?"

"물론이오, 마지막 한푼까지…… 그러면서 자신의 신조를 지키는 거요. 배신자니 변절자니 하는 말들이 사방에 널린 과녁들을 찾아 어지럽게 날아다니는 중에도 말이오. 물론 장관은 그런 싸구려 수법에 넘어가지 않겠지만. 나는 스티븐을 좋아했고, 지금도 그렇소. 하지만 그와 그의 사촌이 서로 각축하면서 조성해놓은 이 황량한 진공상태는 썩 달갑지 않군."

오후 시간은 석양을 향해 서서히 이울어가고 있었다. 곧 저녁 기도를 알리는 종이 울리리라. 휴는 포도주를 쭉 들이켠 뒤 빈 잔을 탁자 위에 내려놓았다. "그럼 저는 이만 양 떼를 돌보러 가야겠습니다. 원장님이 가둬놓은 두 죄수도 저의 양이라면 양이니까요. 사건이 미해결 상태라 머리가 복잡하군요. 백작님은 이제 레스터셔로 돌아가실 예정이라고요? 도무지 며칠이나마 느긋하게 등을 돌린 채 지낼 수 없게 만드는 시대지요."

"나도 결말을 알지 못하고 떠나게 되어 아쉬운 마음이오." 백작은 스스로를 향한 조롱을 감추지 않으며 솔직한 태도로 말을 이었다. "물론 살인을 흥밋거리로 삼아서는 안 된다는 걸 잘 알지만 말이오. 한데 그 두 죄수는…… 장관은 그들이 살인을 할 수 있는 사람들이라 생각하오? 외모만으로 속내를 짐작하는 것이 위험하긴 하나, 아무래도 내가 보기에는……." 그가 말을 멈추더니 화제를 돌렸다. "어쨌든 최선을 다해 두 사람을 취조해보시오. 나는 하루 이틀 안에 채비를 하고 떠나야 하오." 그러곤 휴와 함께 자리에서 일어나 다정하게 그를 바라보았다. "장관 같은 분을 만나게 되어 기쁘군. 아, 다른 소득도 있었소. 레미와 그 사람이 거느린 하인들도 나랑 같이 가기로 했거든. 우리 집에는 그런 훌륭한 시인과 작곡가가 지낼 만한 방들이 많소. 그가 체스터 백작을 만나러 북쪽으로 떠나는 길에 우연히 이곳에 들른 것이 내겐 행운으로 작용한 셈이지. 그곳까지 쓸데없이 발품만 팔게 되었을지 모를 그 사람에게도 잘된 일이고. 체스터 백작 라눌프는 당장 음악보다 훨씬 더 중요한 일들에 신경을 쓰느라 여념이 없을 테니 말이오. 애초에 그 사람에게 예술에 대한 취향이라는 게 있다면 말이지만."

휴가 작별 인사를 건넨 뒤 방을 나서자 백작도 인사치레로 그와 함께 홀 문을 향해 걸음을 옮겼다. 그가 휴에게 이야기한 내용은, 적어도 상대가 마음에 들고 존중할 만한 사람이라 판단한 뒤에야 나올 법한 것이었다. 백작은 뿌려야 할 씨앗들을 갖고 있었고, 그 씨앗이 뿌리를 내려 번성할 만한 땅을 고르는 중이었다. 휴가 넓은 마당으로 내려가는 계단 꼭대기에 이르자, 백작은 그의 뒤에 대고 부드러운 어조로 의미심장한 말을 던졌다. "내 말을 잘 기억해주길 바라오, 장관!"

*

저녁기도가 끝난 뒤의 황혼 녘, 휴와 캐드펠은 투틸로가 갇혀 있는 징벌방에서 함께 나와 캐드펠의 작업장으로 향했다. 조금 전 알게 된 몇 가지 소소한 사실들에 관해 차분히 생각해보기 위해서였다. 투틸로의 이야기는 처음에 증언했던 내용과 크게 다르지 않았다. 그는 퉁퉁 붓고 졸음기가 가득한 눈을 하고는 조용히 말을 이어갔다. 미래에 대한 두려움이 아무리 크다 해도 당장은 정신이 너무나 몽롱해 자기 앞에 얼마나 많은 함정들이 파여 있는지 알아차릴 수 없었으리라. 그럼에도 달니에 관해서는 한마디도 꺼내지 않았으니, 어떻게 해서든 그녀를 지켜주기로 마음먹은 모양이었다. 그는 체념한 사람처럼 좁은 짚자리에 맥없이 앉아 묻는 말에 고분고분 대답했다. 공연히 뜸을 들여 의심을 자아내지도 않았다. 하지만 복음서의 구절에 관한 이야기와 위니프리드 성녀가 슈루즈베리 수도원으로 무사히 복귀한 사연, 제롬 수사가 성녀의 벌을 두려워하여 자신의 죄를 솔직하게 고백했다는 놀라운 소식을 들었을 땐 그도 입을 헤벌리고 눈만 둥그렇게 뜰 수밖에 없었다.

"저를요? 그분이 저를 노렸다고요?" 생각만으로도 어이가 없고 기가 막히는지 그는 잠깐 소리 내어 웃다가, 문득 깜짝 놀라 얼굴의 웃음기를 완전히 지워버리려는 듯 양 손으로 제 뺨을 찰싹때렸다. "그래서 그 불쌍한 청년을…… 맙소사, 어떻게 인간이 그런 짓을 할 수가……." 이어 자신이 한 말을 깨닫고 펄쩍 뛰며 말을 이었다. "아, 아니에요. 그런 뜻이 아닙니다! 제롬 수사님이 그랬다는 게 아니라…… 그건 있을 수 없는 일이잖아요.

물론 두 분도 그렇게 생각하지 않으시겠죠."

하지만 이는 논리적인 반박이라기보다 그 자신의 추측을 밝히는 말에 지나지 않았다. 투틸로는 어느새 완전히 깨어나 눈을 둥그렇게 뜨고 두 사람을 바라보았다. 휴와 캐드펠에 대한 믿음이 가득 담긴 눈빛이었다. 그들은 지혜롭고 분별 있는 사람들이니, 제롬이 비록 편협하고 비루하고 심술궂은 마음을 지닌 보잘것없는 인간일지언정 무거운 돌로 실신한 사람의 머리를 깨부술 만한 악인이라고는 생각하지 않으리라고 그는 굳게 믿었다.

"그날 밤 롱너에 가지 않았다면 당신은 대체 어디 있다가 그 길로 돌아온 거요?" 휴가 말했다.

"사람들이 볼 수도 짐작할 수도 없을 만한 곳에 가 있었습니다. 내내 마시장터 마구간 위층 다락에 틀어박혀 있었어요. 그러다 마지막 기도 종소리를 듣고는 나루터 근처로 갔습니다. 사람들 눈에는 롱너에 갔다가 돌아오는 것처럼 보여야 했으니까요."

"혼자서?"

"예, 혼자서요." 그는 확고한 태도로 스스럼없이 거짓말을 했다. 스스로 확신을 갖지 않는다면 거짓말은 결코 통하지 않을 것이었다.

그에게서 얻어낼 수 있는 건 그게 전부였다. 그의 행적을 증언해줄 만한 사람은 없었다. 가장 크고 무거운 죄를 모두 털어놓은 뒤라 그런지, 투틸로는 나머지 일에 대해 크게 염려하지 않는 듯했다. 그들은 다시 징벌방 문을 잠근 뒤 열쇠를 문지기실의 못에 걸어놓고는 캐드펠의 호젓한 작업장으로 돌아왔다. 날이 이미 어둡고 쌀쌀해져 캐드펠은 화롯불을 키운 뒤 작업장 문을 닫았다.

"자네에게 할 말이 있네." 캐드펠이 먼저 입을 열었다. "이제는 그날 밤 투틸로의 나머지 행적에 대해 털어놓는다 해도 당사자가 나를 용서하리라 생각하네. 그가 말하고 싶어 하지 않았던 부분이 있어."

"수사님만 알고 계신 비밀이 있으리라 짐작은 했습니다." 휴는 목재 벽에 등을 기대며 담담하게 대꾸했다. "그 청년이 저한테 말하려 하지 않은 게 대체 뭔가요?"

"아니, 그는 내게도 말하지 않았네. 난 다른 사람에게서 들었지. 허락을 구하지 않은 채 자네한테 이야기를 전할 권리는 없지만, 아마 그 사람 역시 내 입장을 이해해줄 게야. 그러니까…… 달니라는 여자가 있네. 자네도 얼핏 본 적이 있을 걸세. 하지만 이 수도원 안에서 사람들하고 접촉하는 걸 삼가온 편이라ㅡ"

"레미가 데리고 있는 가수 말이죠? 프로방스에서 온 조그마한 여자요."

"아일랜드에서 왔다고 해야 옳겠지." 캐드펠이 정정해주었다. "어쨌든 맞아, 그 여자야. 그녀의 어머니는 이 땅으로 넘어와 브리스틀에서 경매에 부쳐졌지. 그렇게 달니도 노예로 태어나게 되었어. 노예무역은 여전히 행해지고 있다네. 울스턴 주교의 설교도 그걸 불법화하지는 못한 게지. 사람들은 그저 이맛살이나 찌푸릴 뿐이고. 내가 보기에 우리의 성스러운 도둑은 지금 스스로 성인이 되고 싶은지, 혹은 편력 기사가 되고 싶은지도 알지 못한 채 여러 열정들 사이에서 방황하고 있는 듯하네. 그는 이 일대에서 유일한 노예일 그 여자를 구출해내리라 꿈꿔왔다더군. 하지만 달니가 아름다움과 뛰어난 머리를 지닌 여자요, 이미 그의 사람 됨을 정확하게 파악하고 있다는 사실을 제대로 알고 있을지 의문이네."

이에 흥미를 느끼는지 휴의 눈이 빛을 발하기 시작했다. "그럼 그날 밤 투틸로가 그 달니라는 여자와 함께 있었다는 말씀입니까?"

"그랬지. 하지만 그 사실을 솔직히 털어놓지는 않을 거야. 그러잖아도 주인이 달니의 목소리를 아주 소중히 여겨 행여 달아나기라도 할까 봐 두려워하고 있거든. 애초에 그 일은 레미의 다른 하인 때문에 일어났지. 앨드헬름이 문제의 수사를 집어내기 위해 이리로 올 거라는 얘기를 어디선가 엿듣고 달니에게 달려가 알린 사람이 바로 그 하인이야. 그는 달니가 투틸로를 좋아하고 있다는 걸 눈치채고 있었기에 달니한테 그 모든 이야기를 귀띔해주었네. 이에 달니는 곧장 투틸로에게 알렸고, 투틸로는 롱너에서 자기를 찾는다고 거짓말을 하며 외출 허락을 구했지. 앨드헬름이 이리로 오리라는 사실에 관해 전혀 모르고 있던 헤를루인은 물론 선선히 허락했네. 그렇게 투틸로는 태연히 정문을 나선 뒤 뒷길로 돌아 나루터에 가는 척하다가 마시장터로 살짝 빠져서는, 조금 전 본인이 말한 대로 우리 수도원 마구간 다락에 몸을 숨겼네.

달니는 공동묘지 쪽으로 나가 마구간 다락에서 투틸로와 만났고, 두 사람은 마지막 기도를 알리는 종이 울릴 때까지 거기 있다가 헤어져 각자 왔던 길을 통해 수도원으로 돌아왔네. 이 모든 건 달니에게 직접 들은 얘기야. 하지만 투틸로는 혹시라도 그녀에게 나쁜 영향을 미치게 될까 봐 입을 꾹 다물고 있는 거지."

"그날 저녁 내내 건초를 쌓아둔 다락에서 둘이 호젓한 시간을 보냈군요." 휴가 소리 내어 웃었다. "다른 수많은 청춘 남녀들처럼 말이죠."

"말하자면 그렇지만 그런 사람들하고는 경우가 좀 달라. 달니는 둘이서 얘기만 나누었다고 하더군. 둘 다 사연이 아주 많은 사람들인데 그때까지 서로 대화할 기회가 거의 없었으니 그럴 만도 하지. 둘이 수도원 밖에서 만난 건 그때가 처음이었어. 그렇지만 속내는 어땠을지…… 내 말 들어보게, 휴. 달니는 이미 투틸로를 자기 사람으로 점찍었고, 투틸로 역시 달니에게 푹 빠져 있어. 본인은 미처 깨닫지 못한 것 같지만 말이야. 종소리가 울렸을 때 두 사람은 함께 꿇어 앉아 기도를 드렸다는군."

"그 여자 말을 믿으세요?"

"달니가 뭐 하러 내게 거짓말을 하겠나? 그녀는 내게 뭘 증명해 보여야 할 이유가 없는 사람일세. 달니 자신이 내게 모든 것을 털어놓았고, 거기에는 거짓말을 보태야 할 하등의 이유가 없었어."

"그게 사실이라면 투틸로의 주장이 성립되네요. 두 사람이 마지막 기도 시간 이후에 헤어졌다면, 투틸로가 성에 있는 우리에게 온 시간과도 맞아떨어집니다. 또 그건 투틸로가 앨드헬름보다 한 시간 가량 뒤늦게 그 길을 지나갔다는 걸 뜻하기도 하고요. 한데…… 수사님도 알고 계시겠지만 두 사람이 그런 곳에서 그런 식으로 시간을 보냈다고 할 경우, 그 여자의 말이 과연 투틸로의 말보다 더 무게 있는 증거로 채택될지 의문입니다. 설령 두 사람이 대화만 나누며 시간을 보냈다 해도…….”

"헤를루인은 성녀님을 얻으려다 실패했으니 곧 램지로 돌아가려 할 걸세." 캐드펠은 우울하게 말했다. "그는 투틸로를 데려가고 싶어 하겠지. 그리고 그에겐 그럴 권리가 있어. 만일 자네가 투틸로에게 혐의를 씌워 성에 억류해둔 상태라면 문제는 달라졌을 거야. 법률상으로는 신병을 소유한 쪽이 우선권을 가지니까. 하지만 그는 현재 우리 수도원의 징벌방에 있단 말이지. 교회가 자기네 권리를 얼마나 완강하게 고집하는지는 자네도 잘 알 걸세. 살인이라는 세속적인 범죄와 거짓말을 해서 성물을 훔쳐냈다는 종교적인 범죄 중 후자 쪽이 더 가벼운 죄라고 그 아이는 생각했을 거야. 하지만 그가 자네 수중에 있는 것과 헤를루인 곁에 있는 것 중에서는…… 솔직히 나는 자네가 그를 데리고 있는 편이 더 낫다고 생각하네. 그러나 헤를루인이 결코 그를 놔주지 않겠지. 그 어리석은 형제는 헤를루인의 마음속에 기적을 일으키는 성녀님을 얻을 수도 있다는 생각을 불러일으켰고, 결국 그 일을 실패로 돌아가게 만들어 그에게 치욕과 수모를 안겨줬어. 램지로 끌려가면 그 수모를 열 배로 갚아야 하겠지. 나로서는 그가 램지로 끌려가 자신이 고백한 잘못으로 끝없는 벌을 받느니, 차라리 살인 혐의를 쓰고 기소당해 자네의 성으로 끌려갔으면 하는 마음이야."

휴는 빙긋이 웃었지만 그 얼굴에는 쓸쓸한 그림자가 어려 있었다. "하지만 수사님은 투틸로가 살인을 하지 않았다고 확신하시잖아요." 그가 애정과 연민이 깃든 눈길로 캐드펠을 바라보았다. "그러니 남아 있는 시간 동안 열심히 조사를 해봐야지요. 제가 진범을 찾아낼 수 있도록 수사님도 도와주세요. 레미 일행은 로베르 백작 일행과 합류할 거고, 램지로 가려면 레스터셔까지는 같은 길을 가야 하니 헤를루인도 그들과 함께 떠날 공산이 큽니다. 굳이 백작이 동행하자고 권하지 않더라도 안전을 위해 그들 무리에 섞이려 하겠지요. 저로서는 로베르 백작을 하루 이틀 더 붙잡아놓을 수 있지만 그 이상은 어렵습니다." 그는 자리에서 일어나 기지개를 켰다. 참으로 많은 사건이 일어난 하루였지만 수많은 의문들만 떠오를 뿐 해결된 것은 하나도 없었다. 그는 집으로 돌아가 얼라인과 잠시나마 시간을 보낼 생각이었다. 폭군처럼 구는 다섯 살배기 자일스와 함께 어울려 뒹굴 수도 있으리라. 그러다 좀 있으면 헌신적인 하녀 콘스턴스가 아이를 냉큼 안아 잠자리로 데려가겠지만. 어쨌든 사소한 일이건 큰일이건 일단 내일까지는 모두 미뤄두는 게 좋을 것이었다.

"백작과는 무슨 특별한 얘기라도 나눈 건가?" 그가 문을 향해 돌아서자 캐드펠이 물었다.

휴는 조심스럽게 할 말을 고르며 뒤를 돌아보았다. "당파 싸움이 교착상태에 빠진 지금, 생각이 있는 사람이라면 이 싸움을 끝낼 방도를 생각해봐야 하지 않나…… 뭐 그런 얘기였습니다. 이제는 어느 당파에도 승산이 없는 상태거든요. 문제는, 똥이 우리 턱에 닿기 전에 어떻게 그 똥구덩이에서 빠져나가느냐 하는 것이죠. 마지막 기도 시간에 하느님께 그런 것도 좀 여쭤봐주세요."

*

마지막 기도도 끝난 늦은 시각 다시 열쇠를 받아 투틸로를 찾아가게 만든 것이 대체 무엇인지는 캐드펠 자신도 도무지 알 수 없었다. 어쩌면 예배당을 나섰을 때 넓은 마당을 가로질러 들려온 소리, 징벌방 안에서 흘러나오는 가녀리고 순수한 목소리였을까? 철창으로 가로막힌 높은 창문 너머 희미한 빛이 보이는 것으로 보아 죄수는 아직 등잔불을 끄지 않은 모양이었다. 노랫소리는 아주 작았지만 마치 과녁의 한복판을 꿰뚫는 화살처럼 황혼녘의 고요함 속에 잠겨 있는 넓은 마당의 구석까지 파고들어, 캐드펠은 그 아름다움에 강렬한 감동을 받아 문득 걸음을 멈출 수밖에 없었다. 투틸로는 마지막 기도의 마지막 성가를 노래하는 중이었다. 성가대석에서는 들어본 적 없는, 실로 아름다운 목소리였다. 뛰어난 선창자인 안젤름도 오래전 청춘의 시절에는 그런 목소리를 내었을지 모르지만, 이제는 그도 나이가 든 터였다. 반면 투틸로의 음성은 아이나 천사에게 속함 직한, 나이를 초월한 영원한 것이었다. 천사도 아이도 아닌, 결함 많고 타락한 피조물이 이런 소리를 내다니, 인간은 얼마나 축복받은 존재인지. 그래, 그것이야말로 뜻밖의 자비요, 분에 넘치는 은총이야!

문지기실로 걸음을 돌려 징벌방 열쇠를 가지러 가도록 그를 이끈 것은 일종의 육감이었을까? 혹은 어떤 유용한 정보를, 꽉 막힌 앞길을 활짝 열어줄 만한 단서를, 투틸로가 이미 알고 있으나 그 자신은 아직 깨닫지 못한 무언가를 얻어내고자 하는 캐드펠의 마지막 노력이었을까? 훗날 캐드펠은 그것이 위니프리드 성녀님의 은총일지도 모른다고 생각할 것이었다. 그분이 오래전 당신의 뜻을 제대로 읽었다는 오만한 생각을 품었던 염치없는 늙은이를 용서했듯이, 자신을 몹시 갈망하여 실수를 저지른 그 염치없는 젊은이를 용서했다고, 그래서 귀더린에 있는 무덤에서 은총 어린 손길을 보내 캐드펠 자신을 움직이게 했다고 말이다. 그를 이끈 것이 진정 무엇이었든, 캐드펠이 문지기실로 향하는 동안 매혹적이면서도 고통스러우리만치 아름다운 투틸로의 노랫소리는 줄곧 그의 뒤를 따라왔다.

투틸로는 모든 걸 체념한 사람처럼 평온과 만족 속에 징벌방에서 지내고 있었다. 지금 자신의 상태와 미래의 전망을 차분히 생각해볼 수 있는 이 평화롭고 고요한 시간을 기꺼이 받아들이는 것 같았다. 그가 어떤 복잡한 동기로 수도원에 들어오게 되었는지 모르지만, 그 믿음에 인위적인 구석이라곤 전혀 없었다. 스스로 나쁜 짓을 저지르지 않는 한 어떤 악도 자신의 영역에 침범하지 못하리라 확신하는 사람. 물론 그런 순수성을 이용할 수도 있겠지, 캐드펠은 생각했다. 순진한 척 다른 이들의 눈을 피해 살그머니 덫을 빠져나가기도 어렵지 않을 거야. 어쨌든 투틸로는 무어라 쉽게 규정하기 어려운 사람이었다. 달니의 말이 옳았다. 투틸로가 언제 거짓말을 하고 언제 진실을 얘기하는지 알아채려면 그에 대해 아주 잘 알아야 할 것이다.

투틸로는 징벌방 벽에 걸린 조그만 십자가 앞에 무릎 꿇고 앉아 있었다. 자물쇠가 열리는 소리에도 고개를 돌리지 않아, 캐드펠에게는 여전히 그의 뒷모습만 보였다. 그는 어느새 노래를 그치고 지극히 평온하고 담담한 태도로 명상하듯 정면을 응시하고 있었다. 문이 무겁게 닫히는 소리가 나고서야 그가 일어나 캐드펠을 돌아보고는 맥없이 웃으면서 침대 위에 걸터앉았다. 약간 놀란 표정이긴 했지만 상대가 캐드펠이라 안심이 되었는지 아무 말 없이 다소곳한 자세로 그의 입에서 말이 떨어지기만을 기다렸다.

"아니, 별일 없소. 그냥 들러봤지." 묻는 듯한 그의 얼굴을 보며 캐드펠은 그렇게 입을 열었다. "아까 미처 하지 못하고 넘어간 이야기가 있지 않을까 하는 생각이 들어서 말이오. 사소한 내용이 쓸모 있는 생각을 일으키는 경우가 왕왕 있거든."

투틸로는 천천히 고개를 가로저었다. "두 분께 말씀드리지 않은 건 하나도 없는 것 같은데요. 전 진실만을 이야기했어요."

"아, 당신을 의심하는 건 아니오. 하지만 이 점은 명심하는 게 좋을 거요. 당신이 하찮게 생각하는 일, 더없이 사소한 일이 때로는 더없이 소중한 것이 될 수도 있다는 사실 말이오. 지금 뭘 더 얘기하라는 건 아니오. 그저 마음을 비우고 편히 있다 보면……뭔가 떠오를 수도 있을 거요." 그는 비좁고 살풍경한 방을 둘러보았다. "여긴 따뜻한가?"

"담요 속에 들어가면 괜찮습니다. 이보다 더 딱딱하고 추운 곳에서도 무수한 밤을 보냈걸요."

"부족한 건 없고? 당신을 위해서 내가 해줄 수 있는 일은 없소?"

"규칙을 따르셔야죠. 제게 뭘 너무 많이 제공해주시면 안 되지 않습니까." 투틸로가 씩 웃더니 무언가 떠오른 듯 다시 입을 열었다. "아, 한 가지 생각났습니다. 저 같은 사람도 합법적으로 요구할 수 있는 것이죠. 저는 여기서도 기도 시간을 꼬박꼬박 챙깁니다. 그런데 다른 사소한 일과들은 자꾸 잊어버려요. 게다가 읽을거리가 없어서 아쉽기도 하고요. 혹시 성무일도서를 가져다주실 수 있을까요? 헤를루인 신부님도 이건 허락하실 겁니다."

"성무일도서가 없나? 당신도 작고 얇은 것으로 한 권 갖고 있었던 것 같은데." 무수히 펴고 접어 양피지 페이지들이 많이 구겨진 그의 성무일도서를 캐드펠은 분명히 본 터였다. "물론 글씨가 아주 작긴 하지만 아직 젊어서 괜찮을 텐데."

"그걸 잃어버렸습니다. 여기 갇히기 전날 대미사 때는 분명 있없는데 그 뒤에 어디 떨어뜨렸는지 도통 못 찾겠더라고요."

"앨드헬름이 오기로 한 날에는 있었소?"

"기억이 잘 안 나요. 그날 밤 어두운 숲속 어딘가에서 떨어뜨린 건지…… 시신을 발견하고 워낙 정신이 없었으니까요." 그가 씁쓸하게 말을 이었다. "숲길을 정신없이 달려 내려와 강을 건너 시내로 들어가는 사이 흘렸을 수도 있어요. 지금쯤 세번 강물에 떠내려가고 있을지도 모르지요. 그게 있으면 좋을 텐데…… 저는 한밤중에도 새벽기도 시간과 찬과 시간에 맞춰서 일어나거든요. 예배 시간은 꼭꼭 지켜요!"

"내 걸 두고 가겠소. 자정에 일어나려면 좀 자두는 게 좋겠군." 캐드펠은 작은 사기그릇에 담겨 있는 기름을 확인해보았다. "기름은 충분하니 원한다면 그때까지 등잔불을 켜두시오. 그럼 잘 쉬시오."

"문 잠그는 것 잊지 마세요." 투틸로가 말하고는 티 없이 밝게 웃어 보였다.

*

캐드펠이 건물 모퉁이를 돌아 나왔을 때, 징벌방 바깥 돌벽 앞에 호리호리한 몸을 꼿꼿이 편 채 조용히 서 있는 누군가의 모습이 보였다. 철창 달린 창문으로 새어 나온 희미한 등잔불 빛이 그 얼굴에 음산한 빛을 드리우자 엄숙한 표정을 띤 갸름하고 복잡

미묘한 얼굴이 짙은 어둠 속에서 어느 망령처럼 기괴한 모습으로 떠올랐다. 그러나 곧 예배당 창문에서 나오는 밝은 빛이 검게 타오르는 큼직한 두 눈과 은실로 수놓인 옷의 양쪽 단에 박혀 아름답게 반짝이는 보석들을 비추었다. 그녀는 로베르 백작을 위해 노래하고 온 터라 화려한 옷차림을 하고 있었다. 한밤의 고요함 속에서 꼼짝 않고 잠복해 있던 그 사람은 호리호리한 몸매에 뜨거운 열정을 지닌 여자, 파르톨란의 왕비요 서쪽 파라다이스에서 온 여신, 달니였다.

"수사님과 투틸로의 목소리를 들었어요." 그녀가 속삭임보다 크지 않은 소리로 입을 열었다. 그러나 종종 속삭임이 외침보다 훨씬 더 멀리까지 날아가는 법이다. "누가 들을까 봐 저 사람을 부를 수 없었어요. 수사님, 투틸로는 어떻게 될까요?"

"큰 해는 입지 않을 거요."

"오랫동안 갇혀 노래를 부르지 못하게 되면 저 사람은 죽고 말 거예요." 그녀가 말을 이었다. "우리는 곧 백작과 함께 레스터셔로 떠나요. 레미가 내일 악기들을 포장하라고 했어요. 아마 모레 아침에는 출발하겠죠. 베네제가 마지막으로 말들을 점검하면, 투틸로를 여기 남겨둔 채 떠나게 되는 거예요. 그러면 저 사람은 누가 돌봐주죠?"

"주님이 돌봐주시지." 캐드펠은 단호하게 말했다. "성인들도 돌봐주실 테고. 적어도 한 분은 그에게 관심을 기울이고 계시오. 성녀님이 조금 전 내게 어떤 생각 하나를 안겨주셨거든. 그러니 당신은 그만 가서 자도록 하오. 아직 아무것도 끝나지 않았으니 마음 차분히 다잡고."

"제가 뭘 기대할 수 있죠? 저 사람이 살인을 하지 않았다는 건 열 번이라도 증명할 수 있어요. 하지만 그렇게 풀려나봐야 그는 램지로 끌려가겠죠. 거기 사람들은 저 사람이 도둑질을 해서가 아니라 도둑질에 실패했다는 이유로 앙갚음을 할 테고요. 램지까지 가는 길의 절반은 백작 일행과 함께할 텐데, 수행 인원이 워낙 많아 도망칠 수도 없어요." 달니는 뜨거운 눈길로 캐드펠의 큼직한 갈색 손을 내려다보더니 갑자기 싱긋 웃었다. "저도 이젠 어떤 게 징벌방 열쇠인지 잘 알아요."

"열쇠를 바꿔서 걸어놓을 수도 있지."

"그래도 알아볼 수 있어요. 크기와 모양이 비슷한 열쇠는 딱 두 개뿐이고, 다른 방 열쇠의 모양을 제가 분명히 기억하고 있거든요. 다음번에는 그런 실수를 하지 않을 거예요."

공연히 긁어 부스럼을 만들지 말고 하늘의 정의를 믿으며 기다리라고 다그치려던 찰나, 캐드펠은 문득 하늘의 정의라는 것이 무얼 뜻하는지 명확하게 깨달았다. 교회는 흔히 깊지만 꽉 막힌 믿음과 함께 하늘의 정의라는 말을 동원하곤 했다. 고결하고 덕망 있다는 성직자들은 세리나 죄인들과 관련한 복음서의 모든 구절들을 까맣게 잊어버린 채, 인류의 무한한 다양성이나 그들의 약점, 열망과 욕구들을 완전히 도외시한 채 편협하고 무자비한 마음으로 하늘의 정의라는 말을 앵무새처럼 되뇌곤 했다. 그는 새장 안에 갇힌 새들을, 노래할 마음도 없고 성대를 울려줄 공기도 없이 축 늘어져 닥쳐올 죽음을 의식하고 있는 가엾은 새들을 떠올렸다. 그의 곁에 서 있는 이 여자, 검은 머리와 여윈 몸을 지닌 달니의 내면에는 인류의 절반이 깃들어 있었다. 나머지 절반인 남성들 못지않게 제 나름껏 판단하고 결정하고 중재할 능력과 권리를 지닌 인간들. 결국 그들이 인류를 지속시킬 책임을 지닌 사람들이었다. 이 세상에서 살과 피를 지닌 사람 중 어머니를 갖지 않은 이는 하나도 없으며, 애정 혹은 열정을 통해 이 세상에 나오지 않은 주교나 대주교 또한 하나도 없으리라.

달니는 자신이 적절하다고 판단하는 대로 행동할 것이며, 캐드펠 자신도 그럴 것이었다. 그에겐 열쇠를 관리할 책임이 없었다. 그저 그 열쇠를 제자리에 걸어두고 나오면 그만이었다.

"무슨 말인지 잘 알겠소." 캐드펠은 한숨을 쉬면서 말했다. "하지만 오늘 밤에는 저 친구를 그대로 놔두는 게 좋을 거요. 부탁하오. 내일은 하늘이 훨씬 더 맑게 트일지 누가 알겠소?"

그가 큰 마당 쪽으로 나갔을 때 뒤에서 달니의 부드러운 음성이 들려왔다. "안녕히 주무세요!" 담담하고 공손하고 차분한 목소리였다. 무엇도 약속하지 않으며 어떤 속내도 드러내지 않는 평범한 인사를 들으며 캐드펠은 문지기실을 향해 걸음을 옮겼다.

대체 무엇이었을까? 캐드펠은 다시금 생각했다. 무엇이 그로 하여금 한여름의 어느 아침 덧문이 활짝 열리듯 일거에 진실을 드러내줄 기억이 환하게 살아날지도 모른다는 희망을 품고 다시 투틸로를 찾아가 질문을 하게 만든 것일까? 그가 얻은 것은 지극히 사소한 하나의 정보에 불과했다. 앨드헬름이 죽던 날 투틸로가 어딘가에서 성무일도서를 잃어버렸다는 것. 그것을 찾아봐야 할까? 그러려면 1킬로미터에 가까운 숲길과 300미터에 이르는 수도원 앞 대로를 모두 더듬어보고, 그래도 나오지 않으면 시내까지 다녀와야 할 것이다. 성무일도서는 다시 베껴 쓰면 그만이었다. 하지만 그것으로 끝이라면, 왜 이 순간 위니프리드 성녀님은 채근하듯 그의 어깨를 잡아 흔드시는 걸까? 성녀님은 줄곧 그에게 말씀하고 계셨다. 어디서부터 시작해야 할지 너는 이미 잘 알고 있다고, 그러나 지금은 시간이 늦었으니 내일 아침에 시작하라고.

12

 바람 없이 고요하고 맑은 하루를 약속하는 뿌연 안개 속에서 새벽빛이 밝아오고 있었다. 아직 아침기도가 시작되려면 한참 남은 시각이었다. 캐드펠은 눈을 뜨자마자 간밤에 마음먹은 일을 떠올렸다. 그는 우선 작업장으로 가 수도원 앞 대로 끝자락에 자리한 세인트자일스 구호소에 가져갈 약들을 골라냈다. 주로 피부병을 치료하는 연고와 물약 들이었다. 구호소를 찾는 부랑자들은 그들 자신의 잘못 때문이라기보다 열악한 환경에서 굶주리며 지내온 탓에 피부병을 앓는 경우가 많았다. 감기 환자들도 적지 않았다. 특히 노인들은 길바닥을 구르는 마른 낙엽처럼 가르랑거리는 소리를 내며 가쁜 숨을 몰아쉬곤 했다. 전대가 가득 차자 그는 작업장을 둘러보며 시급하게 손봐야 할 일들을 확인했다. 그 업무는 윈프리드 수사가 오전 작업 시간 내내 매달려 처리해야 할 것이었다.

아침기도가 끝나자 캐드펠은 양배추밭을 열심히 갈고 있는 윈프리드 수사를 잠시 살펴보고는 문지기실로 가 열쇠를 받았다. 그런 뒤 수도원의 동쪽 담을 돌아 넓은 외양간과 마구간이 자리 잡은 마시장터 끝자락으로 나갔다. 물난리가 났을 때 수도원 사람들이 말들을 옮겨놓았던 곳이었다. 당시 롱너에서 온 마부들은 마차를 그 앞길에 대놓고서 예배당의 귀중품들을 옮겼고, 투틸로는 공동묘지 앞에 있는 문에서 나타나 아무것도 모르는 앨드헬름의 소매를 잡아 끌어 성물을 훔치는 일을 거들게 했다. 그리고 달니의 말에 의하면 앨드헬름이 죽은 날 밤 그녀와 투틸로는 증인과 대면하는 일을 피하고자 그곳 다락의 건초 속에서 시간을 보내다가 마지막 기도 종소리가 울린 뒤에야 수도원으로 돌아갔다. 아닌 게 아니라, 그즈음 죄 없는 앨드헬름은 이미 죽어버린 터이니 투틸로는 위험한 상황에서 벗어난 셈이었다.

캐드펠은 마구간의 문 두 짝 가운데 하나만 활짝 열어두었다. 밀짚 냄새가 풍기는 어둡고 넓은 공간에 텅 빈 마사들이 죽 늘어서 있었다. 말을 사고 파는 계절이면 근방에 사는 많은 사육자들이 그곳에 말들을 맡기곤 했지만, 지금은 철이 아니라 황량하기만 했다. 긴 통로 중간쯤 세워진 나무 사다리 하나가 뚜껑 문을 통해 위층의 다락과 연결되어 있었다. 캐드펠은 사다리를 타고 올라가 뚜껑 문을 밀어 연 뒤 다락으로 올라갔다. 덧문이 설치되지 않은 두 개의 작은 창문으로 새어 들어온 빛 덕분에 안은 그리 어둡지 않았다. 벽 가장자리에 늘어선 몇 개의 통들과 연장들이 눈에 들어왔다. 다락 안에는 2년 치 분량에 해당하는 질 좋은 건초들이 보관되어 있었다.

두 사람은 거기 쌓여 있는 건초 더미에 자취를 남겼다. 아늑한 둥지처럼 움푹 들어간 자리 두 곳이 분명하게 눈에 띄었다. 그 이후로는 아무도 거기에 들어온 적이 없는 듯했다. 그 흔적을 바라보며 캐드펠은 얼마간 우두커니 선 채 흥미로운 상상의 날개를 펼쳤다. 두 사람은 충분히 따뜻하고 아늑한 분위기가 조성될 만큼 가까이 있었으나, 분명 어느 정도의 간격을 두고 떨어져 있었다. 그 자취가 너무나 잘 보존되어 있어서 꼭 일부러 만들어놓은 것처럼 보일 정도였다. 그곳에서 다른 일은 벌어지지 않았을 것이다. 그저 사소한 죄를 짓고 근심에 싸인 두 사람이, 바로 다음 날에는 날벼락을 맞는 한이 있더라도 그날 하루만큼은 운명의 희롱으로부터 몸을 피하겠다는 마음에 웅크리고 앉아 있었을 뿐이다. 아마 밀짚 바스락거리는 소리조차 내지 않기 위해 무진 애를 썼으리라.

캐드펠은 주위를 두리번거렸다. 그는 그곳에 어울리지 않는 무언가를 찾고 있었다. 그런 게 거기 있으리라 생각했다기보다는, 어느 자비로운 어떤 손가락이 이곳을 가리킨다는 확신을 가져서였다. 조금 전 다락으로 올라오며 밀어놓은 뚜껑 문이 시야를 가려, 하마터면 그는 그것을 보지 못하고 지나칠 뻔했다. 거친 가죽으로 장정된 조그마한 책. 올이 거친 천으로 짠 전대 속에 늘 넣어 다닌 탓에 책 가장자리가 하얗게 닳아 있었다. 달니와 함께 그곳을 떠날 때 투틸로는 사다리를 타고 내려가는 달니를 거드느라 그걸 잠시 그곳에 내려놓았다가 문을 닫는 데 정신이 팔려 다시 집어 드는 것을 깜빡 잊은 듯했다.

캐드펠은 그걸 집어 들어 반갑게 움켜쥐었다. 책 사이에 깨끗한 밀짚 대 하나가 꽂혀 있었다. 마지막 기도 때 종종 낭독되는 페이지였다. 이미 날이 어두워진 시각이라 글자가 잘 보이지 않았겠지만 투틸로는 그 내용을 다 외우고 있었을 것이다. 밀짚을 꽂아둔 건 그저 기도 시간을 성실히 지키고자 하는 작은 의식에 불과했으리라. 정말이지 이 재기 발랄한 악당에게 애정을 느끼지 않을 수 없군, 캐드펠은 생각했다. 위험한 애정이야. 때로는 즐겁기도 하고 때로는 화가 나기도 하겠지만, 그럼에도 그에 대한 사랑이 사그라들지는 않겠지. 게다가 그는 신께서 너무나 관대한 마음으로 천사 같은 목소리를 부여해주신 사람 아닌가.

그때 작은 소리가 들려와 캐드펠은 뚜껑 문에서 한두 걸음 떨어진 곳에 조용히 선 채 꼼짝하지 않았다. 대문 한쪽이 활짝 열린 터라 누구라도 마구간 안에 들어올 수 있었다. 하지만 발소리는 들리지 않았다. 그의 귀가 포착한 건, 거칠게 구워진 자기와 자기가 맞닿아 살짝 갈리는 소리였다. 이빨 가는 소리와도 비슷한 묘한 마찰음. 누군가 항아리의 뚜껑을 들어 올리는 걸까? 수도원의 말들을 옮겼을 때 사람들은 거기 있는 커다란 밀 항아리를 가득 채워뒀었다. 강물의 수위가 여전히 높은 데다 다시는 물난리가 나지 않으리라 장담할 수 있는 계절이 아니었기에, 이후에도 수도원 측에서는 항아리를 비우지 않고 내용물을 그대로 내버려둔 터였다. 곧 뚜껑이 닫히는지 아까와 비슷하지만 더 둔중한 소리가 다시 들려왔다. 아주 작은 소리였지만 캐드펠은 이를 분명하게 감지할 수 있었다.

"거기 계세요, 수사님?" 캐드펠이 조용히 몸을 움직이자 아래 있던 사람이 발소리를 듣고 명랑한 목소리로 소리쳤다. "여기 다 그대로 있네요! 말들을 옮길 때 깜빡하고 뭘 두고 갔거든요." 밀짚 밟는 소리가 들리는가 싶더니 이내 베네제의 모습이 시야에 들어왔다. 그는 금박 장식이 번쩍이는 굴레와 고삐를 자랑하듯 흔들며 다락을 올려다보고 있었다. "제 주인 거예요! 다리 부상을 입은 녀석을 오늘 처음으로 밖에 데리고 나갔거든요. 운동을 다 시킨 다음 마구를 채우려다 보니 이게 보이지 않더라고요. 내일은 이게 필요할 겁니다. 저흰 벌써 짐을 싸고 있어요."

"나도 들었네. 호위를 받으며 길을 떠나게 되었다고." 전대를 아래 두고 올라온 터라, 캐드펠은 성무일도서를 수사복 가슴 속에 밀어 넣은 뒤 조심스럽게 사다리를 타고 내려가기 시작했다. 베네제는 마구를 아래로 늘어뜨린 채 그를 기다리고 있었다.

"그래도 어디 있는지 금방 기억나서 다행이에요." 그가 마구의 양각 장식을 엄지로 문지르며 말을 이었다. "문지기 수사님께 열쇠를 빌려달라고 부탁드렸더니 캐드펠 수사님이 가져가셨다고 하시더군요. 그래서 얼른 이리로 왔죠. 할 일을 다 마치셨으면 저와 함께 가시죠."

"나는 세인트자일스에 가봐야 해서." 캐드펠은 그렇게 대꾸하고 돌아서서 전대를 집어 들었다. "자네 볼일이 끝났다면 이만 문을 잠그고 구호소로 가야겠네."

"예, 이걸 찾았으니 볼일은 다 본 셈이죠. 찾아서 다행이에요. 하마터면 주인님이 가진 마구 중에서 제일 좋은 게 저 여물통 위에 걸린 채 그대로 방치될 뻔했지 뭐예요. 그러면 제가 물어내든지, 아니면 흠씬 얻어맞든지 했을 거예요."

베네제는 활달하게 인사를 건네곤 뒤도 돌아보지 않고 건물 모퉁이를 돌아 수도원 앞 대로로 나갔다. 캐드펠과 이야기를 나누는 동안 그는 벽 안쪽으로 우묵하게 팬 곳에 있는 밀 항아리 쪽에는 눈길 한 번 주지 않았다. 그 전에 구석에 있는 여물통 위에서 마구를 찾아냈고, 불필요하다 싶으리만치 그 점을 명백히 했다.

캐드펠은 밀 항아리 쪽으로 다가가 뚜껑을 들어 올렸다. 항아리 안에는 테두리까지 밀이 들어차 있었고, 많은 양은 아니지만 바닥에도 조금 떨어져 있었다. 캐드펠은 그 안에 두 손을 깊숙이 찔러 넣은 뒤 이리저리 휘저었다. 손에는 밀가루만 미끄러질 뿐 이상한 것은 잡히지 않았다. 뭘 감춘 게 아니라 회수해간 것이다. 그게 뭔지는 모르지만, 밖으로 나오면서 약간의 밀도 함께 딸려 나왔다. 아까 그 마구는 아닐 텐데. 밀들이 딸려 나왔다면, 아마 주름이 있는 무언가였을 것이다. 이를테면 천이나 옷감 같은 것…….

 혹시 항아리 안에 밀이 얼마나 들었는지 확인해본 것뿐일까? 간혹 사람들은 아무 이유 없이 당면한 문제를 무시한 채 이상하거나 엉뚱한 짓을 하며 딴전을 피우곤 하니까. 하지만 이상하고 엉뚱한 짓도 가끔은 아주 중요한 의미를 지닐 때가 있다. 캐드펠은 상념을 떨쳐내듯 고개를 흔들며 육중한 문을 닫아 잠근 뒤 세인트자일스 쪽으로 향했다.

*

 그가 빈 전대를 들고 돌아왔을 때, 큰 마당에서는 사람들이 느긋하게 각자의 일을 하고 있었다. 여행 직전의 활기와 여유가 동시에 느껴졌다. 그날 하루 종일 준비하면 되었기 때문에 그들로서는 서두를 이유가 없었다. 로베르 보스의 두 시종은 이런저런 옷가지와 비품들을 모으느라 연신 접객소를 들락거렸다. 백작은 가벼운 여행을 즐길 때도 늘 세심한 시중을 기대하는 사람이었다. 한편 집사인 니콜, 그리고 우스터에서 혼자 남겨졌다가 걸어서 슈루즈베리로 돌아왔던 젊은 동료는 거의 할 일이 없었다. 수도원으로 가져갈 기부 물품들을 이번에는 로베르 백작의 짐마차에 싣고 가기로 했기 때문이었다. 위니프리드 성녀의 유골함을 싣고 온 그 마차는 이제 이들 모두를 위한 짐마차로 탈바꿈했다. 헤를루인 또한 백작의 말을 타고 제법 호기를 부리며 갈 수 있었으니, 로베르가 너그럽게도 그의 체면을 세워주고자 신경을 쓴 덕이었다.

  일행의 세 번째 무리는 자기들 짐을 한 곳으로 모으는 중이었다. 아마도 그들이 준비할 게 가장 많으리라. 달니가 아름다운 소형 오르간을 두 팔로 끌어안고 접객소 계단을 조심스럽게 내려왔다. 레미는 이 여가수보다 악기들을 더 소중히 여겼으니, 그 사실을 모르지 않는 그녀는 가느다란 목을 길게 뺀 채 계단을 내려다보며 한 발 한 발 천천히 내디뎠다. 오르간을 보호하기 위해 특별히 제작한 케이스는 부피가 큰 편이라 마구간에 따로 옮겨져 있었다. 달니는 아기를 안듯 악기를 한 팔로 꼭 끌어안고 다른 한 손을 그 위에 올린 채 넓은 마당을 가로질렀다. 그녀 역시 레미 못지않게 그 악기를 사랑했다. 캐드펠이 따라붙자 달니는 그를 올려다보더니 조심스레 미소 지었다. 뭔가 할 이야기가 있지만 이 자리에서는 삼가는 것이 좋겠다는 생각에 지그시 억누르는 듯한 표정이었다.

  "무거운 짐을 들고 가는군. 내가 돕겠소."

  캐드펠의 말에 달니는 고개를 가로저었다. "제대로 나르든 떨어뜨리든, 이건 제가 책임져야 할 물건이에요. 덩치가 커서 그렇지 그리 무겁지 않아요. 케이스는 마구간 안에 있어요. 가죽 안에 심을 많이 넣어 아주 부드럽죠. 괜찮으시다면 이걸 그 안에 넣을 때 좀 도와주세요. 두 사람이 하는 편이 안전하거든요. 한 사람은 뚜껑을 제대로 붙잡고 있어야 하죠."

그는 마구간으로 들어가 달니가 그 작은 오르간을 집어넣을 수 있도록 한 팔로 케이스를 떠받치고 다른 한 손으로는 뚜껑을 열어 잘 붙들었다. 달니는 뚜껑을 닫은 뒤 오르간이 흔들리지 않도록 케이스에 부착된 띠의 버클을 하나하나 단단히 채웠다. 주위에서는 백작의 시종들이 젊은이들 특유의 생기 있는 얼굴로 유연하게 손을 놀리며 할 일을 척척 해치웠고, 마당 한쪽 끝에서는 베네제가 안장과 마구를 깨끗이 닦아 나무틀 위에 하나하나 널어놓는 중이었다. 이미 놀라울 만큼 따뜻해진 햇살 속에 널린 안장 천들 곁에는 레미의 화려한 마구가 걸려 있었다.

"당신 주인은 멋진 마구를 좋아하는 모양이군." 캐드펠이 마구를 가리켜 보이자 달니는 무심한 표정으로 그의 시선을 좇았다.

"아, 저거요! 저건 레미 님이 아니라 베네제의 것이에요. 어디서 저런 걸 얻었는지 모르겠네요. 혹시 훔친 건 아닌가 싶기도 한데, 저 사람이 그것에 대해서는 일절 말을 않으니 저도 캐묻지 않았죠."

캐드펠은 달니의 말을 되새겨보았다. 베네제는 왜 쓸데없는 거짓말을 했을까? 얻을 것이 뭐 있다고? 정말 그 화려한 마구를 훔친 걸까? 그래서 캐드펠이 그 물건의 출처를 궁금해하지 않게끔 그런 식으로 둘러댄 것일까?

"그 친구는 저 물건에 별로 신경을 안 쓰는 것 같던데." 캐드펠은 조심스럽게 말을 골라가며 물었다. "물난리가 난 이후 줄곧 마시장터의 마구간에 방치해뒀더군. 그러다 오늘 오전에야 겨우 찾아갔지."

달니가 마지막 버클을 채우려다 말고 놀란 얼굴로 고개를 돌렸다. "설마요! 오늘 아침에도 30분이 넘도록 저 마구를 닦고 광을 냈는데요. 마구는 줄곧 여기 있었어요. 물난리가 난 이후 제가 본 것만 열두 번이 넘을걸요."

그녀의 머리가 빠르게 돌아가면서 둥그렇게 뜬 예리한 두 눈이 빛을 발했다. 달니의 호기심과 의심을 지나치게 자극해서는 안 되었다. 그녀는 이미 이 사건에 깊이 연루되어 있지 않은가. 게다가 달니는 무모하고 성급한 면이 있어 극단적인 상황에서 얼마든지 경솔한 행동을 저지를 수 있는 사람이었다. 특히 아무것도 해결된 것 없이, 무엇도 얻지 못한 채 레스터셔 영지로 끌려가다시피 하는 지금 이 상황에서는 할 수 있는 한 그녀가 이 문제에 관심을 갖지 않게끔 하는 편이 좋았다. 하지만 달니는 영리하고 눈치가 빨랐으니, 이미 모순과 불일치를 인지했을 것이다.

"내가 잘못 판단했던 것 같군." 캐드펠은 어깨를 으쓱이며 짐짓 무심하게 말을 이었다. "베네제가 오전 중반쯤 저 마구를 들고 마구간에 왔었소. 나는 거기서 그걸 잃어버렸다가 찾아가나 보다 생각했지. 마구가 워낙 화려해서 레미의 것이겠거니 지레짐작했고."

"아, 그럴 수 있죠." 달니는 고개를 끄덕였다. "어쨌든 베네제가 저런 걸 어떻게 구했는지 쭉 궁금했어요. 프로방스 어딘가에서 얻지 않았을까 싶은데, 과연 정직한 방법으로 손에 넣었을

지…… 저는 그렇게 생각하지 않아요." 달니는 빛나는 두 눈으로 캐드펠의 얼굴을 지그시 응시했다. "그런데 저 사람은 마시장터 마구간에서 뭘 하고 있었을까요?" 궁금해서 묻는 것이 아니었다. 질문도 답도 그녀에겐 그리 중요하지 않았다. 빛나는 두 눈이 그녀의 속마음을 그대로 드러내고 있었다.

"그걸 내가 어떻게 알겠소? 저 사람이 들어왔을 때 나는 다락 위에 있었거든. 문이 왜 열려 있는지 궁금해서 들어왔나 보지."

"수사님은 다락에서 뭘 하고 계셨는데요?" 달니는 희망이 실망으로 바뀔까 두려워하면서도 무언가를 기대하는 표정으로 조심스레 물었다.

"당신이 들려준 이야기를 뒷받침할 만한 증거를 찾고 있었소. 그리고 그걸 찾아냈지. 투틸로가 그날 마지막 기도 시간 이후에 거기서 성무일도서를 잃어버렸다는 걸 알고 있었소?"

"아뇨!" 기대감으로 한껏 부푼 목소리였다.

"간밤에 그가 내게서 성무일도서를 빌렸소. 자기 것을 어디서 잃어버렸는지 도통 모르겠다면서. 하지만 내가 가능성 있는 한 곳을 생각해냈지. 예상대로 거기 그게 있었고. 마지막 기도에 관한 페이지에 표시를 해놓았더군. 목격자의 증언만큼 무게가 실리지는 않겠지만, 꽤 좋은 증거임에는 틀림없지. 그걸 휴 베링어에게 넘겨줄 생각이오."

"그러면 그 사람이 풀려날까요?" 여전히 기대감 어린 목소리로, 그녀가 숨죽여 물었다.

"휴라면 그러고 싶어 할 거요. 하지만 투틸로의 상관은 헤를루인이지. 그는 너그러이 넘어가려 들지 않을 것 같군."

"그 사람에게 알릴 필요가 있을까요?" 달니가 격하게 말했다.

"휴의 생각이 내 생각과 같다면, 아마 그에게 모든 사실을 다 알려주진 않을 거요. 투틸로의 무고함을 입증할 만한 좋은 증거가 나왔다는 정도는 얘기하겠지만, 그날 밤 투틸로와 당신이 어디서 무엇을 하고 있었는지에 대해서는 굳이 알릴 필요가 없지."

"우리는 나쁜 짓을 하지 않았어요." 그녀의 어투에는 욕망이 필연적으로 사악한 행동을 낳는다 여기는 세상 사람들의 시선에 대한 경멸이 깃들어 있었다. 달니는 그러한 오해의 불합리함에 대해 잘 알았지만, 그걸 경멸했고 그것에 별 관심도 없었다. "여기 원장님께서 헤를루인의 주장을 꺾을 수는 없나요? 이곳은 원장님의 영역이잖아요."

"원장님은 수도회의 규칙에 따라 행동하실 거요. 그분도 투틸로를 더 이상 이곳에 가둬둘 수 없지. 더욱이 당신의 권리를 포기할지언정 램지의 권리를 빼앗지 못하실 분이기도 하고. 조금만 더 기다려보시오! 헤를루인을 설득해 투틸로를 풀어줄 수 있을지 지켜봅시다."

캐드펠은 이후 일이 어떤 식으로 전개될지에 대해 더 생각하지 않았다. 하지만 그가 보기에 성직자가 되겠다는 투틸로의 열렬한 마음은 전보다 많이 식은 듯했다. 적어도 파르톨란의 왕비를 노예 상태에서 구출해내리라는 매혹적인 희망과 비교하면 그랬다.

뭐, 좋아! 쟁기 날에서 일찌감치 손을 떼어 또 다른 훌륭한 일로 관심을 돌리는 편이 더 나을지도 모르지, 그는 생각했다. 모든 세속사가 저주스럽고 지겨운 것이 될 때까지 밭고랑을 깊이 파 들어가는 것도 나쁘지 않아.

"일이 어떻게 되든, 제게도 꼭 알려주세요." 달니는 당당한 눈길로 캐드펠을 마주 보며 진지하게 말했다.

캐드펠이 곁을 떠나 문지기실로 향한 뒤에야 그녀는 베네제에게로 시선을 옮겼다. 저 사람은 왜 굳이 불필요한 거짓말을 했을까? 자신의 지위에 도무지 어울리지 않는 저 화려한 마구를 사람들이 보고 호기심을 느끼지 않게끔 그것이 주인의 것인 양 구는 편이 좋으리라 생각할 수 있긴 하다. 하지만 그걸 굳이 구구절절 설명할 필요가 있었을까? 평소 입이 무거워 말을 아끼곤 하는 사람이 어째서 쓸데없이 입을 놀려 불필요한 거짓말을 했을까? 그리고 보다 흥미로운 사실은, 그가 그 마구를 찾기 위해 마시장터에 간 게 아니라는 점이었다. 마구는 핑계일 뿐 이유가 아니었다. 왜 그런 핑계를 댔을까? 마구가 아닌 다른 무엇, 잃어버린 게 아니라 거기 남겨둔 것을 찾기 위해 갔던 것일까? 내일이면 그들은 레스터셔 영지로 떠난다. 만일 그가 남의 눈에 띄어서는 안 될 물건을 안전하게 보관해두려고 그곳에 숨겨뒀다면 오늘은 그걸 찾아와야 했으리라.

물난리가 났던 날 밤, 그러니까 예배당으로 강물이 들어와 사람들이 혼란에 빠지고 거기 있던 물건들 중 상할 만한 것을 모두 높은 곳으로 옮기던 날, 투틸로가 성녀의 유골을 교묘하게 빼돌림으로써 살인의 씨앗을 뿌리게 된 그 시점 이후 베네제는 무언가를 마구간에 숨겨두었다. 그리고 앨드헬름은 투틸로가 아니라 다른 누군가의 손에 죽었다. 만일 앨드헬름이 그날 밤 수도원에 왔을 때 갑자기 어떤 기억이 떠올라 그 사실을 털어놓을 가능성이 있었다면? 그리고 이를 두려워할 만한 이유를 가진 사람이 있었다면? 아무 죄 없는 젊은 사람, 여기서 몇 킬로미터나 떨어진 영지에서 조용히 일하는 양치기를 죽일 만한 다른 이유는 뭐였을지 도무지 생각해낼 수가 없었다.

달니는 베네제를 힐끗거리며 서두르지 않고 할 일을 이어갔다. 곧 더 작은 악기들을 가지러 접객소로 돌아가야 했지만 금세 돌아와 베네제가 보이는 곳에 다시 자리를 잡고는 찬찬히 포장을 하며 시간을 흘려보냈다. 백작의 젊은 시종 하나가 악기들에 흥미를 느끼고 다가와 레미의 아버지가 십자군 원정 길에 가지고 돌아온 사라센 우드를 자세히 들여다보며 말을 건넨 덕에, 그녀는 마음 놓고 베네제를 관찰하며 늑장을 부릴 수 있었다. 그가 아니었다면 짐 꾸리는 일은 금세 마무리되어 계속 거기 눌러앉아 있을 명분을 새로 찾아야 했으리라. 플루트와 팬파이프 들은 쉽게 옮길 수 있었고, 레벡과 만돌라는 안에 심을 댄 부드러운 가방 속에 집어넣으면 그만이었다. 레벡의 활만 조심스럽게 포장해 넣으면 되었다.

이제 정오가 코앞이었다. 로베르 백작의 시종들은 모든 짐을 깔끔하게 싸둔 뒤 백작의 점심 식사 시중을 들기 위해 접객소로 들어갔다. 달니도 둘둘 말아 안장에 묶게끔 되어 있는 전대에 플루트를 넣고 다른 주머니들 곁에 잘 놓은 뒤 자리에서 일어섰다.
"이제 다 됐네. 마구 손질은 마무리한 거야?"

베네제는 접객소에서 가방 하나를 가져와 그 안에 옷가지들을 개켜 넣는 중이었다. 가방이 이미 반쯤 들어차 있는 것으로 미루어, 아마 그녀가 레벡과 만돌라를 가지러 접객소에 간 사이 그가 무언가를 재빨리 챙겨 넣은 듯했다. 베네제가 등을 돌리고 있을 때 달니는 그 가죽 가방의 불룩한 부분을 발로 슬쩍 건드려보았다. 동전끼리 서로 부딪칠 때 나는 맑고 경쾌한 쩔그렁 소리가 울렸다. 단단히 감싸놓았는지 소리가 금세 그치긴 했지만 틀림없는 동전 소리였다. 그 순간 베네제가 재빨리 고개를 돌렸으나 달니는 아무 소리도 듣지 못한 양 심상한 눈빛으로 그를 바라보며 차분하게 말했다. "점심 먹으러 가자. 주인어른은 로베르 백작님이랑 식탁 앞에 앉으실 테니 우리가 식사 시중을 들지 않아도 될 거야."

*

캐드펠의 이야기에 귀를 기울이는 내내, 휴는 씁쓸레한 미소를 머금은 채 그 작은 성무일도서를 이리저리 뒤적이고 있었다.

"제가 책임지는 영토에서 일어난 일이라면 얼마든지 대답해드릴 수 있고 또 그럴 의향도 있습니다. 하지만 수사님도 아시다시피, 저는 이곳 수도원 안에서 아무 힘도 없는 사람입니다. 그 청년이 살인을 하지 않았다는 건 인정해요. 사실 그가 정말로 그런 짓을 했다고 생각한 적도 없었지요. 이 책은 투틸로의 결백을 밝히는 충분한 증거가 됩니다. 하지만 제가 수사님이라면 그 정황에 대해 원장님께 말씀드리지 않을 겁니다. 헤를루인에게는 더더욱요. 이건 보여주지 않는 편이 나아요. 원장님께 전말을 상세히 말씀드려야 한다고 생각하시는 것 같은데, 그렇게 한들 원장님이 그 불쌍한 청년을 감방에서 꺼내주실 수 있을지…… 저는 모르겠군요. 만일 투틸로가 여자와 단둘이 건초 다락에 머물렀다는 얘기가 헤를루인의 귀에 들어가기라도 하면, 그는 그야말로 맷돌에 들어간 곡식 신세가 될 겁니다. 성물을 훔친 것보다 더 무서운 죄가 되죠. 결과적으로는 그 절도죄도 성공하지도 못했지만요. 확실한 증거를 댈 수는 없지만, 전 그 사람을 살인자라 생각하지 않습니다. 하지만 그 이상은 저도 뭐라 약속드릴 수가 없어요."

"그래도 모든 걸 자네에게 맡기겠네." 캐드펠은 체념한 듯 말을 이었다. "자네가 적당히 알아서 해주게. 시간적 여유가 얼마 없어. 내일이면 모두 떠날 테니까."

휴가 자리에서 일어났다. "적어도 로베르 보스는 그 불쌍한 청년 곁에 감시인을 붙일 생각이 없을 겁니다. 노르망디와 잉글랜드에 있는 보몽가의 땅에만 신경을 쓰기에도 바쁘니까요. 백작이 레스터셔까지 가는 도중 어딘가에서 문을 잠그지 않고 두거나,

투틸로가 달아나는 걸 보고도 못 본 체하거나, 심지어 그를 잡으러 가는 이들에게 잘못된 방향을 알려준다 해도 전 별로 놀라지 않을 겁니다. 여기서 램지 수도원까지는 아주 멀지요." 그가 성무일도서를 내밀었다. 투틸로가 달니와 함께 꿇어 앉아 마지막 기도의 기도문을 낭송하느라 꽂아둔 노란 밀짚은 여전히 그 페이지에 꽂혀 있었다. "이건 그 친구에게 돌려주세요. 그에게는 이게 필요할 겁니다."

휴가 원장을 만나러 가자, 캐드펠은 다소 침울한 기분으로 두 손으로 그 낡은 성무일도서를 움켜쥔 채 생각에 잠겼다. 성녀의 유골을 훔치려 한 청년, 점잖은 몇몇 사람들을 번거롭게 하고 그들에게 고통과 상처를 안겨준 것은 물론, 애먼 사람의 목숨을 앗아간 당혹스러운 사건의 원인을 제공했던 영리하면서도 어리석은 청년의 일로 자신이 왜 그렇게 노심초사하는지 그는 알 수가 없었다. 물론 투틸로는 살인 사건과 아무 상관이 없었고, 그런 일을 일으킬 의도도 품지 않았다. 하지만 그는 지금 고초를 겪고 있으며, 자신에게 어울리지 않는 옷을 입고 있는 한 그 고초는 계속될 것이다. 지나칠 정도로 열정적이되 더없이 순수한 신앙심조차 이 수도회의 계율과는 아귀가 제대로 맞지 않는 듯했다. 적어도 휴는 투틸로가 살인범이 아님을 분명히 했지만, 성녀의 유골을 훔치려고 한 그 대담한 행위는 왕의 법정에서 다룰 사건이 아니었다. 결국 램지로 끌려가는 최악의 상황에 봉착한다면, 그 청년은 동그란 구멍에 끼워진 네모난 못과도 같았던 수많은 사람들이 그보다 앞서서 겪어야 했던 고초를 똑같이 겪을 것이다. 혹심한 처벌을 받은 끝에 자신의 운명에 순응할 테고, 기형적인 인간이 될지언정 잘 길들여져 그런대로 안전하게 제자리를 잡고서, 마치 새장에 갇혀 노래하는 새처럼 살아가리라.

문득 달니가 떠올랐다. 달니는 아직 그곳에 있었다. 그래, 어떤 결과가 나왔는지 알려달라고 했지. 물론 그녀에게는 최악의 소식과 최상의 소식 모두를 알려야 할 터였다.

*

원장의 응접실에서 휴는 자신의 판단을 짧은 몇 마디 말로 전했다. 진상을 있는 그대로 털어놓을 게 아니라면 말은 짧을수록 좋은 법이다.

"원장님, 견습 수사인 투틸로를 기소할 근거가 없다는 사실을 말씀드리고자 왔습니다. 저는 그 사람이 살인을 하지 않았다고 확신할 만한 증거를 갖고 있습니다. 이제 그는 제가 담당하는 법과 아무 상관이 없는 사람입니다." 이어 휴는 부드럽게 덧붙였다. "저로서는 그저 그가 큰 해를 입지 않기만을 바랄 뿐입니다."

"다른 곳에서 살인범을 잡았소?"

"아뇨. 하지만 투틸로가 살인범이 아니라는 건 분명합니다. 그날 밤 그는 숲속에서 목격한 바를 신속하게 전했고, 이튿날에도 자신이 할 수 있는 일을 묵묵히 해냈습니다. 우리의 법으로는 투틸로를 기소할 하등의 근거가 없습니다."

"하지만 우리의 법으로는 기소할 수밖에 없소." 라둘푸스는 말했다. "절도는 가벼운 범죄가 아니오. 게다가 그 행위에 다른 사람을 끌어들여 결국 그를 죽음에 이르게 한 것은 더더욱 중한 범죄이지. 다행히도 그는 죄를 고백했고, 한 불운한 청년을 자신의 계획에 끌어들인 것을 진심으로 후회했소. 투틸로는 여러 가지 재주를 갖고 있으니, 앞으로 주님의 영광을 위해 그걸 쓸 수 있을 거요. 하지만 그 전에 속죄의 과정을 치러야 하겠지." 원장은 한동안 말없이 휴를 응시하다가 다시 말문을 열었다. "장관에게 어떤 증인이 나타났는지 얘기해줄 수 없겠소? 장관이 그의 속을 들여다본 것도 아닐 테니, 그가 무고하다 확신할 만한 이유가 분명히 있을 거 아니오."

"투틸로는 증인이 수도원을 떠날 때까지만 어딘가에 숨어 있으려는 마음에 롱너의 부름을 받았다는 핑계를 댔습니다. 그 이후 일어날 일들에 관해서는 아무 생각 없이, 그저 당장 앨드헬름을 마주하는 일만 피하려 한 것이지요. 저는 그때 그 사람이 어디 숨어 있었는지 알게 되었습니다. 그는 마시장터에 있는 수도원 마구간 다락에 올라가 있었고, 마지막 기도를 알리는 종소리가 울릴 때까지 그곳을 떠나지 않았습니다. 이를 입증해줄 증거도 있고요. 앨드헬름은 그가 거기 있는 동안 살해되었지요."

"투틸로가 그 시간에 거기 있었다는 걸 입증할 증인도 있소?"

"있습니다." 휴는 그렇게만 대답하고 더는 입을 열지 않았다.

라둘푸스는 한숨을 내쉬며 의자 등에 몸을 기댔다. "그는 우연히 이곳 수도원에 들어와 내 수중에 떨어졌고, 나로서는 그의 죄를 눈감아주고 싶어도 그럴 수 없는 처지요. 헤를루인 부원장이 곧 그를 램지 수도원으로 데려가겠지. 적어도 이곳에 있는 동안 나는 램지 수도원의 권리를 존중해 단단히 그를 구금해둘 수밖에 없소."

*

"원장님은 더 이상 호기심을 보이지 않았습니다. 자세히 캐고 들지도 않으셨고요." 휴는 다시 허브밭 작업장으로 돌아와 캐드펠과 이야기를 나누고 있었다. 그 또한 원장의 태도에 감사와 안도를 느끼는 눈치였다. "투틸로는 살인을 하지 않았고 세속 법을 어기지도 않았다, 적어도 교회 담장 밖에서는 아무 잘못도 범하지 않았다고 말씀드리자 그분은 모든 이야기를 순순히 받아들여주셨습니다. 그분께는 그것으로 충분한 것 같더군요. 결국 내일이면 골치 아픈 모든 문제들에서 놓여나 당신의 책임하에 있는 죄인, 즉 제롬에 대해서만 염려하면 될 겁니다. 하지만……" 그가 씁쓸하게 말을 이었다. "그분이 이곳의 최고 책임자로서 당신이 행사할 수 있는 유일한 권리를 행사하시지는 않을 겁니다. 죄지은 견습 수사를 마지막 날 밤 기도에 참석하게 하는 것 말입니다. 물론 그런 조치는 옳습니다. 그들이 이곳 정문을 나서기 전까지는 슈루즈베리 수도원의 책임자이자 램지 수도원의 대리자로서 행동하지 않을 수 없을 테니까요. 공식적으로 투틸로는 징벌 방에 그대로 남아 있어야 합니다. 저로서는 안타깝지만요." 휴는 무언가 암시하듯 씩 웃으며 한마디 덧붙였다. "교회법을 어긴 타락한 자라 해도, 사실상 저랑은 아무 상관 없지 않습니까."

"가끔 그런 경우가 생기곤 하지." 과거의 기억을 좇는 그의 두 눈에는 향수 어린 빛이 깃들었다. "자네와 함께 야간에 말을 타본 지도 꽤 오래됐군그래."

"수사님의 노쇠한 뼈들을 생각하면 잘된 일이죠, 뭐." 휴가 개구쟁이 같은 표정으로 대꾸했다. "마음 편히 가지시고 그만 가서 주무세요. 투틸로 같은 악당은 용서받을 때를 기다리며 진땀 빼게 내버려두시고요. 우리가 알기에 램지 수도원 원장은 좋은 분이고, 사소한 죄를 지은 사람들에게는 수사님만큼이나 약한 분 아닙니까. 그리고 아마도 음악을 즐기는 분일 겁니다. 그런 건 투틸로에게 유리하게 작용하겠죠. 설사 수사님이 오늘 밤에 투틸로를 놔준다 해도, 옷도 음식도 돈도 없는 처지에 그 사람이 뭘 어떻게 할 수 있겠습니까?"

그 말도 맞지, 캐드펠은 생각했다. 어떻게든 헤쳐나간다 해도 틀림없이 어느 정도의 위험이 따를 것이다. 남의 집 빨랫줄에서 셔츠와 짧은 바지를 훔치고, 닭장에서 달걀을 훔치고, 길에서 노래하여 행인들로부터 돈 몇 푼 얻어내거나 시장에서 구걸하며 연명해야 하리라. 하지만 그러면 돌로 둘러싸인 방에 갇히지 않아도 되고, 용서받을 수 없는 죄를 저질렀다는 이유로 무자비한 상관한테서 끝없는 설교를 듣지 않아도 될 것이다. 동료들과 대화를 나누거나 식사를 할 수도, 기도실에 들어갈 수도 없는 고립무원의 처지에 빠지지도 않을 것이며, 혹 대담하고 친절한 동료가 그에게 몇 마디 위로의 말을 건넸다는 이유로 그와 같은 운명에 처하는 일도 없으리라.

"성 베네딕토가 정한 규칙에도 탈주를 정당화하는 부분이 있더군요." 휴가 생각에 잠겨 찬찬히 말을 이었다. "이러저런 방법을 다 써봐도 도저히 구제할 가능성이 보이지 않는 사람에게 어떻게 하라고 했는지 수사님도 잘 아시죠? '믿음 없는 형제가 너희를 떠나려 하거든 보내주어라.'"

*

하루의 번잡한 일들이 끝나고 긴 오후가 저물어가면서 날이 다시 쌀쌀해지기 시작했다. 저녁기도 직전의 고즈넉한 시간, 캐드펠은 휴와 함께 정문 쪽으로 걸어갔다. 마시장터 마구간에서 베네제를 만난 일이나 그의 마구에 관해 그는 휴에게 아직 아무 말도 하지 않았다. 확실한 증거나 근거가 확보되지 않은 상황에서 누군가에게 무작정 혐의를 걸기가 주저스러운 터였다. 하지만 보다 확실한 증거를 잡을 수 있는 가능성이 있다면 그런 기회는 절대로 놓치고 싶지 않았다. 설사 반갑지 않은 사실이 드러난다 하더라도, 의문을 그대로 미궁 속에 남겨두는 것보다는 훨씬 나을 것이다.

"내일 백작 일행을 보러 올 건가?" 정문 앞에 이르렀을 때 캐드펠이 물었다. "몇 시쯤 떠날 예정인지 정확히 듣지는 못했지만, 아마도 일찍 출발하려 하겠지."

"출발 전에 대미사에 참석할 예정이라 하시더군요. 저도 그 시간에 맞춰 올 생각입니다."

"휴, 여기 올 때 부하 서너 명쯤 더 데려올 수 있겠나?" 그가 정색을 하고 물었다. "누군가 도망치려 할 경우에 대비해 문을 봉쇄할 만한 인원이 필요할 듯하네. 하지만 공연히 다른 이들을 놀라게 하거나 궁금증을 불러일으키지 않을 정도의 인원이어야 할 거야."

휴는 걸음을 멈추더니 고개를 돌려 날카로운 눈길로 캐드펠의 얼굴을 살폈다. "그 젊은 수사 때문에 이러시는 게 아니군요." 그가 단정하듯 말했다. "마음속에서 다른 자를 쫓고 계시는 거죠?"

"아직 자네에게 털어놓을 단계는 아니야. 판단 착오를 일으켜 사람들의 웃음거리가 되는 건 나 하나로 족하지. 그래도 자네는 일단 내 곁에 계속 있어주게! 당장 내가 가진 증거는 실낱같은 희망을 걸 수 있는 정도에 불과하지만, 언제 갑자기 확고한 증거를 찾아낼지 모르거든. 어쨌든 내일까지는 어떤 행동도 하지 말게. 내가 죄 없는 사람을 잘못 지목해 망신을 당하는 건 큰 문제가 아니야. 다만 분명한 증거도 없이 누군가를 살인자로 몰게 될까 봐 저어될 뿐이네. 그러니 이 문제는 내 방식대로 처리하도록 해주게. 다른 모든 사람들은 편안하게 자게 내버려두고."

휴는 잠시 머뭇거렸다. 캐드펠을 다그쳐 그의 마음을 어지럽히는 그 실낱같은 증거라는 게 대체 무엇인지, 대체 내일 어떤 일을 벌이려고 마음먹은 것인지 샅샅이 캐내고 싶은 표정이었다. 그러나 그는 이내 단념했다. 내일 휴는 저명한 손님과 작별 인사를 하기 위해 부하 서너 명을 데리고 올 것이며, 그 자리에는 막강한 권세를 지닌 백작을 모시는 두 명의 건장한 시종들도 있을 것이다. 거기서 과연 무슨 일이 일어나게 될까? 캐드펠은 굳이 몇 백 명에 이르는 군대를 거느리지 않고도 능히 마음먹은 일을 해낼 만큼 노련하고 경험 많은 사람이었다.

"예, 그렇게 하지요." 휴가 입을 열었다. "우리는 여기 와서 수사님의 신호가 떨어지기만 기다리겠습니다. 이젠 저도 수사님의 표정을 읽는 데는 귀신이 되었으니까요."

그가 자주 타고 다니는 깡마른 잿빛 말은 정문 곁에 묶여 있었다. 휴는 말에 오른 뒤 수도원 앞 대로를 따라 시내로 이어지는 다리께로 천천히 나아갔다. 대기는 아주 고요했고 주위는 아직 밝아 물방앗간 저수지 수면에 백랍처럼 희붐한 빛이 어려 있었다. 캐드펠은 말발굽이 다리의 첫 상판을 울리는 소리가 들려올 때까지 휴의 뒷모습을 지켜보다가 이윽고 돌아서서 큰 마당 쪽으로 향했다. 그 순간 저녁기도 시간을 알리는 종소리가 들려왔다.

한 젊은 수사가 징벌방에 갇힌 두 죄수에게 식사를 가져다준

다음 문지기실로 돌아와 두 개의 열쇠를 반납했고, 잠시 후에는 문지기 수사와 함께 저녁기도에 참석하기 위해 예배당으로 향했다. 캐드펠은 천천히 그들의 뒤를 따라갔다. 정문 한쪽 모서리의 그늘 속, 누군가 벽에 몸을 찰싹 붙이고 서 있는 듯해 그는 온 신경을 바짝 곤두세웠다. 영리한 달니는 캐드펠이 자신의 존재를 의식했다는 걸 눈치챘지만 입을 꾹 닫고 꼼짝하지 않았다. 사실 그녀는 캐드펠이 정문 앞에서 휴와 헤어지는 광경을 줄곧 지켜본 터였다. 캐드펠은 자기가 정말로 그녀를 봤는지, 혹은 그 기척을 느꼈는지 확신하지 못했으나 어쨌든 아무것도 모르는 척 구느라 퍽이나 신경을 썼다.

저녁기도 시간, 캐드펠은 들끓는 분노를 이기지 못해 일을 저지른 뒤 완전히 넋이 나갈 정도로 깊은 충격을 받은 불쌍한 제롬을 위해 잠시 기도했다. 아마 제롬은 자신이 저지른 죄에 상응하는 속죄의 고행을 인정받을 때까지 겸허하게 용서를 구할 테고, 이후 적절한 절차를 거쳐 사면받을 것이다. 어쩌면 과거의 자아에서 완전히 벗어나 놀라운 모습으로 다시 태어날지도 모른다. 무리한 기대일 수도 있겠지만, 살다 보면 가끔씩 기적이 나타나기도 하지 않는가.

*

투틸로는 옆방에서 끊임없이 들려오는 제롬 수사의 발작적인 기도 소리에 가만히 귀 기울이며 침대 가장자리에 앉아 있었다. 돌을 통해 둔중하게 울리는 그 소리가 명료한 언어라기보다 구슬픈 울부짖음과 통곡으로 들려와, 투틸로로서는 자신을 공격하려 했던 장본인에 대한 연민마저 느낄 정도였다. 고막을 끊임없이 울리는 그 비가에 사로잡혀 있던 터라 그는 자물쇠가 돌아가는 것도, 삐걱거리는 소리가 날까 봐 몹시 신경을 쓰면서 문을 여는 기척도 느끼지 못했다. 마침내 뒤에서 자신의 이름을 부르는 숨죽인 목소리를 듣고서야 그는 비로소 고개를 돌렸다.

달니가 문틀을 등진 채 서 있었다. 열린 문 밖은 맞은편의 하얀 벽에 반사되는 희미한 잔광과 무수한 별들이 희미한 은빛 점들처럼 서서히 드러나기 시작한 연푸른 하늘빛을 받아 그런대로 밝았다. 실내에 켜진 등잔불이 바깥에 빛기둥을 드리워 누군가 방문이 열렸다는 것을 눈치챌까 봐, 그녀는 소리 내지 않고 얼른 안으로 들어와 문을 닫았다. 달니는 투틸로의 얼굴을 마주 보며 이맛살을 찌푸렸다. 그가 너무도 우울하고 지쳐 보였던 것이다. 그녀가 아는, 또 그녀가 원하는 투틸로는 그런 사람이 아니었다.

"조용히 말할게요." 달니가 입을 열었다. "우리가 저 사람 기도 소리를 들을 수 있다면 저 사람도 우리 얘길 들을 수 있을 테니까요. 당신, 여기서 빨리 나가야 해요. 이번에는 꼭 가야 해요. 이번이 마지막 기회예요. 우리는 모두 내일 떠나요. 헤를루인은 당신을 램지로 데려가 나보다 훨씬 더 혹독한 노예 생활을 시킬 거예요."

투틸로는 그녀의 얼굴에 시선을 고정하고 천천히 몸을 일으켰다. 문이 정말로 열렸고 그녀가 들어와 있다는 사실을 깨닫기까지는 조금 시간이 걸렸다. 제롬 수사가 비탄에 빠져 울부짖는 소리도, 자신이 우울한 곳에 갇혀 있다는 사실도, 그녀 덕에 잠시나마 잊히는 듯했다. 달니가 검은 머리를 어깨 뒤에 길게 늘어뜨린 채, 달걀처럼 갸름한 얼굴 한복판에서 뜨겁게 타오르는 푸른 눈으로 그를 응시하며 눈앞에 서 있었다.

"당장 떠나요, 빨리. 길을 알려줄게요. 쪽문을 통해 물방앗간으로 나가서 서쪽으로 가면 웨일스예요."

"떠나라고요……." 투틸로는 지상에 존재하지 않는 것만 같은 낯선 땅으로 가는 길을 머릿속으로 더듬어보며 마치 꿈꾸는 사람처럼 같은 말을 되뇌었다. 그러다 갑자기, 달니에게서 나온 뜨거운 불길이 옮겨붙기라도 한 듯 그의 얼굴이 확 달아올랐다. "안 돼요! 당신 없이는 어디에도 가지 않을 거예요."

"당신 바보예요?" 달니가 조바심을 치면서 말했다. "당신에겐 선택의 여지가 없어요. 지금 떠나지 않으면 램지로 끌려간다고요. 레스터셔를 지나 로베르 백작의 수중에서 벗어나는 즉시 그 사람들은 당신을 노예 취급할 거예요. 그들에게 끌려가 살가죽이 벗겨지고 굶주리고 고통받다가 때 이르게 무덤 속에 들어가고 싶어요? 아니, 안 돼요. 당신에게 그곳은 감옥이에요. 당장 웨일스로 가는 편이 나아요. 당신의 목소리와 프살테리움만 가지고 가요. 그곳 사람들은 당신이 하느님의 선물이라는 걸 알고 기꺼이 당신을 받아줄 거예요. 어서 가요. 내가 한 모든 일을 허사로 만들지 말란 말이에요."

그녀는 탁자 위에 놓인 가죽 가방을 열어 프살테리움을 꺼내더니 떠밀듯 그의 품에 안겼다. 악기가 몸에 닿자 그는 흠칫 떨면서 그것을 꼭 끌어안고는 빛나는 황금빛 눈을 들어 그녀를 응시했다. 투틸로의 입술이 벌어지려는 찰나, 달니는 손바닥으로 그 입을 틀어막은 뒤 다른 한 손으로 그를 문 쪽으로 잡아끌었다.

"안 돼요, 아무 말도 하지 말고 그냥 가요. 혼자 가는 편이 나아요! 당신 발목을 잡아 걸음을 늦추는 노예랑 함께 뭘 할 수 있겠어요? 우리 주인은 날 놔주지 않을 거고, 법을 집행하는 사람들도 내가 도망치도록 내버려두지 않을 거예요. 나는 남의 소유물이고, 당신은 아직 자유로운 사람이에요. 투틸로, 제발 부탁이니 어서 가요!"

문득 그의 온몸에 탄력 있는 강인한 힘이 되살아나고, 얼굴에도 뭇 사람들을 매혹하는 대담하고 거침없는 기운이 넘쳐흐르기 시작했다. 투틸로는 더 이상 망설이지 않고 그녀와 함께 문 쪽으로 걸음을 옮겨 어두운 통로로 나가서는 자물쇠를 잠갔다. 싸늘한 밤공기 속에서 알싸한 새순 냄새가 풍겼다. 둘 다 줄곧 말이 없었다. 그 상황에서는 침묵하는 게 좋았다. 달니가 담장에 난 쪽문 너머로 그를 밀치더니 문을 닫아버렸다. 이제 투틸로의 눈앞에는 물방앗간 저수지의 진회색 수면과 수도원 앞 대로로 이어진 길이 보였다. 시내로 들어가는 다리 바로 앞 왼편에는 서쪽 웨일스로 통하는 좁은 길이 나 있었다.

달니는 뒤도 돌아보지 않고 넓은 마당 쪽으로 돌아갔다. 그녀에겐 내일 아침에 할 일이 있었고, 투틸로는 그 일에 관해 아무것도 알지 못했다. 계획대로 된다면, 사람들은 모든 추적을 단념하고 그를 자유로이 내버려둘 것이었다. 세속의 법은 둘로 갈라진 나라 안에서도 자유로이 운용되지만 교회법은 그와 같은 유연성을 갖고 있지 않다. 그리고 절반의 증거는 죄와 무죄에 관한 반박할 수 없는 확실한 물증 앞에서 무색해지기 마련이다.

성가대석에 앉은 수사들의 찬양 소리가 들려왔다. 다시 징벌방으로 들어가 등잔불을 끌 만한 시간적 여유가 있다는 뜻이었다. 사람들로 하여금 투틸로가 이미 잠자리에 들었으며 내일 아침까지는 깨어나지 않으리라 생각하도록 만들어야 했다. 그래야 더욱 안전했다.

13

출발하는 날 아침, 태양은 안개의 베일에 휩싸여 있었고 사위는 고요했으며 모든 초록빛 식물들은 희붐한 빛 속에서 한층 푸르렀다. 안개가 차츰 엷어졌다가 사라지고 나면 태양은 더욱 찬연한 봄빛을 드러낼 터였다. 말을 타고 고향으로 돌아가기에 더없이 좋은 날이었다. 밤새 제대로 잠을 이루지 못한 달니는 몸을 일으켜 큰 마당으로 나왔다. 아침기도에 참석할 생각이었다. 자신의 모든 힘과 의지를 모아야 하는 지금, 드넓고 고요한 본당 안에서 간절히 기도드리다 보면 마음이 한층 더 굳건해질 것이었다. 그녀는 자신을 제외한 누구도 그 일에 대해 알지 못하리라 생각했다. 뭔가 미심쩍은 점을 발견한 사람도 아마 자신뿐이며, 그러니 모든 것이 그녀에게 달려 있는 셈이었다.

혹시 그녀가 잘못 생각했을 수도 있을까? 발로 짐을 슬쩍 건드렸을 때 묵직하게 울리던 금속음. 동전이 짤랑거리던 소리. 그것이 대체 뭘 증명해준단 말인가? 캐드펠 수사에게서 들은 찜찜한 일들, 레미의 마구를 마시장터 마구간에 놓고 왔다는 거짓말을 보탠다 해도 달라질 건 없었다. 하지만 베네제가 거짓말을 한 것은 사실이다. 그는 분명 그곳에 다른 볼일이 있었다. 남들에게는 밝힐 수 없는 자신의 물건, 혹은 남의 물건을 되찾으러 간 것이다. 그게 아니라면 왜 그런 사실을 숨기려 했겠는가.

투틸로는 수도원 밖으로 나가 사라져버렸다. 그녀는 그가 지금쯤 서쪽으로 아주 멀리 갔기를 바랐다. 웨일스 사람들은 오래 전부터 전해온, 비교적 덜 조직화되어 유연한 켈트 교회의 기독교 신앙을 완강하게 고수하고 있었다. 그 땅에서 베네딕토 수도회는 제대로 힘을 쓰지 못할 것이다. 그들은 도망친 견습 수사를 받아들여줄 것이며, 그가 노래하고 연주하는 소리를 들으면 더더욱 환영할 것이다. 그의 음악을 듣는 대가로 그에게 후견인과 집과 하프를 제공해주고, 수사복 대신 평민의 셔츠와 바지를 입히리라. 그녀는 어떻게 해서든 투틸로가 살인의 누명을 벗기를, 그가 어디에서든 결백한 사람으로 떳떳하고 자유롭게 살기를 원했다. 그가 저지른 사소한 죄들은 틀림없이 용서받을 수 있을 것이었다.

투틸로가 떠날 때 그녀의 가슴은 아팠다. 하지만 달니는 내색하지 않았고, 그녀 없이 아무 데도 가지 않겠다고 한 그를 굳이 밀어내 떠나게 만든 것을 후회하지도 않았다. 이제 그녀에게 중요한 건 그가 잡히지 않아야 한다는 것뿐이었다. 그곳으로 다시 끌려와 날개를 접은 채 좁은 감방에 갇히는 일도, 교수형 밧줄에 목울대가 꺾여 영원히 침묵하는 일도 있어서는 안 되었다.

아침기도 시간 내내 달니는 투틸로를 위해 기도하며 가슴을 졸였다. 곧 투틸로가 사라졌다는 외침이 터져 나올 터였다. 마침내 문지기 수사가 빵과 맥주를 들고 먼저 제롬의 방에 들렀다가 이어 투틸로의 방에 들어갔을 때에야 그의 탈주 사실이 비로소 드러났다. 그러나 그 순간 비명이나 외침은 터져 나오지 않았다. 문지기 수사는 이 일을 그리 심각한 사건으로 받아들이지 않은 듯 그저 급히 방을 나와, 한 손으로 나무 쟁반을 받쳐 들고 다른 한 손으로 자물쇠를 잠그려다가 안에 사람이 없으니 굳이 그럴 필요가 없다는 것을 깨닫고 문을 다시 활짝 열어둔 채 그곳을 떠났다. 묘하게도, 접객소의 현관에서 징벌방 쪽을 주시하고 있던 달니는 문지기의 그런 반응을 지극히 자연스럽게 받아들였다. 같은 순간 허브밭에서 큰 마당으로 나온 캐드펠 역시 마찬가지였다. 경비의 책임을 맡은 사람이 별로 놀라질 않으니 다른 사람들 역시 비슷한 반응을 보이는 건 당연했다. 달니는 그들이 최선이라 생각하는 방식으로 일을 처리하도록 내버려두고는 슬그머니 돌아서서 안으로 들어갔다.

"그 청년이 사라졌어요." 문지기 수사가 말했다. "어떻게 이런 일이 일어날 수 있을까요?" 탄식이 아니라 진지한 의문에 가까운 말투였다. 그는 쟁반 위에 놓인 크고 무거운 열쇠를 들여다보다가 열려 있는 문 쪽으로 다시 눈길을 돌리고는 숱진 회색 눈썹을 찌푸렸다.

"그 아이가 사라졌다고?" 캐드펠은 짐짓 놀란 표정을 지어 보이며 천연덕스럽게 되물었다. "어떻게 그럴 수가…… 문은 잠겨 있었고, 열쇠는 형제가 지키던 문지기실 안에 있지 않았소?"

"수사님이 직접 확인해보세요. 그 형제가 악마의 힘을 빌려 문을 열고 나간 게 아닌 이상, 다른 누군가 그를 내보내주려는 목적으로 밤중에 열쇠에 손을 댄 게 분명합니다. 징벌방은 극빈자의 지갑처럼 텅 비어 있고 침대에도 아무런 흔적이 없어요. 아마 지금쯤 멀리 도망쳤을 겁니다. 헤를루인 부원장이 난리를 치겠군요. 그 양반은 지금 원장님과 아침 식사를 드는 중이에요. 이 소식이 그분 식욕을 단박에 떨어뜨리겠지만, 그래도 당장 가서 알려주는 게 좋겠어요." 말투로 미루어, 문지기 자신은 이 일에 크게 놀라지 않았지만 헤를루인에게 소식을 전하는 것이 꽤나 부담스러운 듯했다.

"내게도 책임이 없지 않소." 캐드펠은 조용히 중얼거렸다. 빈 말은 아니었다. "내가 먼저 가서 소식을 전할 테니, 형제는 쟁반을 갖다 두고 뒤따라오시오."

"수사님께서 순교자의 기질을 지니고 계신 줄은 미처 몰랐군요. 예, 먼저 가 계시면 곧 따라가겠습니다. 백작님이 오늘 떠나기로 해서 다행입니다. 헤를루인 부원장도 그렇고, 그분이 데려온 일꾼들도 모두 그리 똑똑한 편은 아니잖아요. 결국 그 미꾸라지 같은 형제를 잡지 못하고 오늘 정오 전에 이곳을 떠나게 될 겁니다. 밤중에 도망쳤다면 잡을 길이 없지요." 문지기는 속 시원하다는 듯 내뱉고는 쟁반을 들고 돌아섰다. 이어 징벌방 열쇠를 든 채 잠시 문지기실 앞에서 망설이던 그는 일종의 증거로 그것을 가지고 가기로 마음먹고 원장 숙사를 향해 느긋하게 걸음을 옮겼다.

*

헤를루인은 두 사람과 사뭇 다른 반응을 보였다. 슈루즈베리에서 거둬들인 기부금과 보화뿐 아니라 이젠 앙갚음할 대상까지 잃어버린 그는 극도로 분노하여 식탁에서 벌떡 일어섰다. 한때는 수도원의 재건에 쓸 많은 기부금과 목재, 더하여 기적을 베푸는 성녀님의 무한한 축복과 함께 의기양양하게 램지로 돌아가리라는 희망에 부풀어 있었건만, 그 모든 것이 사라지고 죄인마저 달아나버렸으니 이제 여행에서 아무 소득도 거두지 못한 실패자로 귀환해야 할 판이었다.

"놈을 추적해야 합니다!" 헤를루인은 이를 앙다문 채 분노 어린 목소리로 외쳤다. "징벌방을 책임진 수사가 자신의 일을 게을리한 게 분명해요. 원장님, 그러지 않고서야 어떻게 제삼자가 열쇠를 수중에 넣을 수 있었겠습니까? 아, 그 일을 남들에게 맡기는 대신 내가 직접 챙겼어야 했는데…… 어쨌든 일이 벌어졌으니 우리는 놈을 추적해서 기필코 잡아들여야 합니다. 놈은 범죄를 저질러 고발당한 자이니 마땅히 죄의 대가를 치러야지요. 그리고 놈을 지키는 일을 소홀히 한 사람도 그대로 내버려둬선 안 됩니다."

원장은 몹시 불쾌한 표정이었다. 그게 도망친 청년 때문인지, 아니면 감시를 소홀히 한 문지기 수사 때문인지, 혹은 제 앙갚음의 대상이 되어줄 희생양을 잃고 길길이 날뛰는 헤를루인 때문인지 알 길은 없으나, 어쨌든 그는 날카로운 어조로 짧게 대꾸했다.

"내게는 수도원 밖으로 나간 죄인을 추적할 권리가 없소."

수도원장과의 마지막 오찬을 위해 그 자리에 와 있던 로베르 백작은 줄곧 자리에 조용히 앉아 한 마디도 없이 수수께끼 같은 눈빛으로 이 사람 저 사람의 얼굴을 번갈아 바라보고 있었다. 그는 특히 캐드펠의 표정을 예의 주시했다. 캐드펠 수사는 투틸로가 달아났다는 사실을 무심하면서도 담담한 태도로 알렸고, 뒤따라온 문지기가 그의 말을 뒷받침했다. 문지기는 징벌방 열쇠를 들어 보이며, 자기가 판단하건대 저녁기도 시간에 누군가 그걸 빼 갔다가 다시 제자리에 돌려놓은 것 같다고 했다. 일찍이 수도원에서 그런 일이 일어난 적이 한 번도 없었을 뿐 아니라 특별한 상황이 생기지 않는 한 문지기실에는 늘 사람이 앉아 있고, 또 모든 열쇠들은 눈에 잘 보이는 곳에 걸려 있었으므로 자신은 열쇠들에 특별히 관심을 기울이지 않았다고, 갇혀 있는 이들에게 정해진 때 음식을 가져다주는 일이나 그들이 잘 있는지 감시하는 일, 그들의 요구 사항을 듣고 판단하여 수락하거나 거부하는 일 모두 자신의 책임이요. 따라서 그 일들을 제대로 이행하지 못한 것에 대해서는 용서를 구한다고 그는 말했다.

"놈은 살인죄의 혐의를 받고 있습니다." 헤를루인은 투틸로가 세속 법에 저촉되는 범죄를 저질렀을지 모른다는 사실을 기억해 내고 의기양양하게 소리쳤다. "범죄자를 그런 식으로 도망치게 내버려둬서는 안 돼요. 교회법에는 해당 사항이 없는지 몰라도, 왕의 법을 집행하는 사람들은 그를 잡아들여야 할 의무가 있습니다."

"형제가 뭘 잘못 알고 있는 것 같군." 라둘푸스는 분노를 억누르며 엄격하게 말을 이었다. "이곳 행정 장관은 투틸로가 앨드헬름을 살해하지 않았다고 볼 만한 증거를 이미 확보했소. 세속의 법으로는 그를 기소할 수 없다는 얘기요. 물론 교회법으로 그를 다스릴 수야 있겠지만, 교단 측의 실수로 달아난 사람을 추적하기 위해 나라 곳곳에 사람을 파견할 만한 인력이 교회에는 없소."

'실수'라는 단어가 나오자 헤를루인의 얼굴이 금세 붉어졌다. 그것이 아랫사람 하나 제대로 단속하지 못한 자신에 대한 비난이라 생각한 것이다. 하지만 캐드펠이 느끼기에 라둘푸스의 의도는 그런 것이 아니었다. 원장은 실수의 책임을 자기 자신에게 돌리고 있었다.

"이 문제와 관련해서는 교회의 철저한 자기반성과 검증이 필요한 것 같습니다." 헤를루인은 자기의 위신과 권위를 깎아내릴 만한 모든 실패의 가능성을 강하게 부정하듯 허리를 꼿꼿이 세운 채 분노 어린 어조로 말을 이었다. 흡사 불길한 예언을 하는 듯한 태도였다. "만일 교회가 악인들과 제대로 싸우지 못한다면, 교회의 권위는 실추되고 말 것입니다. 우리 교회 안팎에서 일어나는 악과의 싸움은 성지에서 벌어지는 십자군의 전투만큼이나 고결한 것입니다. 그 악인을 이대로 방관하여 자유롭게 풀어준다면 우리의 명예는 땅에 떨어져버릴 겁니다. 그자는 서약을 어기고 자신이 소속된 수도회를 저버렸습니다. 그 점을 문책하기 위해서라도 우린 반드시 그자를 잡아야 합니다."

"형제가 그를 타락한 악인으로 규정하고 싶다면……" 원장이 냉랭하게 대꾸했다. "우리 교단의 규칙 제28조를 살펴보는 게 좋겠군. '너희 가운데 사악한 자는 몰아내라.'"

헤를루인은 시뻘겋게 상기된 얼굴로 여전히 고집을 부렸다. "하지만 우리가 그자를 추방한 게 아니잖습니까. 그자는 가만히 앉아 판결을 기다리지도, 죗값을 치르지도 않았습니다. 대신 우리의 의표를 찌르듯 밤에 몰래 도주했지요."

캐드펠은 도저히 참을 수가 없어서 마치 혼잣말을 하듯, 그러나 분명히 들릴 만큼 똑똑하게 중얼거렸다. "그 규칙의 같은 조항에는 이런 구절도 있지요. '믿음 없는 형제가 너희를 떠나려 하거든 보내주어라.'"

이에 라둘푸스 원장이 날카로운 눈빛으로 캐드펠을 힐끗 바라보았고, 로베르 보스의 얼굴에는 순간 은밀한 미소가 어렸다가 이내 사라졌다.

"램지 수도원의 원장님께서 제게 그 견습 수사를 맡기셨습니다." 이제 헤를루인은 논의를 새로운 방향으로 전개하기 시작했다. "따라서 저는 그 책임을 상기하여, 할 수 있는 최선의 방법을 다해 그의 행방을 알아봐야 합니다."

"그러기에는 시간이 너무 부족한 것 같군요." 로베르 보스가 상냥하게 웃으며 그의 말을 잘랐다. "부원장님께서는 여기 계속 남아 그를 추적하실 생각입니까? 그러면 그리 안전하지 않은 환경에서 여행을 하셔야 할 텐데요. 지금 저희와 함께 충분한 호위를 받으며 떠나시는 편이 나을 겁니다."

헤를루인은 잠시 침묵을 지키다가 쥐어짜듯 목소리를 내었다. "딱 이틀 정도만 출발을 연기해주시면—"

"유감스럽지만 그렇게는 안 되겠습니다. 저도 하루빨리 돌아가 영지의 범죄자들을 단속해야 할 입장이라서요." 백작이 느긋하고 신중하게 말을 이었다. "일전에 수도원의 짐마차를 공격했던 자들 같은 약탈자나 떠돌이들이 한창 펜 지방을 벗어나 제 땅을 지나가고 있잖습니까. 더는 미룰 수 없지요. 전 위니프리드 성녀님에 대한 권리를 주장하기 위해 이곳에 왔고, 이제는 그 근거를 잃었습니다. 물론 그 일과 관련해서는 큰 불만이 없어요. 어쨌든 제가 성녀님을 그분께서 원하는 곳으로 모셔 온 셈이니까요. 성녀님은 저와 함께하기를 거부하셨지만, 그 수고에 대해서는 약간의 축복이나마 내려주시겠지요. 어쨌든 전 오늘 대미사를 드린 뒤 떠나야 합니다." 백작은 단호하게 말한 뒤 시간을 확인하고 자리에서 일어섰다. "저희 무리와 합류하는 게 좋을 겁니다, 헤를루인 부원장님. 믿음 없는 형제는 보내주라 지시하신 성 베네딕토의 말씀을 따르도록 하시지요."

*

백작이 서둘러 출발하려 하는 데다 그의 흥분이 주변 사람들에게도 어느 정도 영향을 미치는 바람에 미사는 빠르게 진행되었다. 사람들이 오전의 햇살 속으로 나오자 짐을 싣고 안장을 얹는 부산한 움직임이 이내 시작되었고, 램지 수도원 집사인 니콜과 그의 동료는 내내 침울하고 언짢은 표정으로 뚱하게 서 있는 헤를루인 곁에 붙어 시중을 들었다. 그는 투틸로를 포기하고 싶지 않았지만 이곳에 그대로 머무르는 건 더욱 내키지 않았으니, 그랬다가는 안전하고 편안한 여행의 기회를 잃을 터였다. 로베르 백작은 성직자들에게 너그러운 사람이라, 레스터셔에 도착한 뒤에도 그에게 말을 내주어 이후의 여정도 편안히 갈 수 있게끔 해줄 것이었다.

마부들이 마차를 큰 마당으로 몰고 나왔다. 수놓은 휘장을 씌워 위니프리드 성녀의 유골을 싣고 왔던 그 마차는 이제 일행 전체를 위한 짐마차가 되어 있었다. 백작과 두 시종의 짐, 헤를루인이 우스터와 이브셤에서 거둬들인 물건들, 그리고 레미의 악기며 각종 소지품들로 마차는 이미 꽉 찬 상태였지만, 니콜과 동료의 짐을 더 얹어도 말에게 큰 부담은 되지 않을 것 같았다. 헤를루인은 백작의 짐을 싣고 왔던 짐말에 타기로 했다.

젊은 두 시종이 안장을 얹은 말들을 마구간에서 끌어 왔고, 베네제는 레미의 말과 제 말을 데리고 뒤를 따랐다. 그 뒤에서 한 젊은 견습 수사가 동작이 느린 콥종 말을 끌고 왔는데, 이는 달니가 탈 말이었다. 일행이 떠날 수 있게끔 정문은 이미 활짝 열려 있었다. 모든 준비 작업이 빠르게 진행되었다. 안마당 한구석에서 밖을 내다보던 캐드펠은 그 속도가 예상보다 빠르다 싶어 근심스러운 눈길로 열려 있는 정문을 연신 살폈다. 휴가 부하들을 데리고 오기에는 이른 시각이었다. 하지만 정식으로 작별 인사를 나누려면 얼마간 시간이 걸리리라. 고위 인사들이 아직 모습을 보이지 않았고, 더욱이 그동안의 정황을 고려하건대 백작은 휴와 인사도 나누지 않은 채 떠나지는 않을 것이었다.

수사들은 각자의 업무를 위해 사방으로 흩어지면서도, 어서 달리고 싶어 좀이 쑤시는 듯 이리저리 몸을 움직이는 말들과 마부들이 모여 있는 광경을 구경하느라 걸음을 늦추며 필요 이상으로 오래 지체하곤 했다. 학생들은 공부를 하러 들어갔지만 아마 일행이 출발할 즈음에는 폴 수사가 아이들을 다시 내보내줄 터였다.

달니는 망토를 걸치고 두건을 쓴 채 접객소에서 나와 계단 아래에 모여 있는 사람들과 합류했다. 안장 양옆에 매달린 베네제의 소지품을 눈여겨보던 그녀는, 그중 한 가방의 버클 바로 아래쪽 가죽이 살짝 벗겨져 있는 것을 발견했다. 베네제의 비밀이 담긴 바로 그 가방이었다. 달니가 그것을 들여다보는 내내 캐드펠은 그녀의 동정을 주시하고 있었다. 그녀의 안색은 너무도 창백했다. 원래 백목련처럼 하얗긴 하지만, 지금은 잔뜩 긴장한 탓에 가느다란 뼈들이 다 비칠 정도로 투명했다. 두건으로 반쯤 가린 두 눈은 검은 속눈썹 아래 번뜩이는 빛을 발하고 있었다. 이에 캐드펠은 그녀가 느끼는 긴장과 고통을 짐작했으나, 그러한 감정들을 어떻게 해석해야 좋을지 알 수 없었다. 그녀는 계획했던 일을 실천에 옮겨 투틸로를 더 자유로운 세상으로, 아마 그에게 수도원보다 훨씬 더 어울리는 세상으로 내보냈다. 한때 마음을 사로잡았던 짧고 행복한 꿈은 사라졌으니, 이제 그녀로서는 투틸로 없는 불모의 일상과 화해하면서 살아갈 수밖에 없으리라. 달니에게 마지막 기회가 있다는 사실을, 그녀에게 아직 할 일이 남아 있다는 사실을 캐드펠은 깨닫지 못했다.

젊은 시종이 주인에게 가 모든 준비가 완료됐다고 보고한 뒤 접객소로 돌아왔다. 주인과 새 음유시인의 물건들 중 아직 옮겨지지 않은 것이 없는지 살펴보기 위해서였다. 그는 하급 젠트리 계급에 속하는 사람이라 다른 하인들에 비해서는 지위가 높지만, 하프를 켜는 음유시인만큼 존경받는 처지는 못 되었다. 마침내 일행 모두가 접객소의 현관에 모인 순간, 라둘푸스 원장도 손님들을 배웅하기 위해 부원장을 대동한 채 숙사 정원의 장미나무들 사이로 모습을 드러냈다.

  백작은 평소처럼 점잖은 빛깔에 질 좋은 천으로 지은, 수수하면서도 품위 있는 옷을 걸치고 있었다. 말을 타는 데 불편함이 없을 만큼 짧은 자주색 튜닉과 넓적다리까지 내려오는 검푸른색 외투. 바람과 비와 눈 때문이라기보다 한쪽 어깨의 혹을 가리기 위해 그는 어깨와 머리를 덮어주는 두건을 쓰곤 했다. 하지만 그 자신이 이를 크게 의식하고 있는지는 의문이었다. 아닌 게 아니라, 그가 신체적인 결함 때문에 당황해하거나 위축되는 경우는 거의 없었다. 백작 곁에서는 페르튀 레미가 아주 들뜬 기색으로 그의 귀에 대고 무어라 열심히 소곤대는 중이었다. 두 사람은 함께 계단을 내려왔고, 그 뒤에서는 군주의 외투를 한 팔에 걸친 시종이 따르고 있었다. 원장과 부원장이 말들 곁에 이르렀으니 이제 모일 사람들은 다 모인 셈이었다.

  "아쉽긴 하지만 시간이 다 되었으니 이만 떠나야겠습니다." 백작이 말했다. "주제넘게도 성녀님에 대한 권리를 주장하러 온 이 사람을 원장님께서는 시종 따뜻하게 대해주셨습니다. 사실 전 그런 대접을 받을 자격도 없는데요. 성녀님이 당신을 탐낸 많은 이들 가운데 가장 적합하고 훌륭한 분을 선택하셨다는 걸 잘 알기에 지금 제 마음은 기쁘기 그지없습니다. 여행하는 동안 큰일이 없게 해달라고 기도해주시겠죠?"

  "여부가 있겠소." 라둘푸스 원장이 대답했다. "나 역시 그동안 백작과 퍽이나 즐겁고 유익한 시간을 보냈고, 앞으로도 여건이 닿는 대로 다시금 그런 즐거움을 맛보고 싶소이다."

마지막 순간에 이르자 선뜻 떠나기가 아쉬운지, 일행은 계속 그 자리에서 머물며 이런저런 이야기를 나누기 시작했다. 로버트 부원장은 모든 일들이 잘 풀린 덕에 흡족한 표정으로 이 노르만족 출신 백작에게 줄곧 말을 걸었는데, 보아하니 자신의 귀족적인 풍모를 그의 뇌리에 깊이 부각시키고 싶은 눈치였다. 혜를루인 역시 마음만은 그리 개운치 않았지만 정중한 인사말을 빼놓을 수 없어 그들의 대화에 끼어들었고, 레미는 하루아침에 운이 활짝 트였다는 생각에 희색이 만면하여 모든 사람들에게 일일이 감사의 뜻을 표했다. 아직 15분 정도는 여유가 있겠군, 캐드펠은 안도의 한숨을 내쉬며 생각했다.

하지만 이런 기나긴 작별 의식에 익숙지 않은 달니로서는 마음이 조급해 더 이상 기다릴 수 없었다. 자칫하면 말을 꺼낼 기회를 얻지 못할 터였다. 그녀는 원장과 백작의 곁으로 조용히 다가가 서 있다가 두 사람의 대화가 잠시 그친 순간 선뜻 앞으로 나서서 분명한 목소리로 입을 열었다.

"원장님, 그리고 백작님, 제가 한 말씀 드려도 될까요? 이곳을 떠나기 전에 꼭 말씀드려야 할 것이 있습니다. 절도와 관련된 문제입니다. 어쩌면 살인과 관련된 문제일 수도 있고요. 제게는 너무나 중차대한 일로 여겨져 도저히 그냥 묵과하고 넘어갈 수 없습니다. 제 말을 들어주시고 올바른 조처를 취해주시기 바랍니다."

순간 모든 시선이 일제히 그녀에게 쏠리며 호기심과 놀라움에서 비롯한 침묵이 내려앉았다. 모두가 모여선 지금 이렇게 느닷없이, 그리고 공개적으로 자기 얘기를 들어달라며 나선 이 여가수에게 마뜩지 않은 눈길을 던지는 이들도 있었지만, 묘하게도 그녀더러 물러가라는 손짓이나 눈짓을 하는 사람은 하나도 없었다. 달니는 깊은 흥미를 갖고 자기를 주시하는 원장과 백작의 얼굴을 번갈아 바라보더니 정중하게 인사를 하고 두 사람 앞에 마주 섰다. 그때까지 누군가에게 불안과 공포를 안길 만한 얘기는 전혀 나오지 않은 터라 베네제는 제 말의 목에 한 팔을 걸치고 옆구리로 문제의 가방을 단단히 누른 채 잠자코 서 있었다. 이 순간 당혹감을 느낀 사람은 캐드펠뿐이었다. 그는 달니가 든 창이 누구를 겨냥하는지 확실히 알 수 있었다.

"이야기를 들어봐도 될까요, 원장님?" 백작이 라둘푸스에게 물었다.

"그래야 할 것 같소." 라둘푸스가 대답하고는 달니를 응시하며 말을 이었다. "그래, 당신은 최근 우리 마음을 무겁게 짓눌러온 '절도'와 '살인'이라는 두 단어를 입에 담았소. 그 사건들과 관련된 이야기라면 마땅히 귀담아 들어야겠지."

캐드펠은 한쪽에 선 채 휴가 어서 부하들과 함께 나타나주기를 기도하며 근심스러운 얼굴로 정문을 살피다가 베네제를 슬쩍 쳐다보았다. 베네제는 꼼짝도 하지 않았다. 다른 사람들처럼 호기심을 느끼면서도 자신과는 상관없는 일이라는 표정이었지만, 예리한 단검 끝처럼 섬뜩한 그의 눈길은 달니를 똑바로 겨냥했고, 그 부동의 자세는 표적을 노리는 사냥개처럼 팽팽하게 긴장되어 있었다.

달니에게 미리 언질을 주는 게 좋았을 것을, 캐드펠은 생각했다. 그녀가 제 나름의 이유를 가지고 엄청난 일을 벌일 수도 있다는 걸 짐작하기는 했다. 하지만 그 마구에 관한 이야기로 무엇을 떠올렸기에 이런 식으로 일을 벌인단 말인가? 캐드펠과 대화를 나누면서는 어떤 조짐도 보이지 않았는데. 달니는 일을 너무 빨리 터뜨렸다. 어떻게든 그녀의 마음을 가라앉혀 시간을 끌어야 했다. 천천히, 아주 논리적으로 문제의 핵심에 접어들게 해야 했다. 그녀가 기억하는 모든 일들을 통해 차근차근 사실을 입증하게끔 해야 했다. 하지만 시간은 그들의 편이 아니었다. 대미사가 너무 일찍 끝났다. 휴는 약속한 때에 올 테지만, 그래도 이미 늦은 시각일 것이다.

"원장님, 예배당으로 물이 밀려들었던 날 밤 투틸로가 성녀님을 빼돌렸다는 건 잘 알고 계시지요? 그리고 앨드헬름이 도둑을 지목하기 위해 이리로 오던 도중 살해당한 것도 여기 있는 모든 분들이 잘 아실 겁니다. 여러 정황을 고려해볼 때, 죄를 범했고 따라서 앨드헬름의 존재를 두려워하여 그를 죽임으로써 자신의 죄를 덮으려 할 사람은 투틸로밖에 없었어요."

거기서 그녀가 말을 멈추자 원장은 담담하게 대꾸했다. "우리는 그렇게 생각했고, 또 그렇게 말했소. 그것이 자명한 사실 같았으니까. 우리가 알고 있는 이들 중 그런 짓을 저지를 만한 사람은 투틸로밖에 없었소."

"하지만 저는 다른 증거를 갖고 있어요, 원장님." 아직 그 이름이 입 밖으로 나오지는 않았으나 캐드펠은 그녀가 누굴 겨냥하는지 알고 있었다. 지금 그 사람은 정문 근처를 두리번거리며 사람들의 이목을 끌지 않도록 조심조심 움직이고 있었다. 하지만 로베르 백작의 시종들이 마치 호위 무사처럼 그의 양쪽에 바싹 붙어 서 있어 좀처럼 몸을 뺄 수가 없었다.

"이 자리에는 자기 것이 아닌 물건을 가방 속에 숨겨둔 사람이 있습니다." 달니가 말을 이었다. "예배당에 강물이 밀려들어 모두가 혼란에 빠졌던 날 밤에 훔친 물건이죠. 앨드헬름이 그 모습을 보았는지는 저도 알지 못합니다. 하지만 만일 그랬다면, 그것으로 도둑에겐 그 사람을 죽일 이유가 되지 않았을까요? 만일 제가 무고한 이를 지목했다면, 그에 대한 죗값은 치르겠습니다. 당사자가 어떤 보상을 요구하든 시키는 대로 할 거예요. 하지만 그에 앞서 제 말이 맞는지 알아봐야 하니 그 사람의 짐을 뒤져봤으면 합니다." 이어 그녀는 고개를 돌려 베네제를 노려보았다. 얼굴이 너무나 창백해 마치 하얗게 타오르는 불꽃 같았다. 달니의 눈길은 정확히 그를 향하고 있었다. 베네제는 빽빽이 둘러선 사람들 사이에 갇혀 빠져나가지 못한 채였다. 만일 사람들을 난폭하게 밀어젖혔다가는 제 정체를 드러내게 될 것이었다. 아직 그렇게까지 할 만큼 절박한 지경은 아니었다.

"저 사람이 옆구리에 감추고 있는 저 가방을 봐주세요. 저기, 홍수가 난 그날 이후로 저 사람이 줄곧 숨겨뒀던 것들이 들어 있어요. 원래 자기 것이거나 정직하게 얻은 물건이라면 그렇게 애써 숨겨둘 필요가 없었겠죠. 백작님, 그리고 원장님, 이 일을 올바르게 처리하시고, 만일 제가 오해한 거라면 저를 처벌해주세요. 어서 저 가방을 뒤져보세요!"

이 비난을 그저 웃어넘기는 게 좋을지, 아니면 경멸 어린 표정을 지으며 거짓말이라고 반박하는 게 좋을지 망설이던 베네제는 곧 분노 어린 시선이 자신에게 쏠리는 것을 깨닫고 움찔했다. 무고를 주장하며 고함을 질러대기에는 다소 늦은 것 같았다. 하지만 아직 발뺌할 기회가 남아 있을 것이다.

"너 미쳤어? 새빨간 거짓말이야! 이 가방에는 내 물건들 말고 아무것도 들어 있지 않아. 주인님, 말씀 좀 해주세요! 제가 한 번이라도 못된 짓을 한 적이 있나요? 저 아이가 왜 이런 엉뚱한 공격을 해대는지 통 모르겠네요."

"베네제는 늘 믿을 수 있는 하인이었습니다." 레미는 베네제를 두둔하려 하기보다는 자기 자신을 위해 단호하게 입을 열었다. 하지만 그의 표정은 왠지 착잡해 보였다. "저 친구가 뭘 훔쳤다니, 저로서는 믿을 수 없군요. 게다가 여기서 없어진 물건이 있습니까? 제가 알기로는 하나도 없는데요. 물난리가 난 이후 도둑맞은 건 성녀님의 관뿐입니다. 다른 얘기는 전혀 듣지 못했어요."

"제 말이 맞는지 아닌지 금방 확인할 수 있는 간단한 방법이 있잖아요." 달니는 냉혹하게 밀어붙였다. "베네제의 가방을 열어 보세요! 만일 저 사람이 아무것도 숨기지 않았다면 그걸 직접 증명하라고 하세요. 가방에서 아무것도 나오지 않으면 모든 건 제 잘못이겠죠. 도둑질을 한 적이 없다면 저 사람이 두려워할 이유가 어디 있죠?"

"내가 두려워한다고?" 베네제는 발끈했다. "그런 말도 안 되는 소리에? 내 가방에 들어 있는 건 내 물건들뿐이야. 그런 황당한 거짓말이라니, 정말이지 두 손 두 발 다 들겠군. 아니, 내 초라한 물건들을 사람들 앞에 드러내 보일 생각은 없어. 누구 좋으라고? 도대체 넌 왜 그런 상상도 할 수 없는 거짓말을 늘어놓는 거지? 내가 너한테 뭘 어쨌다고? 그게 전부 터무니없는 거짓말이라는 건 주인님께서 잘 아실 거야."

"가방을 여는 게 좋겠군." 로베르 백작이 위엄 있게 끼어들었다. "여기 있는 모든 사람들이 자네에 관해 잘 아는 건 아니니 말일세. 가방을 열어 자네의 무고함을 사람들 앞에 증명하도록 하게. 이 가수가 거짓말을 했다면, 그게 거짓말이라는 걸 밝히고 넘어가는 게 좋겠지." 이어 백작이 두 시종에게 눈짓을 하자 시종들은 무표정한 얼굴로, 그러나 베네제의 거동을 면밀히 주시하며 그에게 다가붙었다.

"이 여인은 방금 우리 수도원의 귀중한 물건이 도난당했다는 점을 상기시켜주었소." 라둘푸스 원장이 말했다. "그러니 우리로서는 그 말이 사실인지 아닌지 확인해야 하오. 게다가 혹시라도 이 일이 지난 살인 사건의 해결에 단서를 제공하고 살인죄의 혐의를 쓴 이에게서 의심의 베일을 거두어줄 수 있는 것이라면, 우리에겐 그걸 추적해야 할 의무가 있소. 자, 당신의 가방을 이리 넘겨주시오."

"안 돼요!" 베네제는 한 팔로 가방을 옆구리에 꼭 끌어안았다. "이건 쓸모없는 허섭스레기에 불과합니다. 아무 잘못도 하지 않은 제가 왜 이런 모욕적인 처사에 복종해야 하죠?"

"가방을 빼앗게." 로베르 백작이 시종들에게 명령했다.

두 시종이 백작의 지시에 따라 억센 두 손으로 문제의 가방에 손을 대는 순간, 베네제는 분노에 이글거리는 사나운 눈을 들어 주위를 둘러보았다. 당장 안장에 뛰어올라 자신을 촘촘히 둘러싼 무리를 뚫고 도망칠 가망은 없는 듯했다. 그러나 문득 흥분한 사람들 뒤로 몇 미터 떨어진 곳에 한가롭게 서 있는 말 한 마리가 눈에 들어왔다. 백작의 시종이 녀석의 고삐를 놓고서 그에게 다가온 터였다. 베네제는 가방에서 두 손을 떼어 분노의 고함과 함께 주먹으로 자기 말의 배를 힘껏 가격했다. 그 바람에 놀란 말이 비명을 지르며 앞발을 높이 쳐들었다가는 빙 둘러싼 사람들의 대열을 뚫고 앞으로 뛰어나갔다. 사람들은 말발굽을 피해 사방으로 흩어졌고, 베네제는 그 틈을 이용해 뒤쪽에 서 있던 말에게로 달려가 등자도 밟지 않고 몸을 날려 안장에 올라앉았다.

그 말의 고삐나 등자를 붙잡을 수 있을 만큼 가까이 서 있던 사람은 아무도 없었다. 다른 이들이 미처 정신을 수습하기도 전에, 베네제는 껑충껑충 뛰는 말들과 고함치는 사람들을 뒤로하고 쏜살같이 내달렸다. 그는 정문 쪽으로 똑바로 달려가는 대신, 한쪽 옆으로 비스듬히 곡선을 그리며 나아갔다. 조금 전 베네제의 말이 뛰어나갈 때 달니가 뒷걸음질을 하여 물러나 있던 방향이었다.

달니가 베네제의 의도를 간파한 건 마지막 순간에 이르러서였다. 베네제는 더 이상 아무 말도 하지 않았지만, 캐드펠은 그녀를 향해 미친 듯 말을 모는 그의 얼굴을 똑똑히 보았다. 달니 또한 증오와 분노로 사납게 일그러진 그의 얼굴과 으르렁대는 늑대의 것처럼 말려 올라간 입술을 볼 수 있었다. 도망치는 그녀를 뒤쫓아 말발굽으로 짓밟아버리기엔 시간이 촉박했기에, 그는 전속력으로 내달리는 말 등에서 한쪽으로 허리를 깊숙이 숙여 단검을 크게 한 번 휘둘렀다. 단검이 달니의 어깨 아래 소맷자락을 길게 내리그었다. 순간 그녀의 몸이 허공으로 내던져지는가 싶더니, 곧 자갈 바닥에 쿵 하고 떨어졌다. 베네제는 이미 정문 밖으로 질주해 나가 시내 쪽으로 방향을 틀고 있었다.

휴 베링어와 그의 부관, 그리고 세 병사들은 막 다리에서 내려서던 참이었다. 베네제는 그들을 발견하고 얼른 말을 멈춘 뒤 물방앗간 저수지와 강 사이에 난 좁은 길로 재빨리 방향을 틀었다. 남서쪽 롱숲 변두리로 이어진, 웨일스로 가는 가장 빠른 길이었다.

휴 일행은 영문을 몰라 잠시 머뭇거렸다. 하지만 그냥 지나쳐서는 안 될 것 같았다. 말을 탄 사람이 수도원 정문을 쏜살같이 빠져나와 다리께로 달려가려다 그들을 보고 옆길로 방향을 틀지 않았는가. 이내 휴가 고함쳤다. "저자를 뒤쫓아!"

거의 동시에, 백작의 두 시종 중 더 젊은 사람이 말을 타고 수도원 정문으로 달려 나오며 소리를 질렀다. "저놈 잡아요! 저놈은 도둑이에요!"

"놈을 잡아 데려와!" 휴의 명령에 부하들은 도망자를 쫓아 샛길로 방향을 틀어 힘껏 내달리기 시작했다.

*

캐드펠이 다가오기도 전에 달니는 비틀거리며 일어났다. 그녀는 베네제가 단검을 겨누며 달려오던 순간의 섬뜩한 공포와 충격에서 금세 벗어나 우왕좌왕하는 이들을 등진 채 어디론가 달려갔다. 위기가 끝났다는 건 자명했다. 그녀의 말이 옳았다는 것도 명백했다. 그게 아니라면 베네제가 가방을 열기도 전에 내뺄 이유가 어디 있겠는가? 그 가방 속에 숨긴 것이 무엇인지는 몰라도, 그에게 치명적인 것이라는 점만은 분명했다. 달니가 황급히 달려간 곳은 다름 아닌 예배당이었다. 나머지 일들은 다른 사람들이 알아서 처리하도록 내버려두자고, 자신의 역할은 이것으로 충분하다고 그녀는 확신했다. 달니는 위니프리드 성녀의 제단 앞으로

가 계단참에 주저앉았다. 모든 건 그 제단에서 시작되었으며, 이제 거기서 끝날 것이었다. 그녀는 돌 제단에 뒤통수를 기댄 채 숨을 골랐다.

캐드펠이 곧 그녀를 따라 예배당으로 들어왔다. 달니는 마치 어떤 목소리에 귀를 기울이는 듯, 혹은 기억 속의 무언가를 살피는 듯 두 눈을 크게 뜨고 고요히 앉아 있었다. 캐드펠은 문득 걸음을 멈추었다. 혼란 뒤에 찾아온 고요함, 망아忘我 상태에 빠진 그녀의 모습이 그의 내면에 경외심을 불러일으켰다.

캐드펠은 천천히 제단으로 다가갔다. 달니의 영혼이 멀리 있는 무언가에 파장을 맞추는 듯했기에, 그는 그녀가 자기 말을 듣고 있을지 확신하지 못한 채 부드럽게 입을 열었다. "놈의 칼이 당신 팔을 그었소. 내가 좀 보는 게 좋겠군."

"살짝 긁혔을 뿐이에요." 달니는 무심히 대꾸하면서도 캐드펠이 헐렁한 소매를 어깨까지 걷어 올리도록 가만 내버려두었다. 팔에는 한 뼘쯤 되는 칼자국이 나 있었다. 하지만 그녀의 말마따나 머리카락처럼 가느다란 선에 두세 군데 보석 같은 핏방울이 맺힌 정도에 불과했다. "별거 아니에요! 곪지도 않을걸요."

"그래도 제법 세게 나동그라졌잖소. 놈이 그렇게 달려들 줄은 꿈에도 몰랐는데. 너무 성급히 일을 벌였소. 당신이 나서기 전에 내 선에서 마무리 지으려 했건만……."

"저는 베네제가 누군가를 사랑하지도 증오하지도 못하는 인간이라 생각했어요." 달니가 묘한 표정으로 말을 이었다. "지금껏 그가 감정을 내비치는 걸 본 적이 없거든요. 그래, 베네제는 그대로 도망쳤나요?"

캐드펠로서는 아직 대답할 수 없는 문제였다.

"저는 괜찮아요." 달니는 단호하게 말했다. "다친 데도 없고요. 수사님은 돌아가서 할 일을 하세요. 그분들…… 그분들께는 얼마간 저 혼자 여기 있게 해달라고 말씀해주시겠어요? 지금 제겐 그런 시간이 너무도 절실하거든요. 이 제단 곁에 있으니 마음이 편안해지네요."

"얼마든지 여기 있어도 좋소."

달니가 스스로를 단단히 붙잡고 있었기에 캐드펠도 안심하여 그녀의 곁을 떠났다. 그녀가 자신의 생각과 말과 행동에 그토록 큰 의지를 품고 이를 확고히 밝히는 것은 처음 있는 일이었다. 달니는 스스로에 대한 주권을 드러내듯 양팔을 반쯤 벌려 손바닥으로 제단 계단을 짚은 채 허리를 꼿꼿이 세우고 당당하게 앉아 있었다. 그녀의 입술에는 아무도 그 뜻을 모를 비밀스러운 미소가 어려 있는 듯했다. 한순간, 그녀가 혼자 있는 게 아니라는 막연한 직관 같은 것이 캐드펠의 머릿속을 스쳐 지나갔다. 이것은 엉뚱한 착각에 불과한 것일까?

*

그들은 안장에서 버클을 풀어낸 뒤 문지기실로 가방을 가져갔다. 캐드펠이 그곳에 들어가보니 이미 여섯 사람이 넓은 탁자 주위에 모여 서 있었다. 라둘푸스 원장과 로버트 부원장, 헤를루인 신부, 로베르 백작 그리고 페르튀 레미와 휴 베링어였다. 휴는 조금 전 정문으로 들어와 말에서 내린 뒤 방금 일어난 사건의 전말을 전해 들은 터였다. 로베르 백작이 조용히 채근하자 그가 가방에서 베네제의 수수한 소지품들을 하나하나 끄집어내기 시작했다. 잘 개킨 옷가지들, 면도칼, 면도솔, 질 좋은 벨트, 낡기는 했으나 잘 만들어진 장갑 한 켤레. 마지막으로 가방의 절반가량을 차지한 주머니가 나왔다. 줄로 입구를 묶은 불룩한 가죽 주머니를 탁자 위에 내려놓자 동전 짤랑대는 소리가 선명하게 울렸다.

적어도 한 가지 사실은 더 이상 비밀이 아니었다. 그곳에 모인 이들 중 세 사람은 금세 이 주머니를 알아보았다. 헤를루인은 놀라 숨을 몰아쉬었고, 문간에 서서 열심히 기웃거리던 니콜과 백작의 두 시종, 램지에서 온 하인 또한 기대에 찬 신음을 토해내며 한 걸음씩 다가왔다.

"맙소사!" 헤를루인이 속삭이듯 말했다. "이건 램지로 가져갈 나무 상자에 넣어두었던 주머니예요. 홍수가 났을 때 우리는 그 상자를 성모마리아 제단 위에 올려놨죠. 하지만 이게 어떻게 여기에…… 그 상자는 목재와 함께 마차에 실어 램지로 보냈는데! 울레스토프에서 악당들이 그 안에 있던 것들을 모조리 훔쳐 가고 빈 상자만 남겨두지 않았습니까!"

휴가 주머니의 줄을 풀어 거꾸로 뒤집자 많은 양의 은화들이 주르르 쏟아져 나왔다. 쟁강거리는 소리와 함께 은은한 빛을 발하며 쌓인 그 은화들 사이에는 보다 부피가 큰 장신구들도 섞여 있었다. 금목걸이 하나, 금팔지 두 개, 거칠게 깎은 보석들을 금줄로 연결해 만든 묵직한 목걸이 하나, 인장으로 쓰이는 묵직한 금반지 하나와 문양이 새겨진 넓은 금가락지 하나. 이어 정교하게 조각된 큼직한 고리형 브로치가 나왔다. 망토를 고정하는 데 쓰는 그 물건은 붉은빛이 도는 금으로 제작된 색슨인의 유물이었다.

그들은 모두 우두커니 선 채 멍하니 그것들을 내려다보았다. 참으로 믿기 어렵고 이해하기 어려운 일이었다.

"내게도 낯익은 물건들이군." 라둘푸스 원장이 천천히 입을 열었다. "언젠가 도나타 부인의 망토에서 이 브로치를 보았소. 그리고 이 수수한 반지 또한 부인이 늘 끼고 다니던 물건이고."

"부인이 임종 직전 램지 수도원에 기부한 것들이군요." 헤를루인은 기적이나 다름없는 이 광경에 새삼 경탄하여 조그맣게 말했다. "저는 이것들을 모두 작은 상자에 넣어 니콜에게 맡겼고, 니콜은 상자를 램지로 가는 마차에 실었지요. 그러다 강도들이 그것을 강탈했고······."

"저도 분명히 기억합니다." 문 앞에 서 있던 니콜이 말을 받았다. "그 열쇠는 제가 잘 보관하고 있었어요. 하지만 그자들이 뚜껑을 억지로 뜯어 안에 있던 보물은 빼낸 뒤 상자는 내던져버렸는데······ 우리가 알고 있기로는 그랬습니다!"

그들 모두가 그렇게 생각하고 있었다. 약탈당한 수도원을 돕기 위해 슈루즈베리 시민들이 기부한 모든 물건들은 물난리가 나던 날 밤 상자 속에 들어가 물이 아무리 많이 들어와도 절대 젖지 않을 만큼 높은 곳에 자리한 성모마리아 제단 위에 놓였다. 그리하여 강물로부터는 안전해졌으나, 혼란스러운 상황을 이용해 손만 뻗으면 닿을 데 있는 귀중품들을 훔쳐내기로 마음먹은 도둑으로부터는 안전하지 못했다. 도둑에겐 좋은 핑계도 있었으니, 예배당 물건들을 옮기는 일을 거들겠다고 나서면 될 일이었다. 열쇠는 자물쇠에 꽂혀 있으므로 공연히 상자를 부수느라 시간을 허비할 필요도 없었다. 그는 상자 안에서 은화와 보물이 든 가죽 주머니를 빼내고 넝마와 돌들을 채워 넣은 뒤 자물쇠를 잠갔다. 그러고서 니콜이 아무것도 모른 채 상자를 마차에 싣고 램지를 향해 떠난 뒤 안전한 곳에 전리품을 감춘 게지, 캐드펠은 도나타 부인이 마지막으로 남긴 보물들을 주시하며 생각을 이어갔다. 쉽사리 발견되지 않을 곳, 설혹 발견되더라도 누가 감췄는지 짐작할 수 없는 곳에. 베네제는 경내의 저지대에 자리 잡은 마구간에서 마시장터로 말들을 옮기는 일을 거들었다. 그곳 말들에게 먹일 밀을 새로 가득 채워둔 항아리 밑바닥에 전리품을 집어넣는 데는 많은 시간이 필요하지 않았을 것이다. 그는 말들이 거기 오래 있으리라 생각하지 않았다. 적어도 항아리 밑바닥에 있는 보물들이 모습을 드러내기 전에는 다시 경내의 마구간으로 돌아가리라 여겼을 것이다. 하룻밤만 묵어가는 뜨내기들이 쉴 새 없이 들락거려 비밀이라는 게 전혀 보장되지 않는 접객소의 넓은 방보다는 그곳이 훨씬 더 안전했으리라.

"이것들은 애초에 슈루즈베리를 떠난 적이 없었군요!" 휴는 놀란 얼굴로 그 무더기를 내려다보았다. "주님과 성인들께서 램지의 물건들을 찾게끔 도와주신 것 같습니다, 헤를루인 신부님."

"레미가 데리고 다니는 그 여가수 덕분이기도 하지." 로베르 보스가 퉁명스럽게 말했다. "그 여인이 베네제의 도둑질을 밝혀 냈으니 말이오. 그 아가씨를 잊고 있었구려. 그자한테서 큰 해나 입지는 않았는지 모르겠군. 그녀는 지금 어디 있소?"

"달니는 성당 안에 있소." 캐드펠이 말했다. "이곳을 떠나기 전에 혼자 조용히 시간을 보내고 싶다 하더군. 상처는 가벼운 찰과상에 불과하니 여행을 떠나는 데는 아무 문제 없을 거요. 그저 당장은 그녀를 혼자 내버려두는 게 좋을 듯하오."

"그렇다면 마음을 가라앉힐 때까지 기다려주도록 하지요." 이어 백작이 행정 장관을 향해 말을 이었다. "휴, 솔직히 나는 이 사건의 끝을 보고 싶소. 당신의 부하들이 그 도둑을 생포해 끌고 왔으면 좋겠는데…… 놈이 내 말 한 필을 훔쳐 간 터이기도 하니 말이오. 그는 이 모든 일의 대가를 톡톡히 치러야 할 거요."

"베네제는 도둑질만 한 게 아닙니다." 캐드펠은 우울하게 말한 뒤 탁자에 놓인 그의 소지품들을 옆으로 치우고서 가방에 한 손을 집어넣었다. 가방 밑바닥에 옷가지 하나가 아직 남아 있었다. 깨끗이 세탁하여 개켜놓은 린넨 셔츠였다. 캐드펠은 한쪽 소매의 소맷부리를 들여다보고는 이내 뒤집어 안쪽도 자세히 살펴보았다. 베네제는 아주 철저하고 깔끔한 성격이었지만 셔츠 같은 것을 함부로 내버릴 만큼 넉넉한 형편이 못 되었다. 수도원에 머무는 동안 그 셔츠를 버릴 기회가 얼마든지 있었을 텐데 굳이 가방 안에 간직해온 것은 바로 그 때문이리라. 그걸 세탁하여 몇 주 뒤 그곳으로부터 아주 멀리 떨어진 곳에 이르면 다시 꺼내 입을 생각이었던 것이다. 하지만 셔츠에는 지워지지 않은 얼룩들이 여전히 묻어 있었다. 캐드펠은 휴의 눈앞에 소맷부리를 들이밀었다. 로베르 백작이 허리를 숙여 반대편 소매를 집어 들었다. 양쪽 소매 끝자락에 선명한 핑크빛 반점들이 점점이 흩어져 있었다. 캐드펠은 과거에 그런 것들을 자주 보았기에 그게 무엇인지 분명히 알고 있었다. 로베르 백작 역시 짐작한 모양이었다.

"이건…… 핏자국 같군요." 백작이 중얼거렸다.

"앨드헬름의 피요." 캐드펠은 말을 이었다. "그날 밤 비가 왔으니 베네제는 외투를 입었을 테고, 그 검고 두꺼운 모직 천이 피를 모두 흡수해버렸을 거요. 아마 그는 다른 곳에 피가 묻지 않도록 조심했겠지. 하지만……."

앨드헬름을 죽인 사람은 바닥이 톱니처럼 거친 커다란 돌을 두 손으로 들어 실신한 그의 머리통을 내리쳤다. 주위에 지켜보는 사람이 없어 신중하고 조심스레 일을 해치우고, 또 피가 튀지 않게끔 신경을 썼다 해도, 최소한 범인의 손과 손목에는 지울 수 없는 자취들이 남았을 것이다. 돌 밑바닥과 시신이 누운 풀밭 말고도, 그의 손과 셔츠 또한 머리통에서 뿜어져 나온 피로 얼룩졌으리라. 리넨에 묻은 핏자국은 얼른 물에 적시지 않는 한 깨끗이 빼내기 어려운 법이다.

"그러고 보니……" 연달아 일어난 충격적인 사건들로 인해 반쯤 넋이 나가 있던 레미가 가만히 입을 열었다. "그날 밤 원장님께서 저도 저녁 식사에 초대하셨지요. 그사이 베네제는 자유롭게 돌아다닐 수 있었을 겁니다. 그는 그때 시내에 나갔었다고 했는데……."

"앨드헬름이 수도원에 오리라는 사실을 달니에게 귀띔한 사람이 바로 베네제였습니다." 캐드펠은 수도원장에게 고개를 돌리고 평온하게 설명을 이어갔다. "이에 달니는 투틸로를 찾아가 수도원 밖으로 몸을 피하라고 경고했지요. 그 모든 게 베네제의 계획이었습니다. 또한 그는 자신도 몸을 피해야 한다고 생각했어요. 우리 쪽에서 앨드헬름에게 기억나는 것들을 모두 이야기해달라고 부탁할 경우, 그 청년이 아무것도 모르는 상태에서 목격했던 일들 전부를, 그러니까 베네제 자신이 저지른 일에 관한 기억까지 전부 떠올릴 가능성이 있다고 여긴 겁니다. 그래서 앨드헬름은 영문도 모르는 채 죽음을 맞이했지요. 베네제가 바로 앨드헬름을 죽인 범인입니다. 어쩌면 그는 의미 없는 살인을 저지른 것인지도 모릅니다. 앨드헬름이 정말로 무엇을 보았는지는 아무도 모르니까요. 앞으로도 영원히 알 수 없을 테고요."

*

 11시쯤 휴의 부관인 앨런 허바드가 말을 타고 정문으로 들어섰다.

 로베르 백작의 배려로 출발이 얼마간 연기되었지만 시간이 흐르자 일행은 다시 모여들기 시작했다. 백작도 곧 캐드펠에게 다가와, 예배당에 가서 달니를 살펴보고 기력을 충분히 회복한 것 같으면 그만 일행에 합류하라 전해달라고 정중하게 부탁했다. 그 사이 다른 사람들은 연이어 일어난 놀라운 계시들과 돌발적인 사태의 충격을 받아들이고 되새겨볼 시간을 가진 터였다. 헤를루인 부원장은 조금 전만 해도 수도원의 견습 수사이자 자신의 굴욕감을 앙갚음할 대상을 잃어 인상을 잔뜩 구기고 있었으나, 이젠 영원히 사라졌다 여기던 보화를 되찾은 터라 얼굴이 환하게 밝아졌다. 레미 또한, 하인 하나를 잃긴 했어도 매우 영향력 있는 후견인과 함께하게 되었으니 든든한 미래를 보장받은 셈이었다. 남자 하인이야 어디서든 다시 쉽게 구할 수 있지 않은가. 곧 잉글랜드를 대표하는 귀족 중 한 사람의 집안에 들어갈 그로서는 아무 불만이 없었다. 게다가 베네제는 자기 말도 놓고 갔다. 나이 든 평범한 연갈색 말이지만 그래도 없는 것보다는 나았다. 말은 이제 얌전하게 새로운 사람을 기다리고 있었으니, 니콜이 마차 모는 일을 동료에게 넘기고 그 녀석을 타면 될 것이었다. 여러 사건이 있었지만 이제 모든 것이 차분히 제자리를 잡은 듯했다.

앨런 허바드가 정문으로 들어온 것이 바로 그때였다. 그는 말에서 내리더니, 무리에 섞여 호기심 어린 눈길을 던지고 있는 휴에게로 다가왔다.

"놈을 잡았습니다, 장관님." 그가 말했다. "보고드리느라 일단 제가 먼저 달려왔습니다. 나머지 병사들이 그자를 데리고 뒤따라오는 중이지요. 그자를 어디에 감금하면 될까요? 그자가 무슨 죄를 지었는지, 왜 달아났는지 저희로서는 아직 아무것도 모릅니다."

"그자는 살인을 저질렀네." 휴가 대답했다. "놈을 성의 감방에 감금하게. 나도 곧 뒤따라가지. 자네들이 신속히 뒤쫓은 덕에 멀리 도망치지 못하고 붙잡힌 모양이군. 그래, 그자를 어떻게 잡았나?"

"롱숲 쪽으로 2킬로미터쯤 갈 때까지 계속 따라붙자, 놈이 우리를 따돌리려고 넓은 길을 버리고 울창한 숲속으로 뛰어들었습니다. 그때 사슴 한 마리가 놀라 달아나는 바람에 말이 갑자기 걸음을 멈췄던 모양이에요. 그자가 욕설을 퍼붓더군요. 그러다 말이 요란한 울음소리를 내면서 앞발을 높이 쳐들었어요. 말이 움직이지 않자 놈이 단검을 사용했던 것 같은데—"

"천하의 나쁜 놈 같으니!" 자기 말에게 무슨 일이 생겼는지 들어보려고 가까이 와 있던 시종이 분개하여 외쳤다. "우리 콘래딘은 그런 짓을 결코 용납하지 않았을 겁니다."

"그자가 훨씬 앞서 있던 상황이라 우리로서는 소리만 듣고 판단할 수밖에 없었습니다. 하지만 말이 앞발을 쳐들어 놈을 수풀에 내동댕이치지 않았나 싶습니다. 가보니 그자가 반쯤 기절한 채 나무 밑에 쓰러져 있었거든요. 한쪽 다리를 절긴 하지만 뼈가 부러지진 않았습니다. 이미 넋이 나간 상태라 끌고 오는 데는 아무 어려움도 없었고요."

"다시 말썽을 부릴지 모르니 잘 붙잡아두게." 휴가 말했다.

"예, 절대로 놓치지 않을 겁니다." 이어 앨런은 미안한 듯 말을 이었다. "하지만 말은 붙잡지 못했습니다. 우리가 현장에 도착하기도 전에 벌써 달아나고 없었어요. 놈을 억류한 뒤 그 일대를 뒤져보았지만 찾지 못했습니다. 말이 움직이는 기척도 들리지 않더군요. 아마 한참 달려가다가 두려움이 사라진 뒤에야 걸음을 멈출 겁니다."

"옷가지가 든 내 짐도 함께 사라져버렸네요." 말을 잃은 시종이 이맛살을 찌푸리며 중얼거리다가 이내 소리 내어 웃었다. "녀석이 이대로 종적을 감춰버리면 제게 새 옷들을 사주셔야 할 겁니다."

"내일 그 일대를 수색하여 반드시 말을 찾아주겠소." 앨런이 대답했다. "하지만 당장은 성으로 가서 그 살인자를 잘 감금해야겠군."

앨런은 원장과 백작에게 정중하게 인사한 뒤 정문 앞에서 말을 타고 사라졌다. 남은 이들은 멍하니 서로의 얼굴만 바라보았다. 다들 갑자기 잠에서 깨어나 눈앞의 광경이 꿈인지 현실인지 구분하지 못하고 어리둥절해하는 사람들 같았다.

"이렇게 모든 일이 마무리된 거라면……" 곧 로베르 백작이 입을 열었다. "꽤 괜찮은 종막이라 할 수 있겠지요!" 이어 그는 신중하고 사려 깊은 눈길로 원장을 바라보았다. "벌써 두 번째 작별 인사를 하는 것 같군요. 어쨌든 이번에는 진짜입니다. 저흰 이만 가보겠습니다. 나중에 보다 즐거운 일로 다시 뵙기를 바랍니다. 그동안 원장님께 너무나 많은 골칫거리를 안겨드렸네요. 저희가 떠나면 속이 시원하실 겁니다. 이 수도원도 훨씬 더 조용해질 테고요." 그는 돌아서서 말고삐를 잡고는 캐드펠에게 말했다. "수사님, 달니라는 가수를 좀 불러주시겠습니까? 이제는 정말 떠나야 해서요."

캐드펠은 예배당 안으로 모습을 감추었다가 이내 남문으로 나왔다. 그는 혼자였다.

"그 여인은 사라졌소." 캐드펠은 무표정한 얼굴로 담담하게 말했다. "예배당에는 보니페이스 신부님 밑에서 성당지기 일을 맡고 있는 신릭밖에 없소. 그 사람은 지금 교구 제단에 놓인 초의 심지를 다듬고 있는데, 지난 30분 사이 그곳에 드나든 사람은 아무도 없다는군."

*

로베르 보스는 그런 일을 이미 예상하고 있었을까? 훗날 캐드펠은 이따금 이날을 떠올리며 의구심을 느꼈다. 백작은 아주 예리한 사람이었고, 타인의 예리함을 간파할 만한 능력을 지닌 사람이기도 하여 몇 번 만나지 않은 상대의 속내도 훤히 꿰뚫어보곤 했다. 하지만 달니의 경우는 아닐 것이다. 그도 이 미천한 여가수의 마음속은 들여다보지 못했을 것이다. 혹시라도 달니가 레스터셔의 저택으로 들어가 몇 주쯤 그와 함께 지낸 뒤라면 또 모를까. 그 시간이면 아마 백작은 달니의 내면을 속속들이 꿰뚫었을 테고, 그녀가 음악 외의 다른 면에서도 많은 잠재력을 지닌 인물임을 능히 통찰할 수 있었으리라.

그럼에도 이 순간 백작은 놀라지 않았다. 놀라서 비명을 지른 사람은 그가 아니라 페르튀 레미였다.

"안 돼! 그 아이를 그냥 보낼 수는 없어요! 그 아이는 내 겁니다." 그가 다급하게 캐드펠의 소매를 붙잡았다. "수사님, 그게 정말입니까? 그럴 리가 없는데! 그 아이는 분명 예배당에 있을 겁니다. 아마 수사님이 대충 둘러보고ㅡ"

"직접 가서 찾아보시오." 캐드펠이 그의 말을 끊었다. "한 시간 전에 그녀가 위니프리드 성녀님의 제단 곁에 있는 것을 보았는데, 지금은 사라지고 없소. 신릭이 제단을 돌보러 들어갔을 때 이미 예배당에는 아무도 없었다는군."

"도망쳤군요!" 레미의 얼굴은 충격으로 창백해졌다. 자신의 재산이 사라져서 그러는 게 아니었다. 아끼는 제자를 잃은 슬픔 때문도 아니었다. 그에게 달니는 하나의 목소리였다. 참된 음유시인이요 음악가인 그에게 목소리는 가장 순수한 황금과도 같은 것이었다. 루비보다도 귀한 보배였다. 레미는 세상 최고의 악기를 잃은 셈이었으니 그가 내비치는 슬픔과 당혹감에는 추호도 거짓된 구석이 없었다. "그 아이를 포기할 수는 없어요. 반드시 찾아내야 합니다. 그 아이는 제 소유물이에요. 제가 돈을 주고 샀지요. 백작님, 그 아이를 찾아낼 때까지만 출발을 연기해주십시오. 아직 멀리 가지 못했을 겁니다. 이틀, 아니 하루만 시간을 주시면—"

"또다시 사람을 찾겠다고? 나더러 다시 여기에 눌러앉으란 얘기요?" 백작은 그렇게 말한 뒤 단호하게 고개를 가로저었다. "그럴 수는 없지! 나는 이런 꿈을 꾼 적이 있소. 한 걸음 나아가면 장애물이 나타나고, 또 한 걸음 나아가면 또 다른 장애물이 나타나고, 그렇게 도무지 끝이 보이지 않는 꿈 말이오. 그 여인이 당신의 소중한 자산이라는 건 잘 알겠소, 레미. 그야말로 진주 같은 목소리를 가진 데다 오르가네토나 현악기들을 연주하는 솜씨 또한 정말로 놀라웠지. 하지만 나는 영지를 너무 오래 비워뒀소. 그러니 그대가 나와 함께 지내고 싶거든 지금 당장 나를 따라 떠나는 게 좋을 거요. 그리고 값으로 헤아릴 수 없는 존재를 돈 주고 산다는 생각…… 그런 건 이제 그만 잊어버리시오. 재능 있는 사람들은 얼마든지 있으니, 그런 이들을 찾는 데 드는 비용이나 그들을 만족시킬 만한 봉급은 내가 지불하겠소."

백작이 그런 것을 두고 거짓말을 할 리는 없었다. 레미는 잃어버린 가수와 미래의 안정 사이에서 한참을 갈팡질팡했지만, 결말이 어떻게 날지는 뻔했다. 반쯤 울먹이며 어렵사리 결단을 내리는 그를 지켜보자니 연민마저 느껴질 지경이었다. 하지만 로베르 보몽처럼 권세 있고 교양 있고 믿음직한 후원자를 얻은 페르튀 레미를 연민하는 것이 과연 합당할까?

레미는 아직 미련이 남은 듯 잠시 주위를 두리번거리다가 마침내 입을 열었다. "원장님, 그리고 행정 장관님, 굶주리며 혼자 방황하고 다니는 그 아이의 모습을 상상하니 정말 마음이 아프군요. 혹시라도 달니를 다시 보시거나 그 아이의 소식이라도 듣게 되면 부디 제게 연락을 주십시오. 그러면 곧 사람을 보내겠습니다. 저는 언제든지 그 아이를 환영할 겁니다."

그 말은 진심이었다. 그에게 달니의 목소리가 더없이 소중하기 때문만은 아니었다. 그는 지금껏 달니가 자기 소유물 이상의 존재임을, 그녀도 제 나름의 권리를 지닌 인간임을, 굶주리거나 길에서 악당들의 희생물이 되거나 그 밖의 무수한 방식으로 피해를 입을 수 있는 존재임을 의식하지 못한 터였다. 그에게는 어릴 적부터 수녀원에서 자란 아이가 하루아침에 머물 데도, 기댈 데도 없는 삭막한 세상으로 달아나버린 상황이나 다름없었다. 그녀가 사라졌다는 사실을 깨달은 순간에야 그는 달니를 하나의 인간으로 인식했으나, 그나마도 어리고 약한 아이로만 여겼다. 그는 달니를 너무나도 모르고 있었다!

"백작님, 제가 더 할 수 있는 일이 없군요. 이제 떠나겠습니다."

*

그들은 열을 지어 수도원 앞 대로를 따라 세인트자일스 쪽으로 나아갔다. 헤를루인은 슈루즈베리에서 거둔 기부금과 보화를 되찾아 기분이 좋아진 데다, 레스터셔 백작 로베르 보몽이라는 지체 높은 귀족과 나란히 여행하는 것이 그저 흡족하여 당당하게 말을 몰았다. 백작의 두 시종이 그 뒤를 따라갔는데, 그중 젊은 시종은 말을 잃어 속상해하면서도 집으로 돌아가는 것이 기쁜지 그런대로 즐거운 표정이었다. 헤를루인이 데려온 중년의 하인은 짐마차를 몰았고, 니콜은 말에 올라 대열의 뒤를 살피며 따라왔다. 말발굽 소리는 일행이 수도원 담 모퉁이를 돌아 마시장터 앞길을 지나갈 때까지 계속 이어지다가 잠시 후 고맙게도 조용히 잦아들어, 마침내 침묵과 고요가 다시 수도원에 내려앉았다. 라둘푸스 원장과 로버트 부원장은 각자의 업무를 보러 갔고 나머지 수사들도 모두 자신의 자리로 흩어졌다. 이제 모든 것이 끝났다.

"참 매력적인 악당이었어." 캐드펠은 위니프리드 성녀님께 감사의 기도를 올린 뒤 곁에 있던 휴에게로 고개를 돌렸다. "투틸로 말일세. 달니가 노예라는 신분에 어울리지 않는 만큼, 그 청년 또한 수도원에 어울리지 않는 사람이었지. 아쉬울 것은 하나도 없어. 램지 수도원 사람들은 그 친구 없이도 잘해나갈 테고, 파르톨란의 왕비는 더 이상 노예가 아니니까. 다만 달니가 빈손으로 떠난 것이 마음에 걸리는군. 하지만 그 역시 제 스스로 선택한 일이지. 그 아이가 내게 이런 말을 한 적이 있다네, 휴. 세상에 자기 몫이라곤 하나도 없고, 심지어 입고 있는 옷도 자기 것이 아니라고."

"그나저나, 딱 하나만큼은 투틸로도 도둑질에 성공한 셈이군요." 휴가 캐드펠의 얼굴을 살피고는 한마디 덧붙였다. "달니를 따라 예배당에 들어갔을 때 그 친구가 거기 있다는 걸 아셨습니까?"

"맹세컨대 난 아무것도 못 보았고, 아무 소리도 듣지 못했네. 하지만…… 그가 거기 있다는 건 느낄 수 있었지. 달니 역시 예배당에 발을 들여놓은 순간 알았을 거야. 그때 마치 누군가 내 귀에 대고 속삭이는 것 같더군. 아무 말 말고 조용히 나가라. 모든 건 다 잘될 거다. 달니가 내게 요구한 건 대단한 게 아니었어. 그냥 잠시 혼자 있게 해달라고만 했으니까. 그리고 교구 사람들이 드나드는 문은 늘 열려 있어야 하지."

"만일 앨드헬름이 살아서 이곳에 왔다면……" 휴가 다시 입을 열었다. 그들은 이제 안마당으로 이어지는 남문을 향해 나란히 걸음을 옮기고 있었다. "베네제에게 불리한 사실들이 드러났을까요?"

"그걸 누가 알겠나? 가능성이야 얼마든지 있지만……."

두 사람은 이른 오후의 밝은 빛 속으로 나왔다. 요란한 소동과 격정이 지나간 뒤에 비로소 찾아온 고즈넉한 저녁이 그들을 맞이했다. 힘겨운 노역 이후에 만끽하는 달콤하고 나른한 휴식, 폭풍

뒤의 고요함이었다.

"참 호감 가는 청년이었어." 캐드펠은 말했다. "하지만 그렇게 경박한 녀석을 수도원에 계속 둘 수는 없지. 나중에 쫓겨나느니 지금 떠나는 편이 스스로에게도 더 낫고. 자기 자신의 이익을 위해 그런 짓을 한 게 아니라 했지만, 그는 도둑이었네. 게다가 필요하다고 느낄 때면 서슴없이 거짓말을 늘어놓았지. 그래도 도나타 부인한테는 참으로 따뜻한 태도를 보였는데…… 녀석이 부인을 위해 했던 모든 일은 아무 보상도 바라지 않는, 그저 순수한 마음에서 우러나온 것이었어."

그들은 정문 쪽으로 돌아섰다. 조금 전까지만 해도 분노와 흥분으로 고동쳤던 큰 마당은 악마가 자신이 만든 세상에 절망하여 모든 것을 싹 쓸어버리기라도 한 양 휑하니 비어 있었다.

"그 두 사람도 베네제처럼 남서쪽으로 가겠죠?" 휴가 물었다.

"그러다 로마인들이 닦아놓은 옛길과 교차하는 지점에 이르면 서쪽으로 틀어 웨일스로 향할 겁니다. 만일 성인들이 축복해준다면 숲속에서 잃어버린 말과 마주칠 수도 있겠군요. 아니, 악마의 축복이라 해야 할지도 모르겠네요. 그렇게 되면 내일 앨런은 허탕을 치고 말 테니까요."

"그러고 보니 그 시종의 가방이 말안장에 그대로 매달려 있겠군그래." 캐드펠은 사뭇 흡족한 얼굴로 말을 이었다. "투틸로는 수사복과 두건을 벗고 세속의 옷을 걸쳐야 할 거야. 그리고 내가 기억하기로 두 사람은 체격이 거의 비슷하지."

"이 일에 저를 더 깊이 끌어들이지는 마시죠." 휴가 급하게 그의 말을 끊었다.

"발견하는 건 도둑질이랑은 다르잖나." 이윽고 정문 앞 휴의 말이 묶여 있는 곳에서 걸음을 멈춘 뒤 캐드펠은 진지하게 말을 이었다. "도나타 부인이 우리 중 누구보다도 녀석을 더 잘 이해하고 있었네. 부인은 녀석의 운명을 예언했어. 다소 장난기 어린 방식으로, 하지만 지혜롭게 말했지. 음유시인한테는 딱 세 가지가 필요하다고. 악기 하나, 말 한 마리, 그리고 여인의 사랑. 그 중 첫 번째 것은 부인이 녀석에게 주었고, 나머지는 그 스스로 열심히 구해야 한다고…… 이제 녀석은 세 가지를 모두 얻은 셈이야."

주

1 제프리 드 맨더빌 Geoffrey de Mandeville(?~1144)
스티븐 왕 밑에서 런던탑을 관리했으나 링컨 전투 당시 모드 황후 측으로 돌아서서 많은 재산과 땅을 차지하게 되었다. 이후 석방된 스티븐이 런던탑 관리 권한과 토지를 몰수하자 반발하여 반란을 일으켰다.

2 스티븐 왕 King Stephen(1092 또는 1096~1154)
정복왕 윌리엄 1세의 외손자이며 잉글랜드 노르만 왕조의 네 번째 국왕. 외숙부이자 잉글랜드 왕인 헨리 1세가 살아 있을 때 헨리 1세의 딸인 모드 황후의 왕위 계승을 돕겠다고 서약했으나 1135년에 헨리 1세가 죽자 약속을 깨고 잉글랜드 군주의 자리를 차지했다.

3 헨리 주교 Henry of Blois(1096?~1171)
윈체스터의 주교. 정복왕 윌리엄의 딸 아델라와 블루아 공 스티븐 사이에서 태어난 넷째 아들로, 스티븐 왕의 막냇동생이다. 외숙부인 헨리 1세와 로마 교황의 힘을 등에 업고 막강한 권력을 누렸다. 형 스티븐을 왕위에 올리는 데 커다란 공헌을 했으며 이후에도 왕정 체제 수호를 위해 혼신의 힘을 쏟았다.

4 모드 황후 Empress Maud(1102~1167)
마틸다(Matilda of England)라고도 불린다. 정복왕 윌리엄의 아들인 헨리 1세의 딸로, 신성로마제국 황제 하인리히 5세와 결혼했다가 그가 죽은 뒤 앙주 백작 조프루아 5세와 재혼해 헨리 2세를 낳았다.

5 베네딕토회 Benedictine
베네딕토 규칙을 바탕으로 공동생활을 하는 가톨릭 공동체. 6세기 '누르시아의 베네딕토(성 베네딕토)'가 몬테 카시노에 창설하여 전 유럽에 퍼진 수도회의 일파다. 청빈, 순결, 복종을 맹세하고 규율이 매우 엄격한 삶을 강조했다. 집단적인 예배도 중요시하여, 수사들은 하루에 일곱 번씩 모여 찬송하고 기도하는 성무일도를 수행했다.

6 슈루즈베리 성 베드로 성 바오로 수도원 the Shrewsbury abbey of Saint Peter and Saint Paul
잉글랜드 슈롭셔주에 위치한 수도원으로, 원래 성 베드로에게 헌정된 작은 목조 교회였으나 11세기 후반 성 베드로와 성 바오로 두 사도에게 헌정된 석조 건물로 개축되었다.

7 라둘푸스 수도원장 Abbot Radulfus(?~1148)
헤리버트 수도원장의 뒤를 이어 1138년부터 1148년까지 슈루즈베리 수도원의 수도원장을 지냈다.

8 성 위니프리드 Saint Winifred
홀리웰에 살았던 위니프리드에 관한 이야기는 중세 전설에 근거를 두고 있다. 그녀는 성 베이노의 조카이자 테비트라고 불리는 기사의 외동딸이었다. 크래독 왕자가 그녀를 겁탈하려 하자 달아났고, 분노한 왕자는 그녀의 목을 잘랐다. 하지만 성 베이노가 그녀를 되살렸고 새 생명을 얻은 위니프리드는 로마로 순례를 떠났다가 웨일스로 돌아와 귀더린 수녀회의 수도원장이 되었다고 전한다.

9   로버트 페넌트 부수도원장 Prior Robert Pennant(?~1168)
12세기 전반에 슈루즈베리 수도원의 부수도원장을 지냈고, 1148년부터 1168년까지 슈루즈베리 수도원의 수도원장을 지냈다. 성 위니프리드의 귀더린 순례를 담은 『성 위니프리드의 생애』를 남겼다.

10   세인트메리 교회 Saint Mary's Church
970년 에드거 왕에 의해 만들어진 교회. '노르만의 정복' 이후 왕실의 종교 변화에 따라 우여곡절을 거치며 여러 차례 파괴와 복구를 겪었다. 빅토리아 시대에 전면 재건축되었으며, 현재 슈루즈베리에서 가장 큰 규모의 교회로 알려져 있다.

11   세인트자일스 Saint Giles
슈롭셔의 교회이자 구호소. 설립 시기는 12세기경으로 추정된다. 1857년까지 슈루즈베리 수도원의 사제가 파견되어 이곳의 일을 도맡았다.

12   성 엘레리우스 Saint Elerius(6세기경)
북부 웨일스의 성직자였던 인물로 추정된다.

13   라눌프 백작 Earl Ranulf(1099~1153)
1129년에 체스터 백작의 작위를 4대째 이어받아 잉글랜드의 3분의 1에 달하는 지역을 다스렸다.

14   오아인 귀네드 Owain Gwynedd(1100~1170)
아버지 그루퍼드 압 시난의 뒤를 이어 1137년부터 귀네드를 통치했다.

캐드펠 수사 시리즈 19
성스러운 도둑

초판 1쇄 발행. 2002년 11월 22일
개정판 1쇄 발행. 2025년 6월 30일

지은이. 엘리스 피터스
옮긴이. 김훈
펴낸이. 김정순
편집. 홍상희 허영수
마케팅. 이보민 손아영

펴낸곳. (주)북하우스 퍼블리셔스
출판등록. 1997년 9월 23일 제406-2003-055호
주소. 04043 서울시 마포구 양화로 12길 16-9(서교동 북앤빌딩)
전자우편. editor@bookhouse.co.kr
홈페이지. www.bookhouse.co.kr
전화번호. 02-3144-3123
팩스. 02-3144-3121

ISBN. 979-11-6405-315-5   04840

옮긴이. 김훈
전문 번역가. 고려대학교 사학과를 졸업하고 1981년 동아일보 신춘문예 희곡 부문에
「빈방」으로 당선된 뒤 극작 활동과 번역 작업을 병행했다. 현재 부여에서 번역 작업을
하면서 지속 가능한 자연 생태 농업에 관심을 갖고 파트타임 농부로 일하고 있다.
옮긴 책으로 『아메리카 인디언의 가르침』 『패디 클라크 하하하』 『희박한 공기 속으로』
『매디슨 카운티의 추억』 『피아니스트』 『바람이 너를 지나가게 하라』
『세상 끝 천 개의 얼굴』 『성난 물소 놓아주기』 『그런 깨달음은 없다』 『모든 것의 목격자』
『켄 윌버, 진실 없는 진실의 시대』 『늘 깨어나는 지금』 외 100여 권이 있다.